HARLAN COBEN

Harlan Coben est né et a grandi dans le New-Jersey, où il vit actuellement avec sa femme et ses quatre enfants. Après avoir obtenu un diplôme en sciences politiques au Amherst College, il a travaillé dans l'industrie du voyage avant de se consacrer à plein temps à l'écriture.

Il est le premier auteur à avoir reçu l'Edgar Award, le Shamus Award et l'Anthony Award, trois prix majeurs de la littérature policière aux États-Unis. Il est l'auteur de *Ne le dis à personne…* (Belfond, 2002) – Prix des Lectrices de *ELLE* 2003, *Disparu à jamais* (2003), *Une chance de trop* (2004), et *Juste un regard* (2005) ainsi que de la série des aventures de l'agent Myron Bolitar : *Rupture de contrat* (Fleuve Noir, 2003), *Balle de match* (2004), et *Faux rebond* (2005).

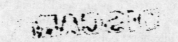

HARLAN COBEN

DISPARU À JAMAIS

*Traduit de l'américain
par Roxane Azimi*

BELFOND

Titre original :
GONE FOR GOOD,
publié par Delacorte Press, a division of Random
House Inc., New York.

© Harlan Coben 2002. Tous droits réservés.
© Belfond 2003 pour la traduction française.
ISBN 2-266-13649-6

Pour Anne

1

TROIS JOURS AVANT SA MORT, ma mère me dit – ce ne furent pas ses dernières paroles, mais tout comme – que mon frère était toujours en vie.

Et ce fut tout. Elle n'a pas explicité. Elle ne l'a dit qu'une fois. Elle n'était pas très bien. Déjà la morphine avait porté l'estocade à un cœur en fin de course. Elle avait le teint entre la jaunisse et un reste de bronzage. Ses yeux s'étaient profondément enfoncés dans les orbites. Elle dormait la plupart du temps. En fait, elle n'a eu qu'un seul moment de lucidité après – si on peut appeler ça un moment de lucidité – et j'en ai profité pour lui dire qu'elle avait été une mère formidable, que je l'aimais beaucoup, et au revoir. Il n'a jamais été question de mon frère. Ce qui ne nous empêchait pas de penser à lui comme s'il avait été également présent à son chevet.

— Il est vivant.

Ce furent ses mots exacts. Et, en admettant que ç'ait été vrai, je n'aurais su dire s'il s'agissait d'une bonne ou d'une mauvaise nouvelle.

Nous l'avons enterrée quatre jours plus tard.

Quand nous sommes rentrés à la maison pour observer le deuil rituel, mon père a fait irruption au salon, rouge de colère. J'étais là, bien sûr. Ma sœur

Melissa était venue de Seattle avec son mari, Ralph. Tante Selma et oncle Murray faisaient les cent pas. Assise à côté de moi, Sheila, la femme de ma vie, me tenait la main.

Voilà pour l'assistance.

Il y avait une seule composition florale, énorme : une merveille. Sheila a souri et m'a pressé la main quand elle a vu la carte. Pas de texte, aucun message, juste le dessin.

Papa n'arrêtait pas de regarder par la baie vitrée – celle-là même qui avait reçu deux coups de carabine à air comprimé ces onze dernières années – en marmonnant dans sa barbe : « Ah, les fils de pute. » Et il se retournait chaque fois qu'il pensait à quelqu'un d'autre qui ne s'était pas manifesté.

— Bon sang, les Bergman au moins, ils auraient pu faire une apparition, non ?

Il fermait les yeux, détournait la tête. Et sa fureur flambait de plus belle : mêlée au chagrin, elle formait un magma que je n'avais pas la force d'affronter.

Une trahison à ajouter à toutes celles de la décennie écoulée.

J'avais besoin d'air.

Je me suis levé. Sheila m'a regardé, inquiète.

— Je vais faire un tour, ai-je dit doucement.

— Tu veux de la compagnie ?

— Je ne crois pas.

Elle a hoché la tête. Voilà presque un an que nous étions ensemble. Je n'avais encore jamais rencontré quelqu'un qui soit à ce point-là sur la même longueur d'onde – assez spéciale, au demeurant – que moi. Elle m'a étreint la main une fois de plus, comme pour dire :

« Je t'aime », et une vague de chaleur s'est propagée à travers mon corps.

Le paillasson devant notre porte était en faux gazon rugueux, avec une pâquerette en plastique dans le coin supérieur droit. Je l'ai enjambé pour sortir dans la rue, bordée de maisons à deux étages des années soixante. J'avais toujours mon costume gris foncé qui me démangeait au soleil. Celui-ci tapait sans merci – une journée idéale pour la décomposition, ai-je pensé perversement. Le sourire lumineux de ma mère – son sourire d'avant les événements – a surgi devant mes yeux. Je l'ai chassé.

Je savais où j'allais, même si j'aurais hésité à l'admettre. Une force invisible m'y entraînait. D'aucuns qualifieraient cela de masochisme. D'autres y verraient probablement un désir de tourner la page. À mon avis, ce n'était ni l'un ni l'autre.

Je voulais juste jeter un œil sur l'endroit qui avait marqué la fin de tout.

Le spectacle et les bruits de la banlieue en été me cernaient de toutes parts. Les gamins faisaient du vélo. M. Cirino, le concessionnaire Ford-Mercury de la Route 10, tondait sa pelouse. Les Stein – ils avaient créé une chaîne de magasins d'électroménager, avalée à son tour par une plus grosse société – se promenaient, main dans la main. Ça jouait au foot chez les Levine, mais je ne connaissais aucun des joueurs. Une fumée de barbecue montait du jardin des Kaufman.

Je suis passé devant l'ancienne maison des Glassman. Mark Glassman, dit la Nouille, avait sauté par la porte-fenêtre quand il avait six ans. Il était en train de jouer à Superman. Je me rappelais le sang, les hurlements. Il avait eu plus de quarante points de suture. La Nouille a grandi et est devenu un patron de start-up à milliards. On ne l'appelait certainement plus la Nouille, d'ailleurs, quoique… on ne sait jamais.

La maison des Mariano, toujours peinte en jaune dégueulis, avec son cerf en plastique à l'entrée, était située au niveau du virage. Angela Mariano, la fille la plus délurée du quartier, avait deux ans de plus que nous et semblait appartenir à une espèce supérieure et inaccessible. En la regardant se faire bronzer dans son jardin avec une robe dos nu à rubans défiant les lois de la gravité, j'avais ressenti pour la première fois les affres de la poussée hormonale. J'en avais littéralement l'eau à la bouche. Angela se disputait souvent avec ses parents et se planquait dans la cabane à outils pour fumer en douce. Son copain avait une moto. Je l'ai croisée l'an dernier dans Madison Avenue. J'aurais cru la trouver immonde – c'est ce qui arrive, paraît-il, pour les premiers béguins – mais non, elle avait une mine superbe et paraissait heureuse. Un arroseur automatique tournoyait lentement sur la pelouse devant chez Eric Frankel, au 23 Downing Place. À l'occasion de sa bar-mitsvah, Eric avait eu une fête sur le thème « Les voyages dans l'espace » – nous étions alors tous les deux en quatrième. Ça s'était passé au Chanticleer, à Short Hills. Le plafond avait été transformé en planétarium : un ciel noir avec des constellations. Sur ma carte, il était indiqué que j'étais assis à la table « Apollo 14 ». Le milieu de table se composait d'une fusée en modèle réduit sur son aire de lancement. Les serveurs étaient habillés en astronautes de *Mercury 7* et c'était « John Glenn » qui s'occupait de notre tablée. Cindi Shapiro et moi, on s'était éclipsés dans la pièce qui faisait office de chapelle et on s'était pelotés pendant plus d'une heure. C'était ma première fois. Je ne savais pas ce que je faisais. Cindi, si. Je me rappelle les sensations inédites, bouleversantes que m'avaient procurées ses caresses et sa langue. Mais je me souviens aussi que mon émerveillement, au bout de vingt minutes, avait tourné à… oui, à l'ennui, du style : « Et maintenant ? », accompagné d'un naïf : « Ce n'est que ça ? »

Quand Cindi et moi avons discrètement regagné notre table, échevelés et alanguis, mon frère Ken m'a pris à part et a réclamé les détails. Que j'ai été trop content de lui fournir. Il m'a récompensé d'un sourire et d'une grande tape. Le soir même, tandis que nous étions couchés dans nos lits superposés, Ken en haut, moi en bas, en écoutant *Don't Fear the Reaper* [1] de Blue Oyster Cult (le morceau préféré de Ken), mon frère aîné m'a expliqué les mystères de la vie, tels qu'un élève de seconde pouvait les voir. J'allais découvrir plus tard qu'il s'était pas mal trompé (un peu trop d'importance accordée à la poitrine), mais, quand je repense à ce soir-là, je ne peux m'empêcher de sourire.

« *Il est vivant…* »

J'ai secoué la tête et bifurqué vers Coddington Terrace devant l'ancienne maison des Holders. C'était le chemin qu'on empruntait, Ken et moi, pour aller à l'école élémentaire de Burnet Hill. Autrefois, il y avait un sentier dallé entre deux maisons en guise de raccourci. Je me suis demandé s'il y était toujours. Ma mère – tout le monde, les gamins y compris, l'appelait Sunny – nous suivait subrepticement jusqu'à l'école. Ken et moi, on levait les yeux au ciel pendant qu'elle se cachait derrière les arbres. J'ai souri en songeant à ce réflexe de surprotection. Moi, ça me gênait, mais Ken se contentait de hausser les épaules. Mon frère

---

1. « Ne crains pas la Faucheuse. » *(N.d.T.)*

était suffisamment cool pour que tout cela glisse sur lui. Pas moi.

Avec un pincement au cœur, j'ai poursuivi ma route.

C'était peut-être mon imagination qui me jouait des tours, mais il me semblait que les gens commençaient à me dévisager. Vélos, ballons de basket, arrosoirs, tondeuses à gazon, footballeurs, tout semblait faire silence sur mon passage. Si certains regardaient par curiosité, intrigués par la vue d'un inconnu déambulant en costume gris foncé un soir d'été, la plupart, du moins à ce qu'il me semblait, avaient l'air horrifiés : ils m'avaient reconnu et ne comprenaient pas comment j'osais fouler ce sol sacré.

Je me suis dirigé sans hésitation vers le 47 Coddington Terrace. J'avais desserré ma cravate, enfoui les mains dans mes poches. Du bout du pied, j'ai tâté la bordure du trottoir. Pourquoi étais-je là ? J'ai vu un rideau bouger dans le bureau. Le visage de Mme Miller est apparu à la fenêtre, décharné, fantomatique. Elle m'a foudroyé du regard. Je n'ai pas bronché. Elle a continué à me fixer… puis, à ma surprise, son expression s'est radoucie. Comme si notre douleur à l'un et à l'autre nous avait en quelque sorte rapprochés. Mme Miller m'a adressé un signe de la tête. Je lui ai répondu et j'ai senti les larmes me picoter les yeux.

Vous avez pu entendre cette histoire dans n'importe quel journal télévisé. Pour ceux qui y auraient échappé, voici le compte rendu officiel : le 17 octobre, il y a onze ans, dans l'agglomération de Livingston, New Jersey, mon frère Ken Klein, alors âgé de vingt-quatre ans, a sauvagement violé et assassiné notre voisine Julie Miller.

14

Dans le sous-sol de sa maison. Au 47 Coddington Terrace.

C'est là que le corps a été retrouvé. On n'a jamais établi avec certitude si le meurtre avait eu lieu dans ce local mal aménagé, ou si on avait balancé le cadavre derrière le canapé en tissu imprimé zèbre taché par l'humidité. La majorité des gens penche pour la première solution. Mon frère a pris la fuite et s'est évanoui dans la nature – encore une fois, selon la thèse officielle.

Ces onze dernières années, Ken a échappé aux filets de la police. Néanmoins, il a été « aperçu » à plusieurs reprises.

La première fois, un an environ après le meurtre, dans un petit village de pêcheurs au nord de la Suède. Interpol a débarqué sur place mais mon frère a réussi à leur glisser entre les doigts. Il aurait été prévenu, paraît-il. Je ne vois pas bien ni comment ni par qui.

La fois d'après, c'était quatre ans plus tard, à Barcelone. À en croire les journaux, Ken avait loué une « hacienda avec vue sur l'océan » (Barcelone n'est pas au bord de l'océan), en compagnie – je cite – « d'une liane brune, peut-être une danseuse de flamenco ». Un habitant de Livingston qui s'y trouvait en vacances soutenait avoir vu Ken et sa dulcinée espagnole dîner dans un restaurant de plage. Il décrivait mon frère comme bronzé et en forme, avec une chemise blanche ouverte sur la poitrine et des mocassins sans chaussettes. Le Livingstonien en question, un certain Rick Horowitz, était un ancien camarade de classe à moi. Je me rappelle, il nous faisait rigoler au CP en mangeant des chenilles pendant la récré.

Le Ken de Barcelone avait lui aussi échappé à la justice.

La dernière fois, mon frère aurait été aperçu faisa[...] du ski dans les Alpes françaises (curieusement, Ke[...] n'avait jamais skié avant le meurtre). Il n'en était ressorti qu'un commentaire dans « 48 Hours ». Au fil des ans, les histoires de fuite de mon frère étaient devenues la version criminelle de « Perdu de vue », réémergeant à la moindre rumeur ou, plus vraisemblablement, quand l'un ou l'autre journal télévisé était en panne de sujets.

Naturellement, je détestais cette façon de couvrir les « dérives de la banlieue », ou quel que soit le petit nom qu'ils donnaient à la chose. Leurs « envoyés spéciaux » (j'aurais bien voulu voir au moins une fois un envoyé normal – ils y étaient tous passés) exhibaient toujours les mêmes photos de Ken en tenue de tennisman – à un moment, il avait fait partie de l'équipe nationale –, l'air extrêmement imbu de lui-même. Je ne sais pas où ils les avaient dénichées. Dessus, Ken faisait beau gosse, le genre qu'on exècre au premier coup d'œil. Hautain, coiffure à la Kennedy, bronzage mis en valeur par la blancheur de son costume, sourire étincelant. Sur ces photos, Ken semblait faire partie des privilégiés (il ne l'était pas) qui se font une place au soleil grâce à leur charme (il en avait un peu) et à leurs rentes (il n'en possédait aucune).

J'avais participé à l'une de ces émissions. Un producteur m'avait contacté – c'était au tout début – sous prétexte d'entendre les « deux sons de cloche ». Des gens prêts à lyncher mon frère, avait-il spécifié, il y en avait plein. Lui, pour rétablir l'« équilibre », il voulait quelqu'un qui puisse décrire le « véritable Ken » aux spectateurs dans leurs chaumières.

Et je suis tombé dans le panneau.

e présentatrice blond platine m'a interviewé
ant plus d'une heure avec force marques de
pathie. Ça m'a fait du bien, d'ailleurs. Comme une
te de thérapie. Elle m'a remercié, m'a raccom-
gné à la sortie et, lorsque l'émission a été diffusée,
ls n'avaient gardé qu'un fragment, supprimant sa
question (« Vous n'allez quand même pas nous dire
que votre frère était parfait, hein ? Qu'il était un
saint ? ») et conservant seulement ma réponse, avec un
gros plan sur les pores de mon nez et une musique
dramatique en toile de fond tandis que je disais : « Ken
n'était pas un saint, Diane. »

Enfin, bref, telle était la version officielle de ce qui
s'était passé.

Moi, je n'y ai jamais cru. Je ne dis pas que c'est
impossible. Mais pour moi, l'explication la plus plausible est que mon frère est mort. Mort depuis onze ans.

Qui plus est, ma mère l'a toujours cru mort. Sans
l'ombre d'un doute. Son fils n'était pas un assassin.
Son fils était une victime.

« Il est vivant… »

La porte d'entrée s'est ouverte. M. Miller est sorti.
Il a remonté ses lunettes sur son nez, posé ses poings
sur ses hanches, pitoyable caricature de Superman.

— Fous le camp d'ici, Will, m'a-t-il dit.

C'est ce que j'ai fait.

Le choc suivant s'est produit une heure plus tard.

Sheila et moi, on se trouvait dans la chambre de
mes parents. Le décor était le même depuis toujours :
meubles massifs au tissu gris fané avec un liséré bleu.
On était assis sur le grand lit aux ressorts avachis. Les
effets personnels de ma mère – tout ce qu'elle gardait
dans les tiroirs de sa table de chevet – gisaient

éparpillés sur la couette. Mon père était en bas, d█
la baie vitrée, à regarder dehors d'un air bellique█

Je ne sais pas pourquoi j'ai voulu trier les ob█
auxquels ma mère tenait suffisamment pour les av█
conservés et gardés à portée de main. Ça allait fai█
mal, j'en étais conscient. Il existe une corrélation inté-
ressante entre la douleur qu'on s'inflige volontaire-
ment et la recherche de réconfort ; c'est comme jouer
avec la souffrance en guise de feu. J'en avais sans
doute besoin.

J'ai regardé l'adorable visage de Sheila – penché
à gauche, les yeux baissés – et j'ai senti mon cœur
chavirer. Ça va vous paraître bizarre, mais je pouvais
la contempler pendant des heures. Pas en raison de sa
beauté – la sienne n'avait rien de classique, d'ailleurs,
les traits légèrement décalés du fait de la génétique ou,
plus probablement, de son passé trouble –, mais parce
qu'il y avait de l'animation là-dedans, de la curiosité,
de la vulnérabilité aussi, comme si un coup de plus
allait la briser définitivement. Sheila me donnait envie
– notez-le bien – de me battre pour elle.

Sans lever les yeux, elle a esquissé un sourire et dit :

— Tu as fini, hein ?

— Je n'ai rien fait.

Elle m'a enfin regardé en face et a vu mon
expression.

— Quoi ? a-t-elle demandé.

J'ai haussé les épaules.

— Tu es ma vie, ai-je répondu simplement.

— Tu n'es pas mal non plus.

— Ouais. C'est bien vrai, ça.

Elle a fait mine de me gifler.

— Je t'aime, tu sais, a-t-elle dit.

— Normal.

18

Elle a levé les yeux au ciel. Puis son regard est tombé sur le lit de ma mère, et elle s'est calmée.

— À quoi tu penses ?

— À ta mère.

Sheila a souri.

— Je l'aimais beaucoup.

— Je regrette que tu ne l'aies pas connue avant.

— Moi aussi.

On s'est plongés dans les coupures de presse jaunies. Les faire-part de naissance – le mien, celui de Melissa, celui de Ken. Des articles sur les exploits tennistiques de Ken. Ses trophées, des bonshommes en bronze miniatures, la raquette en l'air, ornaient toujours son ancienne chambre. Il y avait des photos, de vieilles photos surtout, d'avant le meurtre. Sunny, « l'Ensoleillée ». C'était le surnom de ma mère depuis son enfance. Il lui allait bien. J'ai trouvé une photo d'elle quand elle était présidente des parents d'élèves. Sur une estrade, coiffée d'un chapeau ridicule, avec les autres mères mortes de rire. Une autre la montre à la kermesse de l'école, déguisée en clown. Sunny était la préférée de tous mes copains. Ils adoraient qu'elle vienne les chercher en voiture. Ils voulaient que le pique-nique de la classe ait lieu dans notre jardin. Sunny était une mère cool sans être collante, suffisamment « décalée », un peu fofolle peut-être, on ne savait jamais à quoi s'en tenir avec elle. Il y avait toujours de l'excitation – de l'électricité, si vous préférez – dans l'air en sa présence.

Nous y avons passé deux bonnes heures. Sheila prenait son temps, examinait chaque photo d'un air pensif. Une en particulier a paru retenir son attention.

— Qui est-ce ?

Elle me l'a tendue. Sur la gauche, on voit ma mère, dans un bikini jaune assez osé – 1972, dirais-je –, l'allure voluptueuse. Son bras reposant coquettement sur les épaules d'un petit homme moustachu au sourire radieux.

— Le roi Hussein.

— Pardon ?

J'ai hoché la tête.

— Hussein de Jordanie ?

— Ouais. Papa et maman l'ont croisé à Miami.

— Et alors ?

— Maman lui a demandé de se faire photographier avec elle.

— Tu plaisantes ?

— En voici la preuve.

— Il n'avait pas ses gardes du corps ?

— Elle n'avait pas l'air bien armée, je pense.

Sheila s'est mise à rire. Maman m'avait raconté comment elle avait posé avec le roi Hussein pendant que papa se bagarrait avec son appareil photo qui refusait de marcher. Papa qui marmonnait dans sa barbe, elle qui le fusillait du regard, le roi qui attendait patiemment, son chef de la sécurité qui avait inspecté l'appareil, trouvé la panne et qui l'avait rendu à papa.

Maman Sunny.

— Elle était ravissante, a observé Sheila.

C'est d'une effroyable banalité de dire qu'une partie d'elle est morte avec la découverte du corps de Julie Miller, mais le problème avec les banalités, c'est qu'elles mettent souvent dans le mille. Le feu follet qu'était ma mère s'est éteint. Après avoir appris le meurtre, elle ne nous a plus jamais refait une scène ou une crise de nerfs. Hélas ! Ma mère volcanique était devenue effroyablement calme. Elle réagissait à tout sans émotion, avec indifférence – *sans passion*, serait la définition la plus exacte –, ce qui, chez quelqu'un comme elle, choquait bien plus que n'importe quelle extravagance.

En entendant sonner à la porte d'entrée, j'ai jeté un coup d'œil en bas et vu la camionnette du traiteur. Il venait livrer les petits fours pour, euh, l'assemblée des parents et amis. Papa, optimiste, avait commandé trop de choses. Histoire de se leurrer jusqu'au bout. Il est resté dans cette maison comme le capitaine du *Titanic*. Je le revois encore, la première fois qu'on a tiré sur la baie vitrée, peu après le meurtre – brandissant le poing avec défi. Maman, je crois, voulait déménager. Pas lui. Dans son esprit, déménager aurait signifié capituler. Reconnaître la culpabilité de leur fils. Déménager aurait été trahir.

Tu parles.

Sheila ne me quittait pas des yeux. Sa chaleur était presque palpable, un rayon de soleil sur mon visage, et je m'y suis abandonné un instant. On s'était rencontrés au travail un an plus tôt. Je dirige un centre d'hébergement appelé Covenant House, à New York dans la 41ᵉ Rue. Nous sommes une organisation caritative qui aide les jeunes fugueurs à survivre dans la rue. Sheila était venue nous aider en tant que bénévole. Elle était originaire de l'Idaho, même si elle n'avait plus grand-chose d'une petite provinciale. Elle m'avait dit qu'autrefois elle aussi avait fugué. Je ne savais rien d'autre de son passé.

— Je t'aime, ai-je dit.

— Normal.

Je n'ai pas levé les yeux au ciel. Sheila avait été très gentille avec ma mère jusqu'à la fin. Elle prenait le bus depuis la gare routière à Northfield Avenue puis allait à pied jusqu'au centre médical St. Barnabas. Avant sa maladie, la dernière fois que ma mère s'était trouvée à St. Barnabas, ç'avait été pour accoucher de moi. Il y avait quelque chose de poignant dans cette façon de boucler la boucle de la vie, mais je ne m'en suis pas rendu compte sur le coup.

J'avais toutefois vu Sheila avec ma mère. Et je m'étais posé des questions. J'ai donc décidé de me jeter à l'eau.

— Tu devrais appeler tes parents, ai-je dit tout bas.

Sheila m'a regardé comme si je venais de la gifler. Elle s'est laissée glisser du lit.

— Sheila ?

— Ce n'est pas le moment, Will.

J'ai pris le cadre avec la photo qui représentait mes parents, tout bronzés, en vacances.

— Et pourquoi pas ?

— Tu ne sais rien de mes parents.

— Et c'est bien dommage.

Elle m'a tourné le dos.

— Tu as pourtant travaillé avec des jeunes fugueurs, a-t-elle dit.

— Et alors ?

— Tu sais à quel point ça peut être dramatique.

En effet. J'ai repensé à ses traits légèrement excentrés – le nez, par exemple, avec sa bosse caractéristique.

— Je sais aussi que c'est pire si on n'en parle pas.

— J'en ai parlé, Will.

— Pas avec moi.

— Tu n'es pas mon psy.

— Je suis l'homme que tu aimes.

— Oui.

Elle s'est tournée vers moi.

— Mais pas maintenant, OK ? S'il te plaît.

Je n'ai pas su que répondre. Peut-être avait-elle raison. Mes doigts jouaient distraitement avec le cadre. Et c'est là que c'est arrivé.

La photo a glissé un peu.

Une autre est apparue dessous. J'ai bougé celle du dessus et une main a surgi. J'ai voulu repousser davantage le premier cliché, mais il était bloqué. Mes doigts ont trouvé les pinces au dos du cadre. Le fond est tombé sur le lit. Deux photos ont atterri à côté.

Celle du dessus représentait mes parents lors d'une croisière, l'air heureux, en forme et détendus comme je les ai rarement vus. Mais c'est la seconde, celle qui était cachée, qui a attiré mon regard.

À en juger par la date en rouge qui y était apposée, elle avait moins de deux ans. Elle avait été prise dans un champ, au sommet d'une espèce de colline. On ne voyait pas de maison à l'arrière-plan, juste des montagnes enneigées, comme dans la première scène de *La Mélodie du bonheur*. L'homme sur la photo portait un short, un sac à dos, des lunettes de soleil et des chaussures de marche fatiguées. Son sourire m'était familier. Son visage aussi, même si je l'ai trouvé plus marqué qu'avant. Ses cheveux avaient poussé. Sa barbe était striée de gris. Mais il n'y avait aucun doute possible.

L'homme sur la photo était mon frère Ken.

2

MON PÈRE ÉTAIT SEUL DANS LE PATIO. Il faisait nuit. Assis, immobile, il fixait l'obscurité. En m'approchant par-derrière, je me suis brusquement souvenu d'une scène qui m'avait glacé le sang.

Quatre mois environ après le meurtre de Julie, je l'avais trouvé au sous-sol, me tournant le dos de la même façon. Il croyait la maison déserte. Dans la paume de sa main droite reposait un Ruger, un pistolet de calibre 22. Reposait tendrement, comme un petit animal. Ce jour-là, j'ai eu la peur de ma vie. Je m'étais figé. Lui gardait les yeux sur son arme. Après quelques longues minutes, je suis remonté sur la pointe des pieds et j'ai fait mine de descendre pour la première fois. Le temps d'arriver en bas, le pistolet avait disparu.

Je ne l'avais pas lâché d'une semelle pendant huit jours.

Je suis sorti par la baie vitrée coulissante.

— Salut, ai-je lancé.

Il a pivoté, le visage fendu d'un large sourire. Il en avait toujours un en réserve pour moi.

— Salut, Will.

Sa voix rocailleuse s'était radoucie. Papa était heureux de voir ses enfants. Autrefois, avant les événements, les gens l'aimaient bien. Il était chaleureux, fiable, quoique un peu bourru, ce qui augmentait leur confiance. Mais même s'il vous souriait, au fond il s'en fichait pas mal. Son univers, c'était sa famille. Les problèmes des autres, y compris des amis, ne le touchaient pas vraiment. Seule sa famille comptait.

Je me suis installé sur une chaise longue à côté de lui, ne sachant pas trop comment aborder le sujet. J'ai inspiré profondément, plusieurs fois, et l'ai écouté faire de même. Je me sentais merveilleusement en sécurité avec lui. Il avait peut-être vieilli, il s'était peut-être ratatiné, et c'était moi maintenant le plus grand et le plus fort des deux, mais je savais que dans l'adversité il serait toujours là pour me faire un rempart de son corps.

Et que je me réfugierais derrière lui.

— Faut que je coupe cette branche, a-t-il dit, pointant le doigt dans le noir.

Je ne la voyais pas.

— Ouais, ai-je acquiescé.

La lumière qui filtrait par la baie vitrée a éclairé son profil. La colère était retombée : ce n'était plus qu'un homme brisé. Parfois, je pense qu'il a réellement essayé de faire rempart après le meurtre de Julie, et qu'il n'a pas tenu le coup. Il a toujours cet air hagard de quelqu'un qu'on aurait frappé au ventre par surprise, sans qu'il sache pourquoi.

— Ça va ? m'a-t-il demandé.

Son entrée en matière standard.

— Bien. Enfin, non, pas bien mais…

Papa a agité la main.

— Oui, question idiote.

Nous nous sommes tus à nouveau. Il a allumé une cigarette. Jamais papa ne fumait à la maison. La santé des enfants et tout ça. Il a tiré une bouffée puis, comme s'il venait de se rappeler, m'a regardé et l'a écrasée.

— C'est bon, ai-je dit.

— Ta mère et moi, on était convenus que je ne fumerais pas à la maison.

Je n'ai pas protesté. Joignant les mains, je les ai posées sur mes genoux. Puis j'ai plongé.

— Maman m'a dit une chose avant de mourir.

Ses yeux ont pivoté vers moi.

— Elle a dit que Ken était toujours en vie.

Papa s'est raidi, juste une fraction de seconde, et un sourire triste est apparu sur ses lèvres.

— C'étaient les médicaments, Will.

— C'est ce que j'ai cru. Au début.

— Et maintenant ?

J'ai scruté son visage pour voir s'il ne me cachait pas quelque chose. Il y avait eu des rumeurs, bien sûr. Ken n'était pas riche. Beaucoup de gens s'étaient demandé comment il aurait fait pour subsister dans la clandestinité pendant tout ce temps. Pour moi, la question ne se posait pas… puisqu'il était mort ce soir-là. D'autres – la majorité – pensaient que mes parents lui envoyaient de l'argent en cachette.

J'ai haussé les épaules.

— Je ne vois pas pourquoi elle aurait dit ça, après tant d'années.

— Les médicaments, a-t-il répété. Et puis elle était mourante, Will.

La seconde partie de la réponse semblait lourde de trop de sens. Je l'ai laissée en suspens un moment. Finalement, j'ai demandé :

— Tu crois que Ken est vivant ?

— Non, a-t-il répondu avant de détourner les yeux.

— Maman ne t'a rien dit ?

— Au sujet de ton frère ?

— Oui.

— La même chose qu'à toi, en gros.

— Qu'il était vivant ?

— Oui.

— Et c'est tout ?

Papa a eu un haussement d'épaules.

— Elle a dit qu'il n'avait pas tué Julie. Et qu'il serait déjà revenu, s'il n'avait pas eu quelque chose à faire avant.

— Quoi ?

— Ça n'avait aucun sens, Will.

— Tu lui as demandé ?

— Bien sûr. Mais elle n'a fait que radoter. Elle ne m'entendait plus. Je l'ai rassurée. Je lui ai dit que tout allait s'arranger.

De nouveau il a évité mon regard. J'ai pensé lui montrer la photo de Ken puis je me suis ravisé. Je voulais réfléchir avant de m'engager dans cette voie-là.

— Je lui ai dit que tout allait s'arranger, a-t-il répété.

Par la baie vitrée, on apercevait un de ces cubes porte-photos où les couleurs passées se fondent en une nébuleuse vert-jaune. Il n'y avait pas de photos récentes dans la pièce. Notre maison était figée dans le temps, tout s'était bloqué onze ans plus tôt, comme dans cette chanson où l'horloge du grand-père s'arrête à la mort du vieil homme.

— Je reviens, a ajouté papa.

Je l'ai regardé se lever et s'éloigner. On distinguait toujours sa silhouette dans l'obscurité. Je l'ai vu baisser la tête. Ses épaules se sont mises à trembler. Je ne crois pas avoir jamais vu mon père pleurer. Et je n'avais pas envie que ça m'arrive maintenant.

Me détournant, je me suis rappelé l'autre photo, celle de mes parents en croisière, bronzés et heureux, et je me suis demandé s'il n'y pensait pas lui aussi.

Lorsque je me suis réveillé, tard dans la nuit, Sheila n'était pas dans le lit.

Je me suis assis et j'ai dressé l'oreille. Rien. Du moins dans l'appartement. Rien en dehors des bruits nocturnes qui montaient de la rue deux étages plus bas. J'ai jeté un œil vers la salle de bains. Aucune lumière. L'obscurité était totale.

J'ai voulu l'appeler, mais ce silence-là avait quelque chose de fragile, comme à l'intérieur d'une bulle. Je me suis glissé hors du lit. Mes pieds nus ont touché la moquette, de celles qu'on trouve dans les immeubles pour insonoriser plafonds et planchers.

L'appartement n'était pas grand, ce n'était qu'un deux-pièces. J'ai risqué un regard dans le séjour. Sheila était là, assise sur le rebord de la fenêtre, et elle contemplait la rue. J'ai fixé son dos, son cou gracile, ses magnifiques épaules, sa chevelure répandue sur la peau blanche, et à nouveau j'ai eu un frisson. On en était encore au stade des premiers émois, style « Dieu qu'il est bon de vivre », quand on ne peut pas se passer l'un de l'autre, qu'on a le cœur qui bat et qu'on *sait* que c'est parti pour durer.

J'avais été amoureux une seule fois auparavant. C'était il y a très longtemps.

— Hou-hou ! ai-je fait.

Elle s'est tournée – à peine, mais ç'a suffi pour que j'aperçoive les larmes sur ses joues. On les voyait couler au clair de lune. Sans le moindre son : ni pleurs ni sanglots convulsifs. Juste les larmes. Planté sur le pas de la porte, je me demandais ce que je devais faire.

— Sheila ?

Lors de notre deuxième rendez-vous, elle avait exécuté un tour de cartes. Il s'agissait d'en choisir deux, de les remettre dans le paquet pendant qu'elle regardait ailleurs, puis elle jetait tout le jeu par terre, sauf mes deux cartes. Elle l'avait fait avec un grand sourire, les brandissant pour que je puisse les voir. Moi aussi, j'avais souri. C'était – comment dire ça ? – foutraque. Sheila était quelqu'un de foutraque. Elle aimait les tours de cartes et les boys-bands. Elle chantait des airs d'opéra, dévorait les livres et pleurait devant les pubs Hallmark. Et, par-dessus tout, elle adorait danser. Elle fermait les yeux, posait la tête sur mon épaule et s'abandonnait.

— Je suis désolée, Will, a-t-elle dit sans se retourner.

— De quoi ?

Elle gardait les yeux rivés sur la rue.

— Va te recoucher. Je te rejoins d'ici quelques minutes.

J'aurais voulu rester pour la réconforter. Mais je ne l'ai pas fait. Elle était hors d'atteinte. Quelque chose l'avait éloignée. Les paroles ou les gestes auraient été au mieux superflus, au pire dommageables. Enfin, c'est ce que j'ai pensé. Du coup, j'ai commis une erreur monumentale. Je suis retourné me coucher et j'ai attendu.

Seulement, Sheila n'est jamais revenue.

3

Las Vegas, Nevada

MORTY MEYER ÉTAIT AU LIT, en train de dormir comme
une bûche, sur le dos, quand il a senti le canon d'une
arme sur son front.

— Réveille-toi ! a ordonné une voix.

Morty a ouvert les yeux d'un seul coup. La chambre
était plongée dans le noir. Il a voulu lever la tête, mais
le pistolet l'en a empêché. Son regard a glissé vers
le radio-réveil lumineux sur la table de nuit. Sauf qu'il
n'y en avait pas. Il n'en avait plus depuis des années,
maintenant qu'il y pensait. Depuis que Leah était
morte. Et qu'il avait vendu leur maison faux XVIIIᵉ de
cinq pièces.

— J'ai du blé, les gars, a dit Morty. Vous le savez
bien.

— Lève-toi.

L'homme a écarté son arme. Morty s'est redressé.
Ses yeux, en accommodant, ont distingué un foulard sur le visage de l'inconnu. Ça lui a rappelé
« L'Ombre », l'émission radiophonique de son
enfance.

— Qu'est-ce que vous voulez ?

— J'ai besoin de ton aide, Morty.

— On se connaît ?

— Lève-toi.

Morty a obéi. Il a basculé ses jambes hors du lit. Quand il a été debout, sa tête s'est mise à tourner en signe de protestation. Il a vacillé, pris entre la cuite et l'arrivée imminente de la gueule de bois.

— Où est ta trousse d'urgence ? a demandé l'homme.

Une vague de soulagement a envahi Morty. C'était donc ça ! Il a cherché la blessure des yeux mais il faisait trop noir.

— Vous ? a-t-il questionné.

— Non. Elle est au sous-sol.

— Elle ?

Se baissant, Morty a sorti sa trousse en cuir de sous le lit. Elle était vieille et usée. Ses initiales, dorées à la feuille et naguère brillantes, s'étaient effacées. La fermeture Éclair ne fermait plus jusqu'au bout. Leah l'avait achetée quand il était sorti de l'université Columbia, voilà plus de quarante ans. Ensuite, trente années durant, il avait travaillé comme spécialiste des maladies organiques. Leah et lui avaient élevé trois garçons. Aujourd'hui, à presque soixante-dix ans, il vivait dans un taudis et devait de l'argent à droite et à gauche.

Le jeu. C'était son talon d'Achille. Longtemps, il avait réussi à cohabiter avec ses démons intérieurs tout en les tenant en respect. Mais les démons avaient fini par prendre le dessus. Comme toujours. Certains prétendaient que Leah avait servi de garde-fou. C'était peut-être vrai. Mais, une fois Leah disparue, il n'y avait plus de raison de lutter. Il s'était remis tout entier entre les griffes des démons.

Morty avait tout perdu, jusqu'à l'autorisation d'exercer la médecine. Il avait déménagé dans l'Ouest, dans ce trou à rats. Et il jouait tous les soirs. Ses fils – adultes et pères de famille – ne l'appelaient plus. Ils

31

le rendaient responsable de la mort de leur mère.￼ sa faute, affirmaient-ils, Leah avait vieilli ava￼ l'heure. Sans doute n'avaient-ils pas tout à fait tort.

— Dépêche-toi, a dit l'homme.

— J'arrive.

Ils se sont engagés dans l'escalier qui menait au sous-sol. Il y avait de la lumière en bas. Ce bâtiment, son nouveau et minable domicile, avait jadis abrité une entreprise de pompes funèbres. Morty louait une chambre au rez-de-chaussée. De ce fait, il pouvait accéder au sous-sol – où, dans le temps, on entreposait et embaumait les corps.

Dans un coin du local, un toboggan rouillé descendait directement du parking. C'était comme ça qu'on procédait avec les cadavres – on garait le corbillard, et zou ! Le carrelage mural tombait en morceaux et pour ouvrir l'eau il fallait utiliser une pince. La plupart des portes de placard avaient disparu. La puanteur de la mort subsistait, vieux fantôme se refusant à partir.

La femme blessée était couchée sur une table métallique. Morty a vu tout de suite que ça se présentait mal. Il s'est retourné vers l'Ombre.

— Aide-la, a ordonné l'homme.

Morty n'a pas aimé le son de sa voix. Elle était chargée de colère, oui, mais la dominante, c'était du désespoir à l'état pur. On aurait presque dit une supplication.

— Elle m'a l'air mal en point, a observé Morty.

L'homme lui a appuyé l'arme contre la poitrine.

— Si elle meurt, tu meurs.

Morty a dégluti. C'était on ne peut plus clair. Il s'est approché de la femme. Pendant des années, il avait soigné plein d'hommes ici – mais une femme, c'était bien la première fois. C'était ça, son moyen de quasi-subsistance : service de rafistolage express. Quand on débarquait aux urgences avec une blessure par balle ou un coup de couteau, le médecin de garde était légalement tenu d'avertir la police. On préférait donc venir à l'hôpital improvisé de Morty.

Rapidement, il a passé en revue le b.a.-ba des premiers soins. Système respiratoire. Circulation. Sa respiration était rauque, et elle postillonnait en exhalant.

— C'est vous qui lui avez fait ça ?

L'homme n'a pas répondu.

Morty a fait son travail du mieux qu'il a pu. C'était plus du patchwork qu'autre chose. Il fallait la stabiliser, pensait-il. La stabiliser et l'emmener loin d'ici.

Lorsqu'il a eu terminé, l'homme l'a prise dans ses bras avec précaution.

— Un seul mot…

— On m'a déjà menacé du pire.

L'homme est parti à la hâte avec la femme. Morty est resté au sous-sol. Ce réveil-surprise lui avait mis les nerfs à vif. Il a soupiré et décidé de retourner au lit. Mais, avant de monter, Morty Meyer a commis une erreur fatale.

Il a regardé par la fenêtre.

L'homme transportait la femme jusqu'à la voiture.

Prudemment, presque tendrement, il l'a allongée à l'arrière. Morty observait la scène. Soudain, il a perçu un mouvement.

Il a plissé les yeux. Et un frémissement l'a parcouru de la tête aux pieds.

Il y avait un autre passager.

Sur la banquette arrière. Quelqu'un qui n'avait rien, mais alors vraiment rien à faire là. Machinalement, Morty a tendu la main vers le téléphone, puis il a interrompu son geste avant même de décrocher. Qui appeler ? Et pour dire quoi ?

Morty a fermé les yeux pour se ressaisir. Péniblement, il a gravi les marches, s'est glissé dans son lit, a remonté les couvertures. Fixant le plafond, il a essayé d'oublier.

4

LE MOT LAISSÉ PAR SHEILA était bref et touchant :

Je t'aimerai toujours.
S

Elle n'était pas revenue se coucher. Elle avait dû passer la nuit à regarder par la fenêtre, j'imagine. Tout avait été silencieux jusqu'au moment où je l'ai entendue partir discrètement, vers cinq heures du matin. En soi, ce n'était pas si étrange. Sheila était une lève-tôt : elle me faisait penser à cette vieille pub pour l'armée où il était question d'accomplir avant neuf heures du matin plus de choses que la majorité des gens n'en faisaient dans une journée. Du genre : elle vous donne l'impression d'être un fainéant, et c'est pour ça que vous l'aimez.

Sheila m'avait dit une fois – une seule – qu'elle avait l'habitude de se lever tôt pour avoir travaillé pendant des années dans une ferme. Mais, quand j'avais voulu en savoir davantage, elle s'était fermée comme une huître. Le passé était une ligne blanche. Qu'on franchissait à ses risques et périls.

Son attitude me déconcertait plus qu'elle ne m'inquiétait.

J'ai pris une douche et me suis habillé. La photo ㄷ
mon frère se trouvait dans le tiroir de mon bureau
Je l'ai sortie et l'ai étudiée un bon moment. Il y avait
comme un nœud dans ma poitrine. Mes pensées se
bousculaient, tourbillonnaient, mais l'une d'elles
émergeait clairement du magma : Ken avait réussi son
coup.

Vous vous demandez peut-être pourquoi, toutes ces
années, j'avais cru dur comme fer qu'il était mort.
C'était, je l'avoue, de la bonne vieille intuition mêlée
à un espoir aveugle. J'aimais mon frère. Et je le
connaissais. Il n'était pas parfait : il s'emportait facilement et avait tendance à chercher la bagarre. Il était
mêlé à une sale affaire. Mais Ken n'était pas un
assassin. Ça, j'en étais certain.

Toutefois, il n'y avait pas que cette conviction qui
confortait la famille Klein dans sa version des faits.
Comment Ken aurait-il pu survivre dans la clandestinité, lui qui ne disposait que de huit cents dollars à
la banque ? Où aurait-il trouvé les moyens d'échapper
à cette traque d'ampleur internationale ? Et pour quelle
raison aurait-il tué Julie ? Pourquoi ne nous aurait-il
jamais contactés durant ces onze années ? Pourquoi
était-il si nerveux lors de son ultime visite à la
maison ? Pourquoi m'avait-il dit qu'il était en danger ?
Et pourquoi, maintenant que j'y réfléchissais, ne
l'avais-je pas fait parler davantage ?

Mais le plus compromettant – ou le plus rassurant,
c'est selon – était le sang découvert sur le lieu du
crime. Une partie était celui de Ken. Une grosse tache
au sous-sol et une série d'éclaboussures dans l'escalier, menant vers la sortie. Une autre tache avait été
trouvée sur un arbuste dans le jardin des Miller. La
version de la famille Klein était que le véritable
assassin avait tué Julie puis grièvement blessé (et

36

finalement tué) mon frère. La version de la police était plus simple : Julie s'était débattue.

Un autre élément soutenait notre théorie à nous, mais, comme ça venait de moi, personne ne l'a pris au sérieux.

Le soir du meurtre, j'avais vu un homme rôder devant chez les Miller.

Ainsi que je viens de le dire, les autorités et la presse n'en ont guère tenu compte – ne suis-je pas directement concerné par la défense de mon frère ? – mais ceci est important pour comprendre pourquoi nous croyons ce que nous croyons. Nous pouvions admettre que mon frère ait assassiné sans raison une charmante jeune femme, qu'il ait ensuite vécu onze ans en se cachant et sans aucun moyen de subsistance connu (cela – ne l'oubliez pas – malgré une large couverture médiatique et des recherches menées par la police), ou bien nous pouvions penser qu'il avait eu un rendez-vous amoureux avec Julie Miller (preuves physiologiques à l'appui) et que quelqu'un qui lui faisait très peur – le même individu, peut-être, que j'avais surpris devant la maison de Coddington Terrace – lui avait tendu un piège et s'était arrangé pour qu'on ne retrouve jamais son corps.

Je ne dis pas que tout se tient parfaitement. Mais nous connaissions Ken. Il n'avait pas fait ce dont on l'accusait. Alors, quelle était l'alternative ?

Certaines personnes ont accordé crédit à notre version, mais là-dedans il y avait beaucoup de timbrés, de ceux qui croient qu'Elvis et Jimi Hendrix se la coulent douce sur une île du Pacifique. Notre version a d'ailleurs été citée à la télévision, mais si rapidement et avec tant de réserve goguenarde qu'on s'attendait presque à ce que le poste nous pouffe à la figure. Peu à peu, je me suis calmé. Cela peut paraître égoïste,

mais j'avais une existence à mener, une vie profession-
nelle à réussir. Et nulle envie d'être le frère d'un
célèbre assassin en cavale.

Le centre d'hébergement, j'en suis sûr, avait hésité
à m'embaucher. Je les comprends. D'ailleurs, même si
j'occupe un poste à la direction, mon nom ne figure
pas sur l'en-tête, pas plus que je n'apparais aux manifestations de collecte de fonds. J'œuvre exclusivement dans la coulisse. Et la plupart du temps ça me
convient.

J'ai à nouveau contemplé la photo de cet inconnu
qui en même temps m'était si familier.

Ma mère nous avait-elle menti depuis le début ?

Avait-elle aidé Ken tout en nous affirmant, à mon
père et à moi, qu'il était mort ? Maintenant que j'y
pense, c'est elle qui penchait avec le plus de ferveur
pour l'hypothèse de sa mort. Lui avait-elle filé de
l'argent en douce pendant tout ce temps ? Sunny
savait-elle dès le premier jour où il se trouvait ?

Autant de questions qui méritaient réflexion.

M'arrachant à la photo, j'ai ouvert le placard de la
cuisine. J'avais déjà décidé de ne pas aller à
Livingston ce matin – l'idée de rester enfermé dans
cette maison-cercueil une journée de plus me donnait
envie de hurler, et puis j'avais du travail. Non seulement ma mère aurait compris, mais elle m'aurait
approuvé. Je me suis donc versé un bol de céréales et
j'ai appelé Sheila à son bureau. J'ai laissé un message
sur sa boîte vocale disant que je l'aimais et lui demandant de me rappeler.

Mon appartement – enfin, *notre* appartement à
présent – se trouve dans la 24ᵉ Rue à la hauteur de
la Neuvième Avenue. D'habitude, je me rends à pied
au centre, situé dans la 41ᵉ Rue, non loin de West Side
Highway. L'endroit idéal pour un lieu d'accueil, du

moins en était-il ainsi avant le nettoyage de la 42e, l'un des bastions de la pourriture ayant pignon sur rue. La 42e Rue avait été une sorte de porte de l'enfer où les espèces se mêlaient de la façon la plus grotesque. Touristes et banlieusards y déambulaient parmi les prostituées, les dealers et les macs, entre boutiques hippies, cinémas et temples du porno ; arrivés au bout, soit ils étaient émoustillés, soit ils rêvaient d'une douche et d'une piqûre de pénicilline. À mon sens, une telle saleté, une telle perversion dans la dégradation ne pouvaient que vous clouer au sol. Je suis un homme. J'ai des désirs et des pulsions, comme la plupart de mes congénères, mais je n'ai jamais compris comment on pouvait confondre la crasse d'une toxico édentée avec de l'érotisme.

Le nettoyage de la ville, en un sens, nous a rendu la tâche plus difficile. La camionnette du centre avait ses itinéraires. Les ados fugueurs ne se cachaient pas. Désormais, notre travail était moins évident. Pire, la ville elle-même n'était pas plus propre – elle en avait juste l'air. Les gens soi-disant normaux, les touristes et les banlieusards susnommés n'étaient plus confrontés aux vitrines opaques auxquelles étaient accrochées des pancartes ADULTES SEULEMENT ou aux auvents déglingués avec des titres espiègles du genre *Il faut sucer le soldat Ryan*, mais une pourriture comme celle-ci ne meurt jamais. La pourriture est un cafard. Elle survit. Elle se terre. Je ne crois pas qu'on puisse s'en débarrasser.

Et il y a des inconvénients à dissimuler la pourriture. Lorsqu'elle est bien en vue, on peut la regarder de haut. Les gens ont besoin de ça. C'est une manière d'exutoire. La pourriture ayant pignon sur rue présente un autre avantage : que préférez-vous, une attaque frontale ou bien une menace qui, tel un serpent, se

faufile vers vous à travers les hautes herbes ? Et, pou[...]
finir – mais peut-être que je manque de recul, là –,
je pense qu'il n'y a pas d'avers sans revers, pas de
haut sans bas, pas de lumière sans ombre, pas de
pureté sans pourriture, pas de bien sans mal.

Au premier coup de Klaxon, je n'ai pas bronché.
J'habite New York. Prêter attention aux coups de
Klaxon quand on marche dans la rue équivaudrait à
essayer de ne pas être mouillé quand on nage. Je ne me
suis retourné qu'en entendant la voix familière :

— Hé, couillon !

La camionnette du centre a pilé à côté de moi.
Carrex en était le chauffeur et le seul occupant. Il a
baissé la vitre et retiré ses lunettes de soleil.

— Monte, m'a-t-il dit.

J'ai ouvert la portière et grimpé à l'intérieur.
Dedans, ça sentait la cigarette, la sueur et, vaguement,
le saucisson des sandwiches qu'on distribuait tous les
soirs. La moquette était couverte de taches de toutes
tailles et toutes couleurs. La boîte à gants se rédui-
sait à une cavité béante. Les ressorts des sièges avaient
rendu l'âme.

Carrex gardait les yeux sur la route.

— Qu'est-ce que tu fous, nom de Dieu ?

— Je vais travailler.

— Pourquoi ?

— À titre thérapeutique.

Il a hoché la tête. Il avait roulé toute la nuit, ange
vengeur à la recherche de gamins en perdition. Ça ne
se voyait pas trop, mais il faut dire qu'il n'était déjà
pas très frais au départ. Ses cheveux, coiffés à la mode
des années quatre-vingt, style Aerosmith, étaient
séparés au milieu et plutôt gras d'aspect. Je crois que
je ne l'ai jamais vu ni complètement rasé ni vraiment
barbu, même pas un petit bouc genre « Deux flics à

40

Miami ». La peau qu'on distinguait par endroits était grêlée. Il portait des chaussures de travail usées jusqu'à la corde. Son jean, qui paraissait avoir été piétiné dans une prairie par un bison, bâillait à la taille, offrant sur son arrière-train la vue plongeante qui fait le charme des dépanneurs. Un paquet de Camel était coincé dans sa manche relevée. Ses dents étaient jaunies par le tabac.

— T'as une sale gueule, a-t-il constaté.

— De ta part, c'est pas des paroles en l'air.

Ça lui a plu. Nous l'appelions Carrex, à cause du tatouage qu'il avait sur le front. Quatre carrés, groupés par deux, comme ceux qui divisent encore certains terrains de jeu. Maintenant qu'il était un prof de yoga réputé, ayant produit des vidéos, possédant une chaîne d'écoles, les gens prenaient ce tatouage pour quelque symbole hindou. Et en un sens, c'était vrai.

Il fut un temps où ç'avait été un svastika. Il avait juste rajouté quatre lignes. Pour le fermer.

J'avais du mal à imaginer, Carrex étant l'être le plus tolérant que je connaisse. C'est aussi mon meilleur ami. Le jour où il m'a expliqué l'origine de ces carrés, j'ai été choqué et atterré. Il n'a jamais cherché à se justifier ; comme Sheila, il ne parlait pas de son passé. D'autres m'ont renseigné par bribes. Je comprends mieux à présent.

— Merci pour les fleurs, ai-je dit.

Carrex n'a pas répondu.

— Et d'être venu, ai-je ajouté.

Il avait amené une bande de copains du centre. Outre les membres de la famille, ils avaient constitué le gros du cortège funèbre.

— Sunny était quelqu'un de chic, a-t-il dit.

— Ouais.

Un moment de silence, puis Carrex a remarqué :

— Mais quelle assistance de merde.

— Merci de me le signaler.

— Enfin quoi, bon sang, y en a combien qui sont venus ?

— Tu me réconfortes drôlement, Carrex. Merci, mec.

— Tu veux du réconfort ? Sache-le, les gens sont des cons.

— Attends, je sors un stylo pour noter.

Silence. Carrex s'est arrêté au feu et m'a regardé à la dérobée. Il avait les yeux rouges. Dans les plis de sa manche, il a pris son paquet de cigarettes.

— Raconte-moi ce qui ne va pas.

— Tu sais, l'autre jour ? Ben voilà, ma mère est morte.

— OK, a-t-il acquiescé, ne dis rien.

Le feu est passé au vert. La camionnette a redémarré. L'image de mon frère sur la photo a surgi devant mes yeux.

— Carrex ?

— J'écoute.

— Je crois que mon frère est toujours en vie.

Il n'a pas réagi tout de suite. Tirant une cigarette du paquet, il l'a placée dans sa bouche.

— Une vraie épiphanie, a-t-il lâché.

— Une épiphanie, hein ? ai-je répété avec un hochement de tête.

— Je suis des cours du soir, figure-toi… Alors, pourquoi ce revirement soudain ?

Il est entré dans le petit parking du centre. Avant, on se garait dans la rue, mais les gens pénétraient par effraction dans la camionnette pour y passer la nuit. On n'a pas fait appel aux flics, bien sûr, mais le coût des vitres brisées et des serrures arrachées commençait à se faire sentir. Au bout d'un moment, on a laissé les ortes ouvertes. Le premier arrivé au centre tambouri-ait sur la camionnette. Ayant reçu le message, les locataires nocturnes s'empressaient de filer.

Cela aussi, on a dû y mettre fin. La camionnette était devenue trop dégoûtante pour qu'on puisse l'utiliser. Les SDF ne sont pas toujours clean. Ils vomissent. Ils se souillent. Ils sont souvent incapables de trouver des toilettes. Bon, assez parlé de ça.

Sans bouger de mon siège, je me demandais comment j'allais aborder le sujet.

— Je peux te poser une question ?

Il attendait.

— Tu ne m'as jamais donné ton point de vue sur ce qui est arrivé à mon frère.

— C'est une question, ça ?

— Plutôt une constatation. La question est : Comment ça se fait ?

— Comment ça se fait que je ne t'aie jamais donné mon point de vue sur ton frère ?

— Oui.

Carrex a haussé les épaules.

— Tu ne me l'as jamais demandé.

— On en a beaucoup parlé.

Nouveau haussement d'épaules.

— Bon, d'accord, je te le demande : As-tu pensé qu'il était vivant ?

— Depuis toujours.

Et vlan !

— Alors, toutes ces discussions qu'on a eues, tous mes arguments pour prouver le contraire...

— Je n'ai jamais su qui tu cherchais à convaincre, toi ou moi.

— Ils ne t'ont pas convaincu, mes arguments ?

— Non. Sûrement pas.

— Mais tu ne m'as pas contredit non plus.

Carrex a inhalé profondément, tirant sur s.
cigarette.

— Tes illusions me semblaient inoffensives.

— L'ignorance est une bénédiction, hein ?

— La plupart du temps, oui.

— Pourtant, mon raisonnement tenait la route, ai-je
protesté.

— C'est toi qui le dis.

— Tu ne le crois pas ?

— Non, je ne le crois pas, a répliqué Carrex.
D'après toi, ton frangin n'avait pas de ressources pour
se cacher, mais on n'a pas besoin de ressources.
Regarde les fugueurs qu'on rencontre tous les jours.
Si l'un d'eux voulait disparaître pour de bon, il
s'évanouirait dans la nature, et basta.

— Ils ne font pas l'objet d'une chasse à l'homme
internationale.

— Une chasse à l'homme internationale, a répété
Carrex avec une expression proche du dégoût. Tu
imagines que tous les flics du monde se réveillent le
matin en pensant à ton frère ?

Il n'avait pas tort – surtout maintenant que je savais
que Ken recevait peut-être une aide financière de ma
mère.

— Il est incapable de tuer.

— À d'autres, a dit Carrex.

— Tu ne le connais pas.

— On est amis, exact ?

— Exact.

— Tu arrives à croire que dans le temps je brûlais
des croix et hurlais « Heil Hitler » ?

— Ce n'est pas pareil.

— Si.

Nous sommes descendus de la camionnette.

— Tu te souviens, tu m'as demandé un jour pourquoi je ne m'étais pas carrément débarrassé du tatouage ?

J'ai hoché la tête.

— Et tu m'as envoyé sur les roses.

— Oui. Le fait est que j'aurais pu le faire effacer au laser ou le maquiller plus efficacement. Mais je le garde comme un rappel.

— De quoi ? Du passé ?

Carrex a souri de toutes ses dents jaunes.

— Du potentiel.

— Je ne sais pas ce que ça veut dire.

— Parce que tu es bouché.

— Mon frère n'aurait jamais violé et assassiné une femme innocente.

— Dans certains cours de yoga on apprend des mantras, a rétorqué Carrex. Mais ce n'est pas parce qu'on répète une chose à l'infini qu'elle devient réelle.

— Tu es drôlement profond aujourd'hui.

— Et toi, tu te comportes en couillon.

Il a écrasé sa cigarette.

— Tu vas me dire pourquoi tu as retourné ta veste ?

Nous étions sur le point d'entrer.

— Dans mon bureau, ai-je dit.

Nous nous sommes tus en pénétrant dans le centre. Les gens s'imaginent que c'est un taudis, or c'est tout le contraire. Notre objectif était de créer un lieu où nos propres gosses se sentiraient bien si jamais ils étaient dans le pétrin. Au début, ce credo surprend les donateurs, les choque, même – comme la plupart des institutions caritatives.

Lorsque nous sommes sur place, notre souci numéro un, c'est les gamins. Ils ne méritent pas moins. Pour une fois dans leur triste existence, ils sont le centre de l'attention. Toujours. Nous accueillons chacun d'eux

– pardonnez-moi la comparaison – comme un frère prodigue. Nous écoutons. Nous prenons notre temps. Nous leur serrons la main et nous les serrons dans nos bras. Nous les regardons droit dans les yeux. Jamais par-dessus leur épaule. Quand on fait semblant, ils le repèrent en un clin d'œil. Leurs antennes sont excellentes. Nous les aimons de toutes nos forces, totalement et sans condition. Jour après jour. Ou alors nous rentrons chez nous. Ça ne veut pas dire qu'on réussit à tous les coups. On en perd plus qu'on n'en sauve. La plupart se font happer par la rue. Mais, tant qu'ils restent ici, ils sont au chaud. Aimés, entourés.

Dans mon bureau, deux personnes – un homme et une femme – nous attendaient. Carrex s'est arrêté net et a humé l'air comme un chien de chasse.

— Des flics, m'a-t-il glissé.

La femme s'est avancée en souriant. L'homme est resté en arrière, nonchalamment adossé au mur.

— Will Klein ?

— Oui ? ai-je dit.

Elle a brandi sa plaque avec panache. L'homme a fait pareil.

— Je m'appelle Claudia Fisher. Et voici Darryl Wilcox. Nous sommes tous deux agents du Bureau fédéral d'investigation.

— Le FBI, m'a lancé Carrex, les pouces levés, comme s'il était impressionné par tant d'honneur.

Il a scruté la plaque d'identité avant de reporter son regard sur Claudia Fisher.

— Tiens, comment ça se fait que vous vous soyez coupé les cheveux ?

Elle a refermé son porte-carte d'un coup sec. Haussé un sourcil à l'adresse de Carrex.

— Et vous êtes ?

— Facilement excité, a-t-il rétorqué.

Fronçant les sourcils, elle s'est tournée vers moi.

— Nous aimerions vous dire deux mots.

Et elle a ajouté :

— En privé.

Claudia Fisher était petite et vive, le prototype de la bonne élève douée pour le sport, juste un brin trop crispée sur les bords – le genre qui sait s'amuser, mais pas spontanément. Ses cheveux courts étaient coiffés en arrière, un peu style fin des années soixante-dix, mais ça lui allait bien. Elle avait de petits anneaux aux oreilles et un profil d'oiseau de proie.

Nous sommes naturellement méfiants vis-à-vis des forces de l'ordre, ici. Je n'ai aucune envie de protéger des criminels, mais je ne tiens pas non plus à servir d'instrument pour leur capture. Ce lieu se doit d'être un refuge. Coopérer avec la police reviendrait à miner notre crédibilité auprès de la rue – or c'est la base de tout. J'aime à nous croire neutres. Une sorte de Suisse pour les fugueurs. Et, bien sûr, mon histoire personnelle – la façon dont les agents fédéraux ont mené leur enquête sur mon frère – ne m'incite guère à leur ouvrir mon cœur.

— Je préfère qu'il reste, ai-je déclaré.

— Ça n'a rien à voir avec lui.

— Considérez-le comme mon avocat.

Claudia Fisher a toisé Carrex de la tête aux pieds : le jean, la coiffure, le tatouage. Il a tiré sur des revers imaginaires et remué les sourcils.

Je suis allé à mon bureau. Lui s'est laissé tomber dans le fauteuil en face et a posé les pieds sur le plateau. Ses chaussures ont heurté la surface du meuble avec un bruit mat, comme poussiéreux. Fisher et Wilcox sont restés debout.

J'ai écarté les mains.

— Que puis-je pour vous, agent Fisher ?

— Nous recherchons une certaine Sheila Rogers.

Ce n'était pas ce à quoi je m'attendais.

— Pouvez-vous nous dire où elle se trouve ?

— Pourquoi la recherchez-vous ? ai-je demandé.

Claudia Fisher m'a gratifié d'un sourire condescendant.

— Si vous nous disiez simplement où elle est ?

— Elle a des ennuis ?

— Pour le moment…

Elle a marqué une pause et son sourire a changé.

— … nous avons juste quelques questions à lui poser.

— À quel sujet ?

— Vous refusez de coopérer avec nous ?

— Je ne refuse rien du tout.

— Dans ce cas, dites-nous, s'il vous plaît, où nous pouvons trouver Sheila Rogers.

— J'aimerais savoir pourquoi.

Elle a regardé Wilcox, qui a eu un hochement de tête à peine perceptible. Elle s'est retournée vers moi.

— En début de matinée, l'agent Wilcox et moi, nous nous sommes rendus sur le lieu de travail de Sheila Rogers dans la 18e Rue. Elle n'était pas présente. Son employeur nous a informés qu'elle avait téléphoné pour prévenir qu'elle était souffrante. Nous sommes allés à son dernier domicile connu. Son propriétaire nous a dit qu'elle avait déménagé il y a quelques mois. Son adresse actuelle est la vôtre, monsieur Klein : 378, 24e Rue Ouest. Sheila Rogers ne s'y trouvait pas non plus.

Carrex a pointé le doigt sur elle.

— Vous pouvez pas parler normalement, non ?

Elle l'a ignoré.

— Nous ne voulons pas d'histoires, monsieur Klein.

— D'histoires ?

— Nous avons besoin d'interroger Sheila Rogers. C'est urgent. On peut faire ça en douceur. Ou, si vous choisissez de ne pas coopérer, on peut employer une autre méthode, beaucoup moins plaisante.

Carrex s'est frotté les mains.

— Oooh, une menace !

— Alors, que décidez-vous, monsieur Klein ?

— J'aimerais que vous partiez, ai-je dit.

— Jusqu'à quel point connaissez-vous Sheila Rogers ?

Les choses prenaient une drôle de tournure. Je commençais à avoir mal au crâne. Wilcox a sorti un papier de la poche de son veston, l'a tendu à Claudia Fisher.

— Saviez-vous que Mlle Rogers avait un casier judiciaire ?

Je me suis efforcé de garder mon calme, mais même Carrex a réagi en entendant ça.

Fisher s'est mise à lire :

— « Vol à l'étalage. Prostitution. Recel avec intention de vendre. »

— Du pur amateurisme, a ricané Carrex.

— « Vol à main armée. »

— C'est déjà mieux, a-t-il acquiescé.

Il a regardé Fisher.

— Elle n'a pas été condamnée pour ça, hein ?

— C'est exact.

— Alors, peut-être que ce n'est pas elle.

Fisher a de nouveau froncé les sourcils. Moi, j'ai tiré sur ma lèvre inférieure.

— Monsieur Klein ?

— Je ne peux pas vous aider, ai-je dit.

— Vous ne pouvez pas ou vous ne voulez pas ?

Je continuais à me triturer la lèvre.

— Question de sémantique.

— Tout ceci doit avoir un petit côté déjà-vu, monsieur Klein.

— De quoi parlez-vous, bon sang ?

— De votre propension à protéger. D'abord votre frère. Maintenant votre concubine.

— Allez au diable.

Visiblement déçu par mon manque de repartie, Carrex m'a adressé une grimace.

Fisher n'a pas désarmé.

— On dirait que vous n'avez pas bien conscience de la situation.

— Comment ça ?

— Les retombées, a-t-elle poursuivi. Comment réagiraient vos donateurs, à votre avis, en apprenant que vous avez été arrêté pour complicité et recel de malfaiteur ?

Carrex a répliqué à ma place :

— Vous savez à qui vous devriez demander ça ?

Claudia Fisher a plissé le nez, comme face à quelque chose qui aurait collé à la semelle de sa chaussure.

— À Joey Pistillo, a ajouté Carrex. Je parie qu'il a la réponse.

Ç'a été au tour de Fisher et de Wilcox de rester comme deux ronds de flan.

— Vous avez un portable ? On n'a qu'à l'appeler tout de suite.

Fisher a regardé Wilcox, puis Carrex.

— Vous êtes en train de nous dire que vous connaissez le directeur adjoint Joseph Pistillo ?

— Appelez-le, a répliqué Carrex.

Puis :

— Oh, attendez, vous ne devez pas avoir le numéro de sa ligne directe.

50

Il a tendu la main en fléchissant l'index.

— Permettez ?

Elle lui a remis le téléphone. Il a pianoté sur les touches et l'a pressé contre son oreille. Les pieds toujours sur le bureau, il s'est renversé dans son siège ; s'il avait eu un chapeau de cow-boy, il l'aurait enfoncé sur ses yeux pour piquer un petit somme.

— Joey ? Salut, vieux, comment va ?

Il a écouté un moment, puis a éclaté de rire. Pendant qu'il bavardait, j'ai regardé Fisher et Wilcox blêmir à vue d'œil. En temps normal, cette partie de bras de fer m'aurait amusé – entre son passé trouble et son actuel statut de célébrité, Carrex était vraiment quelqu'un d'inclassable –, mais j'avais la tête qui tournait.

Au bout de quelques minutes, il a rendu le téléphone à l'agent Fisher.

— Joey veut vous parler.

Ils sont sortis dans le couloir et ont fermé la porte.

— Nom d'un chien, le FBI, a dit Carrex, levant à nouveau les pouces, toujours aussi impressionné.

— Oui, quelle aubaine, n'est-ce pas ?

— C'est quelque chose, tout de même. Cette histoire de casier, j'entends. Qui l'aurait cru, hein ?

Pas moi.

Quand ils sont revenus, Fisher et Wilcox avaient repris des couleurs. Fisher a tendu le téléphone à Carrex avec un sourire beaucoup trop courtois.

Il l'a collé à son oreille.

— Alors, Joey ?

Il a écouté un moment. Puis il a dit :

— OK.

Et il a raccroché.

— Eh bien ? ai-je demandé.

— C'était Joey Pistillo. Une grosse pointure du FBI pour toute la côte Est.

— Oui ?

— Il veut te voir en personne.

Carrex a détourné les yeux.

— Quoi ?

— Je crois qu'on ne va pas aimer ce qu'il a à nous dire.

5

LE DIRECTEUR ADJOINT JOSEPH PISTILLO voulait non seulement me voir en personne, mais il voulait me voir seul.

— Je crois que votre mère vient de décéder, a-t-il commencé.

— Comment ça, vous croyez ?

— Pardon ?

— Vous avez lu la nécro dans le journal ? ai-je demandé. Vous l'avez su par un ami ? Comment en êtes-vous arrivé à croire qu'elle était décédée ?

Nous nous sommes regardés. Pistillo était trapu, avec une tonsure cerclée de cheveux gris coupés à ras, des épaules comme des boules de bowling, et ses mains noueuses étaient jointes sur son bureau.

— Ou alors, ai-je poursuivi, sentant frémir la vieille colère, vous aviez un agent qui nous surveillait. Qui la surveillait. À l'hôpital. Sur son lit de mort. À son enterrement. Était-ce le nouveau garçon de salle dont les infirmières parlaient en chuchotant ? Était-ce le chauffeur de la limousine qui avait oublié le nom de l'entrepreneur des pompes funèbres ?

Chacun soutenait le regard de l'autre sans ciller.

— Je vous présente toutes mes condoléances, a fait Pistillo.

— Merci.

Il s'est calé dans son siège.

— Pourquoi refusez-vous de nous dire où est Sheila Rogers ?

— Pourquoi refusez-vous de me dire ce que vous lui voulez ?

— Quand l'avez-vous vue pour la dernière fois ?

— Vous êtes marié, agent Pistillo ?

Il n'a pas bronché.

— Depuis vingt-six ans. On a trois gosses.

— Vous aimez votre femme ?

— Oui.

— Alors, si je venais vous voir avec des menaces et des exigences la concernant, que feriez-vous ?

Pistillo a hoché lentement la tête.

— Si vous travailliez pour le FBI, je lui dirais de coopérer.

— C'est tout ?

— Eh bien... (Il a levé son index.) À une restriction près.

— Laquelle ?

— Qu'elle soit innocente. Si elle était innocente, je n'aurais rien à craindre.

— Vous ne vous poseriez donc pas de questions ? Pour comprendre de quoi il s'agissait ?

— Des questions ? Sûrement. Je voudrais savoir...

Il n'a pas terminé sa phrase.

— Permettez-moi de vous soumettre une hypothèse.

Il a marqué une pause. Je me suis redressé.

— Je sais que vous croyez votre frère mort.

Nouvelle pause. Je n'ai pas bougé.

— Admettons que vous découvriez qu'il est vivant et qu'il se cache... et admettons par-dessus le marché que vous appreniez qu'il a tué Julie Miller. Tout ça est hypothétique, bien sûr.

— Continuez, l'ai-je encouragé.

— Que feriez-vous, hein ? Le dénonceriez-vous ? Lui diriez-vous de se débrouiller tout seul ? Ou lui apporteriez-vous votre aide ?

Nouveau silence.

— Vous ne m'avez pas convoqué ici pour jouer aux devinettes.

— Non, en effet.

Il a fait pivoter vers moi l'écran d'ordinateur sur son bureau. Puis il a pressé quelques touches. Une image colorée a surgi, et j'ai senti mon estomac se nouer.

Une pièce ordinaire. Un lampadaire renversé dans un coin. Une moquette beige. Une table basse couchée sur le flanc. Un intérieur saccagé comme après le passage d'un cyclone. Mais, au centre de la pièce, un homme reposait dans une mare que j'ai supposée être du sang. Un sang foncé, plus qu'écarlate, plus que rouille, presque noir. L'homme gisait sur le dos, bras et jambes écartés, comme s'il était tombé de très haut.

Pendant que j'examinais l'image, je sentais que Pistillo m'observait, guettant ma réaction. Je l'ai regardé une fraction de seconde, avant de revenir à l'écran.

Il a appuyé sur une touche. Une autre image a succédé à celle du sang. La même pièce. Le lampadaire n'était plus visible. Toujours du sang sur la moquette – mais il y avait un second corps maintenant, recroquevillé en position fœtale. Le premier homme portait un T-shirt et un pantalon noirs. Celui-ci était vêtu d'un jean et d'une chemise de flanelle.

Pistillo a pressé une nouvelle touche. Cette fois, la photo avait été prise avec un grand-angle. On y voyait les deux corps. Le premier au centre de la pièce. Le second plus près de la porte. Je n'apercevais qu'un seul visage – vu d'ici, il ne m'était pas familier – mais l'autre était impossible à distinguer.

Une bouffée de panique m'a envahi. Ken, me suis-je dit. Se pouvait-il que l'un des deux…

Puis je me suis rappelé leurs questions. Il ne s'agissait pas de Ken.

— Ces photos ont été prises à Albuquerque, au Nouveau-Mexique, le week-end dernier, a annoncé Pistillo.

J'ai froncé les sourcils.

— Je ne comprends pas.

— Le lieu du crime était sens dessus dessous, mais on a quand même réussi à trouver quelques cheveux et quelques fibres.

Il m'a souri.

— Je ne suis pas très fort, côté technique. Les analyses qu'on fait aujourd'hui, c'est proprement incroyable. Mais parfois ce sont les classiques qui vous donnent la solution.

— Suis-je censé savoir de quoi vous parlez ?

— Quelqu'un avait tout essuyé avec le plus grand soin, mais nos techniciens ont relevé des empreintes digitales – bien nettes et qui n'appartenaient à aucune des victimes. On les a entrées dans l'ordinateur et on a eu la réponse tôt ce matin.

Il s'est penché en avant, sans plus sourire.

— Et devinez quoi.

J'ai vu Sheila, ma belle Sheila, en train de regarder par la fenêtre.

« Je suis désolée, Will. »

— Elles appartiennent à votre compagne, monsieur Klein. Celle-là même qui a un casier judiciaire. Celle que nous avons soudain tant de mal à localiser.

6

Elizabeth, New Jersey

ASSIS À L'ARRIÈRE DE SA MERCEDES CUSTOMISÉE – modèle limousine blindé sur les côtés et équipé de vitres-miroirs pare-balles pour le prix modique de quatre cent mille dollars –, Philip McGuane regardait défiler les fast-foods, les magasins vieillots et les galeries commerciales vétustes. Dans sa main droite, il tenait un whisky soda fraîchement sorti du bar de la voiture. Il a baissé les yeux sur le liquide ambré. Immobile. C'en était presque surprenant.

— Ça va, monsieur McGuane ?

Il s'est tourné vers son compagnon. Fred Tanner était énorme, la taille et la consistance d'un petit immeuble en brique, des mains aussi larges que des plaques d'égout, avec des doigts boudinés. Son regard respirait la confiance absolue. Tanner, c'était la vieille école – costume brillant et bagouse au petit doigt. Une grosse chevalière en or archivoyante, qu'il avait la manie de tripoter en parlant.

— Ça va, a menti McGuane.

La limousine a quitté la Route 22 en prenant la sortie de Parker Avenue. Tanner continuait à jouer avec sa chevalière. Il avait cinquante ans, quinze ans de plus que son patron. Son visage buriné alternait méplats et reliefs marqués. Ses cheveux étaient méticuleusement coupés à ras. McGuane le savait excellent – froid, méthodique, implacable, une brute à qui la compassion était une notion aussi familière que le feng-shui. Tanner se servait plutôt de ses battoirs ou de toute une panoplie d'armes à feu. Il s'était frotté aux pires ordures et en était toujours sorti vainqueur.

Mais cette fois la partie se jouait sur un tout autre plan.

— C'est qui, ce type ? a demandé Tanner.

McGuane a secoué la tête. Son propre costume était un Joseph Abboud fait sur mesure. Il louait trois étages dans le quartier chic de Lower West Side. À une époque différente, on l'aurait appelé parrain, kapo, ou autre ineptie du même genre. Mais c'était avant. Fini (depuis belle lurette, malgré tout ce que Hollywood essaie de nous faire croire), les réunions dans l'arrière-salle et les gilets de velours – au grand regret de Tanner, à n'en pas douter. Aujourd'hui, on avait des bureaux, une secrétaire, un personnel salarié. On payait des impôts. On faisait des affaires dans les règles.

Ce qui ne changeait rien à la nature de celles-ci.

— Et pourquoi qu'on vient nous ? a continué Tanner. C'est plutôt à lui de se déplacer, non ?

McGuane n'a pas répondu. Tanner ne comprendrait pas.

Si le Spectre voulait vous voir, vous y alliez.

Qui que vous soyez. Car, si vous refusiez, le Spectre venait à vous. McGuane avait un très bon service de sécurité. Des gars triés sur le volet. Mais le Spectre était meilleur. Il avait de la patience. Il vous étudiait. Il guettait une ouverture. Et il finissait par vous trouver. Seul. Tout le monde le savait.

Non, mieux valait ne pas traîner. Mieux valait y aller.

La limousine s'est arrêtée au dernier carrefour avant le cimetière.

— Vous avez bien compris ce que je veux ? s'est assuré McGuane.

— J'ai déjà un homme sur place. C'est réglé.

— Ne le faites pas intervenir sans mon signal.

— Ouais, OK. On a tout bon.

— Ne le sous-estimez pas.

Tanner a appuyé sur la poignée de la portière. La chevalière a étincelé au soleil.

— Sauf votre respect, monsieur McGuane, c'est un mec comme un autre, hein ? Il saigne comme tout le monde, non ?

McGuane n'en était pas si sûr.

Tanner est descendu du véhicule avec une grâce étonnante pour quelqu'un de sa corpulence. S'enfonçant dans le siège, McGuane a bu une grande goulée de scotch. Il était l'un des hommes les plus puissants de New York. On n'en arrive pas là, on n'atteint pas le sommet si on n'est pas un salopard rusé et sans scrupules. Faites montre de faiblesse, et vous êtes mort. Trébuchez, et vous êtes mort. C'est aussi simple que ça.

Et, par-dessus tout, ne revenez jamais sur vos positions.

McGuane savait tout cela – il le savait aussi bien que n'importe qui –, mais en cet instant il avait surtout envie de fuir. De plier bagage et de prendre la poudre d'escampette.

Comme son vieil ami Ken.

Croisant le regard du chauffeur dans le rétroviseur, il a inspiré profondément et hoché la tête. La voiture a redémarré, tourné à gauche et franchi le portail du cimetière de Wellington. Les pneus ont crissé sur le gravier. McGuane a dit au chauffeur de s'arrêter. Une fois dehors, il s'est approché de la fenêtre avant.

— Je vous appellerai quand j'aurai besoin de vous.

Le chauffeur a acquiescé et est reparti.

McGuane s'est retrouvé seul.

Il a remonté son col. Son regard a balayé le cimetière. Rien ne bougeait. Où Tanner et son homme pouvaient-ils bien s'être planqués ? Plus près du lieu du rendez-vous, sans doute. Dans un arbre ou derrière un buisson. S'ils connaissaient si bien leur affaire, McGuane n'avait aucune chance de les apercevoir.

Le ciel était clair. Le vent l'a cinglé comme la faux d'un moissonneur. Il a rentré la tête dans les épaules. Le grondement de la circulation s'entendait malgré les murs antibruit, donnant la sérénade aux morts. Une odeur de pâtisserie fraîche flottait dans l'air, et un instant McGuane a songé à la crémation.

Personne en vue.

Il a trouvé le sentier et pris la direction de l'est. En chemin, il notait machinalement les dates de naissance et de mort sur les pierres tombales. Il calculait les âges en se demandant quel sort avait bien pu frapper les plus jeunes. Un nom familier a attiré son attention, et il a hésité. Daniel Skinner. Décédé à l'âge de treize ans. Un ange souriant était sculpté sur la stèle. McGuane a ri doucement. Skinner, une brute caractérielle, avait pris pour souffre-douleur un gamin du cours moyen. Mais ce jour-là – un 11 mai, selon la pierre tombale –, ce gamin pas comme les autres avait emporté un couteau de cuisine pour se défendre. Son seul et unique coup avait transpercé le cœur de Skinner.

Adieu, mon ange.

McGuane a haussé les épaules pour ne plus y penser.

60

Était-ce là que tout avait commencé ?

Il continuait d'avancer. Arrivé en haut, il a tourné à gauche et ralenti le pas. Ce n'était plus très loin, maintenant. Il a scruté les environs : toujours personne. C'était plus calme par ici – plus vert, plus paisible. Les résidents, eux, s'en fichaient bien sûr. Il a hésité, bifurqué vers la gauche et suivi l'allée jusqu'à la bonne tombe.

McGuane s'est arrêté. A lu le nom et la date. S'est reporté mentalement en arrière, dans le passé. Qu'éprouvait-il ? À vrai dire, pas grand-chose. Ce n'était plus la peine de regarder autour de lui. Le Spectre était là, quelque part. Il le savait.

— Tu aurais dû apporter des fleurs, Philip.

La voix, douce et suave, avec une pointe de zézaiement, lui a glacé le sang. Il s'est retourné lentement. John Asselta s'est approché, des fleurs à la main. McGuane s'est écarté. Leurs regards se sont rencontrés, et McGuane a senti une griffe acérée s'enfoncer dans sa poitrine.

— Ça fait longtemps, a dit le Spectre.

Asselta, l'homme que McGuane connaissait sous le nom du Spectre, s'est dirigé vers la tombe. McGuane ne bougeait pas. Sur le passage du Spectre, la température semblait chuter d'une dizaine de degrés.

McGuane retenait sa respiration.

S'agenouillant, le Spectre a déposé avec soin les fleurs sur le sol. Il est resté là un moment, les yeux clos. Puis il s'est relevé et, de ses doigts fuselés de pianiste, a caressé la pierre d'un geste beaucoup trop intime.

McGuane s'efforçait de ne pas regarder.

La peau laiteuse du Spectre faisait penser à une cataracte. Des veines bleues parcouraient son visage à la joliesse improbable comme des traînées de larmes.

Ses yeux étaient d'un gris quasi incolore. Sa tête, trop grosse par rapport à ses épaules étroites, avait la forme d'une poire. Ses joues étaient rasées de frais. Plantée au sommet de son crâne, une touffe de cheveux marronnasse retombait en cascade telle une fontaine. Ses traits avaient quelque chose de délicat, de féminin presque – version cauchemardesque d'une poupée de Dresde.

McGuane a fait un autre pas en arrière.

Il arrive qu'on rencontre des êtres dont la bonté profonde vous saute aux yeux d'entrée de jeu. Et parfois, c'est l'inverse : par sa seule présence, quelqu'un peut vous étouffer sous une lourde chape de sang et de putréfaction.

— Qu'est-ce que tu veux ? a demandé McGuane.

Le Spectre a baissé la tête.

— Tu as déjà entendu l'expression : Il n'y a point d'athées dans les tranchées ?

— Oui.

— Eh bien, c'est faux. C'est même tout le contraire. Quand tu es dans une tranchée, quand tu es face à la mort, c'est là que tu comprends que Dieu n'existe pas. C'est ce qui te pousse à lutter pour survivre, pour respirer encore un coup. C'est ce qui te pousse à faire appel à toutes les entités possibles et imaginables – parce que tu ne veux pas mourir. Parce qu'au fond de toi tu sais que c'est la fin de la partie. Il n'y a pas d'après. Pas de paradis. Pas de Dieu. Il n'y a que le néant.

Le Spectre a levé les yeux sur lui. McGuane ne bougeait pas.

— Tu m'as manqué, Philip.

— Qu'est-ce que tu veux, John ?

— Tu le sais, non ?

McGuane le savait, en effet, mais il n'a pas répondu.

— J'ai cru comprendre, a poursuivi le Spectre, que tu avais quelques soucis.

— Qu'as-tu entendu ?

— Juste des rumeurs.

Le Spectre a souri. À la vue de sa bouche mince comme une lame de rasoir, McGuane a eu envie de hurler.

— C'est pour ça que je suis revenu.

— C'est mon problème.

— Si seulement c'était vrai, Philip.

— Qu'est-ce que tu veux, John ?

— Les deux hommes que tu as envoyés au Nouveau-Mexique, ils ont échoué, hein ?

— Oui.

— Moi, a chuchoté le Spectre, je n'échouerai pas.

— Je ne vois toujours pas ce que tu veux.

— Tu conviendras, n'est-ce pas, que cette affaire me concerne moi aussi ?

Le Spectre a attendu. McGuane a fini par hocher la tête.

— Oui, sans doute.

— Tu as des sources, Philip. Un accès à l'information dont je ne dispose pas.

Le Spectre a regardé la tombe et, un instant, McGuane a cru entrevoir en lui quelque chose de presque humain.

— Tu es sûr qu'il est revenu ?

— Pratiquement sûr, oui, a fait McGuane.

— Comment le sais-tu ?

— Par quelqu'un du FBI. Les hommes que nous avons envoyés à Albuquerque étaient censés le confirmer.

— Ils ont sous-estimé leur adversaire.

— Apparemment, oui.

— Tu sais où il se planque ?

— Nous y travaillons.

— Mais pas trop dur.

McGuane n'a pas répondu.

— Tu préférerais qu'il disparaisse à nouveau. Je me trompe ?

— Ça faciliterait les choses.

Le Spectre a secoué la tête.

— Pas cette fois-ci.

Il y a eu un silence.

— Alors, qui pourrait savoir où il est ? a demandé le Spectre.

— Son frère, peut-être… Il y a une heure, le FBI a alpagué Will. Pour l'interroger.

Le Spectre a dressé l'oreille.

— L'interroger sur quoi ?

— On ne sait pas encore.

— Dans ce cas, a dit le Spectre doucement, je ferais bien de commencer par là.

McGuane a réussi à hocher la tête. C'est alors que le Spectre s'est avancé vers lui. La main tendue. Incapable d'esquisser un geste, McGuane a frémi.

— Tu as peur de serrer la main d'un vieil ami, Philip ?

Oui, il avait peur. Le Spectre a fait un pas de plus dans sa direction. McGuane avait le souffle court. Il a songé à faire signe à Tanner.

Une balle. Une seule balle, et tout serait terminé.

— Serre-moi la main, Philip.

C'était un ordre, et McGuane a obtempéré. Presque contre son gré, son bras s'est levé. Le Spectre, il le savait, tuait des gens. Il en avait tué beaucoup. Avec facilité. Il était la Mort. Pas un simple tueur : la Mort elle-même – comme si son seul contact suffisait à vous

...erser la peau, à pénétrer dans votre sang, à y
...iller un poison qui vous perforait le cœur aussi
...rement que le couteau de cuisine dont il s'était servi
...utrefois.

McGuane évitait son regard.

Promptement, le Spectre a franchi la distance qui les
séparait et s'est emparé de sa main. McGuane a ravalé
un hurlement. Il a voulu se dégager du piège moite.
Mais le Spectre tenait bon.

Soudain, McGuane a senti quelque chose – quelque
chose de froid et de pointu qui s'est enfoncé dans sa
paume.

L'étau s'est resserré. McGuane a étouffé un cri de
douleur. Comme une baïonnette, l'objet pointu que le
Spectre avait dans la main s'est planté dans un fais-
ceau de nerfs. Il a continué à serrer. McGuane est
tombé sur un genou.

Le Spectre a attendu qu'il lève les yeux. Leurs
regards se sont croisés ; McGuane était sûr que ses
poumons allaient se fermer, que ses organes allaient
se mettre hors service l'un après l'autre. Le Spectre a
desserré son emprise. Il a glissé l'objet dans la main de
McGuane et refermé ses doigts par-dessus. Puis, finalement, il l'a lâché et s'est écarté.

— Tu risques de te sentir bien seul sur le chemin
du retour, Philip.

McGuane a recouvré sa voix.

— De quoi diable parles-tu ?

Mais le Spectre a tourné les talons. McGuane a
ouvert son poing.

Dans sa main, scintillant au soleil, reposait la chevalière en or de Tanner.

7

APRÈS ÊTRE SORTI DE MON ENTREVUE avec le directeur adjoint Pistillo, Carrex et moi avons grimpé dans la camionnette.

— Chez toi ? m'a-t-il demandé.

J'ai acquiescé.

— Je t'écoute, a-t-il dit.

J'ai répété ma conversation avec Pistillo.

Carrex a secoué la tête.

— Albuquerque. Je hais ce patelin, mec. Tu y as déjà été ?

— Non.

— Tu es dans le Sud-Ouest, et pourtant ç'a l'air d'être du toc. On se croirait chez Disney.

— Je m'en souviendrai. Merci, Carrex.

— Alors, quand est-ce qu'elle est partie, Sheila ?

— Je ne sais pas.

— Réfléchis. Où étais-tu le week-end dernier ?

— Chez mes parents.

— Et Sheila ?

— Comme d'habitude, en ville.

— Tu l'as appelée ?

J'ai réfléchi.

— Non, c'est elle qui m'a appelé.

— Depuis quel numéro ?

— Le numéro ne s'est pas affiché.

— Quelqu'un pourrait confirmer qu'elle était bien en ville ?

— Je ne le crois pas.

— Donc, elle aurait pu être à Albuquerque, a déduit Carrex.

J'ai examiné la question.

— Il y a d'autres explications possibles.

— Par exemple ?

— Il peut s'agir d'empreintes anciennes.

Les yeux rivés sur la route, Carrex a froncé les sourcils.

— Peut-être, ai-je continué, qu'elle est allée à Albuquerque il y a un mois – ou il y a un an, bon sang. Ça reste combien de temps, des empreintes digitales ?

— Un moment, je pense.

— Alors, c'est peut-être ça. Ou bien ses empreintes étaient sur un meuble – mettons une chaise –, laquelle chaise a été expédiée de New York au Nouveau-Mexique.

Carrex a rajusté ses lunettes de soleil.

— Un peu tiré par les cheveux.

— Mais plausible.

— Bien sûr. Et tant qu'on y est, quelqu'un a pu lui emprunter ses doigts, tiens. Les emmener en week-end à Albuquerque.

Un taxi nous a coupé la route. On a tourné à droite, manquant faucher un groupe de gens qui s'étaient avancés à un mètre du trottoir. Les habitants de Manhattan font tous ça. Personne n'attend que le feu passe au vert. Les gens avancent sur la chaussée, prêts à risquer leur vie pour avoir l'illusion de gagner du terrain.

— Tu connais Sheila..., ai-je commencé.

— Oui.

Ç'avait du mal à sortir, mais j'y suis arrivé :

— Tu crois réellement qu'elle soit capable de tuer ?

Carrex est resté un moment silencieux. Le feu est passé au rouge. Il a arrêté la camionnette et m'a regardé.

— Tu recommences à parler comme pour ton frère.

— Tout ce que je dis, Carrex, c'est qu'il y a d'autres possibilités.

— Tout ce que je dis, Will, c'est que tu as pété un plomb.

— C'est-à-dire ?

— Une chaise, nom de Dieu ! Tu es sérieux, là ? Hier soir, Sheila a pleuré et t'a demandé pardon – et ce matin, *pfuitt !* elle a disparu. Le FBI nous dit qu'on a relevé ses empreintes sur le lieu d'un crime. Et toi, tout ce que tu trouves, c'est une histoire à la con de chaises voyageuses et d'anciens déplacements.

— Ça ne signifie pas qu'elle a tué quelqu'un.

— Ça signifie, a répondu Carrex, qu'elle est impliquée.

J'ai essayé de digérer la chose. Calé dans mon siège, j'ai regardé par la vitre sans parler.

— T'as une idée, Carrex ?

— Que dalle.

On a continué à rouler.

— Je l'aime, tu sais.

— Je sais.

— Dans le meilleur des cas, elle m'a menti.

Il a haussé les épaules.

— On a vu pire.

Je me le demandais. J'ai repensé à notre première vraie nuit ensemble, couchés dans le lit, la tête de Sheila sur ma poitrine, son bras autour de moi. C'était un tel sentiment de bien-être, de paix – j'avais enfin trouvé ma place dans ce monde. Je ne sais plus combien de temps on était restés comme ça.

« Pas de passé », avait-elle dit tout bas, presque en se parlant à elle-même.

J'avais voulu savoir ce qu'elle entendait par là. La tête sur ma poitrine, elle avait détourné les yeux. Et elle n'avait plus rien ajouté.

— Il faut que je la retrouve, ai-je repris.

— Ouais, je sais.

— Tu veux m'aider ?

Carrex a haussé les épaules.

— Tu n'y arriveras pas sans moi.

— C'est vrai aussi, ai-je acquiescé. Alors, par où on commence ?

— Pour citer un vieux proverbe, avant d'aller plus loin, il faut regarder en arrière.

— Tu viens de l'inventer à l'instant ?

— Ouais.

— Au fond, c'est pas si bête.

— Will ?

— Oui ?

— Sans vouloir enfoncer les portes ouvertes, si on regarde en arrière, tu n'aimeras peut-être pas ce qu'on va trouver.

— C'est fort possible, ai-je concédé.

Après m'avoir déposé devant ma porte, Carrex est retourné à Covenant House. Je suis monté à l'appartement et j'ai jeté mes clés sur la table. J'aurais bien crié le nom de Sheila – juste pour m'assurer qu'elle n'était pas rentrée – si l'appartement ne m'avait paru non seulement terriblement désert mais surtout vidé de toute l'énergie que j'y avais perçue. Je n'ai pas voulu me fatiguer. Ce lieu que je considérais comme mon chez-moi depuis quatre ans déjà me semblait soudain différent, étranger. Son atmosphère avait quelque chose de confiné, comme s'il était resté long-temps inoccupé. Surmenage intellectuel, me suis-je dit.

Et maintenant ?

Fouiller partout, ai-je décidé. À la recherche d'indices, quels qu'ils soient. Mais ce qui m'a frappé d'emblée, ç'a été les goûts spartiates de Sheila. Elle prenait plaisir aux choses simples, voire ordinaires, et m'avait appris à faire pareil. Elle ne possédait presque rien. Quand elle avait emménagé, elle n'avait qu'une seule valise. Elle n'était pas pauvre – j'avais vu ses relevés de banque, et elle payait plus que sa part ici –, mais elle faisait partie de ces gens pour qui « ce sont les objets qui vous possèdent, pas l'inverse ». J'y réflé-chissais à présent, non tant au fait que les biens maté-riels vous possèdent qu'à celui qu'ils vous créent des attaches, des racines.

Mon sweat-shirt XXL de l'université d'Amherst était posé sur une chaise dans la chambre à coucher. Je l'ai ramassé avec un pincement au cœur. L'automne précédent, on avait passé un week-end à l'endroit où j'avais fait toutes mes études. Il y a une colline sur le campus d'Amherst, un talus escarpé qui s'élève au-dessus de la cour traditionnelle pour plonger vers une vaste étendue de terrains de sport. La plupart des étudiants, faisant montre de beaucoup d'imagination, appellent cette colline « la Colline ».

Le soir, Sheila et moi nous sommes baladés tard dans le campus, main dans la main. Nous nous sommes allongés sur l'herbe soyeuse de la Colline et, en contemplant le pur ciel d'automne, nous avons parlé pendant des heures. Je me souviens avoir pensé que jamais je n'avais connu une telle sensation de paix, de calme, de réconfort et de joie – oui, de joie. On était toujours couchés sur le dos quand Sheila a placé sa paume sur mon ventre et, les yeux sur les étoiles, a glissé sa main sous la ceinture de mon pantalon. Je me suis tourné légèrement pour voir son visage. Quand ses doigts ont trouvé…, euh…, le filon, j'ai aperçu son sourire malicieux.

— Comme au bon vieux temps de la fac, a-t-elle commenté.

D'accord, j'étais peut-être émoustillé, mais c'est à ce moment-là, sur cette colline, en sentant sa main dans mon pantalon, que je me suis pour la première fois rendu compte avec une certitude quasi surnaturelle qu'elle était la femme de ma vie, que nous serions toujours ensemble et que le fantôme de mon premier amour, mon seul amour avant Sheila, celui qui me hantait et barrait le chemin aux autres, s'était enfin évanoui.

J'ai regardé le sweat et, l'espace d'un instant, j'ai cru percevoir à nouveau l'odeur du feuillage et du chèvrefeuille. Le serrant contre moi, je me suis demandé, pour la énième fois depuis mon entrevue avec Pistillo, si tout cela était un mensonge.

Non.

Ça ne se simule pas. Carrex avait peut-être raison sur la violence qui sommeille en chacun d'entre nous. Mais on ne peut pas contrefaire un lien comme le nôtre.

Le mot était resté sur le comptoir.

Je t'aimerai toujours.
S

J'étais forcé de le croire. Je lui devais bien ça. Le passé de Sheila n'appartenait qu'à elle. Je n'avais aucun droit de regard là-dessus. Quoi qu'il ait pu arriver, elle avait certainement ses raisons. Elle m'aimait, je le savais. Il s'agissait maintenant de la

retrouver, de l'aider, de se débrouiller pour revenir à…
je ne sais pas, moi… à nous.

Pas question de douter d'elle.

J'ai inspecté les tiroirs. Sheila avait un seul compte
en banque et une seule carte de crédit – du moins à ma
connaissance. Mais il n'y avait pas de papiers, pas de
vieux relevés, ni de facturettes, ni de chéquiers, rien.
Elle avait dû tout jeter.

L'écran de veille de l'ordinateur – les incontour-
nables lignes bondissantes – a disparu au premier
mouvement de la souris. J'ai tapé le mot de passe,
cliqué sur le nom de Sheila, puis sur « Ancien Courrier ». Rien. Aucun e-mail. Bizarre. D'accord, elle
n'utilisait pas souvent Internet, mais elle n'aurait gardé
aucun e-mail ?

J'ai cliqué sur « Archives » : vide, là aussi. J'ai
essayé la liste de signets : toujours rien. J'ai vérifié
l'historique : *nada.*

M'enfonçant dans le siège, j'ai contemplé l'écran.
Une idée a germé dans mon esprit. J'ai réfléchi un
moment, me demandant si ça serait un acte de
trahison. Tant pis. Carrex avait raison : pour savoir
où aller, il fallait regarder en arrière. Et il avait raison
aussi en disant que je n'aimerais pas forcément ce que
je découvrirais.

Je me suis connecté à switchboard.com, un vaste
annuaire téléphonique en ligne. Dans la case « Nom »,
j'ai tapé « Rogers ». L'État, c'était Idaho. La ville,
Mason. Je le savais par le formulaire qu'elle avait
rempli quand elle avait postulé comme bénévole à
Covenant House.

Il n'y avait qu'une seule entrée. J'ai griffonné le
numéro sur un bout de papier. Oui, j'allais appeler les
parents de Sheila. Quitte à revenir en arrière, autant
commencer par le commencement.

Le temps de tendre la main vers le combiné, le téléphone a sonné. Ma sœur Melissa a demandé :

— Qu'est-ce que tu fabriques ?

J'ai réfléchi à la manière de formuler ça et j'ai opté pour :

— Il se passe des choses ici.

— Will, a-t-elle rétorqué, très sœur aînée. Nous sommes en deuil de notre mère.

J'ai fermé les yeux.

— Papa te réclame. Il faut que tu viennes.

J'ai jeté un regard circulaire sur l'appartement confiné, étranger. Rien ne me retenait ici. Et j'ai repensé à la photo dans ma poche – l'image de mon frère à la montagne.

— J'arrive, ai-je dit.

En m'accueillant à la porte, Melissa a demandé :

— Où est Sheila ?

J'ai marmonné quelque chose à propos d'un rendez-vous prévu de longue date, puis plongé dans la maison.

Ce jour-là, nous avions un vrai visiteur – quelqu'un qui ne faisait pas partie de la famille –, un vieil ami de mon père nommé Lou Farley. Je crois qu'ils ne s'étaient pas revus depuis dix ans. Ils étaient partis pour évoquer des souvenirs, trop lointains et avec beaucoup trop d'entrain. Une histoire à propos d'une ancienne équipe de softball. Ils riaient tous les deux. Cela faisait une éternité que je n'avais pas entendu mon père rire de la sorte. Il avait le regard humide, perdu dans le vague. Ma mère aussi assistait quelquefois aux matchs. Je la revois encore, assise dans les gradins, avec un chemisier sans manches et ses bras minces et hâlés.

J'ai jeté un coup d'œil par la fenêtre, dans l'espoir que Sheila finirait par se manifester, que tout ceci n'était qu'un énorme malentendu. J'avais comme un blocage – un gros blocage. Alors que la disparition de ma mère avait été prévisible – le cancer de Sunny, comme c'est souvent le cas, avait été une lente marche vers la mort, avec une brutale dégradation à la fin –, je me sentais encore trop à vif pour accepter tout ce qui arrivait.

Sheila.

J'avais déjà aimé et perdu autrefois. Dans les affaires de cœur, j'avoue être quelque peu vieux jeu. Je crois à l'existence de l'âme sœur. On a tous un premier amour. Le mien, en me quittant, m'avait laissé un trou béant dans le cœur. Longtemps j'avais cru que je ne m'en remettrais pas. Non sans raison, d'ailleurs. Tout d'abord, parce que notre rupture avait un goût d'inachevé. Mais peu importe. Après qu'elle m'a eu largué – ça s'était passé à la fin de la journée –, j'avais été convaincu que j'étais voué à me satisfaire d'une relation plus… médiocre… ou à finir mes jours seul.

Puis j'ai rencontré Sheila.

J'ai pensé à ses yeux verts qui me transperçaient. J'ai pensé à la douceur soyeuse de ses cheveux roux. J'ai pensé à l'attirance physique du début – immense, dévorante – qui s'était propagée à tout mon être. Je pensais sans cesse à elle. J'avais des papillons dans l'estomac. Dès que mon regard se posait sur son visage, mon cœur esquissait un petit pas de danse. Des fois, j'étais dans la camionnette avec Carrex, et soudain il m'assenait une bourrade parce que j'étais ailleurs, dans un lieu qu'il appelait en rigolant Sheila Land, un sourire niais aux lèvres. J'étais comme ivre. On se blottissait l'un contre l'autre pour regarder un vieux film sur cassette, on se caressait, on se taquinait

ur voir combien de temps on pouvait tenir, le bien-
re bataillant contre le désir, jusqu'à ce que… enfin,
c'est pour ça qu'il y a une touche « Pause » sur les
magnétoscopes.

On se tenait par la main. On faisait de longues
promenades. Assis dans le parc, on échangeait tout bas
des commentaires perfides sur les passants. Dans les
soirées, j'adorais me poster à l'autre bout de la pièce
pour l'observer de loin, la regarder bouger, parler et,
quand nos yeux se rencontraient, il y avait une
décharge électrique, un regard entendu, un sourire
lascif.

Un jour, Sheila m'a demandé de répondre à une
espèce de questionnaire idiot qu'elle avait trouvé dans
un magazine. L'une des questions était : « Quelle est la
plus grande faiblesse de votre partenaire ? » Après
réflexion, j'ai écrit : « Oublie souvent son parapluie
dans les restaurants. » Elle a beaucoup aimé, mais ma
réponse ne lui suffisait pas. Je lui ai rappelé qu'elle
écoutait les boys-bands et les vieux disques d'ABBA.
Elle a hoché gravement la tête et promis de changer.

Nous parlions de tout, à l'exception du passé. Je
vois ça fréquemment dans mon boulot. Ça ne me
gênait pas. Maintenant, avec le recul, je m'interroge,
mais à l'époque ça ajoutait, je ne sais pas, moi, une
note de mystère. Qui plus est – et là je vous demande
encore un peu de patience –, c'était comme s'il n'y
avait pas eu de vie avant nous. Pas d'amour, pas de
partenaires, pas de passé : on était nés le jour de notre
rencontre.

Ouais, je sais…

Melissa était assise à côté de mon père. Je les voyais
tous les deux de profil. La ressemblance était frap-
pante. Moi, je tenais davantage de ma mère. Ralph, le
mari de Melissa, tournicotait autour du buffet. C'était

le type même de l'Américain moyen, le brave gars à la poignée de main ferme, aux chaussures bien cirées, aux cheveux lisses et à l'intelligence limitée. Jamais je ne l'avais vu se lâcher : sans être coincé à proprement parler, il aimait que les choses soient à leur place.

Je n'ai rien de commun avec Ralph, mais, pour être honnête, je ne le connais pas très bien. Ils habitent Seattle et ne reviennent pour ainsi dire jamais. Je ne peux pas m'empêcher de repenser au temps où Melissa faisait les quatre cents coups en compagnie du mauvais garçon du quartier, Jimmy McCarthy. Ses yeux pétillaient alors. Elle était spontanée et d'une drôlerie irrésistible – parfois jusqu'à l'incongruité. J'ignore ce qui s'est passé, pourquoi elle a autant changé, ce qui lui a fait peur. Une question de maturité, prétendent les gens. Mais à mon avis, cela n'explique pas tout. À mon avis, il y a eu autre chose.

Melissa – nous l'avons toujours appelée Mel – m'a adressé un coup d'œil et nous nous sommes glissés à côté, dans la traditionnelle salle de télé. La main dans ma poche, j'ai touché la photo de Ken.

— Ralph et moi, on part demain matin, m'a-t-elle annoncé.

— C'est du rapide, ai-je répondu.

— Qu'entends-tu par là au juste ?

J'ai secoué la tête.

— On a des enfants. Ralph a un travail.

— Tout à fait. C'est déjà gentil à vous d'être venus.

Elle a ouvert de grands yeux.

— C'est horrible, ce que tu dis là.

Effectivement. Je me suis retourné. Assis à côté de papa et de Lou Farley, Ralph était en train d'enfourner un hamburger particulièrement ramollo, de la mayonnaise au coin des lèvres. J'ai voulu m'excuser auprès de ma sœur. Mais je n'ai pas pu. Mel était l'aînée : elle

t trois ans de plus que Ken, cinq ans de plus que
i. Quand on a trouvé Julie morte, elle s'est enfuie.
..possible d'appeler ça autrement. Elle a pris ses
cliques et ses claques, mari et bébé compris, et elle a
déménagé à l'autre bout du pays. Je comprenais, bien
sûr, mais j'étais toujours en colère contre ce que je
considérais comme un abandon.

Repensant à la photo de Ken dans ma poche, j'ai
brusquement pris une décision.

— J'aimerais te montrer quelque chose.

J'ai cru la voir tiquer, comme dans l'attente d'un
coup, enfin, c'était peut-être de la projection. Les
cheveux de Melissa – d'un blond platine classique,
bouclant sur les épaules – devaient sûrement être au
goût de Ralph. Mais pas au mien : cette coiffure-là, ce
n'était pas elle.

Nous nous sommes rapprochés de la porte du
garage. En regardant en arrière, je pouvais toujours
voir mon père, Ralph et Lou Farley.

J'ai ouvert la porte. Mel m'a lancé un regard
curieux mais elle m'a suivi. Le sol en ciment était
glacé. On aurait dit une zone sinistrée : bidons de peinture rouillés, cartons moisis, battes de base-ball, vieux
meubles en osier, pneus sans chape – le tout épar-
pillé comme après une explosion. Il y avait des taches
d'huile par terre ; la poussière qui recouvrait tout
d'une couche gris terne rendait la respiration difficile. Une corde était suspendue au plafond. Je me suis
souvenu du jour où mon père avait fait de la place et
attaché une balle de tennis à cette corde pour que je
puisse m'entraîner au base-ball. Incroyable, elle était
toujours là.

Melissa ne me quittait pas des yeux.

Je ne savais pas trop comment m'y prendre.

— Sheila et moi, on était en train de trier affaires de maman, hier…, ai-je commencé.

Ses yeux se sont étrécis légèrement. J'allais lu décrire comment on avait inspecté les tiroirs, examiné les faire-part de naissance jaunis et le programme du spectacle local dans lequel maman avait joué, comment, Sheila et moi, on s'était absorbés dans les vieilles photos – tu te rappelles celle avec le roi Hussein, Mel ? –, mais aucun son n'est sorti de ma bouche.

Sans un mot, j'ai fouillé dans mes poches, exhumé la photo et l'ai brandie devant son visage.

Ça n'a pas été long. Mel s'est reculée comme si je l'avais échaudée. Elle a inspiré profondément, à plusieurs reprises. Je me suis avancé, mais elle m'a arrêté d'un geste. Quand elle m'a regardé, son visage était totalement dénué d'expression. On n'y lisait ni surprise, ni joie, ni angoisse. Rien.

J'ai de nouveau agité la photo. Cette fois-ci, elle n'a pas cillé.

— C'est Ken, ai-je expliqué bêtement.

— Je vois bien, Will.

— C'est tout ce que tu as à dire ?

— Que veux-tu que je dise ?

— Il est vivant. Maman le savait. Cette photo était dans ses affaires.

Silence.

— Mel ?

— Il est vivant, a-t-elle répété. J'ai entendu.

Sa réaction – ou plutôt son manque de réaction – me laissait sans voix.

— Autre chose ? a demandé Melissa.

— Quoi… tu n'as rien à ajouter ?

— Qu'y a-t-il à ajouter, Will ?

— Ah oui, c'est vrai. J'avais oublié : tu dois rentrer
eattle.

— Oui.

Elle s'est écartée de moi.

La colère a refait surface.

— Dis-moi une chose, Mel : Ça t'a aidée, de
prendre la fuite ?

— Je n'ai pas pris la fuite.

— À d'autres.

— Ralph avait un travail là-bas.

— C'est ça.

— De quel droit me juges-tu ?

J'ai repensé à l'époque où nous jouions tous les
trois à Marco Polo dans la piscine du motel près de
Cape Cod. J'ai repensé à la fois où Tony Bonoza avait
fait courir des bruits sur Mel : Ken avait vu rouge et
lui avait volé dans les plumes, malgré ses deux ans et
ses dix kilos en moins.

— Ken est vivant, ai-je dit de nouveau.

Sa voix était devenue implorante.

— Et que veux-tu que j'y fasse ?

— Tu te comportes comme si cette nouvelle n'avait
aucune importance.

— Je ne suis pas certaine que ça en ait.

— Que diable veux-tu dire par là ?

— Ken ne fait plus partie de notre vie.

— Parle pour toi.

— Très bien, Will. Il ne fait plus partie de ma vie.

— C'est ton frère.

— Ken a fait son choix.

— Et maintenant, quoi ? Il est mort pour toi ?

— Ce serait mieux, non ?

Elle a secoué la tête et fermé les yeux. J'attendais.

— Peut-être que je me suis enfuie, Will. Mais tu as
fait pareil. On avait deux solutions : soit notre frère

était mort, soit c'était un tueur sanguinaire. Dans deux cas, oui, pour moi, il est mort.

J'ai encore brandi la photo.

— Il n'est pas forcément coupable, tu sais.

Melissa m'a regardé ; soudain elle était redevenue la grande sœur.

— Allons, Will, pas à moi.

— Il nous défendait. Quand on était mômes, il veillait sur nous. Il nous aimait.

— Moi aussi je l'aimais. Mais je le voyais tel qu'il était. Il était porté sur la violence, Will. Tu le sais bien. Oui, il nous protégeait. Mais tu ne crois pas qu'il y prenait plaisir ? Je te rappelle qu'il était mêlé à une sale histoire au moment de sa mort.

— Ça ne fait pas de lui un assassin.

Melissa a refermé les yeux. Je la sentais qui cherchait à rassembler son courage.

— Nom d'un chien, Will, que fabriquait-il cette nuit-là ?

Nos regards se sont plantés l'un dans l'autre. Je n'ai rien dit. Un souffle glacial m'a transpercé le cœur.

— Oublie le meurtre, OK ? Pourquoi Ken a été coucher avec Julie Miller ?

Ses paroles ont pénétré en moi, se sont déployées dans ma poitrine, lourdes et froides. Je n'arrivais plus à respirer. Ma voix, lorsque j'ai réussi à la recouvrer, avait un son grêle et lointain.

— On avait rompu depuis plus d'un an déjà.

— Ne me dis pas que tu ne pensais plus à elle.

— Je… Elle était libre. Il était libre. Il n'y avait pas de raison…

— Il t'a trahi, Will. Admets-le, à la fin. Quoi qu'il en soit, il a couché avec la femme que tu aimais. On ne fait pas ça à son frère.

80

— On avait rompu, ai-je bredouillé. Je n'avais aucun droit sur elle.

— Tu l'aimais.

— Ça n'a rien à voir.

Elle continuait à me fixer dans les yeux.

— Qui est-ce qui prend la tangente, maintenant ?

J'ai reculé en titubant et me suis écroulé à moitié sur les marches en ciment. Cachant mon visage dans mes mains, je me suis récupéré morceau par morceau. Ç'a pris un moment.

— C'est toujours notre frère.

— Alors, que comptes-tu faire ? Le retrouver ? Le livrer à la police ? L'aider à se cacher ? Hein ?

Je n'avais pas de réponse prête.

Melissa m'a enjambé et a ouvert la porte pour retourner dans le séjour.

— Will ?

J'ai levé les yeux sur elle.

— Ce n'est plus ma vie à moi. Désolée.

Je l'ai revue adolescente, vautrée sur son lit, en train de jacasser, les cheveux peignés avec soin, une odeur de chewing-gum flottant dans la pièce. Assis par terre, Ken et moi, on levait les yeux au ciel. Je me suis souvenu de ses attitudes. Si Mel était couchée sur le ventre, les pieds en l'air, alors elle parlait sorties, garçons et autres bêtises. Si elle était couchée sur le dos à contempler le plafond, ma foi, c'était pour rêver. J'ai pensé à ses rêves. Aucun d'eux ne s'est réalisé.

— Je t'aime, ai-je dit.

Et comme si elle avait lu dans mes pensées, Melissa s'est mise à pleurer.

On n'oublie jamais son premier amour. Le mien a fini assassiné.

Julie Miller et moi, on s'est rencontrés quand sa famille est venue habiter Coddington Terrace. À l'époque, j'étais en troisième. On a commencé à sortir ensemble deux ans plus tard. On allait aux boums des élèves de première et de terminale. On a été élus le couple de la classe. On était pratiquement inséparables.

Notre rupture n'a été une surprise que dans la mesure où elle était éminemment prévisible. Nous nous sommes inscrits dans des universités différentes, persuadés que notre relation survivrait au temps et à l'éloignement. Bien entendu, elle n'a pas survécu, quoiqu'elle ait tenu plus longtemps que d'autres. En troisième année de fac, Julie m'a appelé pour me dire qu'elle avait envie de voir d'autres gens, et qu'elle fréquentait déjà un étudiant de maîtrise nommé Buck.

Normalement, j'aurais dû m'en remettre. J'étais jeune, et ce rite de passage n'avait rien d'extraordinaire. Et à la longue je m'en serais sans doute remis. Je suis sorti avec d'autres filles. C'était long, mais je commençais à accepter la réalité. Le temps et l'éloignement m'y aidaient.

Mais Julie est morte, et ç'a été comme si une partie de mon cœur ne pouvait plus échapper à son emprise d'outre-tombe.

Jusqu'à Sheila.

Je n'ai pas montré la photo à mon père.

Je suis rentré chez moi à dix heures du soir. L'appartement était toujours vide, toujours étranger, l'atmosphère toujours confinée. Pas de messages sur le répondeur. Si c'était ça la vie sans Sheila, je n'en voulais pas.

Le bout de papier avec le numéro de ses parents dans l'Idaho reposait toujours sur le bureau. Quel était le décalage horaire avec l'Idaho ? Une heure ? Deux, peut-être ? Je ne me souvenais plus. De toute façon, il devait être huit ou neuf heures du soir.

Pas trop tard pour appeler.

Je me suis laissé tomber sur la chaise et j'ai fixé le téléphone comme s'il allait me dicter la marche à suivre. J'ai pris le bout de papier. Quand j'avais dit à Sheila d'appeler ses parents, son visage avait perdu ses couleurs. La veille. Ça s'était passé la veille. Ne sachant que faire, mon premier réflexe a été d'en parler à ma mère, elle saurait me conseiller.

Une nouvelle vague de tristesse m'a entraîné vers le fond.

Finalement, j'ai compris qu'il fallait agir. Que je devais faire quelque chose. À part ce coup de fil aux parents de Sheila, je ne voyais pas quoi.

Une femme a répondu au bout de la troisième sonnerie.

— Allô ?

Je me suis raclé la gorge.

— Mme Rogers ?

Il y a eu une pause.

— Oui ?

— Mon nom est Will Klein.

J'ai attendu, afin de voir si ça lui disait quelque chose. En tout cas, elle n'en a rien laissé paraître.

— Je suis un ami de votre fille.

— Laquelle ?

— Sheila.

— Je vois, a commenté la femme. Je crois qu'elle est à New York.

— Oui.

— C'est de là que vous appelez ?

— Oui.

— Que puis-je pour vous, monsieur Klein ?

Bonne question. Je ne le savais pas trop moi-même. Du coup, j'ai opté pour le plus simple.

— Auriez-vous par hasard une idée de l'endroit où elle se trouve ?

— Non.

— Vous ne l'avez pas vue, vous ne lui avez pas parlé ?

D'un ton las, elle a répondu :

— Je n'ai pas vu Sheila et je ne lui ai pas parlé depuis des années.

J'ai ouvert la bouche, l'ai refermée, m'efforçant de déterminer la direction à prendre et me heurtant partout à des barrages routiers.

— Elle a disparu, vous êtes au courant ?

— Les autorités nous ont contactés, oui.

J'ai changé le téléphone de main et l'ai collé à mon autre oreille.

— Vous avez pu leur apprendre quelque chose d'utile ?

— D'utile ?

— Vous n'avez aucune idée de l'endroit où elle peut être ? Où elle aurait pu se réfugier ? Vous connaissez un parent ou un ami qui aurait pu l'aider ?

— Monsieur Klein ?

— Oui.

— Voilà très longtemps que Sheila ne fait plus partie de notre vie.

— Et pourquoi ?

La question m'avait échappé. Je m'attendais à une rebuffade, naturellement, à un « Ça ne vous regarde pas » bien gras. Mais elle s'est tue à nouveau. Si je pensais l'avoir à l'usure, à ce jeu-là, elle s'est révélée plus forte que moi.

— C'est que…

Je me suis rendu compte que je commençais à bégayer.

— ... c'est une personne formidable.

— Vous êtes plus qu'un ami, n'est-ce pas, monsieur Klein ?

— Oui.

— Les autorités ont mentionné que Sheila vivait avec quelqu'un. Je suppose qu'elles parlaient de vous.

— Ça fait près d'un an qu'on est ensemble.

— On dirait que vous vous inquiétez pour elle.

— C'est vrai.

— Vous l'aimez alors ?

— Oui, beaucoup.

— Mais elle ne vous a jamais parlé de son passé ?

Je ne savais pas trop que répondre, même si la réponse semblait évidente.

— J'essaie de comprendre, ai-je fini par lâcher.

— Ce n'est pas comme ça. Même moi, je ne comprends pas.

Mon voisin a choisi ce moment-là pour faire beugler sa nouvelle chaîne hi-fi avec enceintes en quadriphonie. Les basses secouaient les murs. Comme j'appelais sur le portable, je me suis retiré à l'autre bout de l'appartement.

— Je voudrais l'aider, ai-je repris.

— Puis-je vous poser une question, monsieur Klein ?

Au son de sa voix, j'ai senti mes doigts se crisper sur le téléphone.

— L'agent fédéral qui est passé nous voir. Il a dit qu'ils n'étaient absolument pas au courant...

— Au courant de quoi ?

— Je parle de Carly, a dit Mme Rogers. De l'endroit où elle se trouve.

J'étais déconcerté.

— Qui est Carly ?

Il y a eu une longue pause.

— Puis-je vous donner un conseil, monsieur Klein ?

— Qui est Carly ? ai-je demandé à nouveau.

— Vivez votre vie. Oubliez que vous avez connu ma fille.

Sur ce, elle a raccroché.

8

J'AI ATTRAPÉ UNE BIÈRE DANS LE FRIGO et fait coulisser la porte vitrée. Je suis sorti sur ce que l'agent immobilier avait, avec un bel optimisme, qualifié de « loggia ». C'était à peu près aussi grand qu'un lit de bébé. On pouvait à peine s'y tenir à deux, et à condition de ne pas bouger. Bien sûr, il n'y avait pas de chaises et, comme j'habitais au deuxième étage, la vue n'était pas grandiose non plus. Mais il y avait de l'air, il faisait nuit, et c'était agréable quand même.

La nuit, New York est bien éclairé et irréel, baignant dans une lueur noir bleuté. Peut-être est-ce « la ville qui ne dort jamais », mais, à en juger par ma rue, elle pourrait s'offrir un bon petit roupillon. Les voitures garées le long du trottoir, pare-chocs contre pare-chocs, semblaient se disputer l'espace bien après que leurs propriétaires les avaient abandonnées. La nuit vibrait et bourdonnait. On entendait de la musique. Le cliquetis de vaisselle de la pizzeria d'en face. Le grondement assourdi de West Side Highway, la berceuse de Manhattan.

Mon cerveau refusait de fonctionner. J'ignorais ce qui se passait. J'ignorais ce que je devais faire. Ma conversation avec la mère de Sheila avait suscité plus de questions qu'elle n'avait fourni de réponses. Les paroles de Melissa me faisaient toujours aussi mal ;

toutefois, elle avait soulevé un point intéressa. maintenant que je savais Ken vivant, quelle ligne conduite allais-je adopter ?

Je voulais le retrouver, bien sûr.

Je voulais le retrouver à tout prix. Et alors ? Outre le fait que je n'étais ni détective ni à la hauteur de la tâche, si Ken avait envie qu'on le retrouve, il se manifesterait. Se mettre à sa recherche mènerait droit à la catastrophe.

Et peut-être avais-je d'autres priorités.

D'abord mon frère qui prend la poudre d'escampette. Ensuite, ma compagne qui s'évanouit dans la nature. J'ai froncé les sourcils. Encore une chance que je n'aie pas eu de chien.

J'étais en train de porter la bouteille à mes lèvres quand je l'ai aperçu.

À l'angle, à une cinquantaine de mètres de mon immeuble. Il était vêtu d'un imperméable et de ce qui ressemblait de loin à un feutre mou. Il avait les mains dans les poches. À distance, son visage était comme un disque blanc sur un fond noir, lisse et trop rond. Je ne voyais pas ses yeux, mais j'étais sûr qu'il me regardait. Le poids de son regard était palpable.

L'homme ne bougeait pas.

Il n'y avait pas beaucoup de passants dans la rue, mais ceux qui étaient là… eh bien, ils *bougeaient*, eux. Comme tous les New-Yorkais. Les New-Yorkais marchent. Ils marchent vite. Même quand ils attendent à un feu, ils ont les pieds dans les starting-blocks. Les New-Yorkais sont toujours en mouvement. Jamais immobiles.

Or cet homme-là était planté comme une souche. Et il m'observait. J'ai cligné des yeux. Il était toujours là. Je me suis détourné, puis j'ai regardé en arrière. Il était encore là, figé.

Autre chose.

Son allure m'était vaguement familière.

Je ne voulais pas en faire un plat. Nous étions loin l'un de l'autre, la nuit était tombée, et ma vue n'est pas excellente, surtout à la lumière des réverbères. Mais les cheveux de ma nuque se sont hérissés, comme chez un animal qui flaire un grand danger.

J'ai décidé de le fixer à mon tour, pour voir sa réaction. Il n'a pas bronché. J'ignore combien de temps nous sommes restés ainsi à nous dévisager. Le sang refluait de mes doigts. Le froid me grignotait les extrémités, mais je sentais quelque chose se fortifier au fond de moi. Je n'ai pas baissé les yeux. Le visage aux traits flous non plus.

Le téléphone a sonné. M'arrachant à ce face-à-face.

À ma montre, il était onze heures du soir. Plutôt tard pour un coup de fil. Sans un regard en arrière, je suis rentré dans la pièce et j'ai décroché.

— T'as sommeil ? a demandé Carrex.

— Non.

— Tu viens faire un tour ?

Il prenait la camionnette ce soir.

— Tu as appris quelque chose ?

— Retrouve-moi au studio. Dans une demi-heure.

Il a raccroché. Je suis retourné sur le balcon et j'ai regardé en bas. L'homme était parti.

L'école de yoga se nommait tout simplement Carrex. J'en rigolais, bien sûr. Carrex était devenu un nom en soi, à l'instar de Cher ou de Fabio. L'école, le studio, appelez ça comme vous voudrez, se trouvait dans un immeuble de cinq étages situé à University Place, du côté d'Union Square. Les débuts avaient été modestes. L'école était confinée dans un bienheureux anonymat. Jusqu'au jour où une certaine

célébrité, une pop star que vous ne connaissez q
trop, avait « découvert » Carrex. Elle en avait parlé
ses amis. Quelques mois plus tard, *Cosmo* avait repri.
l'histoire. Puis *Elle*. Sur la lancée, une grosse boîte
de communication a proposé à Carrex d'enregistrer
une vidéo. Comme il tenait à remplir ses cours, il a
accepté. C'est ainsi que la Pratique du yoga Carrex
– le nom a été déposé – a vu le jour. Carrex s'est
même rasé à l'occasion du tournage.

Le reste appartient à l'Histoire.

D'un coup, aucun événement mondain ne pouvait se
taxer de branché sans la présence du gourou préféré
du fitness de ces messieurs-dames. Carrex déclinait la
plupart des invitations mais il a su rapidement se
constituer un réseau, et il n'enseignait presque plus lui-
même. Maintenant, si vous souhaitez vous inscrire à
un de ses cours, même auprès d'un de ses plus jeunes
élèves, la liste d'attente est d'au moins deux mois et
il vous en coûte vingt-cinq dollars la séance. Il possède
quatre salles. La plus petite peut accueillir une
cinquantaine de personnes. La plus grande, jusqu'à
deux cents. Il emploie vingt-quatre professeurs qui
fonctionnent par rotation. Tandis que je m'approchais
de l'école, à onze heures et demie du soir, il y avait
encore trois séances en cours.

Faites le calcul.

Dès l'ascenseur, on avait droit à de poignants
accords de sitar mêlés à des bruits de chutes d'eau,
mélange aussi apaisant à mes yeux que les couine-
ments d'un chat touché par une flèche anesthésiante.
Dans l'entrée, on tombait sur des boutiques de
souvenirs remplies d'encens, de livres, de lotions, de
cassettes audio et vidéo, de CD-ROM, de DVD, de
cristaux, de perles, de ponchos et de vêtements *tie &
dye*. Derrière le comptoir trônaient deux jeunes

anorexiques en noir, visiblement nourris aux céréales. La jeunesse éternelle. Attendez un peu… un garçon et une fille, même s'il n'était pas facile de dire qui était qui. Ils s'exprimaient d'une voix posée, un rien condescendante – genre maître d'hôtel dans un nouveau restaurant à la mode. Leurs piercings – et ils étaient nombreux – étaient tout en argent et turquoise.

— Salut, ai-je lancé.

— S'il vous plaît, retirez vos chaussures, a dit le similigarçon.

— OK.

Je me suis exécuté.

— Et vous êtes ? a demandé la similifille.

— Will Klein. Je suis venu voir Carrex.

Mon nom ne leur évoquait rien. Sans doute des nouveaux ici.

— Vous avez rendez-vous avec le yogi Carrex ?

— Le yogi Carrex ? ai-je répété.

Ils m'ont regardé.

— Dites-moi, le yogi Carrex est-il plus intelligent que le Carrex normal ?

Pas un sourire, les mômes. Grosse surprise. Elle a pianoté sur son clavier d'ordinateur. Les sourcils froncés, ils ont contemplé l'écran. Il a pris le téléphone. La musique beuglait. J'ai senti poindre un vieux début de migraine.

— Will ?

Superbement moulée dans un justaucorps, Wanda a fait son entrée, tête haute, clavicule saillante, regard perçant auquel rien n'échappait. Elle était le principal professeur et la maîtresse de Carrex. Ils étaient ensemble depuis trois ans déjà. Le justaucorps en question, couleur lavande, lui allait à merveille. Wanda était un vrai bonheur pour l'œil – grande, svelte, souple, belle à mourir et noire. Oui, noire. Une bonne blague, quand on connaissait le passé – pardon pour le mauvais jeu de mots – pas très clair de Carrex.

Elle m'a serré dans ses bras, c'était aussi enveloppant que la fumée d'un feu de bois. J'aurais bien voulu y rester pour toujours.

— Comment tu vas, Will ? a-t-elle demandé tout bas.

— Mieux.

Elle s'est écartée pour me scruter, histoire de voir si je disais la vérité. Elle était venue à l'enterrement de ma mère. Carrex et elle n'avaient pas de secret l'un pour l'autre. Pas plus que Carrex et moi. Par transitivité, vous pouvez en déduire que je n'avais pas de secrets pour Wanda.

— Il est en train de terminer son cours, a-t-elle dit. La respiration pranayama.

J'ai acquiescé.

Elle a incliné la tête ; une idée venait de lui traverser l'esprit.

— Tu as une minute, là ?

Sa voix se voulait désinvolte, mais ce n'était pas vraiment le cas.

— Bien sûr.

Elle s'est coulée – Wanda était trop gracieuse pour marcher simplement – dans le corridor. J'ai suivi, les yeux rivés sur son cou de cygne. On est passés devant une fontaine tellement grande et tellement baroque que j'ai eu envie d'y jeter une pièce. J'ai risqué un coup d'œil dans l'une des salles. Silence absolu, mis à part le bruit de la respiration. On se serait cru sur un plateau de cinéma. Des créatures de rêve – j'ignore où Carrex les trouvait – assises côte à côte dans la posture du guerrier, visage serein, jambes écartées, mains ouvertes, un genou à angle droit.

Le bureau que Wanda partageait avec lui était situé sur la droite. Elle s'est posée sur un fauteuil comme il était en mousse et a croisé les jambes en lotus. Je me suis assis en face dans une posture plus conventionnelle. Elle n'a pas parlé pendant plusieurs minutes. Les yeux clos, je la sentais qui cherchait à se détendre. J'ai attendu.

— Je ne te l'ai pas dit…, a-t-elle commencé.

— Oui ?

— Je suis enceinte.

— Mais c'est super !

Je me levais déjà pour la féliciter.

— Carrex a du mal à gérer ça.

Je me suis arrêté.

— Que veux-tu dire ?

— Il se dégonfle.

— Comment ?

— Tu n'étais pas au courant, n'est-ce pas ?

— Non.

— Il te dit tout, Will. Et voilà une semaine qu'il sait.

J'ai compris où elle voulait en venir.

— Il a peut-être préféré s'abstenir, avec ma mère et tout.

Elle a vrillé son regard dans le mien.

— Pas ça.

— Oui, pardon.

Elle a détourné les yeux. La façade si lisse commençait à se fissurer.

— Je pensais qu'il serait heureux.

— Et ce n'est pas le cas ?

— J'ai l'impression qu'il veut…

Les mots semblaient lui manquer.

— … que j'y mette fin.

J'en ai eu la chique coupée.

— Il l'a dit ?

— Il n'a rien dit du tout. Il fait des nuits suppl
mentaires avec la camionnette. Il donne plus de cours

— Il cherche à t'éviter, quoi.

— Oui.

La porte du bureau s'est ouverte. Carrex a passé son museau mal rasé dans l'embrasure et gratifié Wanda d'un sourire fugace. Elle a tourné la tête. Il a levé le pouce à mon intention.

— Allez, viens, on va s'éclater.

On n'a pas prononcé un mot avant d'être bien à l'abri dans la camionnette.

— Elle t'a dit, a-t-il alors lâché.

C'était un constat, pas une question, je n'ai donc pas pris la peine de répondre.

Il a mis la clé de contact.

— On ne va pas en parler.

Autre constat qui ne nécessitait pas de réponse.

La camionnette de Covenant House se faufile dans les plus petites ruelles. Beaucoup de gamins viennent frapper à notre porte. Beaucoup d'autres trouvent refuge dans la camionnette. La mission de notre antenne est d'entrer en communication avec le ventre mou de la cité – aller à la rencontre des fugueurs, des jeunes loubards, de ceux qu'on qualifie trop souvent de « laissés-pour-compte ». Un gamin qui vit dans la rue est un peu – pardonnez-moi cette comparaison – comme une mauvaise herbe. Plus il y reste, plus il sera difficile de l'en arracher.

On en perd beaucoup, de ces gamins-là. Plus qu'on n'en récupère. Oubliez l'analogie avec la mauvaise herbe. C'est stupide car ça suppose qu'on cherche à éradiquer le mal pour préserver le bien. En fait, c'est tout le contraire. Essayez plutôt ceci : la rue, c'est

mme le cancer. Un dépistage précoce et un traite-
ent préventif sont les clés d'une survie à long terme.

Ce n'est pas vraiment mieux, mais vous avez saisi le sens.

— Les fédéraux ont exagéré, a repris Carrex.

— Comment ça ?

— Le casier de Sheila.

— Oui, alors ?

— Les arrestations. C'était il y a longtemps. Tu veux savoir ?

— Oui.

Nous nous enfoncions de plus en plus dans les ténèbres. En ville, les putes ne restaient pas long-temps au même endroit. Souvent, elles traînaient du côté du Lincoln Tunnel ou de Javitz Center, mais récemment il y avait eu des descentes de flics. De nouveaux nettoyages. Alors elles avaient migré plus au sud, dans la 18e Rue, et plus loin vers l'ouest de la ville. Ce soir-là, les putes étaient toutes de sortie.

Carrex les a montrées d'un signe de tête.

— N'importe laquelle d'entre elles aurait pu être Sheila.

— Elle a fait le trottoir ?

— Une fille du Midwest qui a fugué. Elle est descendue du car, et droit dans la vie.

Je connaissais trop bien la chose pour être choqué. Seulement, il ne s'agissait pas d'une inconnue, d'une gamine des rues au bout du rouleau. Il s'agissait de la femme la plus extraordinaire que j'avais jamais rencontrée.

— Ça fait longtemps, a dit Carrex comme s'il lisait dans mes pensées. Lors de sa première arrestation, elle avait seize ans.

— Prostitution ?

Il a hoché la tête.

— Plus trois autres dans les dix-huit mois suivant. D'après son dossier, elle travaillait pour un maquereau nommé Louis Castman. La dernière fois, on a trouvé sur elle cinquante grammes et un couteau. Ils ont bien essayé de la coffrer pour trafic et vol à main armée, mais ça n'a pas marché.

J'ai regardé par la vitre. La nuit, épuisée, avait viré au gris. C'est vrai qu'on arrive à sauver des vies. Mais ce qui se passe ici, dans ce cloaque bourdonnant et obscur, ne s'efface jamais. Quand le mal est fait, il est irréparable.

— De quoi as-tu peur ? lui ai-je demandé.

— On ne va pas en parler.

— Tu l'aimes. Elle t'aime.

— Et elle est noire.

Je me suis tourné vers lui. Je savais qu'il n'invoquait pas l'évidence. Ce n'était pas du racisme. Mais comme je vous l'ai dit, quand le mal est fait, il est irréparable. J'avais senti des tensions entre eux. Moins puissantes que l'amour, mais elles étaient là.

— Tu l'aimes, ai-je répété.

Il continuait à rouler.

— C'est peut-être ce qui t'a séduit chez elle. Au début. Mais elle n'est plus ta rédemption. Tu es amoureux d'elle.

— Will ?

— Ouais ?

— Assez.

Il s'est brusquement rabattu sur la droite. Les phares ont éclaboussé les enfants de la nuit. Ceux-ci ne se sont pas dispersés comme des rats ; ils se sont contentés de nous dévisager en silence. Les yeux étrécis, Carrex a repéré sa proie et s'est arrêté.

Nous sommes descendus sans mot dire. Les enfants nous regardaient avec des yeux morts. Je me suis

96

ppelé une réplique de Fantine dans *Les Misérables* version comédie musicale, j'ignore si elle est dans le livre : « Ils ne savent donc pas qu'ils font l'amour à un cadavre ? »

Il y avait là des filles, des garçons, des travestis et des transsexuels. J'ai croisé toutes les perversions possibles ici, sauf que – là-dessus on va m'accuser de sexisme – je ne crois pas avoir déjà vu une femme parmi les clients. Je ne dis pas que les femmes ne paient jamais pour avoir du sexe, je suis sûr du contraire. Seulement, pour ce faire, elles n'écument pas les rues. Les clients de la rue, les michetons, sont toujours des hommes. Ils peuvent avoir envie d'une femme opulente ou maigre, jeune, vieille, hétéro, complètement tordue, d'un homme grand, d'un petit garçon, d'un animal, que sais-je. Certains viennent même en couple, entraînant la copine ou la légitime dans leur équipée. Mais les clients qui arpentent ces trottoirs sont des hommes.

Je vous épargne les autres détails.

Les vétérans de la rue – autrement dit, tous ceux qui ont dépassé l'âge de dix-huit ans – ont accueilli Carrex avec chaleur. Ils le connaissaient. Ils l'aimaient bien. Ils se méfiaient un peu de ma présence. Ça faisait un moment que je ne m'étais pas rendu dans les tranchées. Cependant, certains parmi les vieux routiers m'ont reconnu et, bizarrement, j'ai été content de les voir.

Carrex a approché une pute nommée Candi, même si je doutais que Candi ait été son vrai nom. Je n'étais pas tombé de la dernière averse. Elle a pointé le menton en direction de deux filles qui grelottaient sur un pas de porte. Je les ai avisées – seize ans maxi, peinturlurées comme deux petites gamines qui auraient trouvé la trousse à maquillage de maman – et mon

cœur s'est serré. Elles étaient vêtues de shorts pl[...]
mini que mini, de bottes à talons aiguilles, de fausse[...]
fourrures. Souvent je me suis demandé où elles déni-
chaient ces accoutrements, si les maquereaux tenaient
des boutiques spécial putes, ou quoi.

— De la viande fraîche, a expliqué Candi.

Carrex, fronçant les sourcils, a acquiescé d'un signe
de tête. Nos meilleurs tuyaux nous sont fournis par
les vétérans. Il y a deux raisons à cela. La première
– cynique – est qu'en éliminant les nouvelles recrues
on réduit la concurrence. Quand on vit dans la rue,
on enlaidit à la vitesse grand V – et la vieillesse vous
happe plus rapidement qu'un trou noir. Candi était
franchement hideuse. Les nouvelles, bien que
confinées aux pas de porte le temps d'étendre leur
territoire, n'allaient certainement pas passer
inaperçues.

Mais ce point de vue est, à mon sens, peu chari-
table. La raison numéro deux, la plus importante – et
ne me prenez pas, s'il vous plaît, pour un simplet –,
est que les anciennes putes veulent nous aider. Elles se
voient. Elles se voient à la croisée des chemins et,
même si elles n'admettent pas forcément s'être
trompées de direction, elles savent bien que pour elles
il est déjà trop tard : plus possible de faire machine
arrière. J'ai beaucoup parlementé jadis avec les Candi
de ce monde. J'affirmais qu'il n'était jamais trop tard,
qu'il était encore temps. J'avais tort. Voilà pourquoi,
une fois de plus, il faut pouvoir les atteindre sans
tarder. Passé un certain stade, on ne peut plus les récupérer. La destruction est irréversible. La rue les
consume. Elles s'évanouissent. Se fondent dans la nuit
pour devenir une seule entité ténébreuse. Elles sont
perdues pour nous. Elles vont probablement mourir ici
ou bien finir en prison ou à l'asile.

— Où est Raquel ? a demandé Carrex.

— Elle est montée avec un type en bagnole.

— Elle va revenir ici ?

— Ouais.

Carrex a hoché la tête et s'est tourné vers les deux nouvelles. L'une d'elles se penchait déjà vers une Buick Regal. Vous n'imaginez pas la frustration. Vous brûlez d'intervenir. De tirer la fille en arrière, de saisir le micheton à la gorge et de serrer, fort. Ou simplement de le poursuivre, de le prendre en photo, de… je ne sais pas, moi. Mais vous n'en faites rien. Car si vous bougez un doigt, vous perdez leur confiance. Et là, vous devenez inutile.

Dur de ne rien faire. Par chance, je ne suis pas particulièrement courageux ni bagarreur. Peut-être que ça facilite les choses.

J'ai regardé s'ouvrir la portière du passager. La Buick Regal a semblé dévorer la gamine. Celle-ci a disparu lentement, engloutie par l'obscurité. Jamais de ma vie je ne me suis senti aussi impuissant. J'ai jeté un œil sur Carrex. Il avait le regard braqué sur la voiture. La Buick a redémarré. La fille s'était volatilisée, comme si elle n'avait jamais existé. Si la voiture choisissait de ne pas revenir, il en serait ainsi.

Carrex s'est approché de l'autre, celle qui était restée. J'ai suivi, pas très loin. La lèvre de la fille tremblait – on aurait dit qu'elle retenait ses larmes – mais son regard brillait d'une lueur de défi. J'avais envie de la traîner dans la camionnette, de force s'il le fallait. L'essentiel, dans ce boulot, c'est de savoir se maîtriser. C'est pourquoi je laissais la place à Carrex. Il s'est arrêté à un mètre, prenant soin de ne pas envahir son espace.

— Salut, a-t-il dit.

Elle l'a inspecté de la tête aux pieds et a marmonné :

— Salut.

— Tu vas peut-être pouvoir m'aider.

Il a fait un pas vers elle en tirant une photo de sa poche.

— Tu ne l'aurais pas vue, par hasard ?

La fille n'a même pas regardé la photo.

— Je n'ai vu personne.

— S'il te plaît, a insisté Carrex avec un sourire quasi angélique. Je ne suis pas flic.

Elle s'efforçait d'avoir l'air coriace.

— Je m'en suis doutée. Quand t'as parlé à Candi et tout.

Carrex s'est rapproché un peu plus.

— Mon ami et moi...

Là-dessus, j'ai souri et lui ai adressé un petit signe de la main.

— ... on essaie de sauver cette fille.

Intriguée, elle a plissé les yeux.

— La sauver comment ?

— Il y a des gens qui lui veulent du mal.

— Qui ça ?

— Son mac. Tu comprends, on travaille pour Covenant House. Tu en as entendu parler ?

Elle a haussé les épaules.

— C'est un lieu où on peut faire une pause, a expliqué Carrex sans trop insister. On se prend pas la tête. Tu peux passer pour manger chaud, dormir dans un lit propre, donner un coup de fil, changer de vêtements, n'importe. En tout cas, cette fille-là...

Il a brandi le cliché, photo scolaire d'une jeune Blanche avec un appareil dentaire.

— ... son nom, c'est Angie.

Il faut toujours donner un nom. Ça personnalise la chose.

— Elle était chez nous. Elle suivait des cours. Super marrante, la môme. Elle avait un boulot, aussi. Histoire de tourner la page, tu vois.

La fille n'a rien dit.

Carrex lui a tendu la main.

— Tout le monde m'appelle Carrex.

La fille a soupiré et pris sa main.

— Moi, c'est Jeri.

— Enchanté.

— Mais je n'ai pas vu votre Angie. Et puis j'ai des trucs à faire.

Là, il fallait jouer serré. Si on pousse le bouchon trop loin, on perd les gosses. Ils rentrent dans leur trou pour ne plus ressortir. Tout ce qu'on veut faire à ce stade – ce qu'on peut faire –, c'est semer la graine. Faire savoir qu'il existe un refuge, un havre de paix où on trouve le gîte et le couvert. Leur montrer comment échapper à la rue l'espace d'une nuit. Une fois qu'ils sont là, on déploie un amour inconditionnel. Mais pas ici. Ici, ça les effraie. Ça les fait fuir.

D'accord, ça vous fend le cœur, mais vous ne pouvez pas faire plus.

Très peu de gens étaient capables d'accomplir le boulot de Carrex. Et ceux qui duraient, ceux qui y excellaient particulièrement, ils étaient légèrement… décalés. Il fallait bien ça.

Carrex a hésité. Ce coup de la « fille disparue », il s'en servait pour briser la glace depuis qu'on se connaissait. La fille sur la photo, la véritable Angie, est morte il y a quinze ans, de froid. Carrex l'a découverte derrière une poubelle d'immeuble. À l'enterrement, la mère d'Angie lui a donné cette photo. Je crois bien qu'elle ne le quitte jamais.

— OK, merci.

Carrex a sorti une carte qu'il lui a tendue.

— Si par hasard tu l'aperçois, tu veux bien m'appeler, hein ? Tu peux téléphoner à n'importe quelle heure. Chaque fois que tu en as envie.

La fille a pris la carte, l'a tripotée.

— Ouais, peut-être.

Nouvelle hésitation. Puis Carrex a dit :

— Allez, à un de ces quatre.

— Ouais.

Ce que nous avons fait alors, c'était tout sauf naturel. Car nous sommes partis.

Le vrai nom de Raquel était Roscoe. Enfin, c'est ce qu'il ou elle nous a dit. Je ne sais jamais si je dois dire « il » ou « elle » en parlant de Raquel. Il faudrait que je lui demande.

Carrex et moi avons trouvé la voiture devant une entrée de livraison de marchandises condamnée. Un emplacement courant pour qui fait le trottoir. Les vitres étaient embuées, mais de toute façon on a gardé nos distances. On n'avait pas très envie de savoir ce qui se passait là-dedans. Du reste, on le savait déjà.

La portière s'est ouverte une minute plus tard. Raquel est descendu. Comme vous l'avez déjà deviné, Raquel était un travesti, d'où la confusion des genres. Avec les transsexuels, ça va, on dit « elle ». Mais avec les travestis, ça se complique. Quelquefois, le « elle » est de mise. Et quelquefois c'est un brin trop politiquement correct.

Ce qui était probablement le cas avec Raquel.

Raquel a émergé de la voiture, fourragé dans son sac à main et sorti un spray pour se rafraîchir l'haleine. Trois *pschitt !*, une pause, un instant de réflexion, puis

autres *pschitt !*. La voiture est partie. Raquel s'est
né vers nous.

Les travestis sont souvent très beaux. Mais pas
Raquel. Il était noir, environ un mètre quatre-vingt-
quinze et confortablement au-delà des cent cinquante
kilos. Ses biceps s'apparentaient à des jambonneaux
géants, et son ombre me faisait penser à Homer
Simpson. Sa voix était si haut perchée qu'à côté de lui
les tonalités de Michael Jackson avaient l'air de celles
d'un camionneur – on aurait dit Betty Boop gonflée à
l'hélium.

Raquel prétendait avoir vingt-neuf ans depuis six
ans que je le connaissais. Il travaillait cinq nuits par
semaine, qu'il pleuve ou qu'il vente, et avait tout un
cercle d'inconditionnels. Il pouvait quitter la rue, s'il
voulait. Il pouvait s'installer quelque part, fixer des
rendez-vous, des choses de ce genre. Mais Raquel
aimait bien ça. C'est ce que les gens n'arrivent pas à
comprendre. La rue, c'est peut-être sombre et dangereux, mais c'est aussi grisant. La nuit est chargée
d'énergie, d'électricité. On a les nerfs à vif. Pour
certains de nos gosses, le choix se situe entre un petit
boulot chez McDo et la rue – et, quand on n'a pas
d'avenir, ce n'est pas un choix du tout.

Nous ayant repérés, Raquel s'est dirigé vers nous
en vacillant sur ses talons aiguilles. Il a gratifié Carrex
d'une accolade et d'une bise sur la joue. Puis son
regard s'est posé sur moi.

— T'as bonne mine, gentil Willy.

— Ben merci, Raquel.

— On en mangerait, hein ?

— Les heures sup, ai-je dit, c'est ça qui me rend si
appétissant.

Il a passé un bras autour de mon épaule.

— Je pourrais tomber amoureux d'un mec comme toi.

— Tu me vois flatté, Raquel.

— Un mec comme toi, il m'emmènerait loin de tout ça.

— Ah, mais pense à tous les cœurs brisés que tu laisserais dans ces égouts.

Il a pouffé de rire.

— T'as raison.

Je lui ai montré une photo de Sheila, la seule que j'avais. Bizarre, quand j'y repense maintenant. On n'était pas des fanas de photos, tous les deux, mais de là à n'en avoir qu'une seule !

— Tu la reconnais ? lui ai-je demandé.

Raquel a étudié la photo.

— C'est ta meuf, hein ? Je l'ai vue au centre, une fois.

— Exact. Tu ne l'aurais pas rencontrée ailleurs, par hasard ?

— Non. Pourquoi ?

Il n'y avait aucune raison de mentir.

— Elle est partie. Je la cherche.

Raquel a examiné la photo plus longuement.

— Je peux la garder ?

Comme j'avais fait des copies couleur au bureau, je la lui ai donnée.

— Je me renseignerai, a-t-il promis.

— Merci.

Il a hoché la tête.

— Raquel ?

C'était Carrex. Raquel s'est tourné vers lui.

— Tu te souviens d'un mac nommé Louis Castman ?

Les traits de Raquel se sont affaissés. Il a jeté un coup d'œil autour de lui.

Raquel ?

— J'ai du boulot, Carrex. Faut que j'y aille.

Je me suis placé sur son chemin. Il m'a regardé comme si j'étais un petit tas de pellicules sur son épaule, à faire partir d'une pichenette.

— Elle a fait le trottoir autrefois, lui ai-je dit.

— Ta nana ?

— Oui.

— Et elle travaillait pour Castman ?

— Oui.

Raquel s'est signé.

— Un méchant homme, gentil Willy. Castman, c'était le pire.

— Comment ça ?

Il s'est humecté les lèvres.

— Les filles qui sont là, c'est rien que de la marchandise, tu vois de quoi je parle. Elles rapportent de l'argent, elles restent. Elles n'en rapportent pas... dans ce cas, tu sais bien.

Je savais, oui.

— Mais Castman...

Raquel a chuchoté son nom comme certains chuchotent le mot « cancer ».

— Castman était différent.

— Comment ?

— Il abîmait sa propre marchandise. Juste pour rigoler, parfois.

— Tu parles de lui au passé, a dit Carrex.

— C'est parce qu'on ne l'a pas vu par ici depuis... oh, trois ans.

— Il est vivant ?

Soudain silencieux, Raquel a regardé ailleurs. Carrex et moi, on a échangé un coup d'œil et attendu.

— Il est toujours vivant, a répondu Raquel. Je pense.

— Ça veut dire quoi ?

Il s'est contenté de soupirer.

— Il faut qu'on lui parle, ai-je ajouté. Tu sais où peut le trouver ?

— J'ai juste entendu des rumeurs.

— Quel genre de rumeurs ?

Raquel a secoué la tête.

— Allez voir à l'angle de Wright Street et de l'Avenue D dans le South Bronx. Il pourrait bien traîner par là.

Et Raquel s'est éloigné, plus stable sur ses talons aiguilles. Une voiture s'est arrêtée et, une fois de plus, j'ai vu un être humain disparaître dans la nuit.

9

DANS LA PLUPART DES QUARTIERS, on hésiterait à réveiller quelqu'un à une heure du matin – pas ici. Les fenêtres étaient toutes clouées par des planches. La porte n'était qu'un panneau de contreplaqué. Je vous aurais bien dit que la peinture s'écaillait, sauf qu'il serait plus exact d'écrire qu'elle partait en lambeaux.

Carrex a tapé sur le contreplaqué, et aussitôt une voix de femme a crié :

— C'est pourquoi ?

Carrex s'est chargé des pourparlers.

— Nous cherchons Louis Castman.

— Allez-vous-en.

— Il faut qu'on lui parle.

— Vous avez un mandat ?

— On n'est pas de la police.

— Qui êtes-vous ? a demandé la femme.

— On travaille pour Covenant House.

— Y a pas de fugueurs ici ! a-t-elle hurlé, au bord de l'hystérie. Allez-vous-en.

— Je vous laisse choisir, a dit Carrex. On parle à Castman là, tout de suite, ou bien on revient avec une bande de flics, des fouineurs.

— J'ai rien fait, moi.

— Je peux toujours inventer quelque chose. O.
cette porte.

La femme s'est décidée rapidement. On a enten.
le bruit d'un verrou, puis d'un autre, puis d'ur
chaîne. La porte s'est entrebâillée. Je me suis avancé
mais Carrex m'a bloqué avec son bras. Attendre que la
porte s'ouvre complètement.

— Dépêchez-vous, a intimé la femme en ricanant
comme une sorcière. Entrez. Je veux pas qu'on nous
voie.

Carrex a poussé la porte, qui s'est ouverte en grand.
Nous avons franchi le seuil, et la femme a fermé
derrière nous. Deux choses m'ont frappé simultané-
ment. L'obscurité, d'abord. La seule lumière prove-
nait d'une lampe équipée d'une ampoule de faible
puissance. J'ai vu un fauteuil élimé, une table basse.
C'était à peu près tout. L'odeur, ensuite. Rassemblez
vos souvenirs les plus vivaces d'air pur, une grande
bouffée d'air de montagne, puis imaginez exactement
le contraire. Ça sentait tellement le renfermé que je
n'osais pas respirer. Moitié hôpital, moitié autre chose
d'indéfinissable. Je me suis demandé quand on avait
ouvert une fenêtre pour la dernière fois, et la pièce a
paru murmurer : *Jamais*.

Carrex s'est tourné vers la femme. Elle s'était
reculée dans un coin ; on ne distinguait plus que sa
silhouette dans le noir.

— On m'appelle Carrex…

— Je sais qui vous êtes.

— On s'est déjà rencontrés ?

— Ça n'a pas d'importance.

— Où est-il ?

— Il n'y a qu'une seule autre pièce ici, a-t-elle dit
en pointant lentement la main. Il est peut-être en train
de dormir.

s yeux commençaient à s'accoutumer à l'obscu-
Je me suis approché d'elle. Elle n'a pas bougé.
fait un pas de plus. Elle a levé la tête et j'ai failli
étouffer. Marmonnant des excuses, j'ai battu en
retraite à reculons.

— Non, a-t-elle insisté. J'aimerais que vous voyiez.

Elle a traversé la pièce, s'est postée devant la lampe
et nous a fait face. À notre crédit, ni Carrex ni moi
n'avons bronché. Ça n'a pas été facile. Celui qui
l'avait défigurée y avait mis tout son cœur. Elle avait
dû être canon dans le temps, mais c'était comme si
elle avait subi une opération antichirurgie plastique. Le
nez, sans doute bien dessiné jadis, avait été écra-
bouillé tel un scarabée par une lourde botte. La peau,
autrefois lisse, avait été fendue et tailladée. Les coins
de la bouche avaient été déchirés à un point tel qu'il
était difficile de dire où elle finissait. Des dizaines de
cicatrices violacées lui zébraient le visage dans tous
les sens : on aurait dit l'œuvre d'un gosse de trois ans
armé d'un Crayola. Son œil gauche partait sur le côté,
mort dans son orbite. L'autre nous fixait sans ciller.

— Vous avez fait le trottoir, vous, a dit Carrex.

Elle a hoché la tête.

— Quel est votre nom ?

Remuer ses lèvres semblait lui demander un grand
effort.

— Tanya.

— Qui vous a arrangée comme ça ?

— À votre avis ?

Nous n'avons pas pris la peine de répondre.

— Il est derrière cette porte, a-t-elle repris. Je
m'occupe de lui. Je ne lui fais pas de mal. Vous
comprenez ? Jamais je ne lève la main sur lui.

Nous avons acquiescé. Je ne savais pas trop quoi
penser. À mon avis, Carrex non plus. On s'est

109

approchés de la porte. Pas un bruit. Il dormait
être. Mais je m'en moquais. Il se réveillerait. Carr
posé la main sur la poignée et m'a regardé. Je lu
fait signe que ça allait. Il a ouvert la porte.

La lumière était allumée en grand. J'ai dû m
protéger les yeux. J'ai entendu des bip-bip et vu une
sorte d'appareil médical à côté du lit. Mais ce n'est pas
ce qui a capté mon attention dans un premier temps.

Les murs, voilà ce qu'on remarquait d'abord. Ils
étaient tapissés de liège – on apercevait un peu de brun
ici et là – mais surtout recouverts de photos. De
centaines de photos. Certaines de la taille d'un poster,
d'autres au format classique 10×15, la plupart entre
les deux – toutes punaisées sur le liège.

Uniquement des photos de Tanya.

Du moins, c'est ce que j'ai supposé. Elles dataient
toutes d'avant le défigurement. Et j'avais vu juste :
Tanya avait été belle. Les photos, en majorité des
tirages sur papier glacé, comme dans un book de
mannequin, étaient saisissantes. J'ai levé les yeux. Il y
en avait aussi au plafond. Une fresque infernale.

— Aidez-moi. S'il vous plaît.

La petite voix venait du lit. Carrex et moi nous en
sommes rapprochés. Derrière nous, Tanya s'est raclé
la gorge. On s'est retournés. Dans la lumière crue, ses
cicatrices paraissaient presque vivantes, ondulant à
travers son visage tels des dizaines de vers. Le nez
n'était pas simplement aplati mais déformé comme s'il
avait été en argile. Les vieilles photos semblaient irra-
dier, la baignant d'une aura perverse. Avant-après.

L'homme dans le lit a gémi.

On attendait. Tanya a dardé son œil valide sur moi,
puis sur Carrex. L'œil nous défiait d'oublier, nous
enjoignait de graver cette image dans notre esprit, de

…s rappeler ce qu'elle avait été et ce qu'il lui avait …t.

— Un rasoir à main, a-t-elle expliqué. Rouillé. Ça …ui a pris plus d'une heure. Et il ne m'a pas balafré que le visage.

Sans un mot de plus, elle est sortie de la pièce et a refermé la porte.

Nous sommes restés un moment silencieux. Puis Carrex a demandé :

— Vous êtes Louis Castman ?

— Vous êtes flics ?

— Vous êtes Castman ?

— Oui. Et c'est moi qui ai fait ça. Bon sang, j'avoue tout ce que vous voulez. Seulement, sortez-moi de là. Pour l'amour de Dieu.

— Nous ne sommes pas flics, a dit Carrex.

Castman était couché sur le dos. Une espèce de canule était reliée à sa poitrine. L'appareil continuait à biper, et quelque chose se soulevait et retombait à la manière d'un soufflet. Il était blanc, rasé de frais, propre comme un sou neuf. Ses cheveux avaient été lavés. Son lit était équipé de barres de sécurité et de commandes. J'ai vu un bassin hygiénique dans un coin, et un lavabo. À part ça, il n'y avait rien. Ni commode, ni armoire, ni télé, ni radio, ni réveil, ni livres, ni journaux, ni magazines. Et les stores étaient baissés.

Je commençais à avoir l'estomac barbouillé.

— Qu'est-ce que vous avez ? ai-je demandé.

Les yeux de Castman – seulement ses yeux – ont pivoté vers moi.

— Je suis paralysé. Un tétraplégique de merde. Au-dessous du cou…

Il s'est interrompu, a fermé les yeux.

— … plus rien.

Je ne savais pas trop par où commencer. Appare
ment, Carrex non plus.

— S'il vous plaît, a repris Castman. Il faut que
vous me sortiez d'ici. Avant que...

— Avant que quoi ?

Il a fermé les yeux, les a rouverts.

— Je me suis fait tirer dessus il y a quoi, trois,
quatre ans peut-être ? Je ne sais plus. Je ne sais pas
quel jour on est, ni quel mois, ni même quelle année.
La lumière est toujours allumée, j'ignore donc si c'est
le jour ou la nuit. Et je ne sais pas qui est le Président.

Il a dégluti, non sans effort.

— Elle est folle, mec. J'essaie d'appeler à l'aide, ça
ne sert à rien. Elle a tout recouvert de liège. Alors je
reste couché là, à regarder ces murs.

J'avais du mal à retrouver ma voix. Carrex, en
revanche, ne semblait guère ému.

— Nous ne sommes pas là pour entendre le récit
de votre vie, a-t-il déclaré. Nous sommes venus vous
interroger sur une de vos filles.

— Vous vous trompez de bonhomme, j'ai quitté le
métier depuis des années.

— Ça tombe bien. Elle aussi, il y a des années
qu'elle ne travaille plus.

— Qui ça ?

— Sheila Rogers.

— Ah.

Castman a souri en entendant ce nom.

— Qu'est-ce que vous voulez savoir ?

— Tout.

— Et si je refuse de parler ?

Carrex m'a touché l'épaule.

— On s'en va, m'a-t-il dit.

Castman a été pris de panique.

— Quoi ?

...rex a baissé les yeux sur lui.

Vous ne voulez pas coopérer, monsieur
...man, tant pis. Nous ne vous dérangerons pas plus
...gtemps.

— Attendez ! a-t-il crié. Écoutez, savez-vous
...ombien de visites j'ai eues depuis que je suis ici ?

— On s'en fout, a répliqué Carrex.

— Six. En tout et pour tout. Et rien depuis, je ne
sais pas, moi, au moins un an. Toutes les six, c'étaient
mes anciennes filles. Venues se moquer de moi. Me
regarder me chier dessus. Et vous savez le plus beau ?
J'attendais ce moment. N'importe quoi pour briser la
monotonie.

Carrex avait l'air de s'impatienter.

— Sheila Rogers.

La canule a émis un bruit de succion. Castman a
ouvert la bouche. Une bulle s'est formée. Il a fermé la
bouche et essayé à nouveau.

— Je l'ai rencontrée – mon Dieu, laissez-moi réfléchir – il y a dix-quinze ans. Je faisais la gare routière.
Elle est descendue d'un car qui arrivait de l'Iowa ou
de l'Idaho, d'un trou perdu comme ça.

Il « faisait » la gare routière. Je connaissais bien le
procédé. Les macs attendent au terminal. Ils guettent
les gamines à la descente des autocars : les déses-
pérées, les fugueuses, la chair fraîche. Venues à la
Grosse Pomme pour devenir mannequins ou actrices,
pour changer de vie, fuir l'ennui ou les mauvais trai-
tements. Les macs les épient, en prédateurs qu'ils sont,
ils fondent sur elles, organisent leur chute puis grigno-
tent jusqu'à leur carcasse.

— J'avais un bon baratin, a poursuivi Castman.
Pour commencer, je suis blanc. Pur produit du
Midwest. Il n'y a presque que de la viande blanche
là-dedans. Elles ont peur des Blacks frimeurs. Mais

moi, j'étais différent. Attaché-case, costume [ ]
pièces. Et j'étais un peu plus patient. Bref, ce jo[ ]
j'attendais à la porte 127. C'était mon coin prér[ ]
De là, j'avais une bonne vue sur peut-être six arriv[ ]
différentes. Sheila est descendue du car et, nom d'u[ ]
chien, c'était un sacré morceau. Seize ans à tou[ ]
casser, première main. Et vierge, par-dessus le marché,
mais ça, je ne l'ai pas su tout de suite. Je m'en suis
aperçu plus tard.

J'ai senti mes muscles se contracter. Lentement,
Carrex a coulé son corps entre le lit et moi.

— Alors, j'ai commencé à la baratiner. Je lui ai
sorti le grand jeu, vous voyez le truc ?

On voyait, oui.

— Je lui ai fait le coup de celui qui voulait l'aider
à devenir top model. Mais tout en douceur. Pas comme
les autres connards. Je suis beau parleur, moi. Sauf que
Sheila, elle était plus futée que la plupart des filles.
Et prudente avec ça. Je voyais bien qu'elle ne gobait
pas tout, mais ça ne me gênait pas. Je ne suis pas du
genre à insister. Je fais tout dans les règles. À la fin
de la journée, elles ne demandent pas mieux que de
me croire. Elles ont toutes entendu parler du célèbre
mannequin découvert dans une laiterie et autres
conneries du même style, et d'ailleurs c'est pour ça
qu'elles viennent, non ?

L'appareil s'est arrêté de biper. Je l'ai entendu
gargouiller. Puis il est reparti.

— Bon, alors Sheila, elle reste sur son quant-
à-soi, OK ? Elle m'annonce d'entrée de jeu qu'elle ne
fait jamais la bringue et toutes ces choses-là. Pas de
problème, dis-je, moi non plus. Je suis un homme
d'affaires. Photographe professionnel et découvreur de
talents. On va faire quelques clichés. C'est tout. Pour
son futur book. Tranquille – pas de bringues, pas de

ne, pas de nu, rien qui puisse la mettre mal à
e. Je suis bon photographe, vous savez. J'ai l'œil.
us voyez ces murs ? Ces photos de Tanya... c'est
oi qui les ai prises.

J'ai regardé les photos de Tanya – Tanya qui avait
été si belle – et un froid polaire s'est insinué dans mon
cœur. Quand je me suis retourné vers le lit, j'ai vu que
Castman me dévisageait.

— Vous, a-t-il dit.

— Quoi, moi ?

— Sheila. (Il a souri.) Elle compte pour vous, je me
trompe ?

Je n'ai pas répondu.

— Vous l'*aimez*.

Il a fait traîner le mot *aimer*, pour se moquer de
moi. Je n'ai pas sourcillé.

— Eh, je ne vous en veux pas. C'était de la bonne
camelote. Pour sucer, elle n'avait pas...

J'ai fait un pas vers lui et Castman s'est mis à rire.
Carrex s'est placé devant moi. Il m'a regardé dans les
yeux et a secoué la tête. J'ai reculé. Il avait raison.

Castman ne riait plus mais son regard restait rivé sur
moi.

— Vous voulez savoir comment je l'ai retournée,
votre gonzesse, hein, joli-cœur ?

Je n'ai rien dit.

— Pareil qu'avec Tanya. Voyez-vous, je recher-
chais les morceaux de choix, ceux que les Blacks ne
pouvaient pas décrocher. Une opération délicate. J'ai
donc fait mon laïus à Sheila et j'ai fini par l'attirer
dans mon studio pour une séance de photos. Et voilà.
Le tour était joué. Une fois que vous l'aviez au bout
de votre fourchette, elle était à vous.

— Comment ? ai-je demandé.

— Vous tenez vraiment à le savoir ?

— Comment ?

Castman a fermé les yeux, souriant toujours, sav[...]rant le souvenir.

— J'ai pris une série de clichés d'elle. En tout bie[...] tout honneur. Puis, quand on a eu terminé, je lui ai mis un couteau sous la gorge. Je l'ai ensuite menottée au lit dans une pièce...

Il a rouvert les paupières et gloussé en roulant des yeux.

— ... tapissée de liège. Je l'ai droguée. Je l'ai filmée pendant qu'elle était à moitié dans les vapes, tout ça avait l'air très consensuel. C'est ainsi, par parenthèse, que votre Sheila a perdu sa virginité. Sur vidéo. Avec votre serviteur. N'est-ce pas magique ?

Une nouvelle bouffée de rage m'a submergé, brûlante, dévorante. Je n'étais pas sûr de pouvoir tenir encore longtemps sans lui tordre le cou. Puis je me suis rappelé que c'était ce qu'il voulait.

— Où en étais-je ? Ah oui, je l'ai menottée et lui ai fait des piquouses pendant peut-être une semaine. Et pas de la gnognotte. C'était cher, mais bon, dans les affaires, il faut savoir investir. Finalement, Sheila est devenue accro et croyez-moi, ce diable-là, on ne le fait pas rentrer dans sa boîte. Au moment où je lui ai ôté ses menottes, cette fille m'aurait léché les pieds pour avoir un fix, vous voyez ce que je veux dire ?

Il s'est interrompu comme s'il attendait des applaudissements. J'avais l'impression qu'on me lacérait de l'intérieur.

Carrex a demandé d'une voix atone :

— Et après ça, vous l'avez mise sur le trottoir ?

— Ouais. Je lui ai appris quelques trucs aussi. Comment amener un mec à décharger vite fait. Comment se faire plus d'un mec à la fois. C'était moi son professeur.

...avais envie de vomir.

— Continuez, a ordonné Carrex.

— Non. Pas avant que...

— Alors nous allons prendre congé.

— Tanya, a-t-il dit.

— Eh bien ?

Castman s'est humecté les lèvres.

— Vous pouvez me donner un peu d'eau ?

— Non. Quoi, Tanya ?

— Cette salope, elle me garde ici, mec. Ce n'est pas bien. D'accord, je l'ai abîmée, mais j'avais mes raisons. Elle voulait partir, épouser ce micheton de Garden City. Soi-disant qu'ils étaient amoureux. Non, mais franchement, vous l'imaginez en *Pretty Woman* ? En plus, elle voulait embarquer quelques-unes de mes meilleures filles. Pour qu'elles vivent avec eux à Garden City, refassent leur vie, toutes ces conneries-là. Et ça, je ne l'admettais pas.

— Vous lui avez donc donné une leçon, a dit Carrex.

— Ouais, exactement.

— Vous lui avez tailladé le visage au rasoir.

— Pas que le visage... le mec, même s'il lui avait mis un sac sur la tête... vous voyez ce que je veux dire ? Mais en gros, ouais, vous avez compris le tableau. C'était une leçon pour les autres filles aussi. Le plus drôle, c'est que son homme, le micheton, il ne savait pas ce que je lui avais fait. Du coup, il a rappliqué de Garden City pour venir à la rescousse de Tanya. Ce crétin, il avait un 22 mm sur lui. Je lui ai ri au nez. Et il m'a tiré dessus. Un abruti de comptable de Garden City. Il a visé l'aisselle avec son 22, et paf ! la balle est allée se loger dans ma colonne vertébrale. Je suis resté comme ça. Vous imaginez un peu ? Puis – ah ça, c'est trop joli – après m'avoir tiré dessus,

M. Garden City a vu ce que j'avais fait à Tanya, vous savez comment il a réagi, le grand amour de vie ?

Il s'est tu. Jugeant la question rhétorique, nous avons gardé le silence.

— Il s'est dégonflé et l'a larguée. Vous suivez ? Après avoir vu mon œuvre, il a pris la clé des champs. Il ne voulait plus en entendre parler, de son grand amour. Ils ne se sont jamais revus.

Castman s'est remis à rire. Je me suis efforcé de rester calme et de respirer.

— Je me suis retrouvé à l'hôpital, a-t-il continué. Totalement HS. Tanya n'avait plus rien. Du coup, elle m'a récupéré et m'a ramené ici. À présent, elle s'occupe de moi. Vous comprenez ce que je dis, là ? Elle est en train de prolonger ma vie. Si je refuse de manger, elle m'enfonce un tube dans la gorge. Écoutez, je vous dirai tout ce que vous voulez savoir. En échange, rendez-moi un service.

— Lequel ? a demandé Carrex.

— Tuez-moi.

— Pas question.

— Prévenez la police, alors. Qu'ils viennent m'arrêter. J'avouerai tout.

Carrex a changé de sujet :

— Qu'est-il arrivé à Sheila Rogers ?

— Promettez-moi.

Carrex m'a regardé.

— Nous en savons assez. Allez, on s'en va.

— OK, OK, je vais vous dire. Simplement… réfléchissez-y, d'accord ?

Son regard est allé de Carrex à moi, avant de revenir sur Carrex, qui n'a pas bronché. Moi, je n'avais pas la moindre idée de l'expression que je pouvais avoir.

118

Je ne sais pas où elle est maintenant. Bon sang, e comprends même pas très bien ce qui s'est passé.

— Combien de temps a-t-elle travaillé pour vous ?

— Deux ans. Peut-être trois.

— Et comment a-t-elle fait pour s'affranchir ?

— Hein ?

— Vous n'êtes pas du genre à laisser vos employées se mettre à leur compte. Je vous demande donc ce qui lui est arrivé.

— Elle faisait le trottoir, d'accord ? Elle commençait même à avoir des clients réguliers. Faut dire qu'elle était bonne. Et puis, en cours de route, elle a ferré quelques gros poissons. Ça arrive. Pas souvent, mais ça arrive.

— Qu'entendez-vous par « gros poissons » ?

— Des trafiquants. De gros trafiquants, à mon avis. Je pense qu'elle s'est mise à transporter de la came. Mais le pire, c'est qu'elle-même a décroché. J'essayais de faire pression sur elle, seulement elle avait des amis haut placés.

— Qui, par exemple ?

— Vous connaissez Lenny Misler ?

Carrex s'est penché en arrière.

— L'avocat ?

— L'avocat de la mafia, a corrigé Castman. On l'a chopée avec de la came, il l'a défendue.

Carrex a froncé les sourcils.

— Lenny Misler s'est chargé du dossier d'une prostituée arrêtée en possession de drogue ?

— Vous voyez bien ? Elle est sortie, et moi j'ai commencé à fouiner pour savoir de quoi il retournait. Deux gorilles de première classe m'ont alors rendu visite. Pour me dire de me mêler de mes affaires. Je ne suis pas fou. Des poules comme elle, c'est pas ça qui manque.

— Que s'est-il passé ensuite ?

— Je ne l'ai plus revue. J'ai juste su qu'elle étud
à l'université. Vous imaginez ?

— Vous savez où ?

— Non. Je ne suis même pas sûr que ça soit vrai.
C'était peut-être une simple rumeur.

— Autre chose ?

— Non.

— Pas d'autres rumeurs ?

Les yeux de Castman bougeaient à toute vitesse, on
le sentait désespéré. Il voulait nous garder auprès de
lui. Mais il n'avait plus rien à nous raconter. J'ai
regardé Carrex. Il a hoché la tête et s'est dirigé vers la
porte. Je l'ai suivi.

— Attendez !

Nous l'avons ignoré.

— S'il vous plaît, les mecs, je vous en supplie. Je
vous ai tout dit, non ? J'ai coopéré. Vous ne pouvez
pas me laisser ici.

J'ai imaginé l'interminable succession de jours et de
nuits dans cette chambre, pourtant ça ne me touchait
pas.

— Bande de cons ! a-t-il hurlé. Hé, mec ! Toi, le
joli cœur. Tu profites de mes restes, tu entends ? Et
rappelle-toi ceci : tout ce qu'elle te fait, chaque fois
qu'elle te fait jouir, c'est moi qui le lui ai appris. Tu
m'entends ? T'entends ce que je dis ?

J'avais les joues en feu, mais je ne me suis pas
retourné. Carrex a ouvert la porte.

— La merde…

La voix de Castman s'était radoucie.

— … ça ne part pas, vous savez.

J'ai hésité.

— Elle aura beau avoir l'air propre et nette. Là où
elle a été, on n'en revient pas. Vous pigez ?

120

aurais voulu faire la sourde oreille. Mais ses ⸱oles résonnaient dans mon crâne, le martelaient. Je ⸱⸱is sorti et j'ai fermé la porte. À nouveau dans obscurité. Tanya est venue vers nous.

— Vous allez parler ? a-t-elle demandé, la voix pâteuse.

« Je ne lui fais pas de mal. » C'est ce qu'elle avait dit. Elle n'avait jamais levé la main sur lui. Ce n'était que trop vrai.

Sans un mot, nous nous sommes hâtés de sortir, nous éjectant presque dans l'air nocturne. Nous avons inspiré goulûment, deux plongeurs refaisant surface, à bout de souffle. Nous sommes montés dans la camionnette et nous sommes partis.

Grand Island, Nebraska

SHEILA VOULAIT MOURIR SEULE.

Curieusement, la douleur était en train de s'atténuer. Elle se demandait pourquoi. Il n'y avait pas de lumière pourtant, pas d'instant de clarté fulgurante. La mort n'apportait aucun réconfort. Pas d'anges autour d'elle. Ni de chers disparus – elle a songé à sa grand-mère qui l'avait choyée, qui l'appelait « trésor » – pour venir lui prendre la main.

Seule. Dans le noir.

Elle a ouvert les yeux. Rêvait-elle en ce moment même ? Difficile à dire. Elle avait eu des hallucinations, auparavant. La conscience allait et venait. Elle se souvenait d'avoir vu le visage de Carly et de l'avoir suppliée de partir. Était-ce réel ? Probablement pas. C'était probablement une illusion.

Quand la douleur devenait forte, vraiment trop forte, la frontière entre veille et sommeil, entre rêves et réalité, s'estompait. Elle ne résistait plus. C'était le seul moyen de survivre à la souffrance. On essaie de bloquer la douleur. Ça ne marche pas. Pour la supporter, on essaie de la fractionner. Ça ne marche pas non plus. À la fin, on trouve la seule issue possible : la raison.

On déconnecte sa raison.

Mais si on est conscient de ce qui se passe, est-on réellement déconnecté ?

Voilà de profondes interrogations philosophiques. Valables pour les vivants. Et au bout du compte, après tant de rêves et d'espoirs, après tant de dégâts et d'efforts de reconstruction, Sheila Rogers allait mourir jeune, dans de grandes souffrances, entre des mains étrangères.

Sans doute était-ce de bonne guerre.

Car maintenant, maintenant qu'elle sentait quelque chose se fendre, s'arracher et disparaître au fond d'elle-même, il y avait effectivement une clarté. Terrifiante, inéluctable. Les œillères étaient en train de tomber et, pour une fois, elle voyait clair.

Sheila Rogers voulait mourir seule.

Mais il était là, dans la pièce, avec elle. Elle en était certaine. Elle sentait sa main reposant doucement sur son front. Ça la glaçait. Et, tandis que la vie la quittait, elle formula une dernière prière :

— Je t'en prie. Va-t'en.

11

CARREX ET MOI N'AVONS PAS DISCUTÉ de ce que nous avions vu. Nous n'avons pas non plus appelé la police. J'imaginais Louis Castman piégé dans cette chambre, incapable de bouger, sans rien à lire, sans radio ni télé, sans rien d'autre à regarder que ces vieilles photos. Si j'avais été meilleur, ça m'aurait peut-être ému.

Je songeais aussi au type de Garden City qui avait tiré sur Castman puis tourné les talons : sa réaction avait dû meurtrir Tanya bien plus gravement que les coups de rasoir. M. Garden City pensait-il encore seulement à Tanya, ou bien faisait-il comme si elle n'avait jamais existé ? Son visage hantait-il ses rêves ?

J'en doutais fort.

J'y pensais parce que j'étais curieux et choqué. Mais aussi parce que ça m'empêchait de penser à Sheila, à ce qu'elle avait vécu, à ce que Castman lui avait fait subir. Je me suis répété que c'était elle la victime, kidnappée, violée et pire, que rien de tout cela n'était sa faute. Je n'avais pas à la considérer différemment. Mais ce raisonnement logique et à froid ne tenait pas la route.

Et je m'en voulais à mort.

Il était presque quatre heures du matin quand la camionnette s'est arrêtée au pied de mon immeuble.

— Alors, que dis-tu de tout ça ? ai-je demandé.

Carrex a caressé sa barbe naissante.

— Tu sais, ce que Castman a dit à la fin. Comme quoi ça ne te quitte jamais. Il a raison.

— Tu parles par expérience ?

— Figure-toi que oui.

— Et donc ?

— Donc, à mon avis elle a été rattrapée par son passé.

— Nous sommes sur la bonne piste, alors.

— Possible, a-t-il acquiescé.

J'ai saisi la poignée de la portière.

— Quoi qu'elle ait fait, Carrex – et quoi que tu aies fait –, ça ne te quitte peut-être jamais. Mais ça ne te condamne pas non plus.

Carrex regardait fixement par la vitre. J'ai attendu. Il n'a pas bougé. Je suis descendu, et il a démarré.

Un message sur le répondeur m'a stoppé net. J'ai vérifié l'heure sur l'écran d'affichage. Il avait été laissé à minuit moins dix. Ça faisait tard, très tard. La famille, sûrement. Mais je me trompais.

J'ai appuyé sur le bouton et une jeune femme a dit :

« Salut, Will. »

Je n'ai pas reconnu la voix.

« C'est Katy. Katy Miller. »

Je me suis raidi.

« Ça fait longtemps, n'est-ce pas ? Écoute, euh, je m'excuse de téléphoner aussi tard. Tu es peut-être en train de dormir. Dis, Will, peux-tu me rappeler dès que tu auras eu ce message ? Peu importe l'heure. Je… Enfin, il faut que je te parle d'un truc. »

Elle avait laissé son numéro. J'étais abasourdi. Katy Miller. La petite sœur de Julie. La dernière fois que je l'avais vue, elle devait avoir six ans. J'ai souri, me rappelant le jour – nom d'un chien, Katy avait quatre ans, pas plus – où elle s'était cachée derrière la malle militaire de son père et en avait bondi au moment le plus inopportun. Alors, Julie et moi on s'était planqués sous une couverture, pas le temps d'enfiler nos pantalons, on était morts de rire.

La petite Katy Miller.

Elle avait quoi ? dix-sept ou dix-huit ans maintenant. Ça me faisait bizarre. Je connaissais l'effet que la mort de Julie avait eu sur ma famille, et je m'imaginais bien ce qu'il en était de M. et Mme Miller. Mais je n'ai jamais vraiment songé aux conséquences sur la petite Katy. Je nous revoyais, Julie et moi, en train de tirer sur la couverture en gloussant, et je me suis rappelé alors que ça s'était passé au sous-sol. On avait batifolé sur le canapé même où Julie allait être retrouvée assassinée.

Pourquoi Katy me téléphonait-elle après tant d'années ?

Juste pour me présenter ses condoléances ? Vu l'heure tardive, le coup de fil semblait bien étrange. J'ai réécouté le message, y cherchant un sens caché. Que je n'ai pas trouvé. Elle disait de la rappeler à n'importe quelle heure. Mais il était quatre heures du matin et je tombais de fatigue. Tant pis, ça pouvait attendre.

J'ai grimpé dans le lit et me suis souvenu de la dernière fois où j'avais vu Katy Miller. Ma famille avait été priée de ne pas se montrer à l'enterrement. Nous avions obtempéré. Deux jours plus tard, j'étais allé tout seul au cimetière, situé à proximité de la Route 22. Je m'étais assis près de la tombe de Julie. Sans rien dire. Ni pleurer. Je n'avais ressenti ni réconfort ni impression de fin, rien. La famille Miller était arrivée dans son Oldsmobile blanche, et je m'étais éclipsé. Mais j'avais croisé le regard de la petite Katy.

Il y avait une étrange résignation sur son visage, une lucidité qui n'était pas de son âge. J'avais vu de la tristesse, de l'horreur et peut-être aussi de la pitié.

J'avais quitté le cimetière. Et je n'avais pas eu de ses nouvelles depuis.

12

Belmont, Nebraska

LE SHÉRIF BERTHA FARROW AVAIT CONNU PIRE.

Un meurtre, ce n'était pas beau à voir, mais en matière de tripes à l'air, d'os éclatés et d'hémoglobine à outrance, rien ne valait un bon vieil accident de la route. Chair contre métal. Collision frontale. Camion qui enfonce une barrière. Arbre qui coupe la voiture en deux, du pare-chocs au siège arrière. Dégringolade à grande vitesse par-dessus la glissière de sécurité.

Ça, ça faisait du dégât.

Et pourtant, le spectacle de cette femme, sans la moindre trace de sang, se révélait infiniment plus choquant. Devant son visage convulsé par la peur, l'incompréhension, le désespoir peut-être, Bertha Farrow ne pouvait douter qu'elle était morte dans des souffrances atroces. Les doigts mutilés, la cage thoracique enfoncée, les hématomes, ce qu'elle voyait là avait été l'œuvre d'un autre être humain. Chair contre chair. Ceci ne devait rien à une plaque de verglas, au fait de tripoter le bouton de la radio à cent trente kilomètres à l'heure, à la rencontre avec un camion fou ou aux effets de l'alcool ou de la vitesse.

Ceci avait été intentionnel.

— Qui l'a trouvée ? a demandé Bertha à son adjoint, George Volker.

— Les fils Randolph.

– Lesquels ?

— Jerry et Ron.

Bertha a fait ses calculs. Jerry devait avoir seize ans. Ron, quatorze.

— Ils étaient sortis avec Gypsy, a précisé l'adjoint.

Gypsy était leur berger allemand.

— C'est lui qui l'a flairée.

— Où ils sont en ce moment ?

— Dave les a ramenés chez eux. Ils ont été un peu secoués. J'ai les dépositions. Ils ne savent rien.

Bertha a hoché la tête. Le fourgon qui arrivait à toute allure sur l'autoroute s'est arrêté dans un crissement de pneus. La portière s'est ouverte à la volée, et Clyde Smart, le médecin légiste du comté, s'est précipité vers eux. Bertha a mis une main en visière.

— Pas la peine de courir, Clyde. Elle ne va pas se sauver.

George a ricané.

Clyde Smart avait l'habitude. Il frisait la cinquantaine, l'âge de Bertha. Tous deux exerçaient leurs fonctions depuis près de vingt ans déjà. Sans relever sa plaisanterie, Clyde est passé en trombe devant eux. Il a vu le corps, et sa mine s'est allongée.

— Mon Dieu ! s'est-il exclamé.

Il s'est accroupi à côté de la femme. Doucement, il a repoussé les cheveux de son visage.

— Mon Dieu, a-t-il soufflé. Je veux dire…

Il a secoué la tête.

Bertha aussi était habituée à lui. Sa réaction ne la surprenait guère. En général, les médecins légistes étaient plutôt du genre clinique et détaché. Pas Clyde. Pour lui, les gens n'étaient pas qu'un amas de tissus et de substances chimiques. Elle l'avait vu pleurer plein de fois. Il traitait les cadavres avec un incroyable

respect, ridicule presque. Il pratiquait ses autop[sies]
comme s'il avait pu ressusciter les gens. Et quand i[l]
chargeait d'aller annoncer la mauvaise nouvelle à [la]
famille, il partageait sincèrement leur chagrin.

— Tu peux me donner l'heure approximative de la
mort ? a-t-elle demandé.

— Ce n'est pas bien vieux, a répondu Clyde tout
bas. La peau en est encore au tout début de la rigi-
dité. Je dirais six heures, pas plus. Quand j'aurai pris
la température du foie...

Il a aperçu la main, les doigts tordus dans tous les
sens.

— Mon Dieu ! s'est-il à nouveau exclamé.

Bertha s'est retournée vers son adjoint.

— Papiers d'identité ?

— Aucun.

— Vol avec agression, peut-être ?

— Trop brutal, a répliqué Clyde en levant la tête.
On a voulu la faire souffrir.

Il y a eu un moment de silence. Bertha voyait les
larmes perler dans les yeux de Clyde.

— Quoi d'autre ? a-t-elle questionné.

Il s'est empressé de baisser les yeux.

— Ce n'est pas une SDF. Bien habillée, bien
nourrie.

Il a contrôlé la bouche.

— Des soins dentaires corrects.

— Des traces de viol ?

— Elle est habillée, a répondu Clyde. Mais mon
Dieu, qu'est-ce qu'on ne lui a pas fait ? Il y a très
peu de sang ici, ce n'est sûrement pas le lieu du crime.
À mon avis, on a dû la transporter et l'abandonner là.
J'en saurai plus quand je l'aurai sur la table.

Très bien, a conclu Bertha. On va consulter le ␣␣␣ier des personnes disparues et vérifier ses ␣␣preintes.

Clyde lui a adressé un signe de la tête, et le shérif ␣ertha Farrow a tourné les talons.

13

JE N'AI PAS EU À RAPPELER KATY.

La sonnerie m'a fait l'effet d'un coup d'aiguillon. Mon sommeil avait été si profond, si complet et dénué de rêves qu'il n'y avait pas moyen d'émerger en douceur. Un instant, j'étais en train de me noyer dans les ténèbres, l'instant d'après, je me suis dressé d'un bond, le cœur battant. Le réveil digital indiquait 6 : 58.

J'ai gémi et me suis penché en avant. Le numéro du correspondant n'était pas affiché. Un machin inutile. Il suffisait de payer pour bénéficier du secret permanent.

Mais cette fois ça n'avait pas d'importance. Je savais qui c'était.

Ma voix m'a paru bien trop éveillée quand j'ai gazouillé un joyeux :

— Allô ?

— Euh... Will Klein ?

— Oui ?

— C'est Katy Miller.

Puis, comme après réflexion :

— La sœur de Julie.

— Salut, Katy.

— Je t'ai laissé un message hier soir.

— Je l'ai trouvé seulement à quatre heures du matin.

— Ah... Je te réveille, alors.

— Ne t'inquiète pas pour ça.

Elle avait une voix jeune, triste et contrainte. Je me suis souvenu de son âge grâce à un petit calcul.

— Tu dois être en terminale, maintenant ?

— J'entre à la fac cet automne.

— Où ça ?

— Bowdoin, une petite université.

— Dans le Maine, ai-je dit. Je connais. C'est un excellent établissement. Félicitations.

— Merci.

Je restais assis, cherchant un moyen de meubler le silence. Finalement, j'ai opté pour le classique :

— Ça fait longtemps déjà.

— Will ?

— Oui ?

— J'aimerais te voir.

— Certainement, avec plaisir.

— Aujourd'hui, ça t'irait ?

— Tu es où, là ?

— À Livingston.

Et elle a ajouté :

— Je t'ai vu devant chez nous.

— Désolé pour ça.

— Je peux venir en ville, si tu veux.

— Pas la peine. Je dois aller voir mon père aujourd'hui. On se retrouve avant ?

— Oui, d'accord. Mais pas ici. Tu te souviens des terrains de basket à côté du lycée ?

— Bien sûr. J'y serai à dix heures.

— OK.

— Katy, ai-je dit en changeant le téléphone d'oreille, je t'avoue que ce coup de fil, je le trouve un peu étrange.

— Je sais.

— Pourquoi veux-tu me voir ?

— À ton avis ? a-t-elle rétorqué.

Je n'ai pas répondu immédiatement, mais de toute façon elle avait déjà raccroché.

14

WILL A QUITTÉ SON APPARTEMENT. Le Spectre surveillait.

Le Spectre ne l'a pas suivi. Il savait où Will allait. Mais, tandis qu'il surveillait, ses doigts se sont fléchis et crispés – fléchis et crispés. Ses avant-bras se sont contractés. Son corps a été secoué d'un tremblement.

Le Spectre s'est rappelé Julie Miller. Son corps nu dans ce sous-sol. Sa peau, tiède au début, puis se raidissant progressivement pour devenir semblable à du marbre mouillé. Il s'est rappelé le teint jaune violacé, les points rouges dans les yeux exorbités, les traits déformés par la surprise et l'horreur, les capillaires éclatés, la traînée de salive figée comme une cicatrice sur sa joue. Il s'est rappelé le cou, l'angle impossible, le fil de fer qui lui avait fendu la peau, tranché le pharynx, manquant la décapiter.

Et tout ce sang.

La strangulation était sa méthode d'exécution favorite. Il s'était rendu en Inde pour étudier cet art secret, un culte pratiqué par les thugs, ces assassins silencieux. Au fil des ans, le Spectre avait acquis la maîtrise des armes à feu, des armes blanches et tutti quanti, mais il continuait à leur préférer la froide efficacité, le silence ultime, l'audacieux pouvoir, la touche personnelle de la strangulation.

Une respiration prudente.

Will a disparu de sa vue.

Le frère.

Le Spectre pensait à tous ces films de kung-fu où l'un des frères est assassiné et où la vie de l'autre est consacrée à venger sa mort. Il pensait à ce qui se passerait s'il tuait tout simplement Will Klein.

Non, ici, il s'agissait d'autre chose. Qui allait bien au-delà de la vengeance.

Quand même, il s'interrogeait, au sujet de Will. Il était la clé, après tout. Les années l'avaient-elles changé ? Le Spectre l'espérait. Mais il aurait bientôt l'occasion de s'en assurer.

Oui, le moment était venu de rencontrer Will, de renouer avec lui, comme au bon vieux temps.

Le Spectre a traversé la rue, se dirigeant vers l'immeuble de Will.

Cinq minutes plus tard, il était dans l'appartement.

J'ai pris le bus jusqu'au carrefour de Livingston Avenue et de Northfield. Le cœur de la grande banlieue de Livingston. Une ancienne école élémentaire avait été convertie en centre commercial du pauvre, avec des boutiques spécialisées qui semblaient n'avoir jamais de clients. J'ai sauté du bus avec plusieurs employées de maison arrivant du centre-ville. Curieuse symétrie : ceux qui vivent dans des agglomérations comme Livingston les quittent le matin pour aller en ville, tandis que ceux qui nettoient leurs maisons et gardent leurs enfants effectuent le trajet inverse. Ça équilibre.

J'ai descendu Livingston Avenue en direction du lycée de Livingston, qui faisait partie d'un groupe de bâtiments comprenant la bibliothèque publique de Livingston, le tribunal municipal de Livingston et le poste de police de Livingston. Vous voyez le tableau ? Les quatre édifices, construits en brique, paraissaient avoir été bâtis en même temps, par le même architecte, avec les mêmes matériaux – comme si l'un d'eux avait engendré les autres.

C'est là que j'ai grandi. Enfant, j'empruntais des classiques à la bibliothèque. Dans cet édifice municipal, j'ai contesté (en pure perte) une contravention pour excès de vitesse quand j'avais dix-huit ans. Mes années de lycée ont eu pour cadre le plus grand bâtiment de l'ensemble, avec six cents autres gamins.

J'ai pris l'allée circulaire et bifurqué à droite. Ayant trouvé les terrains de basket, je me suis arrêté sous un panneau rouillé.

— Will ?

J'ai pivoté et quand je l'ai vue j'ai senti mon sang se glacer. La tenue était différente – jean serré aux hanches, sabots style années soixante-dix, chemise trop courte, trop moulante, révélant un ventre plat avec un piercing – mais le visage, les cheveux… J'ai eu l'impression de tomber. Brièvement, j'ai détourné les yeux vers le terrain de foot et là, j'aurais juré voir Julie.

— Je sais, a dit Katy Miller. C'est comme si on apercevait un fantôme, hein ?

Je me suis tourné vers elle.

— Papa, a-t-elle ajouté, glissant ses petites mains dans les poches plaquées de son jean, ne peut toujours pas me regarder en face sans pleurer.

Je ne savais pas quoi répondre. Elle s'est approchée. Tous deux, nous avons contemplé le lycée.

— C'est là que tu étais ? ai-je demandé.

— Oui. J'ai terminé il y a un mois.

— Tu aimais bien ?

Elle a haussé les épaules.

— Je suis contente de partir.

Le soleil soulignait les froids contours de l'édifice, le faisant ressembler à une prison.

— Je suis désolée pour ta mère, a repris Katy.

— Merci.

Elle a sorti un paquet de cigarettes de sa poche arrière et m'en a offert une. J'ai refusé d'un signe. Tandis qu'elle allumait son briquet, j'ai réprimé l'envie de la sermonner. Katy regardait partout, sauf dans ma direction.

— J'ai été un accident, tu sais. Je suis arrivée très tard. Julie était déjà au lycée. Mes parents, on leur avait dit qu'ils ne pouvaient plus avoir d'enfants...

Nouveau haussement d'épaules.

— Du coup, ils ne s'attendaient pas à m'avoir.

— On ne peut pas non plus dire que nous autres ayons été vraiment programmés, ai-je observé.

Elle a ri un peu, et l'écho de ce rire a résonné profondément en moi. C'était le rire de Julie, jusque dans la façon dont il s'évanouissait.

— Excuse papa, a déclaré Katy. Il a pété les plombs quand il t'a vu.

— J'ai eu tort de faire ça.

Elle a tiré trop longuement sur sa cigarette en inclinant la tête de côté.

— Pourquoi tu l'as fait, alors ?

J'ai réfléchi, cherchant une réponse.

— Je ne sais pas.

— Je t'ai vu. Au moment où tu as tourné à l'angle. Ça faisait bizarre. Quand j'étais môme, je te regardais arriver de chez toi. De ma chambre. Je veux dire, j'ai toujours la même chambre, du coup j'ai eu l'impression de regarder dans le passé. Ça fait un drôle d'effet.

J'ai jeté un œil sur ma droite. L'allée était déserte, mais durant l'année scolaire, c'était là que les parents venaient se garer en attendant leurs gamins. Je me souviens, maman passait me chercher dans sa vieille Volkswagen rouge. Elle lisait un magazine, la cloche sonnait, je me dirigeais vers elle et, lorsqu'elle levait la tête et qu'elle m'apercevait, son sourire, le sourire de Sunny, jaillissait du fond de son cœur, un sourire d'amour inconditionnel, et j'ai pris conscience avec accablement que plus personne ne me sourirait de cette manière-là.

C'était trop, ai-je pensé. Me retrouver ici. Le visage de Katy reflet vivant de celui de Julie. Les souvenirs. C'était beaucoup trop.

— Tu as faim ? lui ai-je demandé.

— Oui, un peu.

Elle avait une voiture, une vieille Honda Civic. Des babioles, tout un tas de babioles, étaient accrochées au rétroviseur. L'intérieur sentait le chewing-gum et le shampooing aux extraits de fruits. Je n'ai pas reconnu la musique qui beuglait dans les haut-parleurs, mais ça ne m'a pas gêné non plus.

On est allés dans une gargote typique du New Jersey, sur la Route 10, sans échanger un mot. Derrière le comptoir étaient accrochées des photos dédicacées des joueurs de l'équipe locale. Chaque stalle était équipée d'un mini-juke-box et la carte était légèrement plus longue qu'un roman de Tom Clancy.

Un homme à la barbe épaisse et au déodorant plus dense encore nous a demandé combien on était. On a dit qu'on était deux. Katy a ajouté qu'on voulait une table fumeurs. J'ignorais qu'il existait encore des sections fumeurs, mais apparemment ces cantoches-là étaient en retard. À peine assise, elle s'est emparée du cendrier, presque comme pour se protéger.

— Après ta venue à la maison, a-t-elle commencé, je suis allée au cimetière.

Le serveur nous a apporté de l'eau. Elle a inhalé et, se rejetant en arrière, a soufflé la fumée vers le plafond.

— Ça fait des années que je n'y ai pas été. Mais, après t'avoir vu, je me suis sentie obligée d'y aller.

Elle évitait toujours de me regarder. J'ai l'habitude, avec les gamins du centre. Ils fuient mon regard. Je les laisse faire.

— Je ne me souviens presque plus de Julie. Quand je vois les photos, je ne sais pas si mes souvenirs sont réels ou si je les ai inventés. Je crois, ah oui ! je me rappelle quand on est allées dans ce parc d'attractions, la Grande Aventure, mais en voyant les photos, je ne sais plus si je me rappelle l'événement lui-même ou juste la photo. Tu comprends ce que je veux dire ?

— Il me semble, oui.

— Et après que tu es passé... Bref, il fallait que je sorte de la maison. Papa était fou de rage. Maman pleurait. Il fallait que je sorte.

— Je ne voulais embêter personne, ai-je dit.

Elle a balayé mes paroles d'un geste de la main.

— C'est bon. En un sens, ça leur fait du bien. En général, on tourne plutôt autour du pot. C'est sinistre. Parfois j'ai envie... j'ai envie de hurler : « Elle est morte ! »

Katy s'est penchée en avant.

— Et tu veux connaître le plus flippant ?

Je lui ai fait signe de continuer.

— On n'a rien changé au sous-sol. Ce vieux canapé. La télé. La moquette pourave. La vieille malle derrière laquelle je me cachais. Tout est toujours là. Personne ne s'en sert. Mais c'est là. Et notre buanderie aussi. Il faut traverser la pièce pour y arriver. Tu me suis ? C'est comme ça qu'on vit. On marche sur la pointe des pieds – à croire qu'on habite sur de la glace, qu'on a peur que le plancher cède et qu'on tombe tous dans ce sous-sol.

Elle s'est interrompue et a tiré sur sa cigarette avec la même énergie que le vent soufflant dans une manche à air. Je me suis calé dans mon siège. Ainsi que je l'ai déjà dit, je n'avais jamais vraiment pensé à Katy Miller qui avait dû grandir parmi les ruines, au côté du fantôme de sa sœur. Je l'ai regardée avec le sentiment de la voir pour la première fois. Ses yeux bougeaient dans tous les sens comme des oiseaux affolés. Des larmes y brillaient. J'ai pris sa main, tellement semblable, là encore, à celle de sa sœur. Le passé m'est revenu avec une violence telle que j'ai failli tomber à la renverse.

— Ça fait si bizarre, a-t-elle dit.

Et comment.

— Pour moi aussi.

— Il faut que ça cesse, Will. Ma vie tout entière… Quoi qu'il soit réellement arrivé cette nuit-là, il faut que ça cesse. Quelquefois, j'entends dire à la télé, quand on attrape le méchant : « Ça ne nous la ramènera pas. » Oui, mais ça clôt le débat. Attraper le méchant permet de tourner la page. Les gens en ont besoin.

Je ne voyais absolument pas où elle voulait en venir. J'ai essayé de faire comme avec une gamine du centre en quête d'assistance et d'amour. Je la regardais en m'efforçant de lui montrer que j'étais là pour l'écouter.

— Tu n'imagines pas à quel point j'ai pu haïr ton frère – pas uniquement pour ce qu'il a fait à Julie, mais pour ce qu'il nous a fait à nous tous en s'enfuyant. Je priais pour qu'on le retrouve. Je rêvais qu'on l'encerclait. Il résistait, alors les flics le descendaient. Je sais que ça ne te fait pas plaisir d'entendre ça. Mais j'ai besoin que tu comprennes.

— Tu as besoin de tourner la page.

— Ouais. Sauf que...

— Sauf que quoi ?

Elle a levé la tête, et pour la première fois nos regards se sont rencontrés. À nouveau, je me suis figé. J'avais envie de retirer ma main, mais j'étais incapable de bouger.

— Je l'ai vu, a-t-elle annoncé.

J'ai cru avoir mal entendu.

— Ton frère, je l'ai vu. Enfin, je pense que c'était lui.

J'ai suffisamment recouvré l'usage de ma voix pour demander :

— Quand ça ?

— Hier, au cimetière.

Une serveuse s'est approchée. Elle a ôté le crayon de derrière son oreille et nous a demandé ce qu'on désirait. L'espace d'un instant, ni Katy ni moi n'avons soufflé mot. La serveuse s'est raclé la gorge. J'ai commandé une omelette au fromage. Quel fromage ? a-t-elle interrogé. Américain, suisse, cheddar ? Cheddar, ai-je dit, ce serait parfait. Et avec ça, frites ou pommes de terre maison ? Pommes de terre maison. Pain blanc, pain de seigle, pain de mie ? Pain de seigle. Et à boire ? Rien, merci.

La serveuse a fini par partir.

— Raconte, ai-je demandé à Katy.

Elle a écrasé sa cigarette.

— C'est comme je te l'ai dit, je suis allée au cimetière. Histoire de sortir de la maison. Tu sais où Julie est enterrée, n'est-ce pas ?

J'ai hoché la tête.

— Oui, c'est vrai. Je t'ai vu là-bas. Deux ou trois jours après l'enterrement.

Elle s'est penchée en avant.

— Tu l'aimais ?

— Je ne sais pas.

— Mais elle t'a brisé le cœur.

— Peut-être. C'était il y a longtemps.

Katy a contemplé fixement ses mains.

— Dis-moi ce qui s'est passé, ai-je insisté.

— Il avait l'air drôlement changé. Ton frère, je veux dire. Je ne me souviens pas très bien de lui. Juste un peu. Et j'ai vu des photos.

Elle s'est tue.

— Tu es en train de me dire qu'il se tenait devant la tombe de Julie ?

— Sous le saule.

— Quoi ?

— Il y a un saule là-bas. À une trentaine de mètres, peut-être. Je ne suis pas passée par le portail principal. J'ai sauté par-dessus le mur. Il ne s'attendait donc pas à ma venue. Bon, alors j'arrive par-derrière et je trouve un type sous le saule qui regarde la tombe de Julie. Il ne m'a pas entendue. Il était complètement dans son monde. Je lui ai tapé sur l'épaule. Il a fait un bond de deux mètres et quand il s'est retourné… tu vois bien à quoi je ressemble, non ? Il a failli hurler. Il a dû me prendre pour un fantôme.

— Et tu es sûre que c'était Ken ?

— Sûre, non. Comment puis-je en être sûre, hein ?

Elle a pris une nouvelle cigarette, avant de corriger :

— Si. Si, c'était lui.

La tête me tournait. Mes mains sont retombées pour agripper la banquette. Lorsque j'ai fini par parler, les mots sont sortis lentement.

— Il t'a dit quoi, exactement ?

— Au début, juste ça : « Je n'ai pas tué ta sœur.

— Et qu'as-tu fait ?

— Je l'ai traité de menteur. Je l'ai prévenu que j'allais crier.

— Et tu as crié ?

— Non.

— Pourquoi ?

Katy n'avait toujours pas allumé sa cigarette. Elle l'a retirée de sa bouche et l'a posée sur la table.

— Parce que je l'ai cru. Quelque chose dans sa voix, je ne sais pas. J'ai passé tant de temps à le haïr. Tu ne peux pas t'imaginer. Mais maintenant…

— Alors qu'as-tu fait ?

— Je me suis écartée. J'avais quand même l'intention de crier. Mais il est venu vers moi. Il a pris mon visage dans ses mains, m'a fixée dans les yeux et a lancé : « Je retrouverai l'assassin. Je te le promets. » Voilà, c'est tout. Il m'a regardée encore un peu. Puis il est parti en courant.

— Tu l'as dit…?

Elle a secoué la tête.

— … à personne. Par moments, je ne suis même pas sûre que ça soit arrivé. Comme si j'avais tout imaginé. Comme si je l'avais rêvé ou inventé. Comme mes souvenirs de Julie.

Elle a levé les yeux sur moi.

— Tu penses qu'il a tué Julie ?

— Non.

— Je t'ai vu aux informations. Tu as toujours cru qu'il était mort. Parce qu'on a trouvé un peu de son sang sur le lieu du crime.

J'ai hoché la tête.

— Tu continues à le croire ?

— Non, plus maintenant.

— Qu'est-ce qui t'a fait changer d'avis ?

je ne savais pas trop quoi répondre.

— Peut-être parce que je le cherche, moi aussi.

— Je veux t'aider.

Elle avait dit : « Je veux. » Mais je savais que c'était plutôt une nécessité.

— S'il te plaît, Will. Laisse-moi t'aider.

Et j'ai acquiescé.

15

LE SHÉRIF BERTHA FARROW A FRONCÉ LES SOURCILS par-dessus l'épaule de son adjoint, George Volker.

— J'ai horreur de ces engins, a-t-elle dit.

— Vous avez tort, a répondu Volker.

Ses doigts dansaient sur le clavier.

— Les ordinateurs sont nos amis.

Elle continuait à froncer les sourcils.

— Et qu'est-ce qu'il fait, notre ami, là ?

— Il est en train de scanner les empreintes digitales de notre inconnue.

— Scanner ?

— Comment expliquer ça à une technophobe absolue ?

Levant les yeux, Volker s'est frotté le menton.

— C'est comme un Fax et un photocopieur réunis. Il copie l'empreinte, puis l'expédie par e-mail au CIPJ en Virginie.

Le CIPJ était le Centre d'information de la police judiciaire. Aujourd'hui que tout était informatisé – même dans les trous perdus –, on pouvait envoyer les empreintes par Internet pour identification. Si elles figuraient dans l'immense base de données du CIPJ, leur propriétaire pouvait être identifiée en un rien de temps.

— Je pensais que le CIPJ avait son siège à Washington, s'est étonnée Bertha.

— Plus maintenant. Le sénateur Byrd l'a décentralisé.

— C'est bien d'avoir quelqu'un comme ça pour sénateur.

— Eh oui.

Bertha a attrapé son étui de revolver et est sortie dans le couloir. Le poste de police se partageait les locaux avec la morgue de Clyde, ce qui était pratique, et aussi, parfois, nauséabond. La ventilation de la morgue étant nulle, de temps à autre une odeur de formol et de décomposition flottait dans les bureaux.

Après un instant d'hésitation, Bertha a poussé la porte de la morgue. Il n'y avait là ni tiroirs étincelants ni instruments luisants, rien de ce qu'on voit à la télé. La morgue de Clyde était quasi artisanale. Son travail, il l'exerçait à temps partiel car, soyons honnêtes, il n'y avait pas grand-chose à faire. Au pire, des victimes d'accidents de circulation. Un an plus tôt, Don Taylor avait bu et s'était tiré accidentellement un coup de fusil dans la tête. Sa pauvre femme disait en plaisantant que le vieux Don avait tiré parce que, en s'apercevant dans la glace, il s'était pris pour un élan. Parlons-en, du mariage. Et voilà, en gros, c'était tout. La morgue – un terme bien ronflant pour une loge de concierge reconvertie – pouvait abriter peut-être deux corps à la fois. Si Clyde avait besoin de davantage de place, il s'adressait à l'entreprise de pompes funèbres de Wally.

Le corps de l'inconnue se trouvait sur la table. Clyde se tenait devant elle. Il portait une blouse bleue et des gants chirurgicaux. Il était en train de pleurer. La radio diffusait un air d'opéra, quelque chose de convenablement tragique.

— Ça y est, tu l'as ouverte ? a demandé Bertha, bien que la réponse fût évidente.

Clyde s'est essuyé les yeux avec deux doigts.

— Non.

— Tu attends sa permission ?

Il l'a fusillée du regard.

— J'en suis encore à l'examen externe.

— Et la cause du décès, Clyde ?

— Je le saurai avec certitude quand j'aurai fini l'autopsie.

Bertha s'est approchée de lui. En un geste de réconfort factice, elle a posé la main sur son épaule, feignant de compatir.

— Une hypothèse préalable, Clyde ?

— Elle a été violemment battue. Tiens, tu vois ?

Il a désigné l'endroit où aurait normalement dû se trouver la cage thoracique. Il n'en restait plus grand-chose. Les os broyés s'étaient affaissés vers l'intérieur.

— Beaucoup de bleus, a remarqué Bertha.

— La décoloration des tissus, oui. Mais regarde un peu par ici.

Il a mis le doigt sur quelque chose qui saillait sous la peau près de l'estomac.

— Côtes cassées ?

— Côtes écrasées, a-t-il rectifié.

— Comment ?

Clyde a haussé les épaules.

— Probablement avec une lourde masse, un truc dans ce genre. À mon avis – mais c'est juste une supposition –, l'une des côtes a dû se fendre et percer un organe vital. Ç'a pu perforer un poumon ou s'enfoncer dans son ventre. Ou alors, elle a eu de la chance et ça s'est fiché droit dans le cœur.

Bertha a secoué la tête.

— Elle ne m'a pas l'air d'avoir été particulièrement chanceuse.

Clyde s'est détourné. Baissant la tête, il s'est remis à pleurer. Son corps tremblait, convulsé par des sanglots étouffés.

— Ces marques sur ses seins ? a demandé Bertha.

Sans regarder, il a répondu :

— Des brûlures de cigarette.

Elle s'en était doutée. Doigts mutilés, brûlures de cigarette. Pas la peine d'être Sherlock Holmes pour déduire qu'elle avait été torturée.

— Fais-nous la totale, Clyde. Prélèvements sanguins, bilan toxicologique, tout.

Il a reniflé et s'est enfin retourné.

— Oui, Bertha, OK.

Derrière eux, la porte s'est ouverte. Ils ont pivoté tous les deux. C'était Volker.

— Bingo, a-t-il annoncé.

— Déjà ?

Il a acquiescé.

— Tête de liste du CIPJ.

— Comment ça, tête de liste ?

George a indiqué le corps sur la table.

— Notre inconnue, là. Elle est recherchée par rien moins que le FBI.

16

KATY M'A DÉPOSÉ À HICKORY PLACE, à trois blocs de la maison de mes parents. Nous ne voulions pas qu'on nous voie ensemble. C'était peut-être de la parano de notre part, mais tant pis.

— Et maintenant ? a-t-elle dit.

Cette question, j'étais en train de me la poser moi-même.

— Je n'en sais rien. Mais si Ken n'a pas tué Julie...

— ... c'est quelqu'un d'autre.

— On est forts, dis donc.

Elle a souri.

— J'imagine qu'il faut chercher des suspects ?

Tout ça avait l'air ridicule – on était quoi, la brigade criminelle ? – mais j'ai hoché la tête.

— Je vais commencer à inspecter, a-t-elle déclaré.

— Inspecter quoi ?

Elle a haussé les épaules à la manière des ados, avec tout son corps.

— Je ne sais pas, moi. Le passé de Julie. Pour voir qui aurait pu vouloir la tuer.

— La police l'a déjà fait.

— Ils n'en avaient qu'après ton frère, Will.

Elle marquait un point.

— OK, ai-je dit, me sentant à nouveau ridicule.

— On se recontacte dans la soirée.

J'ai acquiescé et me suis glissé dehors. Miss Marple redémarré sans me saluer. Et je suis resté là, baigné de solitude, avec pas franchement envie de bouger.

Les rues de banlieue étaient vides, contrairement aux allées goudronnées devant les maisons. Aux breaks de ma jeunesse avaient succédé des véhicules quasi tout-terrain. Les maisons à deux niveaux dataient pour la plupart du boom immobilier de 1962. Certaines avaient subi des rajouts ; d'autres avaient été massivement rénovées autour de 1974 : leur pierre trop blanche, trop lisse, avait aussi bien vieilli que le smoking bleu pastel que j'avais mis pour le bal de fin d'études.

Quand je suis arrivé chez nous, il n'y avait ni voitures dehors ni visiteurs à l'intérieur. Bref, sans surprise. J'ai appelé mon père. Pas de réponse. Je l'ai trouvé au sous-sol, une lame de rasoir à la main. Il se tenait au milieu de la pièce, parfaitement immobile au milieu de vieux cartons de vêtements dont il avait tranché le ruban adhésif. Au bruit de mes pas, il n'a même pas tourné la tête.

— Il y en a tellement qui sont déjà emballés, a-t-il dit doucement.

Les cartons avaient appartenu à ma mère. Plongeant la main dans l'un d'eux, mon père a sorti un fin serre-tête argenté qu'il a brandi dans ma direction.

— Tu te souviens de ça ?

Nous avons souri l'un et l'autre. Tout le monde, j'imagine, suit les fluctuations de la mode, mais les modes, ma mère les lançait, les déterminait, s'identifiait à elles. Il y avait eu sa période serre-tête, par exemple. Elle avait laissé pousser ses cheveux et arboré des bandeaux multicolores, telle une princesse indienne. Pendant plusieurs mois – la période serre-tête avait duré, je dirais, six mois environ – on ne

l'avait jamais vue sans. Une fois les serre-tête retiré
était venu l'âge des franges en daim. Suivi par la
Renaissance violette – qui n'était pas ma préférée, loin
de là : c'était comme vivre avec une aubergine géante
ou une groupie de Jimi Hendrix –, puis par la période
de la cravache, ceci chez une femme dont le seul
rapport aux chevaux était d'avoir vu Elizabeth Taylor
dans *Le Grand National*.

Toutes ces modes, comme beaucoup d'autres
choses, avaient pris fin avec le meurtre de Julie Miller.
Ma maman – Sunny – avait rangé ses vêtements pour
les stocker dans le coin le plus poussiéreux du
sous-sol.

Papa a jeté le serre-tête dans le carton.

— On avait l'intention de déménager, tu sais.

Non, je ne savais pas.

— Il y a trois ans. On allait acheter un appartement à West Orange et peut-être quelque chose pour
l'hiver à Scottsdale, à côté de chez la cousine Esther
et Harold. Quand on a découvert que ta mère était
malade, on a tout laissé en suspens.

Il m'a regardé.

— T'as soif ?

— Pas trop.

— Tu veux un Coca light ? Moi, j'en prendrais
bien un.

Papa est passé devant moi d'un pas rapide, se dirigeant vers l'escalier. J'ai contemplé les vieux cartons,
l'écriture de ma mère sur les côtés, au marqueur épais.
Sur l'étagère du fond, on apercevait toujours deux
anciennes raquettes de tennis de Ken. Sa toute
première, notamment, quand il avait trois ans. Maman
l'avait gardée pour lui. J'ai tourné les talons et suivi
mon père. Une fois dans la cuisine, il a ouvert la porte
du frigo.

— Tu veux bien me dire ce qui est arrivé hier ?
a-t-il commencé.

— Je ne vois pas de quoi tu parles.

— Toi et ta sœur.

Il a sorti une bouteille de deux litres de Coca light.

— C'était à propos de quoi ?

— De rien, ai-je répondu.

Il a soupiré et ouvert un placard. Il a sorti deux verres, et pris des glaçons dans le freezer.

— Ta mère écoutait aux portes, quand vous discutiez, toi et Melissa.

— Je sais.

Il a souri.

— Elle n'était pas très discrète. Je lui disais d'arrêter, mais elle me faisait taire, sous prétexte que c'était son boulot de mère.

— Tu as dit : moi et Melissa ?

— Oui.

— Pourquoi pas Ken ?

-- Peut-être parce qu'elle ne voulait pas savoir.

Il a versé le Coca.

— Tu t'intéresses beaucoup à ton frère, tout à coup.

— C'est normal comme question, non ?

— Mais oui. Et après l'enterrement, tu m'as demandé s'il était toujours en vie. Le lendemain, Melissa et toi vous vous êtes disputés à cause de lui. Alors, encore une fois, que se passe-t-il ?

J'avais toujours la photo dans ma poche. Ne me demandez pas pourquoi. J'avais fait des copies couleur au scanner ce matin-là. Mais je n'arrivais pas à lâcher l'original.

Quand on a sonné à la porte, nous avons sursauté tous les deux. Nous nous sommes regardés. Papa a haussé les épaules. Je lui ai dit que j'y allais. J'ai avalé une gorgée de Coca light et reposé le verre sur le

comptoir. Puis j'ai couru ouvrir. Quand j'ai vu qu[i]
c'était, j'ai failli tomber.

Mme Miller. La maman de Julie.

Elle m'a tendu un plat enveloppé dans du papier
alu, les yeux baissés, on aurait cru qu'elle déposait une
offrande sur un autel. Je me suis figé, ne sachant que
dire. Elle a levé la tête. Nos regards se sont croisés,
comme deux jours plus tôt, quand je me tenais devant
chez eux, sur le trottoir. La douleur que j'ai vue dans
le sien était vivante, électrique. Je me suis demandé si
elle avait lu la même chose dans le mien.

— J'ai pensé…, a-t-elle commencé, j'ai juste…

— Je vous en prie, entrez.

Elle a essayé de sourire.

— Merci.

Mon père est sorti de la cuisine.

— Qui c'est ?

J'ai reculé. Mme Miller est apparue, tenant le plat
devant elle comme pour se protéger. Mon père a écar-
quillé les yeux, et j'y ai vu quelque chose exploser.

Sa voix était un murmure rageur.

— Que diable faites-vous ici ?

— Papa, ai-je dit.

Il m'a ignoré.

— Je vous ai posé une question, Lucille. Que
diable voulez-vous ?

Mme Miller a baissé la tête.

— Papa, ai-je répété d'un ton plus pressant.

Mais c'était inutile. Ses yeux étaient devenus noirs
et petits.

— Je ne veux pas de vous ici.

— Papa, elle est venue apporter…

— Sortez.

— Papa !

154

Mme Miller s'est tassée sur elle-même. Elle a fourré le plat dans mes mains.

— Je ferais mieux d'y aller, Will.

— Non. Ne partez pas.

— Je n'aurais pas dû venir.

Papa a crié :

— Absolument, vous n'auriez pas dû venir !

Je l'ai foudroyé du regard, mais il avait les yeux rivés sur elle.

Les paupières toujours baissées, Mme Miller a dit :

— Je vous présente toutes mes condoléances.

Mais mon père ne désarmait pas.

— Elle est morte, Lucille. Ça ne sert plus à rien.

Alors, Mme Miller s'est enfuie. J'étais là, le plat entre les mains, à regarder mon père d'un air incrédule. Il s'est retourné vers moi.

— Balance-moi ces cochonneries.

Que faire ? J'aurais voulu la rattraper pour m'excuser, mais elle était déjà loin et elle marchait vite. Mon père avait regagné la cuisine. J'ai suivi, posant bruyamment le plat sur le comptoir.

— Qu'est-ce qui t'a pris, bon sang ?

Il s'est emparé de son verre.

— Je ne veux pas d'elle ici.

— Elle est venue présenter ses condoléances.

— Elle est venue soulager sa conscience.

— De quoi parles-tu ?

— Ta mère est morte. Lucille ne peut plus rien pour elle.

— Ça n'a aucun sens.

— Ta mère l'a appelée. Tu le savais, ça ? Peu de temps après le meurtre. Lucille l'a envoyée au diable. Elle nous en voulait d'avoir élevé un assassin. C'est ce qu'elle a dit. C'était notre faute. Nous avions élevé un assassin.

— C'était il y a onze ans, papa.

— As-tu la moindre idée de ce que ç'a fait à ta mère ?

— Sa fille venait juste d'être assassinée. Elle était très mal.

— Et elle a attendu jusqu'à maintenant pour réagir ? Alors que ça ne sert plus à rien ?

Il a secoué la tête, intraitable.

— Je ne veux plus en entendre parler. Et ta mère, eh bien, elle ne peut plus non plus.

La porte d'entrée s'est ouverte. C'était tante Selma et oncle Murray, le sourire de circonstance plaqué sur le visage. Selma s'est affairée dans la cuisine. Murray s'est attaqué au carreau mural qui se décollait et qu'il avait repéré la veille.

Mon père et moi avons mis fin à la discussion.

17

LE DOS RAIDE, L'AGENT CLAUDIA FISHER a frappé à la porte.

— Entrez.

Elle a tourné le bouton et pénétré dans le bureau du directeur adjoint Joseph Pistillo. Le DA – surnommé par de petits plaisantins le Dab – dirigeait le siège de New York. En dehors du directeur, qui siégeait à Washington, le DA était l'agent le plus gradé et le plus puissant du FBI.

Pistillo a levé les yeux. Ce qu'il a vu ne lui a guère plu.

— Quoi ?

— Sheila Rogers a été trouvée morte, a annoncé Fisher.

Pistillo a lâché un juron.

— Comment ?

— Elle a été découverte sur le bas-côté d'une route dans le Nebraska. Sans aucun papier d'identité sur elle. Ils ont expédié ses empreintes au CIPJ, et c'est comme ça qu'ils ont eu la réponse.

— Nom de Dieu !

Pistillo s'est mordillé un ongle. Claudia Fisher attendait.

— Je veux une confirmation visuelle, a-t-il dit.

— C'est fait.

— Quoi ?

— J'ai pris la liberté d'envoyer par e-mail au shérif Farrow les photos d'identité de Sheila Rogers. Elle et le médecin légiste confirment qu'il s'agit bien de la même personne. La taille et le poids correspondent également.

Pistillo s'est renversé dans son siège. S'emparant d'un stylo, il l'a levé à la hauteur de ses yeux, l'a examiné et l'a mis dans sa bouche. Fisher se tenait au garde-à-vous. Il lui a fait signe de s'asseoir. Elle a obéi.

— Les parents de Sheila Rogers habitent dans l'Utah, c'est bien ça ?

— L'Idaho.

— Peu importe, il faut les contacter.

— J'ai la police locale en attente. Le chef connaît la famille personnellement.

Pistillo a hoché la tête.

— Très bien.

Il a sorti le stylo de sa bouche.

— Comment a-t-elle été tuée ?

— Sans doute une hémorragie interne due aux coups qu'elle a reçus. L'autopsie est en cours.

— Bon Dieu !

— Elle a été torturée. On lui a arraché et tordu les doigts, probablement à l'aide d'une pince. Elle a des brûlures de cigarette sur le torse.

— Le décès remonte à quand ?

— Hier soir ou tôt ce matin.

Pistillo a regardé Fisher. Il s'est rappelé que Will Klein, le compagnon de Sheila, s'était assis dans ce même fauteuil la veille.

— Ç'a été du rapide.

— Je vous demande pardon ?

— Si, comme tout porte à le croire, elle s'est enfuie, ils n'ont pas mis longtemps à la trouver.

— À moins qu'elle ne se soit enfuie chez eux…, a avancé Fisher.

Pistillo s'est rejeté en arrière.

— Ou alors, elle ne s'est pas enfuie du tout.

— Je ne vous suis pas.

Il s'est remis à étudier le stylo.

— Notre postulat de base a toujours été que Sheila Rogers s'était enfuie en raison de son implication dans les meurtres d'Albuquerque, n'est-ce pas ?

Fisher a remué la tête d'avant en arrière.

— Oui et non. Je veux dire, pourquoi serait-elle revenue à New York pour repartir aussitôt ?

— Peut-être qu'elle voulait assister à l'enterrement de la mère. De toute façon, ce n'est plus d'actualité. Si ça se trouve, elle ne savait pas que nous étions après elle. Si ça se trouve – vous me suivez toujours, Claudia ? –, elle a été kidnappée.

— Et ça se serait passé comment ? a questionné Fisher.

Pistillo a reposé le stylo.

— D'après Will Klein, elle a quitté l'appartement… à quoi… six heures du matin ?

— Cinq.

— Cinq heures, soit. Essayons donc de reconstituer les faits selon le scénario officiel. Sheila Rogers part à cinq heures. Elle se cache quelque part. Quelqu'un la retrouve, la torture et l'abandonne au fin fond du Nebraska. Ça se tient, non ?

Fisher a hoché lentement la tête.

— Comme vous l'avez dit, c'est du rapide.

— Trop rapide ?

— Peut-être.

— Question timing, a fait remarquer Pistillo, il es
beaucoup plus vraisemblable que quelqu'un l'ait
chopée dès sa sortie de l'appartement.

— Et se soit envolé avec elle pour le Nebraska ?

— Ou bien ait conduit comme un fou.

— Ou…, a commencé Fisher.

— Ou ?

Elle a regardé son patron.

— Je pense, a-t-elle dit, que nous arrivons tous les
deux à la même conclusion. Les délais sont trop serrés.
Elle a probablement disparu la veille.

— Ce qui signifie ?

— Ce qui signifie que Will Klein nous a menti.

Pistillo a eu un grand sourire.

— Exact.

Fisher s'est alors mise à parler très vite.

— OK, voici un scénario plus plausible : Will
Klein et Sheila Rogers se rendent à l'enterrement de
la mère de Klein. Ensuite, ils retournent dans la
maison de ses parents à lui. D'après Klein, ils reviennent à l'appartement le soir même. Mais personne
d'autre n'a pu le confirmer. Il est donc possible…
(Fisher a voulu ralentir mais n'y est pas arrivée)… il
est donc possible qu'ils ne soient pas rentrés chez eux.
Il a pu la remettre à un complice qui l'a torturée, tuée
et s'est débarrassé du corps. Will, entre-temps, a
regagné son appartement. Le matin, il est allé au
travail. Et quand Wilcox et moi l'avons coincé dans
son bureau, il nous a raconté qu'elle était partie très
tôt.

Pistillo a approuvé d'un signe de tête.

— Intéressant.

Elle s'est redressée.

— Vous avez un mobile ? a-t-il demandé.

— Il voulait la faire taire.

— À propos de quoi ?

— De ce qui s'est passé à Albuquerque.

Tous deux ont examiné cette hypothèse en silence.

— Je ne suis pas convaincu, a objecté Pistillo.

— Moi non plus.

— Mais nous sommes d'accord sur le fait que Will Klein en sait plus que ce qu'il veut bien dire.

— Ça, c'est clair.

Pistillo a laissé échapper une longue expiration.

— D'une manière ou d'une autre, il faut lui annoncer la mauvaise nouvelle, le décès de Mlle Rogers.

— Oui.

— Appelez ce chef de la police dans l'Utah.

— L'Idaho.

— Peu importe. Qu'il aille prévenir la famille. Et qu'on les mette dans l'avion pour l'identification officielle.

— Et Will Klein ?

Pistillo a réfléchi un instant.

— Je vais contacter Carrex. Peut-être qu'il saura nous aider à amortir le coup.

18

LA PORTE DE MON APPARTEMENT ÉTAIT ENTROUVERTE.

Après l'arrivée de tante Selma et d'oncle Murray, mon père et moi nous sommes soigneusement évités. J'adore mon père. Ça se voit, je pense. Pourtant, quelque part au fond de moi, je le rends, de manière tout à fait irrationnelle, responsable de la mort de ma mère. Je ne sais pas pourquoi, et j'ai beaucoup de mal à l'admettre moi-même, mais, dès l'instant où elle est tombée malade, je l'ai regardé avec d'autres yeux. Comme s'il n'en avait pas fait assez. Ou peut-être que je lui en voulais de ne pas l'avoir sauvée après le meurtre de Julie Miller. Il n'avait pas été suffisamment fort. Il n'avait pas été un bon mari. S'il avait vraiment aimé ma mère, n'aurait-il pas été capable de l'aider à guérir, de délivrer son esprit du mal qui le rongeait ?

Je l'ai dit, c'est irrationnel.

Ma porte était à peine entrebâillée, mais je me suis arrêté. Je la ferme toujours à clé – voyons, j'habite un immeuble sans portier à Manhattan –, mais il est vrai que dernièrement j'étais à côté de mes pompes. Peut-être que dans ma hâte de retrouver Katy Miller, j'avais tout simplement oublié de la fermer. Pas impossible. Et le pêne se grippe quelquefois. Ou peut-être que la porte était restée ouverte depuis mon départ.

J'ai froncé les sourcils. C'était peu plausible.

La main sur le battant, j'ai poussé tout doucement. J'attendais que la porte grince. Elle n'a pas grincé. Soudain, j'ai entendu quelque chose. Faiblement d'abord. J'ai passé la tête dans l'entrebâillement et aussitôt mon sang s'est glacé.

À première vue, rien d'anormal. Pas de lumière allumée. Les stores étaient baissés, il faisait donc assez sombre. Non, rien d'anormal – enfin, qui saute aux yeux d'entrée de jeu. Je suis resté dans le couloir et j'ai tendu le cou.

J'entendais de la musique.

Là non plus, il n'y avait pas de quoi s'affoler. Je n'ai pas l'habitude de laisser de la musique, comme certains New-Yorkais soucieux de leur sécurité, mais, je l'avoue, je peux être extrêmement distrait. J'aurais pu oublier d'éteindre ma platine CD. Mais ça ne m'aurait pas glacé à ce point-là.

Ce qui m'a glacé, c'est le choix de la musique. C'est ça qui m'a fichu la trouille.

Cette chanson – j'ai essayé de me rappeler la dernière fois où je l'avais entendue –, c'était *Don't Fear the Reaper*. J'ai frissonné.

La chanson préférée de Ken.

De Blue Oyster Cult, un groupe de heavy metal, bien que ce morceau-là, le plus célèbre, soit aussi plus doux, presque aérien. Ken attrapait sa raquette de tennis et feignait de jouer le solo de guitare. Et je n'avais pas cette chanson-là sur mes CD. Ça ne risquait pas. Trop de souvenirs.

Que diable se passait-il ?

J'ai pénétré dans la pièce. Comme je l'ai déjà dit, il faisait noir. Je me suis arrêté et je me suis senti excessivement bête. Hmm. Et si tu allumais, espèce de banane ? Ce serait une bonne idée, hein ?

Mais alors que je tendais la main vers l'interrupteur, une autre voix m'a soufflé : Mieux encore, et si tu prenais tes jambes à ton cou ? C'est ce qu'on braille parfois devant le grand écran, non ? Le tueur est tapi dans l'ombre. Et cette gourde d'adolescente, après avoir découvert le corps décapité de sa meilleure copine, décide que c'est le moment de s'engouffrer dans la maison obscure au lieu de, mettons, s'enfuir en hurlant à tue-tête.

Nom d'un chien, je n'avais plus qu'à me dévêtir jusqu'au soutien-gorge, et j'étais bon pour le rôle.

La chanson a cédé la place au solo de guitare. J'ai attendu le silence. Ç'a été bref. La chanson a recommencé. La même chanson.

Que se passait-il, bon sang ?

Fuir en hurlant. C'était le meilleur plan. Je n'avais plus qu'à le mettre à exécution. Sauf que je n'avais trébuché sur aucun cadavre décapité. Alors que faire ? Comment réagir ? Appeler la police ? Je voyais déjà le tableau. Quel est le problème, monsieur ? Ben, ma chaîne stéréo joue la chanson préférée de mon frère, du coup j'ai décidé de sortir dans le couloir en hurlant. Pourriez-vous rappliquer vite fait avec vos flingues ? Tout de suite, on arrive.

Dans le genre débile…

Et même en supposant qu'on était entré chez moi par effraction, qu'il y avait bel et bien un intrus dans l'appartement, quelqu'un qui avait apporté son propre CD…

… À votre avis, qui ça pouvait être, hein ?

Les battements de mon cœur se sont apaisés tandis que mes yeux s'habituaient à l'obscurité. J'ai résolu de ne pas allumer. S'il y avait réellement quelqu'un, inutile de lui offrir une cible facile. À moins qu'allumer l'oblige à se montrer ?

Nom de Dieu, je n'étais pas au point.

J'ai décidé de laisser la lumière éteinte.

Bon, très bien, on laisse la lumière éteinte. Et après ?

La musique. Suivons la musique. Elle venait de ma chambre. Je me suis tourné dans cette direction. La porte était close. J'ai avancé. Prudemment. Je n'allais pas me conduire comme le dernier des imbéciles. J'ai ouvert en grand la porte d'entrée – au cas où je me mettrais à hurler ou bien à me sauver à toutes jambes.

J'avançais d'un pas glissé, par à-coups : pied gauche devant, mais les orteils droits fermement pointés vers la sortie. Ça m'a fait penser à l'une des postures de yoga de Carrex. Jambes écartées, on se penche d'un côté, mais on place à la fois son poids et sa « conscience » dans la direction opposée. Le corps bouge dans un sens, l'esprit dans l'autre. C'était ce que certains yogis – pas Carrex, Dieu merci – appelaient l'« expansion de la conscience ».

J'ai parcouru un mètre en glissant ainsi. Puis un autre. Le chanteur de Blue Oyster Cult, Buck Dharma – le fait que je me rappelle non seulement ce nom-là, mais aussi son vrai nom, Donald Roeser, en disait long sur mon enfance – proclamait que nous pourrions être comme eux, comme Roméo et Juliette.

En un mot : morts.

J'étais arrivé à la porte de la chambre. J'ai dégluti et poussé le battant. Rien à faire. Il fallait tourner le bouton. Ma main s'est refermée sur le métal. J'ai regardé par-dessus mon épaule. La porte d'entrée était toujours grande ouverte. Mon pied droit restait pointé dans cette direction, même si je n'étais plus très sûr de ma « conscience ». J'ai tourné le bouton aussi silencieusement que j'ai pu, mais ça m'a fait l'effet d'une déflagration.

J'ai poussé légèrement, histoire de dégager le battant. J'ai lâché le bouton. La musique était plus forte à présent. Claire et limpide. Ça devait être le lecteur CD Bose que Carrex m'avait offert deux ans plus tôt pour mon anniversaire.

J'ai passé la tête à l'intérieur, juste pour jeter un œil. Et c'est là que quelqu'un m'a empoigné par les cheveux.

Le souffle coupé, j'ai été tiré en avant avec une telle force que mes pieds ont quitté le sol. J'ai traversé la pièce, les bras tendus façon Superman, et atterri, *flop !* à plat ventre.

Ç'a chassé l'air de mes poumons. J'ai essayé de me retourner, mais il – je supposais que c'était un homme – était déjà sur moi. À califourchon sur mon dos. Un bras m'a bloqué la gorge. J'ai voulu me débattre, mais il était impossible à déloger. Il a tiré en arrière, et j'ai suffoqué.

Incapable de bouger, j'étais totalement à sa merci. Il a baissé la tête. Je sentais son souffle dans mon oreille. Il a fait quelque chose avec l'autre bras pour s'assurer une meilleure prise ou un contrepoids et il a serré. Ma trachée s'est retrouvée comprimée. Mes yeux sont sortis de leurs orbites. J'ai porté les mains à ma gorge. En vain. J'ai essayé de planter mes ongles dans son avant-bras, mais autant vouloir percer de l'acajou. La pression dans ma tête grandissait, devenait insoutenable. J'ai gigoté. Mon agresseur n'a pas bougé. Mon crâne était sur le point d'exploser. Soudain, j'ai entendu sa voix :

— Salut, petit Willie.

Cette voix.

Je l'ai reconnue instantanément. Je ne l'avais pas entendue – bon Dieu, j'ai rassemblé mes souvenirs – depuis dix, quinze ans peut-être ? Depuis la mort de ulie, en tout cas. Mais certains sons, des voix pour la plupart, demeurent stockés dans une zone spéciale du cortex, sur l'étagère Survie, si vous préférez, et, dès qu'elles vous parviennent, toutes vos fibres se contractent, pressentant le danger.

Il a lâché mon cou – subitement et complètement. Je me suis écroulé sur le sol en suffoquant, cherchant à me débarrasser de l'entrave imaginaire qui m'enserrait la gorge. Il a roulé sur le côté en riant.

— Je te fais perdre la boule, mon petit Willie.

Je me suis retourné et j'ai reculé en rampant sur les coudes. Mes yeux m'ont confirmé alors ce que mes oreilles m'avaient déjà appris. Je n'arrivais pas à le croire. Il avait changé, mais il n'y avait pas d'erreur possible.

— John ? John Asselta ?

Il a souri, de ce sourire qui n'atteignait rien. J'avais l'impression de revenir des années en arrière. La peur – une peur que je n'avais pas connue depuis mon adolescence – était en train de refaire surface. Le Spectre – c'était ainsi qu'on l'appelait, même si personne n'osait le lui dire en face – m'avait toujours fait cet effet-là. Et pas qu'à moi, je pense. Il terrorisait tout le monde – même moi qui étais pourtant à l'abri, puisque j'étais le petit frère de Ken Klein. Le Spectre, ça lui suffisait.

J'ai toujours été une mauviette. Toute ma vie, j'ai cherché à éviter la bagarre. D'aucuns y voient un signe de sagesse et de maturité. Mais c'est faux. En vérité, je suis un lâche. J'ai une peur panique de la violence. C'est peut-être normal – instinct de conservation et tout et tout – mais j'ai quand même honte. Mon frère, qui curieusement était le meilleur ami du Spectre, possédait, lui, cette agressivité qui sépare les vrais pros des amateurs. Son tennis, par exemple, faisait penser à celui du jeune John McEnroe, de par sa hargne, son refus de perdre, son jusqu'au-boutisme à la limite de l'acceptable. Même enfant, il vous terrassait – puis piétinait vos restes, une fois que vous étiez à terre. Je n'ai jamais été comme ça.

Je me suis relevé avec effort. Asselta s'est dressé d'un seul mouvement, tel un esprit jaillissant du tombeau. Il a écarté les bras.

— Tu ne salues pas un vieil ami, mon petit Willie ?

Et avant que j'aie pu réagir, il m'a donné l'accolade. Il n'était pas très grand, et cette morphologie bizarre, torse long et bras trop courts... Sa joue s'est pressée contre ma poitrine.

— Ça fait un bail, a-t-il déclaré.

Je ne savais pas très bien par où commencer.

— Comment es-tu entré ?

— Quoi ?

Il m'a relâché.

— La porte était ouverte. Désolé de t'avoir pris par surprise, mais...

Il a souri, balayé la question d'un haussement d'épaules.

— Tu n'as absolument pas changé, petit Willie. Tu as l'air en pleine forme.

— Tu n'aurais pas dû...

Il a penché la tête, et je me suis rappelé la façon qu'il avait de vous tomber dessus sans crier gare. John Asselta avait été dans la même classe que Ken, au lycée de Livingston. Il était capitaine de l'équipe de lutte et, pendant deux ans d'affilée, avait remporté le championnat des poids légers du comté d'Essex. Il serait sans doute parvenu au niveau national s'il n'avait pas été disqualifié pour avoir délibérément disloqué l'épaule d'un adversaire. C'était sa troisième infraction. Je me souviens encore quand le gars poussé un cri de douleur. Certains spectateurs ont été pris de nausée à la vue du bras pendouillant. J'ai également resongé au petit sourire d'Asselta lorsqu'on a emporté le blessé sur un brancard.

Mon père prétendait que le Spectre souffrait du complexe de Napoléon. Mais cette explication me paraissait trop simpliste. J'ignorais s'il avait besoin de s'affirmer, s'il avait un chromosome Y en trop, ou bien s'il était juste une ordure de la pire espèce.

Quoi qu'il en soit, le résultat était le même : aucun doute possible, c'était un psychopathe.

Il n'y avait pas photo. Le Spectre prenait plaisir à faire souffrir les gens. Même les gros costauds évitaient de se trouver sur son chemin. On ne savait jamais ce qui pouvait déclencher le mécanisme. Il était capable de cogner sans hésitation. De vous casser le nez. De vous assener un coup de genou dans les couilles. De vous crever les yeux. Il frappait quand vous aviez le dos tourné.

À l'âge de quatorze ans – si la légende était vraie –, le Spectre avait tué le chien d'un voisin en lui fichant un pétard dans le cul. Mais pire encore, bien pire que tout, la rumeur voulait qu'il ait poignardé à dix ans un gamin du nom de Daniel Skinner avec un couteau de cuisine. On racontait que Skinner, de deux ou trois ans son aîné, s'était amusé à le harceler ; le Spectre avait réagi : un coup de couteau en plein cœur. On disait aussi qu'il avait séjourné quelque temps en maison de redressement et en HP, sans grand résultat. Ken affirmait ne rien savoir là-dessus. Une fois, j'ai posé la question à mon père, qui n'a ni confirmé ni démenti.

Je me suis efforcé de ne plus penser au passé.

— Qu'est-ce que tu veux, John ?

Je n'ai jamais compris l'amitié qui le liait à mo
frère. Mes parents, ça ne les enchantait pas non plus,
même si le Spectre pouvait se montrer charmant avec
les adultes. Son teint – quasiment d'albinos, d'où le
surnom – contrastait avec ses traits fins. Il était
presque joli, avec ses longs cils et sa fossette d'enfant
sage au menton. Après le lycée, il s'était, paraît-il,
enrôlé dans l'armée. Il avait dû faire partie d'une organisation paramilitaire comme les Forces spéciales ou
les Bérets verts, mais personne ne pouvait l'affirmer
avec certitude.

Le Spectre a de nouveau penché la tête.

— Où est Ken ? a-t-il demandé de sa voix suave,
comme lorsqu'il s'apprêtait à frapper.

Je n'ai pas répondu.

— J'ai été absent un long moment, mon petit
Willie. J'étais à l'étranger.

— Pour faire quoi ?

Ses dents ont étincelé dans un sourire.

— Maintenant que je suis rentré, j'ai eu envie de
revoir mon vieux pote.

Je ne savais pas quoi lui répondre. Soudain, je me
suis revu sur le balcon la veille au soir. L'homme qui
m'observait de l'autre côté de la rue. C'était le
Spectre.

— Alors, mon petit Willie, où est-ce que je peux le
trouver ?

— Je l'ignore.

Il a porté la main à son oreille.

— Je te demande pardon ?

— Je ne sais pas où il est.

— Comment est-ce possible ? Tu es son frère. Il
t'aimait tellement.

— Qu'est-ce que tu veux au juste, John ?

— Dis donc, a-t-il lancé en me montrant ses dents
nouvelle fois. Qu'est-il arrivé à ta dulcinée de
poque, Julie Miller ? Vous avez fini par vous
aquer, elle et toi ?

Je l'ai dévisagé. Il continuait à sourire. Il me faisait
marcher, c'était évident. Julie et lui, bizarrement,
avaient été proches. Ce que je n'ai jamais compris.
Julie assurait que, sous sa violence psychotique, elle
voyait autre chose. Une fois, j'ai dit en plaisantant
qu'elle avait dû lui retirer une épine de la patte.
À présent, je me demandais que faire. J'ai bien pensé
me barrer à toute vitesse, mais je savais que je n'y arriverais pas. Je ne faisais pas le poids.

Je commençais à baliser sérieusement.

— Tu es parti longtemps ?

— Des années, mon petit Willie.

— Et quand as-tu vu Ken pour la dernière fois ?

Il a fait mine de réfléchir.

— Oh, il doit y avoir douze ans. Après, j'étais à
l'étranger. J'ai perdu le contact.

— Bien sûr.

Il a étréci les yeux.

— On dirait que tu mets ma parole en doute, mon
petit Willie.

Il s'est rapproché. J'ai essayé de ne pas ciller.

— Tu as peur de moi ?

— Non.

— Le grand frère n'est plus là pour te protéger,
mon petit Willie.

— Et nous ne sommes plus au lycée, John.

Il a levé la tête et m'a regardé dans les yeux.

— Tu crois que le monde a changé ?

Je m'efforçais de ne pas flancher.

— Tu as l'air paniqué, mon petit Willie.

— Va-t'en, ai-je dit.

171

Sa réaction a été fulgurante. Il s'est laissé tom... par terre et m'a fauché sous les jambes. Je me s... effondré lourdement sur le dos. Avant que je puis... bouger, il m'avait bloqué le coude. La pression éta... déjà terrible sur l'articulation, mais ensuite il es... remonté jusqu'au triceps. Le coude s'est plié du mauvais côté. Une douleur atroce m'a transpercé le bras.

J'ai essayé de suivre le mouvement. De m'abandonner. Tout pour soulager la pression.

Le Spectre a parlé sur le ton le plus calme qui soit.

— Tu lui diras : Fini de jouer à cache-cache… Tu lui diras que des gens risquent d'en pâtir. Toi, par exemple. Ou ton papa. Ou ta sœur. Ou peut-être même cette petite peste de Miller que tu as vue aujourd'hui. Dis-le-lui.

Son geste a été d'une rapidité inhumaine. En un seul mouvement, il a lâché mon bras et m'a asséné un coup de poing en plein visage. Mon nez a explosé. Je me suis affalé sur le sol, étourdi, à moitié inconscient. Peut-être même que j'ai perdu connaissance. Je ne sais plus.

Quand j'ai rouvert les yeux, le Spectre avait disparu.

19

CARREX M'A TENDU UN SACHET DE GLAÇONS sorti du freezer.

— Ouais, mais faudrait voir la gueule de l'autre, hein ?

— Exact, ai-je dit, plaçant la glace sur mon nez endolori. Il a l'air d'un jeune premier.

Carrex s'est assis sur le canapé et a posé ses chaussures sur la table basse.

— Explique-toi.

C'est ce que j'ai fait.

— Il est mortel, ton gus, a-t-il commenté.

— Je t'ai raconté qu'il torturait les animaux ?

— Ouais.

— Et qu'il avait une collection de crânes dans sa chambre ?

— Ça alors, ça devait impressionner les dames.

— Il y a une chose qui m'échappe.

J'ai abaissé le sachet. J'avais l'impression que mon nez était rempli de pièces de monnaie entassées les unes sur les autres.

— Qu'est-ce qu'il veut à mon frère, le Spectre ?

— Bonne question.

— Tu crois que je devrais appeler les flics ?

Carrex a haussé les épaules.

— Redonne-moi son nom.

— John Asselta.

— Je suppose que tu ne sais pas où il crèche.

— Non.

— Mais il a grandi à Livingston ?

— Oui. À Woodland Terrace. 47, Woodland Terrace.

— Tu te souviens de son adresse ?

À mon tour de hausser les épaules. Ça, c'était Livingston. On retenait ces choses-là.

— Sa mère, je ne sais pas ce qui lui est arrivé. Elle est partie, je crois, quand il était tout petit. Son père picolait sec. Il avait deux frères, plus âgés que lui. L'un d'eux – il s'appelait Sean, il me semble – était un ancien du Vietnam. Il avait des cheveux longs, une barbe emmêlée et il marchait dans les rues en parlant tout seul. Tout le monde le prenait pour un dingue. Leur jardin, on aurait dit une décharge, la végétation débordait de partout. Les gens n'aiment pas ça, à Livingston. Les flics les verbalisaient…

Carrex a noté l'info.

— Je vais me renseigner.

Ma tête me faisait mal. J'ai essayé de me concentrer.

— Tu avais quelqu'un comme ça dans ton lycée, toi ? Un taré qui faisait souffrir les autres pour le plaisir ?

— Ouais, a répondu Carrex. Moi.

J'avais peine à le croire. Je connaissais son passé mouvementé de punk, mais ça restait abstrait ; de là à imaginer qu'il ait été comme le Spectre, que j'aurais frémi en le croisant dans le couloir, qu'il aurait pu éclater le crâne d'un camarade et en rire… non, vraiment, ça ne collait pas.

J'ai remis la glace sur mon nez, grimaçant à son contact.

Carrex a secoué la tête.

— Bébé, va.

— Dommage que tu n'aies pas envisagé une carrière médicale.

— Tu dois avoir le nez cassé, a-t-il dit.

— Je m'en doutais.

— Tu veux aller à l'hôpital ?

— Non, je suis un coriace, moi.

Ça l'a fait ricaner.

— De toute façon, il n'y a rien à faire.

Il s'est interrompu, s'est mordillé l'intérieur de la joue.

— J'ai du nouveau pour toi.

Le ton de sa voix ne m'a pas plu.

— J'ai eu un coup de fil de notre grand copain du FBI, Joe Pistillo.

Une fois de plus, j'ai abaissé la glace.

— Ils ont retrouvé Sheila ?

— J'en sais rien.

— Qu'est-ce qu'il voulait ?

— Il n'a pas dit. Il m'a juste demandé de t'amener.

— Quand ça ?

— Maintenant. Il m'a expliqué que s'il m'appelait, c'était par courtoisie.

— Ah bon ? Pourquoi ?

— Strictement aucune idée.

— Mon nom est Clyde Smart, a dit l'homme, avec dans la voix une douceur qu'Edna Rogers n'avait encore jamais entendue. Je suis le médecin légiste du comté.

Edna a regardé son mari, Neil, lui serrer la main. Elle-même s'est contentée d'un signe de la tête à son adresse. La femme shérif était là aussi. Avec un de ses adjoints. Tout ce monde arborait un air grave. Le dénommé Clyde essayait de leur prodiguer des paroles de réconfort. Edna a fait la sourde oreille.

Finalement, Clyde Smart s'est approché de la table. Neil et Edna Rogers, mariés depuis quarante-deux ans, attendaient côte à côte, sans se toucher. Ils s'étaient éloignés. Voilà des années qu'ils ne se soutenaient plus.

Le médecin légiste s'est enfin tu et a retiré le drap.

Lorsque Neil Rogers a vu le visage de Sheila, il a titubé en arrière comme une bête blessée. Levant les yeux, il a poussé un hurlement qui a évoqué à Edna un coyote à l'approche d'un orage. Elle a su à sa réaction de détresse, avant même d'avoir regardé à son tour, qu'il n'y aurait pas de sursis, pas de miracle de dernière minute. Prenant son courage à deux mains, elle a regardé sa fille. Elle a avancé la main – le besoin maternel de réconforter, même dans la mort, ne se dément jamais – mais elle s'est retenue.

Elle a continué à fixer la table jusqu'à ce que sa vue se brouille, jusqu'à ce qu'elle voie presque le visage de Sheila se métamorphoser, jusqu'à ce que, les années ayant défilé à rebours, sa première-née redevienne son bébé, avec toute sa vie devant elle, et une seconde chance pour sa mère de mener les choses à bien.

Alors Edna Rogers s'est mise à pleurer.

20

— QU'EST-IL ARRIVÉ À VOTRE NEZ ? m'a demandé Pistillo.

Nous étions de retour à son bureau. Carrex est resté dans la salle d'attente. J'étais assis dans le fauteuil en face de Pistillo. Le sien, de fauteuil, ai-je noté cette fois, était légèrement plus haut que le mien, sans doute à des fins d'intimidation. Claudia Fisher, l'agent qui était venue me rendre visite à Covenant House, se tenait derrière moi, les bras croisés.

— Faudrait voir la gueule de l'autre, ai-je dit.

— Vous vous êtes battu ?

— Je suis tombé.

Pistillo ne m'a pas cru, mais ça ne me gênait pas. Il a posé les deux mains sur son bureau.

— J'aimerais qu'on reprenne tout depuis le début.

— Tout quoi ?

— La manière dont Sheila Rogers a disparu.

— Vous l'avez retrouvée ?

— Un peu de patience, s'il vous plaît.

Il a toussoté dans son poing.

— À quelle heure Sheila Rogers a-t-elle quitté votre appartement ?

— Pourquoi ?

— S'il vous plaît, monsieur Klein, tâchez de vous montrer coopératif.

— Je crois qu'elle est partie vers cinq heures matin.

— Vous en êtes sûr ?

— J'ai employé le verbe *croire*.

— Pourquoi n'en êtes-vous pas sûr ?

— Je dormais. J'ai cru l'entendre sortir.

— À cinq heures ?

— Oui.

— Avez-vous regardé l'heure ?

— Vous êtes sérieux, là ? Je ne sais pas.

— Comment sauriez-vous, sinon, qu'il était cinq heures ?

— J'ai une horloge interne qui marche du feu de Dieu. On continue ?

Il a hoché la tête et changé de position dans son fauteuil.

— Mlle Rogers vous a laissé un mot, n'est-ce pas ?

— Oui.

— Où était-il ?

— Vous voulez dire : dans l'appartement ?

— Oui.

— Qu'est-ce que ça change ?

J'ai eu droit à son sourire le plus condescendant.

— S'il vous plaît.

— Sur le comptoir de la cuisine. Il est en formica, si ça peut vous aider.

— Que disait ce mot, exactement ?

— C'est personnel.

— Monsieur Klein…

J'ai soupiré. Il n'y avait aucune raison de résister.

— Elle me disait qu'elle m'aimerait toujours.

— C'est tout ?

— C'est tout.

— Juste qu'elle vous aimerait toujours ?

— Ouais.

— Vous l'avez gardé, ce mot ?

— Oui.

— Pouvons-nous le voir ?

— Puis-je savoir pourquoi je suis ici ?

Pistillo s'est carré dans son siège.

— En sortant de chez votre père, Mlle Rogers et vous, avez-vous regagné directement votre appartement ?

Le changement de sujet m'a pris au dépourvu.

— De quoi parlez-vous ?

— Vous avez bien assisté à l'enterrement de votre mère ?

— Oui.

— Après quoi, Sheila Rogers et vous, vous êtes retournés dans votre appartement. C'est ce que vous nous avez dit, non ?

— Oui, c'est ce que je vous ai dit.

— Et c'est la vérité ?

— Oui.

— Vous êtes-vous arrêtés en chemin ?

— Non.

— Quelqu'un peut-il le confirmer ?

— Confirmer que je ne me suis pas arrêté ?

— Que vous êtes rentrés tous les deux chez vous et que vous y avez passé le reste de la soirée.

— Pourquoi faudrait-il le vérifier ?

— S'il vous plaît, monsieur Klein.

— J'ignore si on peut le vérifier ou pas.

— Vous n'avez parlé à personne ?

— Non.

— Un voisin ne vous aurait-il pas vus ?

— Je l'ignore.

J'ai regardé Claudia Fisher par-dessus mon épaule.

— Vous n'avez qu'à faire du porte-à-porte. C'est votre spécialité, non ?

— Que faisait Sheila Rogers au Nouveau-Mexique ?

Je me suis retourné.

— Je ne savais pas qu'elle y était allée.

— Elle ne vous l'a jamais dit ?

— Je ne suis au courant de rien.

— Et vous-même, monsieur Klein ?

— Quoi, moi-même ?

— Vous ne connaissez personne au Nouveau-Mexique ?

— Je ne sais même pas comment on va à Santa Fe.

— San José, a rectifié Pistillo, souriant de cette plaisanterie bancale. Nous avons la liste des appels que vous avez reçus ces derniers temps.

— Vous en avez de la chance.

Il a eu un vague haussement d'épaules.

— La technologie moderne.

— Et c'est légal, que vous releviez mes communications téléphoniques ?

— Nous avons un mandat.

— Je pense bien. Alors, que désirez-vous savoir ?

Claudia Fisher a bougé pour la première fois. Elle m'a tendu une feuille de papier. J'ai jeté un œil sur ce qui ressemblait à une facture de téléphone. Un numéro – inconnu de moi – était surligné en jaune.

— Vous avez reçu à votre domicile un appel provenant d'une cabine de Paradise Hills, au Nouveau-Mexique, la veille de l'enterrement de votre mère.

Il s'est penché en avant.

— Qui vous téléphonait de là-bas ?

Totalement déconcerté, j'ai examiné le numéro. L'appel avait été passé à dix-huit heures quinze et avait duré huit minutes. J'ignorais ce que cela signifiait, mais je n'aimais pas beaucoup le ton de cette conversation. J'ai levé les yeux.

— Devrais-je faire venir un avocat ?

Ç'a coupé la chique à Pistillo. Il a échangé un regard avec Claudia Fisher.

— Vous pouvez toujours faire appel à un avocat, a-t-il répondu un peu trop prudemment.

— Je veux que Carrex soit là.

— Il n'est pas avocat.

— Peu importe. Je ne comprends rien à ce qui se passe mais je n'aime pas toutes ces questions. Je suis venu en croyant que vous aviez du nouveau pour moi. Au lieu de quoi, je me retrouve à subir un interrogatoire.

— Un interrogatoire ?

Pistillo a écarté les mains.

— On bavarde, c'est tout.

Un téléphone a trillé derrière moi. Claudia Fisher a empoigné son portable.

— Fisher, a-t-elle dit en le collant à son oreille.

Elle a écouté pendant près d'une minute, puis a coupé la communication sans dire au revoir. Elle a hoché la tête à l'intention de Pistillo, comme en signe de confirmation.

Je me suis levé.

— J'en ai assez.

— Asseyez-vous, monsieur Klein.

— J'en ai marre de vos conneries, Pistillo. J'en ai marre de…

— Ce coup de fil…, m'a-t-il interrompu.

— Eh bien, quoi ?

— Asseyez-vous, Will.

Il m'avait appelé par mon prénom. C'était la première fois.

Et ça ne me disait rien qui vaille. Je suis resté debout et j'ai attendu.

— Il nous fallait juste une confirmation visuelle, a-t-il ajouté.

— De quoi ?

Pas de réponse à ma question.

— Nous avons donc fait venir de l'Idaho les parents de Sheila Rogers. Cela a officialisé la chose, même si les empreintes digitales nous avaient déjà appris ce que nous voulions savoir.

Son visage s'est radouci. Mes genoux se sont dérobés, mais j'ai réussi à rester droit. Son regard s'était voilé. Je me suis mis à secouer la tête : je savais qu'il n'y avait pas moyen d'esquiver le coup.

— Je regrette, Will, a repris Pistillo, Sheila Rogers est morte.

21

LE DÉNI EST UNE CHOSE EXTRAORDINAIRE.

Alors même que mon estomac se révulsait et se désintégrait, que je sentais un froid glacial m'envahir de l'intérieur et se répandre dans mes veines, et que mes yeux s'emplissaient de larmes, j'ai inexplicablement réussi à m'abstraire. J'ai hoché la tête, me concentrant sur les quelques détails que Pistillo voulait bien me fournir. Sheila avait été abandonnée sur le bas-côté d'une route du Nebraska, m'a-t-il dit. J'ai acquiescé. Assassinée – pour reprendre son expression – « d'une manière assez brutale ». J'ai acquiescé à nouveau. Elle n'avait aucun papier sur elle, mais les empreintes digitales correspondaient, et ses parents l'avaient formellement identifiée. J'ai acquiescé encore.

Je ne me suis pas assis. Je n'ai pas pleuré. Je suis resté parfaitement immobile. Quelque chose emplissait ma poitrine, l'oppressait, m'empêchant de respirer. J'entendais ses paroles de très loin, comme à travers un filtre ou comme si on était sous l'eau. Je revoyais une image toute simple : Sheila lisant sur le canapé, les jambes repliées sous elle, les mains disparaissant dans les manches trop longues de son pull. Et sa mine concentrée, cette façon qu'elle avait de préparer son doigt pour tourner la page, de plisser les yeux durant

certains passages, de lever la tête et de sourire quand
elle sentait mon regard sur elle.

Sheila était morte.

J'étais toujours là-bas, avec elle, dans notre appartement, me cramponnant à de la fumée, m'efforçant
de retenir ce qui n'était déjà plus, quand la voix de
Pistillo a percé le brouillard.

— Vous auriez dû coopérer avec nous, Will.

J'ai émergé comme si on venait de me réveiller.

— Comment ?

— Si vous nous aviez dit la vérité, on serait peut-
être arrivés à la sauver.

Tout ce dont je me souviens ensuite, c'est que je me
suis retrouvé dans la camionnette.

Carrex passait son temps à marteler le volant et à
jurer qu'elle serait vengée. Je ne l'avais encore jamais
vu dans cet état-là. Moi, c'était tout le contraire. On
aurait dit qu'on m'avait débranché. Je regardais fixement par la vitre. Le déni était toujours là, mais la
réalité commençait à cogner aux murs. Je me
demandais s'ils résisteraient longtemps à l'assaut.

— On l'aura, répétait Carrex.

Pour le moment, je ne m'en souciais guère.

On s'est garés en double file devant mon immeuble,
et Carrex a bondi dehors.

— Ça va aller, ai-je dit.

— Je monte avec toi. Je voudrais te montrer
quelque chose.

Hébété, j'ai hoché la tête.

Quand nous sommes entrés, il a glissé la main dans
sa poche et en a sorti un pistolet. L'arme au poing,
il a traversé l'appartement. Personne. Alors il me l'a
donné.

— Enferme-toi. Si jamais ce fils de pute revient, explose-le.

— Je n'en ai pas besoin.

— Explose-le ! a-t-il répété.

J'avais les yeux rivés sur le pistolet.

— Tu veux que je reste ? a-t-il demandé.

— Je crois que je préfère être seul.

— Bon, mais si tu as besoin de moi, j'ai mon portable. Vingt-quatre heures sur vingt-quatre, sept jours sur sept.

— Oui. Merci.

Il est parti sans ajouter un mot. J'ai posé l'arme sur la table. Puis j'ai jeté un regard sur notre appartement. De Sheila, il ne subsistait plus rien. Son parfum s'était volatilisé. L'air me semblait plus rare, moins dense. J'ai eu envie de calfeutrer portes et fenêtres pour préserver un petit quelque chose d'elle.

Quelqu'un avait tué la femme que j'aimais.

Pour la seconde fois ?

Non, le meurtre de Julie ne m'avait pas fait le même effet. Loin de là. Le déni persistait, oui, mais une voix chuchotait à travers les fissures : Plus rien ne sera comme avant. Je le savais. Et je savais que cette fois je ne m'en remettrais pas. Il y a des coups qu'on encaisse et dont on se relève – comme ç'avait été le cas pour Ken et Julie. Mais là, c'était différent. Parmi toutes les sortes d'émotions qui se bousculaient en moi, la dominante était le désespoir.

Je ne serais plus jamais avec Sheila. Quelqu'un avait assassiné la femme que j'aimais.

Je me suis concentré sur cette seconde partie. Assassiné. J'ai repensé à son passé, à l'enfer d'où elle était sortie, au courage dont elle avait fait preuve. Et je me suis dit que celui qui avait tout fichu en l'air était probablement issu de ce passé.

Alors la colère est montée aussi.

Je suis allé vers le bureau et j'ai fouillé dans le tiroir du bas. J'ai sorti l'écrin de velours et, inspirant profondément, je l'ai ouvert.

Le diamant était de 1,3 carat, taillé en brillant. L'anneau de platine était simple, avec un double chaton rectangulaire. Je l'avais acheté deux semaines plus tôt dans la 47e Rue, en plein quartier des diamantaires. Je ne l'avais montré qu'à ma mère : j'avais l'intention de faire ma demande et je voulais qu'elle en soit témoin. Mais l'état de maman n'avait cessé d'empirer ensuite. J'avais donc attendu. C'était une consolation, malgré tout, qu'elle ait su que j'avais trouvé chaussure à mon pied. J'attendais juste le bon moment, avec la mort de ma mère et tout, pour pouvoir offrir la bague à Sheila.

Et maintenant, quelqu'un avait tout détruit.

Le mur du déni commençait à s'effriter. Le chagrin m'a submergé, me coupant le souffle. Je me suis effondré dans un fauteuil et, les genoux sous le menton, me balançant d'avant en arrière, j'ai pleuré, pleuré vraiment, à gros sanglots.

Je ne sais pas combien de temps ç'a duré. Mais au bout d'un moment, je me suis forcé à m'arrêter. Et j'ai décidé de lutter contre le chagrin. Le chagrin paralyse. Pas la colère. Or la colère était là aussi, guettant un exutoire.

Alors je l'ai laissée venir.

22

EN ENTENDANT SON PÈRE HAUSSER LE TON, Katy Miller s'est arrêtée sur le pas de la porte.

— Qu'est-ce que tu es allée faire là-bas ? a-t-il crié.

Sa mère et son père se trouvaient dans le salon, qui ressemblait davantage à une suite d'hôtel. Comme le reste de la maison, d'ailleurs. Des meubles fonctionnels, luisants, robustes et totalement dénués de chaleur. Des huiles aux murs représentant des voiliers ou des natures mortes impersonnelles. Pas de bibelots, ni souvenirs de vacances, ni collections, ni photos de famille.

— Je suis allée présenter mes condoléances, a dit sa mère.

— Pourquoi, bon sang ?

— Parce qu'il fallait le faire.

— « Il fallait ? » Son fils a assassiné notre fille.

— Son fils, a répété Lucille Miller. Pas elle.

— Foutaises. C'est elle qui l'a élevé.

— Elle n'est pas responsable.

— Tu n'as pas toujours été de cet avis.

Lucille était raide comme un piquet.

— Ça fait longtemps que je le pense. Je ne le disais pas, c'est tout.

Warren Miller s'est mis à arpenter la pièce.

— Et ce crétin t'a jetée dehors ?

— Il est malheureux. Il ne se contrôle pas.

— Je ne veux plus que tu y ailles, a-t-il déclaré, brandissant un doigt impuissant. Tu m'entends ? Si ça se trouve, elle a aidé ce maudit assassin à se cacher.

— Et alors ?

Katy a étouffé une exclamation. M. Miller a fait volte-face.

— Quoi ?

— C'était sa mère. Aurions-nous réagi différemment ?

— De quoi parles-tu ?

— Si ç'avait été l'inverse. Si c'était Julie qui avait assassiné Ken et qui avait dû se cacher ? Qu'aurais-tu fait ?

— Tu dis n'importe quoi.

— Non, Warren, je veux savoir. Je veux savoir : si les rôles avaient été inversés, qu'aurions-nous fait ? Aurions-nous dénoncé Julie ? Ou bien aurions-nous essayé de la sauver ?

Se retournant, son père a aperçu Katy dans l'embrasure de la porte. Leurs yeux se sont rencontrés et, une fois de plus, il a été incapable de soutenir le regard de sa fille. Sans un mot, Warren Miller est monté en trombe à l'étage. Il s'est engouffré dans la nouvelle « pièce de l'ordinateur » et a fermé la porte. La « pièce de l'ordinateur » était l'ancienne chambre de Julie. Pendant neuf ans, elle était restée intacte, comme au jour de sa mort. Puis, sans crier gare, son père avait tout emballé et rangé. Il avait repeint les murs en blanc et acheté un bureau spécial ordinateur chez Ikea. Désormais, c'était la pièce de l'ordinateur. Certains avaient interprété cela comme un signe de fin de deuil ou, du moins, d'évolution. En vérité, il s'agissait du contraire. L'acte avait été forcé – un mourant qui veut prouver qu'il peut quitter son lit, alors que ça ne fait qu'aggraver son état. Katy n'entrait jamais dans cette pièce. Maintenant qu'il n'y restait plus aucune trace concrète de Julie, son esprit semblait se montrer plus envahissant. L'imagination se chargeait de faire vivre l'invisible.

Lucille Miller est allée dans la cuisine. Katy a suivi en silence. Sa mère a entrepris de laver la vaisselle. Katy l'observait : elle aurait voulu – depuis le temps – dire quelque chose qui n'enfoncerait pas le couteau plus avant dans la plaie. Ses parents ne lui parlaient jamais de Julie. Jamais. Au fil des ans, elle les avait surpris en train d'évoquer le meurtre cinq ou six fois tout au plus. Et ça se terminait toujours de la même façon. Dans le silence et les larmes.

— M'man ?

— Tout va bien, chérie.

Katy s'est rapprochée. Sa mère s'est mise à frotter plus fort. Katy a remarqué qu'il y avait davantage de mèches blanches dans ses cheveux. Son dos était un peu plus voûté, son teint un peu plus cireux.

— Alors, tu aurais fait quoi ? a demandé Katy.

Sa mère n'a pas répondu.

— Tu aurais aidé Julie à fuir ?

Lucille Miller continuait à récurer les plats. Elle a chargé le lave-vaisselle, versé la poudre et mis la machine en marche. Katy a attendu quelques instants de plus, mais sa mère n'a pas desserré les dents.

Katy est montée à l'étage sur la pointe des pieds. De la pièce de l'ordinateur provenaient les sanglots de détresse de son père. Pas complètement étouffés par la porte. Elle s'est arrêtée et a posé la paume sur le bois. Peut-être allait-elle le sentir vibrer. Son père sanglotait toujours à fendre l'âme. Sa voix étranglée suppliait :

— S'il vous plaît, assez.

Comme s'il implorait un tortionnaire invisible de lui mettre une balle dans la tête. Katy est restée là à écouter, mais le son ne faiblissait pas.

Au bout d'un moment, elle est allée dans sa propre chambre. Elle a mis des vêtements dans un sac à dos et s'est préparée à en finir avec tout ceci une bonne fois pour toutes.

J'étais toujours assis dans le noir, les genoux sous le menton.

Il était près de minuit. Je filtrais les appels. Normalement, j'aurais dû débrancher le téléphone, mais la puissance du déni était telle que j'espérais encore un coup de fil de Pistillo me disant qu'il y avait eu erreur. L'esprit est capable de ces choses-là. Il cherche des issues. Il négocie avec Dieu. Il fait des promesses. Il essaie de se convaincre que tout est encore possible, que c'est peut-être seulement un rêve, un affreux cauchemar, et qu'il y a moyen de revenir en arrière.

J'avais répondu au téléphone une fois, et parce que c'était Carrex. Me disant que les gamins de Covenant House voulaient organiser une cérémonie à la mémoire de Sheila le lendemain. Est-ce que ça irait ? J'ai répondu que oui, que Sheila aurait été très contente.

J'ai regardé par la fenêtre. La camionnette refaisait le tour du pâté de maisons. Eh oui, Carrex. Qui me protégeait. Il tournait comme ça depuis le début. Je savais qu'il n'irait pas bien loin. Il devait espérer qu'il y aurait du grabuge, pour pouvoir se défouler. J'ai repensé à ses paroles : il n'avait pas été très différent du Spectre. Compte tenu de ce qu'il avait vécu, de ce que Sheila avait vécu, c'était extraordinaire qu'ils aient trouvé la force de nager à contre-courant.

Le téléphone a sonné de nouveau.

J'ai contemplé ma bière. Je n'étais pas du style à noyer mes problèmes dans l'alcool. Hélas ! J'aurais voulu sombrer dans la torpeur, mais c'est l'inverse qui se produisait. Écorché vif, je ressentais absolument tout. Mes membres étaient devenus de plomb. J'avais l'impression de couler, et qu'on me maintenait sous l'eau, m'empêchant de remonter à la surface.

J'ai attendu que le répondeur se mette en marche. Au bout de la troisième sonnerie, il y a eu un déclic, et j'ai dit de laisser un message après le bip. Sur quoi, j'ai entendu une voix vaguement familière.

— Monsieur Klein ?

Je me suis redressé. La femme sur le répondeur a étouffé un sanglot.

— Ici Edna Rogers. La mère de Sheila.

D'un geste convulsif, j'ai attrapé le combiné.

— Je suis là.

Pour toute réponse, elle s'est mise à pleurer. Et moi aussi.

— Je n'aurais pas cru que ça faisait aussi mal, a-t-elle dit au bout d'un certain temps.

Seul dans cet appartement qui avait été le nôtre, je me suis balancé d'avant en arrière.

— Il y a si longtemps que je l'avais exclue de notre vie, continuait Mme Rogers. Elle n'était plus ma fille. J'avais d'autres enfants. Elle était partie. Pour de bon. Je ne l'ai pas voulu, mais c'était comme ça. Même quand le chef est venu chez nous et m'a annoncé qu'elle était morte, je n'ai pas réagi. J'ai juste hoché la tête et je me suis raidie, vous comprenez ?

Je ne comprenais pas. Je n'ai rien dit. Je me suis contenté d'écouter.

— Puis ils m'ont mise dans l'avion. Pour le Nebraska. Ils avaient besoin d'un membre de la famille pour l'identifier. À la télé, ça se passe toujours derrière une vitre. Vous voyez ce que je veux dire ? Les gens sont à l'extérieur, et on amène le corps sur un chariot. Derrière la vitre. Mais là… Elle n'était même pas sur un brancard, elle était sur une table. Ils ont retiré le drap, et j'ai vu son visage. Pour la première fois depuis quatorze ans, j'ai vu le visage de Sheila…

Elle s'est remise à pleurer, elle n'arrivait plus à se calmer. Le combiné contre mon oreille, j'attendais.

— Monsieur Klein, a-t-elle recommencé.

— S'il vous plaît, appelez-moi Will.

— Vous l'aimiez, n'est-ce pas, Will ?

— Oui, beaucoup.

— Et vous l'avez rendue heureuse ?

J'ai pensé à la bague.

— Je l'espère.

— Je reste dormir à Lincoln. J'aimerais venir à New York demain matin.

— Ce serait bien.

Je lui ai parlé du service commémoratif.

— On aura le temps de discuter, après ?

— Bien sûr.

— Il y a des choses que j'aimerais savoir. Et d'autres choses – pas faciles – que j'ai à vous dire.

— Je ne vous suis pas très bien.

— À demain, Will. On parlera à ce moment-là.

Cette nuit-là, j'ai eu de la visite.

À une heure du matin, on a sonné à la porte. J'ai pensé que c'était Carrex. J'ai réussi à me lever et à me traîner à travers la pièce. Puis je me suis souvenu du Spectre. J'ai jeté un coup d'œil en arrière : le pistolet était toujours sur la table. Je me suis arrêté.

La sonnette a retenti de nouveau.

J'ai secoué la tête. Non, je n'en étais pas à ce stade. Au moins, pas encore. M'approchant de la porte, j'ai regardé par le judas. Ce n'était ni Carrex ni le Spectre.

C'était mon père.

J'ai ouvert la porte. Nous nous sommes dévisagés, comme de très loin. Il était hors d'haleine. Ses yeux étaient rouges et bouffis. Je ne bougeais pas. J'avais l'impression que tout se disloquait à l'intérieur de moi. Il m'a tendu les bras, m'a fait signe d'avancer. J'ai pressé ma joue contre la laine rugueuse de son pull. Ça sentait le vieux et l'humidité. J'ai éclaté en sanglots. Il m'a bercé, m'a caressé les cheveux, me serrant tout contre lui. Mes jambes se sont dérobées. Mon père m'a maintenu debout. Il m'a maintenu debout pendant un long moment.

23

Las Vegas

MORTY MEYER A SÉPARÉ SES DEUX DIX. Il a fait signe au croupier qu'il pontait les deux fois. La première carte qui est sortie était un neuf. La seconde, un as. Dix-neuf à la première main. Et black-jack.

La chance lui souriait. Huit mains d'affilée en sa faveur, douze sur les treize dernières – il en était déjà à onze mille dollars. Morty planait. La capricieuse ivresse de la victoire lui picotait les jambes et les bras. Un vrai délice. Incomparable. Le jeu, Marty le savait, était l'ultime tentatrice. Suivez-la, et elle vous dédaigne, vous repousse, vous rend malheureux, mais au moment où vous êtes près de baisser les bras, elle vous sourit, vous cajole, et c'est si bon, si fichtrement bon…

Le croupier – une croupière, en fait, avec des cheveux laqués à mort, on aurait dit du foin – a ramassé les cartes et lui a remis ses jetons. Morty était en train de gagner. Oui, n'en déplaise à ces charlots des Joueurs anonymes, il était tout à fait possible de gagner dans un casino. Il fallait bien que quelqu'un gagne, non ? La maison ne pouvait pas battre tout le monde.

Morty jouait à Las Vegas. La vraie Las Vegas, la ville – pas l'attrape-touristes avec les fausses tour ffel et autres statue de la Liberté, les manèges, les crans en 3 D, les costumes de gladiateurs, les jets d'eau, les volcans en carton-pâte et les terrains de jeu pour mômes. Ici, des types cradingues – de la poussière volait au moindre de leurs haussements d'épaules –, édentés – à peine si l'on pouvait compter une denture complète par tablée –, claquaient leur maigre salaire. Les joueurs avaient les yeux rouges, les traits tirés, la couenne tannée par le soleil. Ils venaient là après une journée de labeur épuisant parce qu'ils n'avaient pas envie de rentrer dans leur caravane avec la télé cassée, les bébés qui hurlaient et la femme débraillée, celle-là même qui autrefois les caressait à l'arrière de leur pick-up et qui à présent les considérait avec une aversion non déguisée. Ils venaient avec tout ce qui pouvait leur rester d'espoir, avec la croyance éphémère que leur vie était sur le point de changer. Mais l'espoir était de courte durée. Morty n'était même pas convaincu de son existence. Au fond d'eux, les joueurs savaient qu'ils n'avaient aucune chance. Qu'ils étaient voués à tirer le diable par la queue jusqu'à la fin de leurs jours.

La table a changé de croupier. Morty s'est renversé sur sa chaise. Il a contemplé ses gains, et sa vieille tristesse s'est emparée de lui. Leah lui manquait. Certains jours, au réveil, il se tournait vers elle et, se souvenant qu'elle n'était plus, il se consumait de chagrin. Ces jours-là, il était incapable de se lever. Il a regardé les hommes autour de lui. Dans sa jeunesse, il les aurait traités de losers. Mais ils avaient des excuses. Ils étaient nés marqués d'un grand L au derrière. Les parents de Morty, originaires d'un shtetl de Pologne, s'étaient sacrifiés pour lui. Ils s'étaient introduits dans ce pays, avaient affronté une misère terrible, à des années-lumière de leur univers familier. Ils s'étaient accrochés, battus bec et ongles afin que leur fils puiss[e] connaître une vie meilleure, trimant jusqu'à leu[r] dernier souffle, juste assez longtemps pour voir Morty finir ses études de médecine et être sûrs que leur lutte n'avait pas été vaine, qu'elle avait modifié la trajectoire de la lignée dans le bon sens maintenant et à jamais. Ils étaient morts en paix.

Le banquier a aligné un six et un sept. Morty a abattu ses cartes. Dix. Perdu. Il a également perdu la main suivante. Zut ! Cet argent, il en avait besoin. Locani, le bookmaker aux dents longues, réclamait son dû. Morty – c'était lui le roi des losers, à y regarder de près – l'avait fait patienter en lui offrant de l'information. Il lui avait parlé de l'homme masqué et de la femme blessée. Au début, Locani n'y avait pas prêté attention, mais le téléphone arabe avait fonctionné, et tout à coup quelqu'un voulait des détails.

Morty a raconté *presque* tout.

Il n'a pas pu, n'a pas voulu mentionner le passager sur la banquette arrière. Il n'avait pas la moindre idée de ce qui se passait, mais il y avait des limites à tout. Si bas qu'il soit tombé, Morty n'allait pas parler de ça.

On lui a servi deux as, qu'il a séparés. Un homme s'est assis à côté de lui. Morty l'a senti plutôt qu'il ne l'a vu. Il l'a senti dans ses vieux os, comme une intempérie toute proche. Il n'a pas tourné la tête : si irrationnel que cela puisse paraître, il avait même peur de jeter un œil sur lui.

Le croupier a placé les cartes devant les deux enjeux. Un roi et un valet. Morty venait d'obtenir deux black-jacks.

L'homme s'est penché et a murmuré :

— Abandonne pendant que tu gagnes, Morty.

Se retournant lentement, Morty a vu un individu aux yeux gris délavés, à la peau si blanche qu'elle en était resque translucide, si bien qu'on apercevait toutes les veines. L'homme a souri.

— Il serait temps, a-t-il continué, suave, d'aller encaisser tes gains.

Morty a réprimé un frisson.

— Qui êtes-vous ? Qu'est-ce que vous voulez ?

— Il faut qu'on cause, a répondu l'homme.

— De quoi ?

— D'une certaine patiente que tu as reçue dernièrement dans ton vénérable cabinet.

Morty a dégluti. Pourquoi avait-il été raconter ça à Locani ! Il aurait dû trouver autre chose, n'importe quoi.

— J'ai déjà dit tout ce que je savais.

Le pâle inconnu a incliné la tête.

— C'est vrai, ça, Morty ?

— Oui.

Les yeux délavés étaient braqués sur lui. Aucun des deux hommes ne bougeait. Morty avait le visage en feu. Il a tenté de se raidir, mais il se recroquevillait sous ce regard.

— Je ne te crois pas, Morty. Tu caches quelque chose.

Morty n'a pas répondu.

— Qui d'autre y avait-il dans la voiture ce soir-là ?

Morty a contemplé ses jetons.

— De quoi parlez-vous ?

— Il y avait quelqu'un d'autre, pas vrai, Morty ?

— Vous allez me laisser tranquille, oui ? Pour une fois que j'ai la chance avec moi !

Se levant de son siège, le Spectre a secoué la tête.

— Non, Morty.

Il lui a touché doucement le bras.

— À mon avis, ta chance est en train de tourner.

24

LE SERVICE COMMÉMORATIF A EU LIEU à l'auditorium de Covenant House.

À ma droite, j'avais Carrex et Wanda ; à ma gauche, mon père. De temps en temps, papa me frottait le dos. Ça me faisait du bien. La salle était comble ; il y avait surtout les gamins. Ils me serraient dans leurs bras, pleuraient, me disaient combien Sheila allait leur manquer. La cérémonie a duré près de deux heures. Terrell, un môme de quatorze ans qui se vendait autrefois pour dix dollars la passe, a joué un morceau de trompette qu'il avait composé en son honneur. Sans doute la mélodie la plus tendre, la plus poignante que j'aie jamais entendue. Lisa, dix-sept ans, a expliqué que Sheila avait été la seule à qui elle avait pu parler lorsqu'elle avait appris qu'elle était enceinte. Sammy a raconté de façon amusante comment Sheila avait essayé de lui apprendre à danser sur la « musique merdique des Blanches ». Jim, seize ans, a confié à l'assistance qu'il était au bord du suicide quand Sheila lui avait souri et qu'il s'était rendu compte qu'il y avait du bon dans la vie. Elle l'avait convaincu de tenir une journée de plus. Puis une autre.

Oubliant la douleur, j'ai écouté attentivement parce que ces gosses le méritaient. Ce centre comptait beaucoup pour moi. Pour nous. Et quand on doutait de notre réussite, qu'on s'interrogeait sur les résultats réels de notre action, on se rappelait alors qu'on était là avant tout pour eux. Ils n'étaient guère câlins. La plupart étaient disgracieux et difficiles à aimer. Bon nombre d'entre eux allaient connaître une existence sordide et finir en prison, dans la rue ou assassinés. Mais ça ne signifiait pas qu'il fallait baisser les bras. C'était précisément l'inverse. Il fallait les aimer d'autant plus fort. Sans condition. Sans manifester la moindre faiblesse. Et ça, Sheila avait su le faire.

La mère de Sheila – j'ai supposé du moins que c'était Mme Rogers – est arrivée vingt minutes après le début de la cérémonie. Elle était grande, avec le visage tanné de quelqu'un qui a passé trop de temps au soleil. Nos regards se sont croisés. En réponse à son air interrogateur, j'ai hoché la tête. Pendant le service, je me suis retourné régulièrement vers elle. Assise sans bouger, elle écoutait parler de sa fille presque avec révérence.

À un moment, quand tout le monde s'est levé, j'ai vu quelque chose qui m'a surpris. En parcourant des yeux l'océan de têtes connues, j'ai repéré une silhouette avec un foulard qui lui cachait pratiquement tout le visage.

Tanya.

La femme balafrée qui « prenait soin » de cette ordure de Louis Castman. Il me semblait bien que c'était Tanya. J'en étais quasiment sûr. Mêmes cheveux, même taille, et, malgré le foulard, le regard qui m'était familier. Je n'y avais pas vraiment songé, mais naturellement, il y avait des chances pour que Sheila et elle se soient rencontrées, à l'époque où elles faisaient le tapin.

Nous nous sommes rassis.

Carrex a pris la parole en dernier. Éloquent et drôle, il a fait revivre Sheila comme jamais je n'aurais su le faire. Il a raconté aux mômes qu'elle avait été l'« une d'entre vous », une adolescente fugueuse aux prises avec ses propres démons. Il a évoqué son premier jour au centre. La façon dont il l'avait vue s'épanouir. Et surtout, la naissance de notre amour.

Je me sentais vidé. Je prenais conscience que cette douleur serait permanente, que j'aurais beau essayer de gagner du temps, de m'agiter dans tous les sens en quête de vérité, cela n'y changerait rien. Mon chagrin serait toujours là, à mes côtés, fidèle compagnon, à la place de Sheila.

À la fin de la cérémonie, personne ne savait très bien que faire. Nous restions assis, embarrassés, quand Terrell s'est remis à jouer de la trompette. Les gens se sont levés. Ils pleuraient et m'étreignaient, encore et encore. J'étais touché par toutes ces marques de sympathie, mais elles me faisaient ressentir d'autant plus durement l'absence de Sheila. À nouveau j'ai sombré dans la torpeur. J'étais trop à vif. Sans la torpeur, je n'aurais pas tenu le coup.

J'ai cherché Tanya dans la foule, elle était partie.

Quelqu'un a annoncé qu'une collation était servie à la cafétéria. L'assistance y a afflué lentement. J'ai vu la mère de Sheila debout dans un coin, les mains crispées sur un petit sac. Elle avait l'air épuisée, comme si son énergie vitale l'avait désertée, s'écoulant par une plaie ouverte. Je me suis frayé un passage vers elle.

— Vous êtes Will ?

— Oui.

— Je suis Edna Rogers.

Il n'y a eu ni accolade, ni baiser sur la joue, ni même une poignée de main.

— Où est-ce qu'on peut parler ? a-t-elle demandé.

Je l'ai escortée le long du couloir en direction de l'escalier. Ayant compris que nous voulions être seuls, Carrex a bloqué le chemin après nous. On a dépassé la nouvelle infirmerie, le bureau du psychiatre, la section réservée aux soins des drogués. Parmi nos ados en perdition, il y a beaucoup de jeunes ou de futures mamans. Nous essayons de les aider. D'autres ont de sérieux problèmes psychologiques. On tente d'intervenir là aussi. Et enfin, il y a une vaste palette de toxicomanes en tout genre. Avec eux également, on fait notre possible.

On a trouvé un dortoir vide et on y est entrés. J'ai refermé la porte. Mme Rogers m'a tourné le dos.

— C'était un beau service.

J'ai opiné.

— Ce que Sheila est devenue… (Elle s'est interrompue en secouant la tête.) Je n'en avais pas idée. Dommage que je n'aie pas connu ça. Dommage qu'elle ne m'ait pas appelée pour me le dire.

Je n'ai su que répondre.

— Jamais elle ne m'a donné l'occasion d'être fière d'elle quand elle était en vie.

Edna Rogers a arraché un mouchoir de son sac comme si quelque chose le retenait de l'intérieur. Elle s'est mouchée énergiquement, puis l'a rangé.

— Je sais, ça paraît méchant. Sheila a été un beau bébé. Et à l'école primaire, ça allait encore. Mais quelque part en cours de route…

Détournant les yeux, elle a haussé les épaules.

— … elle a changé. Elle s'est aigrie. Toujours à se plaindre. Jamais satisfaite. Elle volait de l'argent dans mon porte-monnaie. Elle passait son temps à fuguer. Elle n'avait pas d'amis. Les garçons ne l'intéressaient

pas. Elle détestait l'école. Elle détestait vivre à Maso.
Puis un jour elle a séché les cours et elle s'est enfuie
Sauf que cette fois-ci, elle n'est pas revenue.

Elle m'a regardé, comme dans l'attente d'une
explication.

— Et vous ne l'avez jamais revue ? ai-je demandé.

— Jamais.

— Je ne comprends pas. Qu'est-ce qui s'est passé ?

— Vous voulez dire : pourquoi elle a fugué ?

— Oui.

— Vous vous imaginez qu'il est arrivé quelque
chose, hein ?

Sa voix est montée, agressive.

— Son père qui aurait abusé d'elle. Ou moi qui
l'aurais battue. Ça aurait tout expliqué. C'est ainsi que
ça marche. Tout est clair et net. Cause et effet. Seulement, ce n'est pas ça du tout. Son père et moi, on
n'était pas parfaits. Loin de là. Mais ce n'était pas
notre faute non plus.

— Je ne voulais pas dire…

— Je sais ce que vous vouliez dire.

Ses yeux lançaient des éclairs. Les lèvres pincées,
elle me défiait du regard. J'avais hâte de changer de
sujet.

— Sheila vous appelait-elle quelquefois ?

— Oui.

— Tous les combien ?

— Le dernier coup de fil date d'il y a trois ans.

Elle s'est tue, attendant que je continue.

— D'où téléphonait-elle ?

— Elle ne l'a pas dit.

— Et que vous a-t-elle raconté ?

Cette fois, Edna Rogers a mis du temps à répondre.
Elle a fait le tour de la pièce, examinant lits et

..modes, rajustant un oreiller, rentrant un coin de
..p.

— Tous les six mois à peu près, Sheila téléphonait
la maison. En général, elle était saoule ou camée,
enfin partie, quoi. Ça la ramollissait. Elle pleurait, je
pleurais, et elle me sortait des horreurs.

— Du genre ?

Elle a secoué la tête.

— Tout à l'heure... Ce qu'a raconté cet homme
avec le tatouage sur le front. Comme quoi vous vous
êtes rencontrés ici. C'est vrai, ça ?

— Oui.

Elle s'est redressée et m'a regardé. Sa bouche s'est
incurvée dans un semblant de sourire.

— Alors comme ça...

Sa voix a pris une inflexion différente.

— ... Sheila couchait avec son patron.

Ses lèvres se sont retroussées un peu plus : on aurait
dit une autre personne.

— Elle était bénévole, ai-je répliqué.

— Mmm. Et qu'est-ce qu'elle voulait bien faire
pour vous, Will ?

J'ai senti un frisson me parcourir l'échine.

— Vous avez toujours envie de me juger ? a-t-elle
demandé.

— Je pense que vous devriez partir.

— La vérité vous fait peur, hein ? Vous me prenez
pour une espèce de monstre. Quelqu'un qui a laissé
tomber son enfant sans raison valable.

— Ce n'est pas à moi d'en décider.

— Sheila a été une gamine impossible. Elle
mentait. Elle volait...

— Je crois que je commence à comprendre.

— Comprendre quoi ?

— Pourquoi elle a fugué.

Elle a cillé et m'a décoché un regard noir.

— Vous ne la connaissiez pas. Et vous ne connaissez toujours pas.

— N'avez-vous donc pas entendu un seul mot de ce qui a été dit ici ?

— Si, j'ai entendu.

Sa voix s'est adoucie.

— Mais je n'ai jamais connu cette Sheila-là. Elle ne m'en a pas laissé l'occasion. La Sheila que j'ai connue…

— Avec tout le respect que je vous dois, je ne suis vraiment pas d'humeur à vous écouter déblatérer contre elle.

Edna Rogers s'est arrêtée. Elle a fait un pas vers moi, et j'ai réprimé l'impulsion de m'écarter. Elle a vrillé son regard dans le mien.

— Je suis ici à cause de Carly.

J'ai attendu. Comme elle n'a rien dit de plus, j'ai répondu :

— Vous avez déjà mentionné ce nom au téléphone.

— Oui.

— Je ne connaissais pas de Carly alors, et je n'en connais pas plus aujourd'hui.

Elle a eu le même sourire cruel, lèvres retroussées.

— Vous ne me mentiriez pas, hein, Will ?

J'ai frissonné à nouveau.

— Non.

— Sheila ne vous a jamais parlé de Carly ?

— Non.

— Vous en êtes sûr ?

— Oui. Qui est-ce ?

— Carly est la fille de Sheila.

Je suis resté sans voix. Ma réaction a paru réjouir Edna Rogers.

— Votre charmante bénévole ne vous a jamais dit ˷'elle avait une fille ?

Je n'ai pas répondu.

— Carly a douze ans maintenant. Je ne sais pas qui est le père. À mon avis, Sheila ne le savait pas elle-même.

— Je ne comprends pas.

Elle a fouillé dans son sac et en a sorti une photo qu'elle m'a tendue. C'était un instantané, de ceux qu'on prend à la maternité. Un bébé emmailloté dans une couverture, dont les yeux tout neufs vous fixaient sans vous voir. Je l'ai retourné. Au dos était écrit « Carly ». Avec la date de naissance au-dessous.

La tête me tournait.

— La dernière fois que Sheila m'a appelée, c'était le jour des neuf ans de Carly. Je lui ai parlé moi-même. À Carly, j'entends.

— Et où est-elle maintenant ?

— Je n'en sais rien. C'est pour ça que je suis là, Will. Je veux retrouver ma petite-fille.

25

LORSQUE JE SUIS RENTRÉ chez moi, titubant, Katy Miller était assise sur mon paillasson, un sac à dos entre les jambes.

Elle s'est relevée à la hâte.

— J'ai appelé mais…

J'ai hoché la tête.

— Mes parents, a-t-elle déclaré. Je ne supporte plus de rester dans cette maison. Je me suis dit que je pourrais peut-être squatter ton canapé.

— Le moment n'est pas très bien choisi.

— Ah…

J'ai glissé la clé dans la serrure.

— J'ai essayé de chercher, tu sais. Comme on avait dit. Pour comprendre qui a tué Julie. Et je me suis demandé… Que sais-tu exactement de la vie de Julie après que vous avez rompu ?

On est entrés tous les deux dans l'appartement.

— Je ne crois vraiment pas que le moment soit bien choisi.

Elle a vu mon visage.

— Pourquoi ? Qu'est-ce qui s'est passé ?

— Je viens de perdre quelqu'un de très proche.

— Ta mère, tu veux dire ?

J'ai secoué la tête.

— Quelqu'un d'autre qui m'était proche. Elle a été assassinée.

Katy a poussé une exclamation et lâché son sac à dos.

— Proche comment ?

— Très.

— Ta copine ?

— Oui.

— Tu l'aimais ?

— Beaucoup.

Elle m'a regardé.

— Quoi ? ai-je fait.

— Je ne sais pas, Will... on dirait que quelqu'un assassine les femmes que tu aimes.

Cette même pensée m'avait déjà traversé la tête. Formulée à haute voix, elle semblait encore plus grotesque.

— Julie et moi, on avait rompu plus d'un an avant le meurtre.

— Et tu ne pensais plus à elle ?

Je n'avais aucune envie de m'engager sur cette voie-là.

— Alors quoi, la vie de Julie après notre rupture ?

Katy s'est affalée sur le canapé à la manière des ados, comme si elle n'avait pas d'os. La jambe droite sur l'accoudoir, la tête en arrière. Elle portait un jean déchiré et un haut tellement moulant qu'on aurait cru qu'elle avait mis le soutien-gorge par-dessus. Ses cheveux étaient noués en queue de cheval. Quelques mèches folles s'en étaient échappées et lui tombaient sur le visage.

— J'ai réfléchi, a-t-elle dit. Si ce n'est pas Ken qui l'a tuée, alors c'est quelqu'un d'autre, exact ?

— Exact.

— Je me suis donc penchée sur sa vie à cette époque-là. J'ai appelé de vieux amis, tout ça, pour essayer de savoir où elle en était.

— Et qu'as-tu découvert ?

— Qu'elle s'était fourrée dans un drôle de pétrin.

J'ai tenté de me concentrer sur ce qu'elle était en train de m'expliquer.

— Comment ça ?

Elle a posé ses deux jambes par terre et s'est redressée.

— De quoi te souviens-tu ?

— Elle était en dernière année à Haverton.

— Non.

— Non ?

— Julie avait lâché la fac.

Ça, c'était une surprise.

— Tu es sûre ?

— En dernière année.

Elle m'a alors demandé :

— Quand l'as-tu vue pour la dernière fois, Will ?

J'ai réfléchi. Ça faisait un moment, en effet. Je le lui ai dit.

— Et quand vous avez rompu ?

J'ai secoué la tête.

— Elle m'a téléphoné pour m'annoncer que c'était fini.

— C'est vrai ?

— Oui.

— Dur, a commenté Katy. Et tu as accepté ?

— J'ai essayé de la revoir. Mais elle n'a pas voulu.

Katy me regardait comme si je venais de produire l'excuse la plus bancale de l'histoire de l'humanité. Avec le recul, elle n'avait peut-être pas tort. Pourquoi n'étais-je pas allé à Haverton ? Pourquoi n'avais-je pas exigé une explication de vive voix ?

— À mon avis, a dit Katy, Julie a dû faire une grosse connerie.

— Qu'entends-tu par là ?

— Je ne sais pas. C'est peut-être tiré par les cheveux, parce que je ne me rappelle pas grand-chose, mais je me souviens qu'elle avait l'air heureuse avant sa mort. Ça faisait longtemps que je ne l'avais pas vue aussi heureuse. Si ça se trouve, elle allait mieux, je ne sais pas, moi.

On a sonné à la porte. Mes épaules se sont affaissées. Je n'étais pas d'humeur à accueillir d'autres invités. Katy, qui l'avait senti, a bondi du canapé.

— J'y vais.

C'était un livreur avec une corbeille de fruits. Katy a pris la corbeille et l'a rapportée au salon. Elle l'a posée sur la table.

— Il y a une carte, a-t-elle dit.

— Ouvre-la.

Elle l'a sortie d'une minuscule enveloppe.

— C'est de la part des gamins de Covenant House.

Elle a tiré autre chose de l'enveloppe.

— Et un avis de messe aussi.

Elle n'arrivait pas à détacher les yeux de la carte.

— Qu'est-ce qu'il y a ?

Katy l'a relue. Puis m'a dévisagé.

— Sheila Rogers ?

— Oui.

— Ta copine s'appelait Sheila Rogers ?

— Oui, pourquoi ?

Elle a secoué la tête et reposé la carte.

— Pour rien.

— Mon œil. Tu la connaissais ?

— Non.

— Alors quoi ?

— Rien, a-t-elle rétorqué d'un ton plus ferm
Laisse tomber, OK ?

Le téléphone a sonné. J'ai attendu le répondeur. La voix de Carrex dans le haut-parleur m'a ordonné de décrocher.

J'ai décroché.

Sans préambule, il m'a demandé :

— Tu crois la mère, quand elle dit que Sheila avait une fille ?

— Oui.

— Alors, qu'est-ce qu'on fait ?

— J'y réfléchis depuis que j'ai appris la nouvelle. Et j'ai eu une idée.

— Je suis tout ouïe.

— Peut-être que sa fugue était liée à sa fille.

— De quelle façon ?

— Elle voulait peut-être retrouver Carly ou la ramener. Elle avait peut-être su que Carly avait des ennuis. Quelque chose de ce genre.

— Ça semble à moitié logique.

— Et si nous suivons les traces de Sheila, on risque de retrouver Carly.

— Ou on risque de finir comme Sheila.

— Possible, ai-je acquiescé.

Il y a eu un instant d'hésitation. J'ai jeté un coup d'œil en direction de Katy. L'air absent, elle tirait sur sa lèvre inférieure.

— Donc, tu veux continuer, a constaté Carrex.

— Oui, mais je ne veux pas te mettre en danger.

— C'est là que tu me dis que je peux me retirer quand je le souhaite ?

— Tout à fait, et toi tu me réponds que tu me suivras jusqu'au bout.

— Sortez les violons. Tout cela étant dit, je viens de recevoir un appel de Roscoe, via Raquel. Il pourrait voir une piste sérieuse pour expliquer la fugue de Sheila. Tu es partant pour une promenade nocturne ?

— Passe me prendre.

26

PHILIP MCGUANE A VU SA BÊTE NOIRE de toujours sur l'écran de la caméra de surveillance. Son téléphone a sonné : le réceptionniste.

— Monsieur McGuane ?

— Faites-le monter.

— Bien, monsieur. Il est avec…

— Elle aussi.

McGuane s'est levé. Son bureau d'angle donnait sur l'Hudson à la pointe sud-ouest de l'île de Manhattan. Par beau temps, les nouveaux paquebots de croisière tout illuminés avec leurs salons à ciel ouvert passaient sous ses fenêtres, quelquefois presque à leur hauteur. Mais aujourd'hui c'était le calme plat. McGuane tripotait la télécommande de la caméra de surveillance pour suivre la progression de son antagoniste fédéral, Joe Pistillo, et de l'agent en jupon qu'il trimbalait avec lui.

McGuane dépensait beaucoup pour la surveillance. Et ça en valait la peine. Son dispositif comprenait trente-huit caméras. Toute personne qui pénétrait dans son ascenseur privé était filmée grâce à un système numérique sous différents angles, mais le plus remarquable, c'était que les prises de vues étaient conçues de telle sorte que le visiteur pouvait aussi bien donner l'impression de partir. Le couloir et l'ascenseur étaient tous deux peints en vert menthe. Ça n'avait l'air de

en – c'était même passablement hideux – mais, pour
qui s'y entendait en effets spéciaux et en manipula-
tion numérique, c'était le nec plus ultra. Une image
sur fond vert peut être repiquée et placée sur n'importe
quel autre fond.

Ses ennemis se sentaient à l'aise en venant ici. Ne
s'agissait-il pas de son bureau, après tout ? Personne,
estimaient-ils, n'aurait le culot d'éliminer quelqu'un
sur son propre territoire. En quoi ils se trompaient. Ce
culot précisément, le fait que les autorités raisonne-
raient de la même façon – et qu'il serait en mesure
de fournir la preuve que la victime avait quitté les
lieux saine et sauve –, faisait de son siège l'endroit
idéal pour frapper.

McGuane a sorti une vieille photo de son tiroir du
haut. Il avait appris de bonne heure qu'il ne fallait
jamais sous-estimer un individu ou une situation
donnés. Il était également conscient qu'en se faisant
sous-estimer de ses adversaires il pouvait d'autant
mieux tirer son épingle du jeu. Il a contemplé la photo
de ces trois garçons de dix-sept ans : Ken Klein, John
« le Spectre » Asselta et lui-même. Tous trois avaient
grandi à Livingston, dans le New Jersey, même si
McGuane avait habité d'un côté de la ville, Ken et
le Spectre de l'autre. Ils s'étaient connus au lycée et
avaient accroché, pressentant – ou peut-être était-ce
leur accorder trop de crédit – une certaine communauté de vues.

Ken Klein avait été le joueur de tennis acharné,
John Asselta, le lutteur psychopathe, et lui, McGuane,
le charmeur de service et président du conseil des
élèves. Il a scruté les visages sur la photo. Ça ne se
voyait absolument pas. Tout ce qu'on apercevait,
c'était trois lycéens bien dans leur peau. Et, au-delà
de cette façade, rien. Au moment de la tuerie de

Columbine, McGuane avait été fasciné par la réaction des médias. Le monde avait besoin d'excuse rassurantes. Les jeunes assassins étaient des marginaux. Ils avaient subi violences et moqueries. Leurs parents étaient absents, et ils passaient leur vie à jouer aux jeux vidéo. Mais McGuane savait que tout cela n'avait aucune espèce d'importance. L'époque était peut-être différente, mais ç'aurait pu être eux – Ken, John et lui – parce que la position sociale, l'amour des parents ou la nécessité de lutter pour garder la tête hors de l'eau n'ont rien à voir là-dedans.

Il y a des gens qui ont la haine, voilà tout.

La porte du bureau s'est ouverte sur Joseph Pistillo et sa jeune collaboratrice. McGuane a souri et rangé la photo.

— Ah, Javert, a-t-il lancé à Pistillo. Vous continuez à me pourchasser alors que j'ai seulement volé un peu de pain ?

— Oui, a rétorqué Pistillo. Oui, c'est tout à fait vous, McGuane, l'innocent traqué.

McGuane a reporté son attention sur la femme qui l'accompagnait.

— Dites-moi, Joe, pourquoi vous vous entourez toujours de jolies collègues ?

— Agent Claudia Fisher.

— Enchanté, a déclaré McGuane. Asseyez-vous donc.

— Nous préférons rester debout.

Avec un haussement d'épaules, McGuane s'est laissé tomber dans son fauteuil.

— Alors, que puis-je pour vous aujourd'hui ?

— Vous êtes dans une mauvaise passe, McGuane.

— Ah bon ?

— Eh oui.

— Et vous êtes là pour m'aider ? Comme c'est touchant.

Pistillo a ricané.

— Ce n'est pas nouveau.

— Oui, je sais, mais je suis volage. Suggestion : la prochaine fois, envoyez un bouquet de fleurs. Tenez-moi la porte. Allumez des chandelles. Un homme, ç'a besoin d'être courtisé.

Pistillo a posé les deux poings sur la table.

— D'un côté, j'ai envie de croiser les bras et de vous regarder vous faire croquer…

Il a dégluti en s'efforçant de se contrôler.

— … mais, d'un autre côté, j'ai très envie de vous voir pourrir en prison pour tout ce que vous avez fait.

McGuane s'est tourné vers Claudia Fisher.

— Il est sexy quand il joue les gros durs, vous ne trouvez pas ?

— Devinez sur qui nous venons de mettre la main, McGuane.

— Jack l'Éventreur ? Il était temps.

— Fred Tanner.

— Qui ça ?

Pistillo a eu un petit sourire.

— Ne jouez pas à ça avec moi. La grosse brute qui travaille pour vous.

— Il doit faire partie de mon service de sécurité.

— Nous l'avons trouvé.

— J'ignorais qu'on l'avait perdu.

— Très drôle.

— Je le croyais en vacances, agent Pistillo.

— À durée illimitée. On l'a repêché dans la rivière Passaic.

McGuane a froncé les sourcils.

— C'est franchement antihygiénique.

— Surtout avec deux balles dans la tête. Nous avons aussi trouvé un dénommé Peter Appel. Étranglé. C'était un ancien tireur d'élite de l'armée.

— À tout seigneur, tout honneur.

Un seul d'étranglé, pensait McGuane. Le Spectre avait sûrement été déçu d'avoir dû abattre l'autre.

— Bon, alors voyons, poursuivait Pistillo. Ces deux-là plus les deux gars au Nouveau-Mexique. Ça fait quatre.

— Et vous n'avez même pas utilisé vos doigts. Ils ne vous paient pas assez, agent Pistillo.

— Vous voulez m'en parler ?

— Et comment ! a dit McGuane. J'avoue : C'est moi qui les ai tués tous les quatre. Vous êtes content ?

Pistillo s'est penché sur le bureau ; leurs visages n'étaient plus qu'à quelques centimètres l'un de l'autre.

— Vous êtes un homme fini, McGuane.

— Et vous, vous avez mangé de la soupe à l'oignon au déjeuner.

— Vous êtes au courant, a dit Pistillo sans reculer, que Sheila Rogers est morte aussi ?

— Qui ?

Pistillo s'est redressé.

— Très bien. Vous ne la connaissez pas non plus. Elle ne travaillait pas pour vous.

— Il y a des tas de gens qui travaillent pour moi. Je suis un homme d'affaires.

Pistillo s'est retourné vers Fisher.

— Venez, on s'en va.

— Vous partez déjà ?

— J'ai attendu longtemps ce moment, a dit Pistillo. C'est quoi, le dicton ? « La vengeance est un plat qui se mange froid. »

— Comme le gaspacho.

uveau petit sourire de Pistillo.

— Bonne journée à vous, McGuane.

Ils sont partis. Pendant dix minutes, McGuane n'a
s bougé. Quel avait été le but de cette visite ? Facile.
s cherchaient à l'ébranler. Et ils l'avaient sous-
stimé, une fois de plus. Il a appuyé sur la touche trois,
la ligne sécurisée, celle qu'on vérifiait quotidiennement à la recherche d'éventuels mouchards. Il a hésité.
Composer le numéro. Serait-ce un signe de panique ?

Ayant pesé le pour et le contre, il a décidé de
prendre le risque.

Le Spectre a répondu dès la première sonnerie d'un
traînant :

— Allô ?

— Où es-tu ?

— À la descente de l'avion de Las Vegas.

— Tu as appris des choses ?

— Oh oui.

— Je t'écoute.

— Il y avait une troisième personne avec eux dans
la voiture, a dit le Spectre.

McGuane a remué sur son siège.

— Qui ?

— Une petite fille. Onze ou douze ans, pas plus.

27

KATY ET MOI, ON ÉTAIT DANS LA RUE quand Carrex s'est arrêté. Elle m'a embrassé sur la joue. Carrex m'a interrogé du regard. J'ai froncé les sourcils.

— Je croyais que tu restais dormir sur mon canapé, ai-je déclaré à Katy.

Elle n'était pas dans son assiette depuis l'arrivée de la corbeille de fruits.

— Je reviens demain.

— Tu ne veux pas m'expliquer ce qui se passe ?

Elle a fourré les mains dans ses poches et a haussé les épaules.

— J'ai un peu de recherches à faire.

— Sûr ?

Elle a secoué la tête. Je n'ai pas insisté. Elle m'a gratifié d'un rapide sourire avant de tourner les talons. J'ai grimpé dans la camionnette.

— Qui c'est, celle-là ? a demandé Carrex.

Je lui ai expliqué pendant qu'on roulait vers le nord. La camionnette était bourrée de sandwiches et de couvertures. Carrex les distribuait aux gamins. Les sandwiches et les couvertures, au même titre que son baratin sur Angie, constituaient un excellent moyen de rompre la glace, et si ça ne marchait pas, au moins les gamins avaient de quoi se remplir l'estomac et se tenir chaud. J'avais vu Carrex accomplir des miracles avec

rucs-là. Le premier soir, le gamin refusait généra-
ment toute aide. Il ou elle pouvait même nous
ulter ou faire preuve d'agressivité. Carrex ne se
montait pas. Il revenait à la charge. Il croyait aux
ertus de la persévérance. Montrer au gamin qu'on
était là. Qu'on n'avait pas l'intention de partir. Et
qu'on ne demandait rien en échange.

Au bout de quelques soirs, le gamin acceptait le
sandwich. Puis il voulait bien de la couverture. Et,
avec le temps, il se mettait à guetter la camionnette.

Je me suis penché en arrière et j'ai attrapé un
sandwich.

— Tu bosses encore ce soir ?

Baissant la tête, il m'a regardé par-dessus ses
lunettes noires.

— Non, a-t-il rétorqué, caustique. J'ai juste une
grosse faim.

On a continué à rouler.

— Pendant combien de temps tu vas la fuir,
Carrex ?

Il a allumé la radio. Carly Simon, *You're So Vain*.
Carrex s'est mis à chanter en même temps. Puis il a
dit :

— Tu te rappelles cette chanson ?

J'ai acquiescé.

— La rumeur selon laquelle ça parlait de Warren
Beatty. C'était vrai ?

— Je ne sais pas.

On roulait toujours.

— Je peux te poser une question, Will ?

Son regard était rivé sur la route. J'ai attendu.

— Tu as été surpris d'apprendre que Sheila avait
un môme ?

— Très.

— Et tu serais surpris d'apprendre que j'en ai
moi aussi ?

Je l'ai sondé du regard.

— Tu ne comprends pas la situation, Will.

— Je ne demande que ça.

— Une chose à la fois.

La circulation était miraculeusement fluide ce
soir-là. Nous avons coupé à travers la ville et pris
Harlem River Drive en direction du nord. En passant
devant une bande d'ados massés sous un pont d'autoroute, Carrex a ralenti et s'est garé.

— Un petit arrêt professionnel.

— Tu as besoin d'aide ?

Il a secoué la tête.

— Je n'en ai pas pour longtemps.

— Tu vas sortir les sandwiches ?

Il a examiné son stock en réfléchissant.

— Non. J'ai mieux que ça.

— Quoi ?

— Des cartes de téléphone.

Il m'en a tendu une.

— J'ai convaincu TeleReach de nous en offrir plus
de mille. Les mômes, ils se jettent dessus.

En effet. Dès qu'ils les ont vues, les gamins ont
afflué vers lui. Faites confiance à Carrex. J'observais
les visages, m'efforçant de séparer la masse informe
en individus distincts avec leurs rêves et leurs espoirs.
Les gamins ne font pas de vieux os ici. Les dangers
physiques, la plupart y survivent. C'est plutôt l'âme, la
conscience de soi, qui s'érode. Et à un certain niveau
d'érosion, eh bien, c'est la fin de la partie.

Sheila avait été sauvée avant d'avoir atteint ce
niveau.

Et quelqu'un l'avait tuée.

220

me suis secoué. Pas le temps pour ça.
ncentre-toi sur la tâche à accomplir. Avance.
action tenait la douleur en respect. Qu'elle te motive
onc, plutôt que de te freiner.

Si ringard que ça puisse paraître, fais-le pour elle.

Carrex est revenu quelques minutes plus tard.

— Allez, on s'arrache.

— Tu ne m'as pas dit où on allait.

— Angle 128e et Deuxième Avenue. Raquel nous
retrouve là-bas.

— Et qu'est-ce qu'il y a là-bas ?

Il a eu un grand sourire.

— Un éventuel indice.

En quittant l'autoroute, nous avons dépassé une
zone de cités. J'ai repéré Raquel à deux blocs de
distance. Pas difficile, Raquel faisait la taille d'une
petite principauté et était habillé comme une sculpture
d'art moderne. Carrex a ralenti à côté de lui en fronçant les sourcils.

— Quoi ? a demandé Raquel.

— Escarpins roses avec une robe verte ?

— C'est corail et turquoise. Plus le sac magenta qui
réunit le tout.

Carrex a haussé les épaules et s'est garé devant une
enseigne défraîchie : PHARMACIE GOLDBERG. Quand je
suis descendu, Raquel m'a enveloppé dans une étreinte
qui ressemblait à du caoutchouc mousse humide. Il
empestait l'Aqua-Velva, et j'ai pensé que pour une
fois le slogan publicitaire disait vrai : Il y a quelque
chose chez un homme Aqua-Velva.

— Je suis vraiment désolé, a-t-il murmuré.

— Merci.

Il m'a relâché, et j'ai pu respirer de nouveau. Il était
en larmes. Ça faisait couler son mascara. Les couleurs
se mélangeaient et se prenaient dans sa barbe

naissante, si bien que son visage commença à ressembler à une bougie dans une boutique de cadeaux.

— Abe et Sadie sont à l'intérieur, a annoncé Raquel. Ils vous attendent.

Carrex a hoché la tête et s'est dirigé vers la pharmacie. J'ai suivi. Un carillon a annoncé notre arrivée. L'odeur m'a fait penser à un de ces désodorisants à la cerise en forme d'arbre qu'on accroche au rétroviseur de la voiture. Les étagères de l'officine étaient pleines à craquer. Il y avait des bandages, des déodorants, des shampooings, des sirops contre la toux, le tout apparemment disposé au petit bonheur.

Un vieil homme avec des lunettes demi-lune accrochées à une chaîne est sorti à notre rencontre. Il portait un gilet par-dessus une chemise blanche. Sa tignasse blanche et épaisse évoquait une perruque poudrée de juge. Ses sourcils en broussaille lui donnaient l'allure d'un hibou.

— Tiens, mais c'est M. Carrex !

Les deux hommes se sont étreints. Le vieillard a gratifié Carrex de quelques tapes énergiques.

— Vous avez l'air en forme.

— Vous aussi, Abe.

— Sadie ! a-t-il crié. Sadie, M. Carrex est là !

— Qui ça ?

— Le type du yoga. Le tatoué.

— Celui qui a le tatouage sur le front ?

— Lui-même.

J'ai secoué la tête et me suis penché vers Carrex.

— Y a-t-il quelqu'un que tu ne connais pas dans cette ville ?

Il a haussé les épaules.

— J'ai été béni des dieux.

222

Sadie, une femme âgée qui, même avec les plus hauts escarpins de Raquel, n'aurait jamais pu atteindre le mètre cinquante, a émergé de derrière le comptoir de l'officine. À la vue de Carrex, elle a froncé les sourcils.

— Vous êtes maigre comme un coucou.

— Fiche-lui la paix, lui a ordonné Abe.

— Tais-toi donc. Vous mangez suffisamment ?

— Et comment, a dit Carrex.

— Vous n'avez plus que la peau sur les os.

— Sadie, veux-tu lui fiche la paix ?

— Tais-toi.

Elle a souri d'un air entendu.

— J'ai du kouglof. Vous en voulez ?

— Tout à l'heure peut-être, merci.

— Je vous en mettrai dans un tupperware.

— Ce serait gentil, je vous remercie.

Carrex s'est tourné vers moi.

— Je vous présente mon ami Will Klein.

Le couple m'a dévisagé tristement.

— C'est lui, le fiancé ?

— Oui.

Ils m'ont examiné. Puis ils ont échangé un regard.

— Je ne sais pas, a dit Abe.

— Vous pouvez lui faire confiance.

— Peut-être, peut-être pas. On vit comme des moines ici. On ne parle pas. Vous le savez bien. Et elle a été particulièrement ferme : pas un mot à qui que ce soit.

— Je sais.

— Si on parle, à quoi on sert ?

— Je comprends.

— Si on parle, on risque notre peau.

— Ça ne sortira pas d'ici, vous avez ma parole.

Ils se sont regardés à nouveau.

223

— Raquel, a remarqué Abe. C'est un brave garçon. Ou fille. Je ne sais jamais, c'est trop compliqué.

Carrex a fait un pas vers eux.

— Nous avons besoin de votre aide.

Sadie a pris la main de son mari en un geste tellement intime que j'ai failli baisser les yeux.

— Elle était si jolie, Abe.

— Et si gentille, a-t-il renchéri.

Abe m'a considéré en soupirant. La porte s'est ouverte, et le carillon s'est remis à tinter. Un Noir hirsute est entré en disant :

— C'est Tyrone qui m'envoie.

Sadie est allée vers lui.

— Je m'occupe de vous.

Abe continuait à me fixer. J'ai regardé Carrex. Je ne comprenais rien à ce qui se passait.

Carrex a retiré ses lunettes de soleil.

— S'il vous plaît, Abe. C'est important.

Abe a levé la main.

— D'accord, d'accord, ne faites pas cette tête.

Il nous a fait signe d'avancer.

— Venez par ici.

On est allés dans l'arrière-boutique. Il a soulevé l'abattant du comptoir et on s'est faufilés au-dessous, entre les fioles, les comprimés, les sacs remplis d'ordonnances, les mortiers et les pilons. Abe a ouvert une porte. Nous sommes descendus au sous-sol. Il a allumé la lumière.

— Voilà, a-t-il annoncé, c'est là que ça se passe.

Moi, je ne voyais pas grand-chose. Il y avait un ordinateur, une imprimante et un appareil photo numérique. C'était à peu près tout. J'ai regardé Abe puis Carrex.

— Quelqu'un voudrait bien m'éclairer ?

— Notre métier est simple, a dit Abe. On ne tient pas de fichier. Si la police veut saisir cet ordinateur, très bien, qu'ils le fassent. Ils ne trouveront rien. Le fichier, il est là-dedans.

Il s'est tapoté le front.

— Et des fiches, on en perd tous les jours, pas vrai, Carrex ?

Carrex lui a souri.

Abe a senti ma confusion.

— Vous n'avez toujours pas pigé ?

— Toujours pas.

— Les faux papiers d'identité.

— Ah.

— Je ne parle pas de ceux dont se servent des gamins mineurs pour avoir accès à un débit de boissons.

— Oui, OK.

Il a baissé la voix.

— Je parle de ceux dont les gens ont besoin pour disparaître. S'évanouir dans la nature. Recommencer leur vie ailleurs. Vous avez des ennuis ? *Pffuit !* je vous fais disparaître. Comme un magicien. Si vous devez partir, partir vraiment, vous n'allez pas voir une agence de voyages. Vous venez me voir, moi.

— Compris, ai-je acquiescé. Et il y a une grosse demande pour...

Je ne savais pas très bien quel terme employer.

— ... pour vos services ?

— Vous ne pouvez pas vous imaginer. Oh, ce n'est pas très glorieux. La plupart du temps, les clients sont des types en liberté conditionnelle. Ou libérés sous caution. Ou des gens sur le point de se faire arrêter. On a aussi beaucoup d'immigrés clandestins qui veulent rester dans le pays, et nous, on leur offre la citoyenneté.

Il m'a souri.

— Mais parfois on a affaire à des gens bien.

— Comme Sheila.

— Absolument. Vous voulez savoir comment ça marche ?

Sans me laisser le temps de répondre, Abe a repris :

— Ce n'est pas comme à la télé. À la télé, ç'a toujours l'air très compliqué, n'est-ce pas ? On cherche un gamin qui vient de mourir et on essaie d'obtenir son extrait de naissance. Ça fait des manipulations à n'en plus finir.

— Et ce n'est pas ça ?

— Non, ce n'est pas ça.

Il s'est assis devant l'écran de l'ordinateur et s'est mis à pianoter.

— D'abord, ça prendrait beaucoup trop de temps. Ensuite, avec Internet et tous ces trucs-là, un mort, ça ne vit pas bien longtemps. Quand vous mourez, votre numéro de Sécurité sociale meurt avec vous. Sinon, je pourrais utiliser les numéros de Sécurité sociale de gens âgés décédés, n'est-ce pas ? Ou morts dans la fleur de l'âge. Vous me suivez ?

— Je crois. Alors, comment faites-vous pour créer une fausse identité ?

— Ah, mais je n'en crée pas, a répliqué Abe avec un grand sourire. Je me sers de celles qui existent déjà.

— Je ne comprends pas.

Abe a froncé les sourcils à l'adresse de Carrex.

— Vous ne m'aviez pas dit qu'il travaillait sur le terrain ?

— C'est vieux, ça, a dit Carrex.

— Bon, très bien.

Abe Goldberg s'est retourné vers moi.

— Vous avez vu cet homme, là-haut ? Celui qui est arrivé après vous ?

— Oui.

— Il a l'air d'un chômeur, hein ? Il est probablement SDF.

— Je ne saurais le dire.

— Allez, pas la peine de me la jouer politiquement
correct. Il avait l'air d'un vagabond, je me trompe ?

— Non.

— Pourtant, c'est une personne, voyez-vous. Il a un
nom. Il a eu une mère. Il est né dans ce pays. Et…

Il a souri et ajouté, avec un grand geste théâtral :

— … il a un numéro de Sécurité sociale. Voire un
permis de conduire, même périmé. Peu importe. Du
moment qu'il a un numéro de Sécu, il existe. Il a une
identité. Vous saisissez ?

— Je saisis.

— Bon, alors disons qu'il lui faut un peu d'argent.
Pour quoi faire, je ne veux pas le savoir. Toujours
est-il qu'il a besoin d'argent. Ce dont il n'a pas besoin,
c'est de son identité. Il vit dans la rue, elle ne lui sert
à rien. Ce n'est pas comme s'il avait un prêt immobilier ou une propriété foncière. Nous, on entre son nom
dans notre petit ordinateur.

Il a tapoté le haut de l'écran.

— On vérifie qu'il n'y a pas de mandats d'arrêt
en cours contre lui. Généralement, il n'y en a pas. Et
on lui rachète son identité. Mettons qu'il s'appelle
John Smith. Et que vous, Will, vous ayez besoin de
descendre dans des hôtels ou autre sous un nom différent du vôtre.

J'ai vu où il voulait en venir.

— Vous me vendez son numéro de Sécurité
sociale, et je deviens John Smith.

Abe a claqué dans ses doigts.

— Et voilà.

— Mais si on ne se ressemble pas ?

— Il n'y a pas de signalement physique qui ai[...] avec le numéro de Sécurité sociale. Une fois que vou[...] l'avez, vous appelez n'importe quelle administration, et on vous remet le papelard que vous voulez. Si vous êtes pressé, j'ai ici de quoi vous fournir un permis de conduire délivré dans l'Ohio. Seul problème, il ne résistera pas à un examen approfondi. Alors que les autres papiers, si.

— Et si jamais notre John Smith subit un contrôle d'identité ?

— Il peut très bien se servir de ses papiers. Bon sang, cinq personnes pourraient s'en servir en même temps. Qui le saurait ? C'est simple, non ?

— En effet. Sheila est donc venue vous voir ?

— Oui.

— Quand ?

— Ma foi, il y a deux ou trois jours. Comme je l'ai déjà dit, elle ne faisait pas partie de notre clientèle. Une si gentille fille. Et tellement jolie aussi.

— Elle vous a dit où elle allait ?

Abe a souri et m'a effleuré le bras.

— Vous croyez qu'on en pose, des questions, dans notre métier ? Les gens n'ont pas envie de parler... et moi, je n'ai pas envie de savoir. On ne parle jamais, nous. Sadie et moi, on a notre réputation et puis, comme je l'ai expliqué là-haut, un mot de trop peut vous coûter la vie. Vous comprenez ?

— Oui.

— En fait, quand Raquel a voulu tâter le terrain, nous, on n'a pas moufté. La discrétion, c'est la clé de notre métier. On aime beaucoup Raquel. Mais on n'a rien dit. Motus et bouche cousue.

— Et pourquoi avez-vous changé d'avis ?

Abe a eu l'air blessé. Il s'est tourné vers Carrex, puis vers moi.

— Vous pensez qu'on est des bêtes, hein ? Qu'on n'a pas de sentiments ?

— Je n'ai pas voulu insinuer...

— Ce meurtre, m'a-t-il interrompu. Nous avons su ce qui était arrivé à cette pauvre petite. C'est injuste.

Il a montré ses mains.

— Mais que puis-je faire ? Je ne peux pas aller à la police, hein ? À dire vrai, j'ai confiance en Raquel et en M. Carrex. De braves hommes. Ils ont beau vivre dans les ténèbres, ils irradient. Comme ma Sadie et moi, quoi.

La porte au-dessus de nous s'est ouverte sur sa femme.

— J'ai fermé, a-t-elle dit.

— Parfait.

— Alors, où en es-tu ? lui a-t-elle demandé.

— Je leur expliquais pourquoi on avait finalement accepté de parler.

— C'est bien.

Sadie Goldberg a descendu l'escalier à tâtons. Abe a posé sur moi son regard de hibou.

— M. Carrex nous a dit qu'il y avait aussi une petite fille dans l'histoire.

— Sa fille, ai-je répondu. Elle doit avoir une douzaine d'années.

Sadie a laissé échapper un *tss-tss*.

— Et vous ne savez pas où elle se trouve.

— Exact.

Abe a secoué la tête. Sadie s'est rapprochée de lui – leurs deux corps se touchaient, s'épousaient presque. Je me suis demandé depuis combien de temps ils étaient mariés, s'ils avaient des enfants, d'où ils venaient, comment ils avaient atterri dans ce métier.

— Vous voulez que je vous fasse une confidence ? m'a lancé Sadie.

J'ai hoché la tête.

— Votre Sheila, elle avait…

Elle a levé les poings.

— … quelque chose. Une personnalité. Elle était belle, bien sûr, mais il n'y avait pas que ça. Le fait qu'elle ne soit plus là… on se sent diminués. Quand elle est venue, elle avait très peur. Peut-être que l'identité qu'on lui a donnée n'a pas tenu. C'est peut-être pour ça qu'elle est morte.

— Et c'est pour ça, a précisé Abe, qu'on veut vous aider.

Il a griffonné sur un bout de papier qu'il m'a tendu.

— Le nom qu'on lui a attribué était Donna White. Et voici le numéro de Sécurité sociale. Je ne sais pas si ça va vous aider…

— Et la vraie Donna White ?

— Une SDF toxico.

J'ai contemplé le morceau de papier.

Sadie s'est approchée de moi et a posé la main sur ma joue.

— Vous avez l'air gentil.

Je l'ai regardée.

— Retrouvez-la, cette petite fille.

J'ai hoché la tête. Une fois. Puis deux. Et j'ai promis de le faire.

28

EN RENTRANT CHEZ ELLE, KATY MILLER en tremblait encore.

Ce n'est pas possible, se disait-elle, c'est une erreur. J'ai mal compris le nom.

— Katy ? a appelé sa mère.

— Ouais.

— Je suis dans la cuisine.

— J'arrive dans une minute.

Elle s'est dirigée vers la porte du sous-sol, mais une fois la main sur la poignée elle s'est arrêtée.

Le sous-sol. Elle avait horreur de s'y aventurer.

On aurait cru, après tant d'années, qu'elle ne serait plus sensible au canapé élimé, à la moquette tachée d'eau, au téléviseur si vieux qu'on ne pouvait même pas y brancher le câble. Mais non. Ses sens lui disaient que le cadavre de sa sœur gisait toujours là-bas, boursouflé, décomposé, dans les effluves pestilentiels de la mort.

Ses parents comprenaient. Katy ne s'occupait jamais de la lessive et son père ne lui demandait jamais d'aller chercher la boîte à outils ou une ampoule neuve en bas. S'il fallait descendre dans ces entrailles, lui ou sa mère s'en chargeaient à sa place.

Mais pas cette fois. Cette fois, elle devait y aller. Toute seule.

En haut de l'escalier, elle a appuyé sur l'interrupteur. L'ampoule nue – le globe de verre avait été brisé le soir du meurtre – s'est allumée. Elle est descendue tout doucement, les yeux fixés sur un point au-delà du canapé, de la moquette et du poste de télévision.

Pourquoi étaient-ils restés vivre ici ?

Ça la dépassait. Quand JonBenét avait été assassinée, les Ramsey avaient déménagé à l'autre bout du pays. Évidemment, tout le monde croyait que c'étaient eux qui l'avaient tuée. Ils avaient dû fuir autant le souvenir de leur fille que le regard des voisins. Ce qui, bien sûr, n'était pas le cas ici.

Mais enfin, il y avait quelque chose de bizarre dans cette ville. Ses parents étaient restés. Les Klein aussi. Personne n'avait voulu capituler.

Comment expliquer cela ?

Elle a trouvé la malle de Julie dans le coin. Son père l'avait placée sur une espèce de palette en bois, en cas d'inondation. En un éclair, Katy a revu sa sœur en train de préparer son départ à l'université. Elle-même s'était glissée dans la malle, comme si c'était un château fort d'abord, puis comme si elle faisait partie des bagages et que Julie allait l'emmener.

Elle a enlevé les cartons posés dessus et a examiné la serrure. La clé n'y était pas, mais n'importe quelle lame ferait l'affaire. Elle a trouvé un vieux couteau à beurre parmi l'argenterie, l'a introduit dans l'ouverture et a tourné. La serrure a cédé. Elle a fait sauter les deux fermoirs et, lentement, comme Van Helsing ouvrant le cercueil de Dracula, a soulevé le couvercle.

— Qu'est-ce que tu fais ?

La voix de sa mère l'a prise au dépourvu. Elle a reculé d'un bond.

Lucille Miller s'est rapprochée.

— Ce ne serait pas la malle de Julie ?

— Maman, tu m'as fait une de ces peurs !

— Qu'est-ce que tu fabriques avec la malle de Julie ?

— Je… je regarde, c'est tout.

— Tu regardes quoi ?

Katy s'est redressée.

— Je suis sa sœur.

— Je le sais, chérie.

— Moi aussi, elle me manque. J'en ai bien le droit, non ?

Sa mère l'a contemplée longuement.

— C'est pour ça que tu es descendue ?

Katy a hoché la tête.

— Tout va bien, autrement ? a demandé Lucille.

— Mais oui.

— D'habitude, les souvenirs ce n'est pas trop ton genre.

— Avec vous, ce n'est pas facile.

Sa mère a semblé réfléchir un instant.

— Tu as sûrement raison.

— Maman ?

— Oui ?

— Pourquoi êtes-vous restés ?

Lucille allait lui rétorquer comme à l'accoutumée qu'elle ne voulait pas en parler, mais, depuis qu'elle avait surpris Will devant chez eux et qu'elle avait trouvé le courage de rendre une visite de courtoisie à la famille Klein, les choses prenaient une tournure sacrément bizarre. Elle s'est assise sur un carton, a lissé sa jupe.

— Quand un drame survient – au tout début, j'entends –, c'est la fin du monde. Comme si on t'avait jetée dans l'océan en pleine tempête. Les vagues s'abattent sur toi, te submergent, et toi, tu essaies de surnager. Tu n'as pas vraiment envie de lutter, tu préférerais presque te laisser couler… mais il y a l'instinct de conservation. Ou peut-être, dans mon cas, le fait que j'avais un autre enfant à élever. Je ne sais pas. D'une façon ou d'une autre, tu gardes la tête hors de l'eau.

Elle s'est essuyé le coin de l'œil et s'est forcée à sourire.

— Ma comparaison n'est pas très au point.

Katy lui a pris la main.

— Moi, je la trouve très bien.

— Possible, mais vois-tu, la tempête finit par se calmer. Et là, c'est encore pire. On est en quelque sorte rejeté sur le rivage. Seulement, tous les coups qu'on a pris ont causé des dommages irréparables. On souffre le martyre. Et ce n'est pas terminé. Car on se retrouve face à un terrible dilemme.

Serrant la main de sa mère, Katy écoutait.

— On peut essayer d'oublier, de continuer à vivre. Mais pour ton père et moi…

Les yeux clos, Lucille Miller a secoué fermement la tête.

— … oublier serait inconcevable. La souffrance est énorme, certes, mais comment pourrions-nous abandonner Julie ? Elle a existé. Réellement existé. Je sais, ça n'a aucun sens.

Peut-être bien que si, a pensé Katy.

Elles sont restées assises en silence. Finalement, Lucille a lâché la main de sa fille, s'est donné une claque sur les cuisses et s'est levée.

— Allez, je te laisse.

Katy a écouté le bruit de ses pas. Puis elle s'est retournée vers la malle et a fourragé dedans. Cela lui a pris presque une demi-heure, mais elle a fini par trouver.

Alors tout a changé.

29

UNE FOIS DANS LA CAMIONNETTE, j'ai demandé à Carrex quelle était l'étape suivante.

— J'ai des contacts, a-t-il commencé, ce qui était la litote du siècle. On va consulter les listes des compagnies aériennes pour essayer de voir à quel moment Donna White a pris l'avion, pour quelle destination, et cetera.

Il y a eu un silence.

— Il faut bien que quelqu'un le dise, a repris Carrex.

J'ai contemplé mes mains.

— Eh bien, vas-y.

— Qu'est-ce que tu cherches à faire, Will ?

— À retrouver Carly, ai-je répondu, un peu trop précipitamment.

— Et ensuite ? Tu comptes l'élever comme ta propre fille ?

— Je n'en sais rien.

— Tu es conscient, je pense, que tu utilises ça en guise de dérivatif ?

— Toi aussi.

J'ai regardé par la vitre. Il y avait des gravats partout dans ce quartier. Les lotissements qu'on traversait n'abritaient que les plus dépourvus. J'ai cherché des yeux quelque chose d'agréable. En vain.

— J'allais lui demander de m'épouser, ai-je dit.

Carrex a continué à rouler mais j'ai eu l'impression qu'il se tassait imperceptiblement sur lui-même.

— J'avais acheté une bague. Je l'ai montrée à ma mère. Je voulais juste laisser passer un peu de temps. Après la mort de maman et tout.

Nous nous sommes arrêtés au feu rouge. Obstinément, Carrex évitait de me regarder.

— Il faut que je poursuive mes recherches, autrement je ne saurais pas quoi faire. Ce n'est pas que je sois suicidaire, mais si je cesse de courir…

J'ai marqué une pause, réfléchissant à une formule appropriée. À défaut, j'ai opté pour un simple :

— … ça va me rattraper.

— Ça finira par te rattraper de toute façon.

— Je sais. Mais d'ici là j'aurai peut-être fait un truc bien. J'aurai peut-être sauvé sa fille. Et, même si elle est morte, je l'aurai peut-être aidée.

— Ou alors, a rétorqué Carrex, tu vas découvrir qu'elle n'était pas celle que tu croyais. Qu'elle nous a tous bernés, voire pire.

— Soit, ai-je acquiescé. Tu es toujours avec moi ?

— Jusqu'au bout, Kemosabi.

— Tant mieux, car je crois que j'ai une idée.

Son visage buriné s'est éclairé d'un large sourire.

— Cool, Raoul. Je t'écoute.

— On est en train d'oublier une chose.

— Laquelle ?

— Le Nouveau-Mexique. On a trouvé des empreintes de Sheila sur le lieu d'un crime au Nouveau-Mexique.

Il a hoché la tête.

— Tu penses que ce meurtre pourrait être lié à Carly ?

— Possible.

— Mais on ne sait même pas qui a été tué au juste. Ni où il est, ce fameux lieu du crime.

— C'est là que mon plan devient opérationnel. Tu peux me déposer à la maison ? Je vais faire une petite balade sur le Web.

Eh oui, j'avais un plan.

En toute logique, ils n'étaient pas les seuls au FBI à avoir découvert les corps. Il avait dû y avoir un flic local sur place. Peut-être même un voisin. Ou un proche. Et comme le meurtre avait eu lieu dans une ville pas complètement blindée contre ce type de violence, on en avait sûrement parlé dans les journaux.

Je me suis connecté sur refdesk.com et j'ai cliqué sur « Presse nationale ». Il existait trente-trois entrées pour le Nouveau-Mexique. J'ai choisi la région d'Albuquerque. Puis j'ai attendu le téléchargement. Il y avait une page. Parfait. J'ai cliqué sur « Archives » et commencé la recherche. J'ai tapé « meurtre ». Trop de réponses. J'ai essayé « double meurtre ». Ça n'a pas marché non plus. J'ai consulté un autre journal. Et encore un autre.

Ça m'a pris presque une heure, avant d'y arriver.

DEUX HOMMES DÉCOUVERTS ASSASSINÉS
La petite communauté est sous le choc
Yvonne Sterno

Hier en fin de soirée, Stonepointe, une banlieue résidentielle d'Albuquerque, a été secouée par la découverte de deux hommes abattus d'une balle dans la tête, probablement en plein jour, et retrouvés dans une résidence de la communauté. « Je n'ai strictement rien entendu, déclare Fred

Davison, un voisin. Je ne peux pas croire qu'une chose pareille se soit produite chez nous. » Les deux hommes n'ont toujours pas été identifiés. Pour tout commentaire, la police répond qu'une enquête est en cours. « Nous sommes en train de suivre plusieurs pistes. » Le propriétaire du logement se nomme Owen Enfield. Une autopsie est prévue pour ce matin.

C'était tout ce qu'il y avait. J'ai consulté le journal daté du lendemain. Rien. Du surlendemain. Toujours rien. J'ai cherché tous les autres articles d'Yvonne Sterno. Il y en avait sur des mariages et des manifestations caritatives. Mais plus rien, plus un seul mot sur les meurtres.

Je me suis renversé dans mon siège.

Pourquoi ne trouvait-on pas plus d'infos ?

Pour le savoir, un seul moyen. J'ai décroché le téléphone et composé le numéro du *New Mexico Star-Beacon*. Avec un peu de chance, je réussirais peut-être à joindre Yvonne Sterno. Et à apprendre quelque chose…

Le standard était de ceux qui vous demandent d'épeler le nom de votre correspondant. J'avais tapé S-T-E-R quand la machine m'a interrompu et m'a dit d'appuyer sur la touche dièse si je voulais être mis en communication avec Yvonne Sterno. J'ai suivi les instructions. Deux sonneries plus tard, je suis tombé sur un répondeur.

« Bonjour, ici Yvonne Sterno au *Star-Beacon*. Je suis soit en ligne, soit absente du bureau. »

J'ai raccroché. Comme j'étais toujours connecté, j'ai tapé le nom de Sterno sur switchboard.com et essayé la région d'Albuquerque. Gagné ! J'ai trouvé

« Y. et M. Sterno » au 25, Canterbury Drive, dans Albuquerque même. J'ai fait le numéro. Une femme m'a répondu.

— Allô ?

Puis elle a crié :

— Ohé, du calme, maman est au téléphone.

Les enfants ont continué à brailler de plus belle.

— Yvonne Sterno ?

— Vous avez quelque chose à vendre ?

— Non.

— Alors oui, c'est moi.

— Je m'appelle Will Klein…

— On dirait vraiment que vous avez quelque chose à vendre.

— Pas du tout. Vous êtes l'Yvonne Sterno qui écrit dans le *Star-Beacon* ?

— C'est quoi, votre nom, déjà ?

Le temps que j'ouvre la bouche pour répondre, elle a hurlé :

— Hé, vous deux, je vous ai dit de baisser le volume. Tommy, donne-lui la Game Boy. Non, tout de suite.

Et, revenant à moi, elle a poursuivi :

— Allô ?

— Mon nom est Will Klein. J'aurais voulu vous parler du double meurtre que vous avez couvert récemment pour votre journal.

— Mmm. Et à quel titre vous vous intéressez à cette affaire ?

— J'ai juste quelques questions à vous poser.

— Je ne suis pas une bibliothèque, monsieur Klein.

— S'il vous plaît, appelez-moi Will. Je vous demande un tout petit peu de patience. Y a-t-il eu beaucoup de meurtres à Stonepointe ?

— Pas vraiment.

— Et de doubles meurtres dont les victimes sont découvertes dans de telles circonstances ?

— À ma connaissance, c'était une première.

— Dans ce cas, pourquoi la presse n'en a pas parlé davantage ?

Les gosses ont explosé à nouveau. Yvonne Sterno aussi.

— Allez, ça suffit ! Tommy, monte dans ta chambre. Mais oui, c'est cela, garde ça pour le juge, mon coco, et remue-toi. Et toi, donne-moi la Game Boy. Passe-la-moi avant que je la balance au vide-ordures.

Je l'ai entendue reprendre le téléphone.

— Je vous le demande une fois de plus : pourquoi vous intéressez-vous à cette affaire ?

Je connaissais suffisamment de journalistes pour savoir que le chemin de leur cœur passe par leur plume.

— J'ai peut-être des informations pertinentes sur le sujet.

— « Pertinentes », a-t-elle répété. C'est un joli mot, Will.

— À mon avis, ça va vous intéresser.

— D'où appelez-vous, au fait ?

— De New York.

Il y a eu une pause.

— C'est loin du lieu du crime, ça.

— Oui.

— Je vous écoute. Qu'est-ce qui pourrait bien être à la fois pertinent et intéressant ?

— Tout d'abord, j'ai besoin de quelques renseignements de base.

— Ce n'est pas comme ça que je travaille, Will.

— J'ai jeté un œil sur vos autres articles, madame Sterno.

— Mademoiselle. Et puisqu'on est copains comme cochons, appelez-moi donc Yvonne.

— Très bien. Vous êtes essentiellement chroniqueuse, Yvonne. Vous couvrez les mariages, vous couvrez les dîners mondains.

— On y mange bien, Will, et je suis sublime en robe noire. Où voulez-vous en venir ?

— Une histoire pareille ne tombe pas du ciel tous les jours.

— OK, je n'en peux plus, là. À quoi pensez-vous ?

— Je pense que vous devriez tenter le coup. Répondez juste à quelques questions. Où est le mal ? Et, qui sait, je suis peut-être quelqu'un de réglo ?

N'obtenant pas de réponse, j'ai insisté :

— Vous écrivez sur une grosse affaire de meurtre mais sans citer les noms des victimes, les éventuels suspects et sans vraiment donner de précisions.

— Je n'en avais pas. Le communiqué est arrivé scanné le soir tard. On a tout juste eu le temps de boucler l'article pour l'édition du matin.

— Alors pourquoi n'y a-t-il eu aucune suite ? C'est quand même un événement de taille. Pourquoi un seul papier en tout et pour tout ?

Silence.

— Allô ?

— Une seconde. Les gosses recommencent, avec leur cirque.

Seulement, cette fois je n'entendais aucun bruit.

— On m'a fermé le clapet, a-t-elle avoué tout bas.

— C'est-à-dire ?

— C'est-à-dire qu'on a eu de la chance de pouvoir publier ce papier. Le lendemain matin, les agents fédéraux étaient partout. Le directeur du bureau local a obligé mon patron à mettre cette histoire sous le

241

boisseau. J'ai essayé de fouiller un peu de mon côté, mais je me suis heurtée à un mur.

— Vous ne trouvez pas ça louche ?

— Je ne sais pas, Will. C'était la première fois qu'on couvrait un meurtre. Mais je dirais que oui, ça m'a l'air assez louche.

— Comment l'interprétez-vous ?

— Vous voulez parler de l'attitude de mon patron ?

Yvonne a pris une grande inspiration.

— C'est gros. Très gros. Plus gros qu'un double meurtre. À votre tour, Will.

Je me demandais jusqu'où je pouvais aller.

— Avez-vous entendu parler d'empreintes relevées sur le lieu du crime ?

— Non.

— Certaines d'entre elles appartenaient à une femme.

— Continuez.

— Cette femme a été retrouvée morte hier.

— Nom d'un petit bonhomme ! Assassinée ?

— Oui.

— Où ça ?

— Une petite ville du Nebraska.

— Son nom ?

Je me suis calé dans le siège.

— Parlez-moi du propriétaire, Owen Enfield.

— Oh, je vois. Donnant-donnant.

— En quelque sorte. Enfield était-il l'une des victimes ?

— Je l'ignore.

— Que savez-vous à son sujet ?

— Qu'il a habité là pendant trois mois.

— Seul ?

242

— D'après les voisins, il a emménagé seul. Mais es dernières semaines, on a beaucoup vu une femme avec un enfant dans les parages.

Un enfant.

Mon cœur a bondi dans ma poitrine. Je me suis redressé.

— Quel âge, l'enfant ?

— Je ne sais pas. En âge d'aller à l'école.

— Une douzaine d'années ?

— Oui, peut-être bien.

— Fille ou garçon ?

— Fille.

Je me suis figé.

— Vous êtes toujours là, Will ?

— Le nom de la petite, vous l'avez ?

— Non. On ne savait pas grand-chose sur elles.

— Où sont-elles maintenant ?

— Aucune idée.

— Comment est-ce possible ?

— Sans doute l'un des grands mystères de l'existence. Je n'ai pas réussi à les localiser. Mais comme je vous l'ai dit, on m'a retiré le dossier. Je n'ai pas vraiment cherché.

— Pourriez-vous vous renseigner pour savoir où elles sont ?

— Je peux toujours essayer.

— Y a-t-il autre chose ? Auriez-vous entendu le nom d'un suspect ou d'une des victimes, par exemple ?

— Je vous l'ai dit, on n'en a pas trop parlé. Je ne travaille au journal qu'à temps partiel. Comme vous avez dû vous en apercevoir, je suis maman à plein temps. J'ai repris l'info parce que j'étais la seule à être sur place quand elle est tombée. Mais j'ai quelques bonnes sources.

— Il faut qu'on retrouve Enfield. Ou au moins la femme et la petite fille.

— C'est un bon début, a-t-elle acquiescé. Alors, quel est votre intérêt, là-dedans ?

J'ai réfléchi un instant.

— Vous aimez secouer les cocotiers, Yvonne ?

— Oh oui, Will. J'adore.

— Et ça vous réussit ?

— Vous voulez une démonstration ?

— Absolument.

— Vous appelez peut-être de New York, mais en réalité vous êtes du New Jersey. En fait – quoiqu'il doive y avoir plus d'un Will Klein là-bas – je parie que vous êtes le frère d'un célèbre assassin.

— Présumé assassin, ai-je rectifié. Comment l'avez-vous su ?

— J'ai Lexis-Nexis sur mon ordinateur. J'ai injecté votre nom, et c'est ça qui est sorti. Dans l'un des articles, il est précisé que vous vivez actuellement à Manhattan.

— Mon frère n'a rien à voir avec tout ceci.

— Bien sûr, et il n'a pas tué la voisine non plus.

— Ce n'est pas ce que j'ai dit. Votre double meurtre n'a aucun rapport avec lui.

— Alors où il est, le rapport ?

J'ai repris mon souffle.

— Quelqu'un d'autre, qui m'était très proche.

— Qui ?

— Ma fiancée. Ce sont ses empreintes qui ont été relevées sur les lieux.

Les gamins s'étaient remis à faire la foire. On aurait dit qu'ils couraient à travers la pièce en émettant des bruits de sirène. Cette fois, Yvonne Sterno n'a pas crié contre eux.

244

— Donc, la fille retrouvée morte dans le Nebraska était votre fiancée ?

— Oui.

— C'est pour ça que vous vous intéressez à l'affaire ?

— En partie, oui.

— Et quelle est l'autre partie ?

Je n'étais pas encore prêt à lui parler de Carly.

— Trouvez Enfield, ai-je répondu.

— Comment s'appelait-elle, Will ? Votre fiancée ?

— Trouvez-le, c'est tout.

— Dites donc, vous voulez qu'on travaille ensemble ? Alors pas de cachotteries. De toute façon, je peux m'informer moi-même, ça me prendra cinq secondes. Allez, dites-le-moi.

— Rogers. Son nom était Sheila Rogers.

Je l'ai entendue taper sur son clavier d'ordinateur.

— Je ferai mon possible, Will. Tenez bon, je vous rappellerai bientôt.

30

J'AI FAIT UN DRÔLE DE DEMI-RÊVE.

Je dis « demi » car je ne dormais pas vraiment. Je flottais entre le sommeil et la veille, dans cet état où quelquefois on trébuche et on tombe comme une pierre, et où on s'agrippe aux bords du lit. Couché dans le noir, les mains derrière la tête, j'avais les yeux clos.

J'ai déjà mentionné à quel point Sheila adorait danser. Elle m'avait même poussé à m'inscrire dans un club de danse au Centre communautaire juif à West Orange. Le centre n'était pas loin de l'hôpital de ma mère et de notre maison à Livingston. Tous les mercredis, on allait rendre visite à ma mère et, à six heures et demie, on retrouvait les gens du club sur la piste de danse.

Nous étions le plus jeune couple du club – on avait, en gros, soixante-quinze ans de moins que les autres – mais, nom d'un chien, ces vieux-là savaient bouger. J'essayais de suivre... rien à faire. Je me sentais empoté à côté d'eux. Sheila, non. Parfois, au milieu d'une danse, elle me lâchait la main et s'éloignait de moi. Elle fermait les yeux et semblait disparaître dans sa bulle.

Il y avait un couple en particulier, les Segal. Ils dansaient ensemble depuis les années quarante. Ils

...aient beaux et gracieux tous les deux. M. Segal arborait toujours un foulard blanc autour du cou. Mme Segal portait du bleu et une rivière de perles. Sur la piste, c'était un enchantement. Deux amants qui se mouvaient comme s'ils ne faisaient qu'un. Pendant les pauses, ils se montraient ouverts et chaleureux avec tout le monde. Mais dès qu'on entendait la musique, il n'y avait plus qu'eux deux sur terre.

Un soir de neige en février dernier – on croyait que le club resterait fermé, mais non –, M. Segal est arrivé seul. Toujours avec son foulard blanc. Son costume était impeccable. Mais, à son visage crispé, on a tout de suite compris. Sheila m'a empoigné la main. J'ai vu une larme couler sur sa joue. Dès les premiers accords, M. Segal s'est levé, est allé sans hésitation sur la piste et s'est mis à danser. Les bras tendus, il évoluait comme si sa femme était toujours là. Il la guidait à travers la salle, étreignant son fantôme si tendrement que personne n'a osé le déranger.

La semaine suivante, M. Segal n'est pas venu du tout. On a su par d'autres que Mme Segal avait perdu une très longue bataille contre le cancer. Mais elle avait dansé jusqu'au bout. Ce soir-là, en serrant Sheila tout contre moi, j'ai pris conscience que l'histoire des Segal, si triste fût-elle, était de loin la plus belle que j'avais jamais connue.

C'est là que j'ai sombré dans ce demi-rêve, tout en demeurant conscient que je ne dormais pas. Je me trouvais au club de danse. Avec M. Segal et d'autres personnes que je voyais pour la première fois, toutes sans partenaire. Chacun de nous dansait seul. En regardant autour de moi, j'ai aperçu mon père en train d'exécuter gauchement un fox-trot solo. Il m'a adressé un signe de la tête.

J'ai continué à observer les autres danseur
À l'évidence, tous ressentaient la présence de leu
chère disparue. Ils virevoltaient, les yeux dans les yeux
fantomatiques de leur cavalière. J'ai voulu les imiter,
mais ça ne marchait pas. Je ne voyais rien. J'étais
seul : Sheila n'était pas là.

J'ai entendu la sonnerie du téléphone au loin. Une
voix grave sur le répondeur a pénétré mon rêve.

— Ici le lieutenant Daniels, de la police de
Livingston. Je voudrais parler à Will Klein.

À l'arrière-plan, j'ai cru percevoir le rire étouffé
d'une jeune femme. Mes yeux se sont ouverts, et le
club de danse s'est évanoui. En décrochant, j'ai
entendu un nouvel éclat de rire.

Ça ressemblait à la voix de Katy Miller.

— Je devrais peut-être appeler vos parents, lui
disait le lieutenant Daniels.

— Non.

C'était bien Katy.

— J'ai dix-huit ans. Vous ne pouvez pas
m'obliger…

J'ai pris le téléphone.

— Will Klein à l'appareil.

— Salut, Will. Ici Tim Daniels. On était au lycée
ensemble, tu te souviens ?

Tim Daniels. Il travaillait à l'époque dans une
station-service et venait en classe vêtu de son uniforme
couvert de cambouis, avec son nom brodé sur une
poche. Son goût pour l'uniforme ne l'avait semble-t-il
pas quitté.

— Bien sûr, ai-je répondu, totalement désorienté.
Comment ça va ?

— Bien, merci.

— Tu es dans la police maintenant ?

Rien ne m'échappe.

248

— Oui. Et j'habite toujours Livingston. Je me suis marié avec Betty Jo Stetson. On a deux filles.

J'ai essayé de me représenter Betty Jo, mais sans résultat.

— Dis donc, félicitations.

— Merci, Will.

Sa voix a baissé d'un ton.

— J'ai, euh, lu à propos de ta mère dans la *Tribune*. Toutes mes condoléances.

— C'est gentil, merci.

Katy Miller s'est remise à rire.

— Écoute, la raison pour laquelle je t'appelle… Tu connais Katy Miller, j'imagine ?

— Oui.

Il y a eu un moment de silence. Il s'est probablement souvenu que j'avais fréquenté sa sœur et que ça s'était très mal terminé.

— Elle m'a demandé de te contacter.

— Quel est le problème ?

— Je l'ai trouvée sur le terrain de jeu de Mount Pleasant avec une bouteille de vodka à moitié vide. Elle est complètement bourrée. J'allais téléphoner à ses parents…

— Pas question ! a crié Katy. J'ai dix-huit ans !

— Oui, bon, d'accord. Bref, elle m'a demandé de t'appeler. Je sais bien, quand on était mômes, on n'était pas parfaits non plus, hein ?

— Sûr.

Soudain, Katy a hurlé quelque chose et je me suis figé. J'espérais avoir mal entendu. Mais ses paroles et le ton presque moqueur sur lequel elle les avait proférées m'avaient fait l'effet d'une main froide plaquée sur ma nuque.

— L'Idaho ! a-t-elle hurlé. J'ai raison, Will ? L'Idaho !

Je me suis cramponné au combiné, certain d'avoir mal compris.

— Qu'est-ce qu'elle dit ?

— Je n'en sais rien. Elle parle de l'Idaho, mais elle est toujours pompette.

Puis Katy a crié de nouveau :

— L'Idaho de mes deux ! La bouse de vache ! L'Idaho ! J'ai raison, pas vrai ?

Je ne trouvais plus mon souffle.

— Dis, Will, je sais qu'il est tard, mais... tu ne pourrais pas passer la chercher ?

Ma voix m'est revenue, juste assez pour répondre :

— J'arrive.

31

CARREX A GRAVI L'ESCALIER À PAS DE LOUP pour éviter que le bruit de l'ascenseur réveille Wanda.

Tout l'immeuble appartenait à la Pratique de yoga Carrex. Wanda et lui occupaient les deux étages au-dessus de l'école. Il était trois heures du matin. Carrex a entrouvert la porte. Il n'y avait pas de lumière. Il a pénétré dans la pièce éclairée par les reflets blafards des réverbères.

Wanda était assise dans le noir, sur le canapé, jambes et bras croisés.

— Salut, a-t-il dit tout doucement, comme s'il craignait de réveiller quelqu'un, alors qu'ils étaient seuls dans l'immeuble.

— Tu veux que je m'en débarrasse ? a-t-elle demandé.

Carrex a regretté de n'avoir pas gardé ses lunettes noires.

— Je suis vraiment fatigué, Wanda. Laisse-moi grappiller quelques heures de sommeil.

— Non.

— Que veux-tu que je te réponde, là ?

— J'en suis encore au premier trimestre. Il me suffirait d'avaler un cachet, c'est tout. Alors j'aimerais savoir. Veux-tu que je m'en débarrasse ?

— Tout à coup, c'est à moi de décider ?

— J'attends.

— Toi, Wanda, la grande féministe... Et le droit des femmes à choisir ?

— Arrête, avec tes conneries.

Carrex a enfoui ses mains dans ses poches.

— Qu'est-ce que tu as envie de faire ?

Wanda a tourné la tête, lui offrant son profil, son long cou, son port altier. Il l'aimait. Il n'avait aimé personne avant elle, et personne ne l'avait aimé. Lorsqu'il était tout petit, sa mère s'amusait à le brûler avec son fer à friser. Ce calvaire avait fini par s'arrêter quand il avait deux ans – le jour où son père avait battu sa mère à mort et qu'il s'était pendu dans un placard.

— Tu portes ton passé sur ton front, a déclaré Wanda. Tout le monde ne peut pas se permettre ce luxe.

— Je ne vois pas de quoi tu parles.

Ni l'un ni l'autre n'avait allumé. Leurs yeux s'étaient accoutumés à l'obscurité, et ce flou artistique leur rendait peut-être les choses plus faciles.

— Au lycée, c'est moi qu'on avait choisie pour prononcer le discours d'adieu en terminale.

— Je sais.

Elle a fermé les yeux.

— Laisse-moi parler, OK ?

Carrex a hoché la tête.

— J'ai grandi dans une banlieue résidentielle. Il y avait très peu de familles noires. J'étais la seule fille noire sur trois cents élèves. Et j'ai été classée première. Pour les études universitaires, j'avais l'embarras du choix. Je me suis inscrite à Princeton.

Tout cela, il le savait déjà, mais il n'a rien dit.

— Quand je suis arrivée là-bas, j'ai eu l'impression de ne pas être à la hauteur. Je t'épargne le diagnostic global sur mon manque de confiance en moi et tout le

...e. Mais j'ai cessé de me nourrir. Je suis devenue ...orexique. Je ne voulais rien manger dont je ne ...uisse pas me débarrasser. Je passais mes journées à ...aire des abdos. J'étais descendue au-dessous de quarante-cinq kilos, et quand je me regardais dans la glace la grosse que je voyais me faisait horreur.

Carrex s'est rapproché d'elle avec l'envie de lui prendre la main. Mais, imbécile qu'il était, il s'est abstenu.

— Je me suis affamée au point de devoir être hospitalisée. Mes organes étaient abîmés. Mon foie, mon cœur. Les médecins ne connaissent toujours pas l'ampleur des dégâts. Je n'ai pas fait d'arrêt cardiaque, mais je n'en suis pas passée loin. J'ai fini par récupérer – je ne m'y attarderai pas non plus – sauf qu'on m'a dit que je ne pourrais sans doute pas tomber enceinte. Ou que, si ça se produisait, je serais incapable de mener la grossesse à terme.

Carrex était debout devant elle.

— Et que pense ton médecin aujourd'hui ?

— Elle ne promet rien.

Wanda l'a regardé.

— Je n'ai jamais eu aussi peur de ma vie.

Il a senti son cœur chavirer. Il aurait aimé s'asseoir à côté d'elle, la prendre dans ses bras. Une fois de plus, quelque chose l'a retenu, et il s'en est voulu à mort.

— Si ça représente un risque pour ta santé…, a-t-il commencé.

— C'est moi qui le cours.

Il a essayé de sourire.

—- La grande féministe est de retour.

— Quand j'ai dit que j'avais peur, je ne parlais pas seulement de ma santé.

Il le savait aussi.

— Carrex ?

— Ouais.

Sa voix était presque implorante.

— Ne me ferme pas la porte, OK ?

Ne sachant que répondre, il a opté pour un truisme.

— C'est un grand pas.

— Je sais.

— Je ne crois pas, a-t-il repris lentement, que je sois capable de faire face à cette situation.

— Je t'aime.

— Moi aussi, je t'aime.

— Tu es l'homme le plus fort que je connaisse.

Carrex a secoué la tête. Dehors, un ivrogne s'est mis à chanter en beuglant que sa Rosemary, l'amour la suit, et que personne ne le sait sauf lui.

— Peut-être, a-t-il repris, qu'on ne devrait pas s'embarquer là-dedans. Ne serait-ce que pour ta santé.

Wanda l'a regardé reculer, s'éloigner. Elle n'a pas eu le temps d'ouvrir la bouche qu'il était déjà parti.

J'ai loué une voiture dans une agence de la 37e Rue ouverte vingt-quatre heures sur vingt-quatre et je me suis rendu au poste de police de Livingston. Je n'avais pas remis les pieds dans ce lieu sacré depuis le cours élémentaire, quand on y était allés avec toute la classe. Ce matin-là, on n'avait pas eu le droit de visiter la cellule de détention où j'ai trouvé Katy car, tout comme maintenant, elle était occupée. L'idée qu'un grand criminel se trouvait peut-être enfermé à deux pas de nous avait agréablement titillé nos esprits de mômes.

Le lieutenant Tim Daniels m'a accueilli d'une poignée de main trop ferme. J'ai remarqué qu'il remontait souvent sa ceinture. Il cliquetait – lui ou ses clés ou des menottes – à chaque pas. Il s'était empâté

son visage avait conservé la fraîcheur de sa
...esse.

...ai rempli des paperasses, et Katy a été confiée à
...s bons soins. Elle avait dessaoulé pendant l'heure
...'il m'avait fallu pour venir là. Elle ne riait plus. La
...ête basse, elle boudait comme toutes les adolescentes.

J'ai encore remercié Tim. Katy n'a eu ni un sourire
ni un geste. Une fois dehors, elle m'a saisi le bras.

— Viens, on va faire un tour.

— Il est quatre heures du matin. Je suis fatigué.

— Je vomis si je monte dans la voiture.

Je me suis arrêté.

— C'était quoi, ce que tu criais à propos de l'Idaho
au téléphone ?

Déjà elle traversait Livingston Avenue. J'ai suivi.
En arrivant sur la place, elle a accéléré le pas. Je l'ai
rattrapée.

— Tes parents vont s'inquiéter.

— Je leur ai dit que j'allais dormir chez une copine.
C'est bon.

— Tu veux m'expliquer pourquoi tu buvais toute
seule ?

Katy continuait à marcher. Tout à coup, elle
semblait respirer plus profondément.

— J'avais soif.

— Mmm. Et pourquoi tu hurlais toutes ces choses
au sujet de l'Idaho ?

Elle m'a regardé sans ralentir l'allure.

— À mon avis, tu dois le savoir.

Je l'ai empoignée par le bras.

— À quoi tu joues, là ?

— Ce n'est pas moi qui joue, Will.

— Qu'est-ce que tu racontes ?

— L'Idaho, Will. Ta Sheila Rogers venait bien de
l'Idaho, non ?

À nouveau, ses paroles m'ont cinglé comm[...]
coup de fouet.

— Comment le sais-tu ?

— Je l'ai lu.

— Dans le journal ?

Elle s'est esclaffée, puis a demandé :

— C'est vrai, tu n'es pas au courant ?

Je l'ai prise par les épaules.

— De quoi tu parles ?

— Ta Sheila, elle a étudié où ?

— Je ne sais pas.

— Je croyais que vous étiez raides amoureux l'un de l'autre.

— C'est assez compliqué.

— Tu m'étonnes.

— Je ne comprends toujours pas, Katy.

— Sheila Rogers a fait ses études à Haverton, Will. Avec Julie. Elles appartenaient au même club d'étudiantes.

Ça m'a cloué au sol.

— Ce n'est pas possible.

— Je n'en reviens pas que tu ne sois pas au courant. Sheila ne te l'a jamais dit ?

J'ai secoué la tête.

— Tu en es sûre ?

— Sheila Rogers de Mason, dans l'Idaho. Études de communication. Noir sur blanc, dans la brochure de leur club. Je l'ai trouvée dans une vieille malle au sous-sol.

— Je ne vois pas très bien. Tu t'es rappelé son nom après toutes ces années ?

— Ouais.

— Comment tu as fait ? Tu connaissais les noms de toutes les étudiantes qui étaient à Haverton avec Julie ?

— Non.

Alors pourquoi tu t'es souvenue de Sheila
...rs ?

- Parce que Sheila et Julie partageaient la même
...mbre.

32

CARREX A DÉBARQUÉ CHEZ MOI avec des bagels et des choses à tartiner, le tout acheté dans une boutique baptisée La Bagel – 15ᵉ Rue-Première Avenue. Il était dix heures du matin, et Katy dormait sur le canapé. Carrex a allumé une cigarette. J'ai noté qu'il portait les mêmes vêtements que la veille. Ça ne sautait pas aux yeux – pas comme s'il avait été une figure phare de la jet set –, mais ce matin-là il avait l'air particulièrement débraillé. On s'est perchés sur des tabourets devant le comptoir de la cuisine.

— Dis donc, ai-je glissé, je sais bien que tu veux te mêler aux gens de la rue, mais…

Il a sorti une assiette d'un placard.

— Quand tu auras fini de faire de l'esprit, tu pourras peut-être me raconter ce qui s'est passé ?

— Pourquoi, je ne peux pas faire les deux ?

Il a baissé la tête et m'a regardé par-dessus ses lunettes noires.

— C'est à ce point-là ?

— Pire que ça, ai-je répondu.

Katy a bougé sur le canapé. Je l'ai entendue dire :

— Ouh là !

J'avais de l'aspirine extra-forte à portée de main. Je lui en ai donné deux avec un verre d'eau. Elle les a

es et s'est traînée sous la douche. J'ai regagné
tabouret.

— Comment va ton nez ? a demandé Carrex.

— J'ai l'impression que mon cœur s'est coincé
-haut et trépigne pour sortir.

Il a hoché la tête et mordu dans un bagel avec du
beurre de saumon. Il mâchait lentement. Ses épaules
s'affaissaient. Je savais qu'il n'avait pas dormi chez
lui. Qu'il était arrivé quelque chose entre Wanda et lui.
Mais, surtout, je savais qu'il ne voulait pas qu'on lui
pose de questions.

— Tu disais : Pire que ça, m'a-t-il soufflé.

— Sheila m'a menti.

— Ça, on l'avait déjà compris.

— Pas de cette façon-là.

Il continuait à mastiquer.

— Elle connaissait Julie Miller. Elles ont fait partie
du même club d'étudiantes. Elles ont aussi partagé une
chambre.

Il s'est arrêté de mâcher.

— Vas-y, recommence.

Je lui ai expliqué ce que j'avais appris. La douche a
coulé pendant tout ce temps-là. Katy allait en baver
encore un moment, du contrecoup de sa cuite. Mais les
jeunes ont tendance à récupérer beaucoup plus rapidement que nous...

Quand j'ai eu terminé mon récit, Carrex s'est laissé
aller en arrière et, croisant les bras, m'a gratifié d'un
large sourire.

— La classe, a-t-il commenté.

— Ouais, c'est le premier mot qui m'est venu à
l'esprit.

— Je ne pige pas bien, mec.

Il a entrepris de tartiner un autre bagel.

— Ton ancienne copine, qui a été assassinée
onze ans, a partagé une chambre sur le campus av[...]
dernière copine en date, qui a été assassinée elle au[...]

— Oui.

— Et ton frère a été accusé du premier meurtre.

— Encore une fois, oui.

— OK.

Carrex a hoché la tête avec assurance. Puis lâché :

— Je ne pige toujours pas.

— C'était sûrement un coup monté.

— Qu'est-ce qui était un coup monté ?

— Sheila et moi.

Je me suis efforcé de hausser les épaules.

— Ça ne pouvait être qu'un coup monté. Un
mensonge.

Il a eu un mouvement de la tête, comme pour dire
oui et non en même temps. Ses longs cheveux lui sont
tombés sur le visage. Il les a écartés.

— Dans quel but ?

— Je ne sais pas.

— Réfléchis.

— Je n'ai fait que ça. Toute la nuit.

— Bon, très bien, admettons que ce soit vrai.
Admettons que Sheila t'ait menti ou t'ait mené en
bateau, je ne sais pas, moi. Tu me suis ?

— Je te suis.

Il a levé les paumes en l'air.

— Dans quel but ?

— Une fois de plus, je ne sais pas.

— Examinons toutes les possibilités.

Il a levé un doigt.

— Un, ça pourrait être une énorme coïncidence.

Je me suis contenté de le dévisager.

— Attends un peu ; tu es sorti avec Julie Miller il
y a quoi, plus de douze ans ?

— Oui.

— Alors, peut-être que Sheila ne se souvenait plus. Te souviens, toi, du nom de toutes les ex de tes amis ? Peut-être que Julie ne lui a jamais parlé de toi. Ou peut-être qu'elle avait oublié ton nom. Puis, des années plus tard, vous vous êtes rencontrés…

Je continuais à le dévisager.

— Bon, d'accord, c'est un peu tiré par les cheveux, a-t-il concédé. Laissons tomber ça. Deuxième possibilité…

Carrex a levé un autre doigt. Il a marqué une pause, regardé en l'air.

— Zut, je suis perdu, là.

— Eh oui.

Nous avons mangé. Il a ruminé encore.

— D'accord, supposons que Sheila ait su depuis le début qui tu étais.

— Allons-y.

— Je ne pige toujours pas, mec. Qu'est-ce qui nous reste, hein ?

— La classe, ai-je répliqué.

La douche s'est arrêtée. J'ai pris un bagel au pavot. Les graines me collaient aux mains.

— J'y ai pensé toute la nuit, ai-je repris.

— Et ?

— J'en reviens toujours au Nouveau-Mexique.

— Comment ça ?

— Le FBI voulait interroger Sheila sur le double meurtre d'Albuquerque. Non élucidé, le meurtre.

— Et alors ?

— Julie Miller a elle aussi été assassinée, il y a des années.

— Et son meurtre n'a pas été élucidé non plus, a dit Carrex, même s'ils soupçonnent ton frère.

— Voilà.

261

— Toi, tu vois un lien entre les deux.

— Il doit y en avoir un.

Carrex a haussé les épaules.

— Bien, je visualise le point A et le point B. Mais ce que je ne comprends pas, c'est comment tu passes de l'un à l'autre.

— Moi non plus, ai-je avoué.

Nous nous sommes tus. Katy a risqué un coup d'œil par la porte entrebâillée. À en juger par sa pâleur, elle avait la gueule de bois. Elle a gémi :

— Je viens de gerber à nouveau.

— C'est sympa de nous tenir au courant, ai-je répondu.

— Où sont mes fringues ?

— Dans le placard de la chambre.

Elle a esquissé péniblement un geste de remerciement et refermé la porte. J'ai contemplé la partie droite du canapé, là où Sheila avait l'habitude de se lover pour lire. Comment tout cela avait-il pu nous arriver ? Le vieil adage : « Mieux vaut avoir aimé et perdu que n'avoir pas aimé du tout » m'est revenu en mémoire. Pas sûr que ce soit si vrai. Surtout, je me suis demandé ce qui était pire : perdre l'amour de sa vie ou se rendre compte qu'elle ne vous avait peut-être jamais aimé.

Vous parlez d'un choix.

Le téléphone a sonné. Cette fois, j'ai décroché sans passer par le répondeur.

— Will ?

— Oui ?

— Ici Yvonne Sterno. Votre agent à Albuquerque.

— Vous avez trouvé quelque chose ?

— J'y ai travaillé toute la nuit.

— Et ?

— Ça devient de plus en plus louche.

— Je vous écoute.

— Eh bien, j'ai chargé mon contact de fouiller dans
[le]s actes notariés et les archives du fisc. Mon contact,
[so]it dit en passant, est fonctionnaire ; elle y est donc
[a]llée en dehors de ses heures de travail. Or, il est plus
facile de transformer l'eau en vin que d'envoyer une
fonctionnaire…

— Yvonne ? ai-je interrompu.

— Oui ?

— Mettons que je sois déjà impressionné par votre
débrouillardise. Dites-moi ce que vous avez découvert.

— Bon, bon, d'accord, vous avez raison.

J'ai entendu un froissement de papier.

— La maison où le meurtre a eu lieu avait été louée
par une société appelée Cripco.

— Qui est ?

— Impossible à localiser. C'est une société-écran,
qui n'a pas l'air d'avoir une activité propre.

Ça m'a fait réfléchir.

— Owen Enfield avait aussi une voiture. Une
Honda Accord grise. Également louée par les braves
gars de Cripco.

— Peut-être qu'il travaillait pour eux.

— Peut-être. J'essaie de le vérifier.

— Où est la voiture à présent ?

— Ah, ça aussi, c'est intéressant. La police l'a
retrouvée abandonnée dans un centre commercial, à
Lacida. C'est à peu près à trois cents kilomètres d'ici.

— Et où est Owen Enfield ?

— Vous voulez mon avis ? Il est mort. Si ça se
trouve, il faisait partie des victimes.

— Et la femme avec la petite fille ? Où sont-elles ?

— Aucune idée. Bon sang, je ne sais même pas qui
c'est.

— Avez-vous parlé aux voisins ?

— Oui. C'est comme je vous l'ai dit : personne les connaissait.

— Une description éventuelle ?

— Ah.

— Quoi, « ah » ?

— C'est de ça que je voulais vous parler.

Carrex continuait à manger, mais j'ai bien vu qu'il écoutait. Katy était dans ma chambre, en train de s'habiller ou de faire une nouvelle offrande aux dieux de porcelaine.

— Les descriptions ont été très vagues, poursuivait Yvonne. La femme avait dans les trente-cinq ans, une jolie brune. C'est à peu près tout ce que les voisins ont su me dire. Personne ne connaissait le nom de la fillette. Elle avait onze ou douze ans, cheveux châtain clair. D'après une voisine, elle était mignonne à croquer, mais quelle gamine ne l'est pas à cet âge-là ? M. Enfield faisait un mètre quatre-vingts, cheveux gris coupés en brosse et bouc. Autour de la quarantaine.

— Dans ce cas, il ne se trouvait pas parmi les victimes, ai-je dit.

— Comment le savez-vous ?

— J'ai vu une photo du lieu du crime.

— Quand ?

— Quand j'ai été interrogé par le FBI sur les faits et gestes de ma fiancée.

— Vous avez vu les victimes ?

— Pas très clairement, mais assez pour savoir qu'aucune des deux n'avait les cheveux en brosse.

— Hmm. Alors toute la famille a pris la poudre d'escampette.

— Oui.

— Il y a autre chose, Will.

— Quoi donc ?

— Stonepointe est une ville nouvelle. Tout est
ganisé pour qu'elle puisse se suffire à elle-même.

— À savoir ?

— Vous connaissez QuickGo, la chaîne de
supérettes ?

— Bien sûr. On a des QuickGo ici aussi.

Carrex a retiré ses lunettes noires et m'a regardé
d'un air interrogateur. J'ai haussé les épaules. Il s'est
rapproché de moi.

— Il y a un grand QuickGo à l'extrémité de la résidence, a dit Yvonne. Presque tous les habitants y vont.

— Eh bien ?

— Une voisine jure qu'elle y a vu Owen Enfield à
trois heures de l'après-midi, le jour du meurtre.

— Je ne pige pas, Yvonne.

— Il se trouve que tous les QuickGo ont des
caméras de surveillance.

Elle a fait une pause.

— Vous pigez maintenant ?

— Je crois que oui.

— Je me suis déjà renseignée : ils gardent les
cassettes un mois avant de les réutiliser.

— Si on arrive à mettre la main sur la cassette, ai-je
commencé, on pourrait savoir à quoi ressemble
M. Enfield.

— Mais avec un gros « si ». Le directeur du
magasin a été formel. Il n'a pas l'intention de me
remettre quoi que ce soit.

— Il y a sûrement un moyen.

— J'attends vos suggestions, Will.

Carrex a posé sa main sur mon épaule.

— Quoi ?

J'ai plaqué ma paume sur le récepteur et lui ai
expliqué en deux mots.

— Tu ne connais personne chez QuickGo ?

— Aussi incroyable que ça puisse paraître, réponse est *niet*.

Zut. On a retourné le problème dans tous les sens. Yvonne s'est mise à fredonner le jingle de QuickGo, un de ces airs vicieux qui pénètrent dans votre canal auditif et ricochent autour de votre crâne à la recherche d'une issue qu'ils ne trouvent jamais. Je me suis rappelé la nouvelle campagne publicitaire : le vieux jingle avait été remis au goût du jour par l'adjonction d'une guitare électrique et d'un synthétiseur, sans oublier la participation d'une célèbre pop star connue sous le nom de Sonay.

Minute, papillon. Sonay.

Carrex m'a regardé.

— Quoi ?

— Tout compte fait, je crois que tu vas pouvoir m'aider.

33

SHEILA ET JULIE AVAIENT APPARTENU à l'association Chi Gamma. J'avais toujours la voiture que j'avais louée pour ma virée nocturne à Livingston ; du coup, Katy et moi avons décidé de faire deux heures de route pour aller à l'université de Haverton, dans le Connecticut, et voir ce qu'on pourrait glaner sur place.

Plus tôt dans la matinée, j'avais appelé le secrétariat de l'université afin de vérifier mes informations. J'ai appris que la responsable de Chi Gamma à l'époque avait été une certaine Rose Baker. Mme Baker avait pris sa retraite trois ans plus tôt et s'était installée dans une maison située juste en face du campus. C'est elle qui serait la cible principale de notre pseudo-enquête.

Nous nous sommes garés devant le bâtiment de Chi Gamma. On voyait tout de suite qu'il s'agissait d'une maison d'étudiantes : sa façade blanche, avec fausses colonnes gréco-romaines et ses angles délicatement arrondis, lui conférait un cachet distinctement féminin. L'ensemble m'a fait penser à un gâteau de mariage.

Le logement de Rose Baker était, pour parler gentiment, beaucoup plus modeste. Son rouge d'autrefois était à présent terne comme de l'argile. Le rideau de dentelle semblait avoir été lacéré par des griffes de chat. Les bardeaux s'écaillaient : on aurait dit que la maison se desquamait.

En temps ordinaire, j'aurais pris rendez-vous ou quelque chose de ce genre. À la télé, ils ne font jamais ça. L'inspecteur débarque, et la personne est forcément à la maison. J'ai toujours trouvé ça à la fois peu réaliste et peu pratique, mais là j'ai commencé à comprendre. Tout d'abord, la secrétaire bavarde m'a informé que Rose Baker sortait rarement de chez elle, et de toute façon n'allait jamais bien loin. Ensuite – et c'est le plus important, je pense –, si j'avais appelé Rose Baker et qu'elle m'avait demandé pourquoi je voulais la voir, qu'aurais-je répondu ? Que c'était pour discuter de crimes de sang ? Non, mieux valait se pointer avec Katy, et advienne que pourra. Si elle n'était pas là, on pourrait au moins consulter les archives de la bibliothèque ou visiter le club. D'une manière ou d'une autre, c'était l'improvisation la plus totale.

Tandis qu'on se dirigeait vers la porte de Rose Baker, je n'ai pas pu m'empêcher d'envier les étudiants chargés de sacs à dos qui allaient et venaient autour de nous. J'avais adoré l'université et tout ce qui s'y rapportait. J'aimais flemmarder avec les copains. J'aimais vivre seul, laver mon linge tous les trente-six du mois, manger de la pizza à minuit. J'aimais bavarder avec des profs accessibles, à la dégaine de hippies. J'aimais débattre de sujets élevés et des dures réalités qui ne franchissaient jamais les murs de verdure de notre campus.

En arrivant sur le paillasson qui nous souhaitait gaiement la bienvenue, j'ai entendu une chanson familière à travers le battant en bois. J'ai grimacé et écouté de plus près. Le son était étouffé, mais on aurait dit Elton John – plus précisément sa chanson *Candle in the Wind*, extraite du classique double album *Goodbye Yellow Brick Road*. J'ai frappé à la porte.

Une voix féminine s'est écriée :

— Une petite minute.

Quelques secondes plus tard, la porte s'est ouverte. Rose Baker, qui devait avoir passé les soixante-dix ans, était, à ma grande surprise, habillée comme pour un enterrement. Sa tenue, depuis le chapeau à large bord avec voile assorti jusqu'aux chaussures de marche, était noire. Son fard à joues semblait avoir été appliqué avec un aérosol. Sa bouche formait un O quasi parfait, et ses yeux avaient l'apparence de deux grosses soucoupes rouges, comme si son visage s'était figé dans un moment de stupeur.

— Madame Baker ? ai-je dit.

Elle a soulevé le voile.

— Oui ?

— Mon nom est Will Klein. Et voici Katy Miller.

Les yeux-soucoupes ont pivoté vers Katy et se sont figés de nouveau.

— On tombe mal ? ai-je demandé.

Ma question a eu l'air de la surprendre.

— Pas du tout.

— Nous aimerions vous parler, si vous le permettez.

— Katy Miller, a-t-elle répété sans la quitter du regard.

— Oui, madame.

— La sœur de Julie.

Ce n'était pas une interrogation, mais Katy a hoché la tête. Rose Baker a poussé la porte.

— Entrez, je vous prie.

Nous l'avons suivie au salon, où Katy et moi nous sommes arrêtés tout net, éberlués par le spectacle qui s'offrait à nous.

Lady Di.

Elle était partout. La pièce entière était décorée, tapissée, surchargée de souvenirs de la princesse Diana. Il y avait des photos, bien sûr, mais aussi des sets de table, des assiettes commémoratives, des coussins brodés, des lampes, des figurines, des livres, des dés à coudre, des verres irisés (quel chic !), une brosse à dents (beurk !), une veilleuse, des lunettes de soleil, une salière et un poivrier, bref, tout ce que vous voulez. J'ai alors compris que la chanson que j'entendais n'était pas l'original d'Elton John et Bernie Taupin, mais la version plus récente composée en hommage à Lady Di, augmentée d'un adieu à notre « rose anglaise ». J'avais lu quelque part que cette version-là était le single le plus vendu au monde. Voilà qui en disait long, même si je ne tenais pas trop à savoir sur quoi.

Rose Baker a demandé :

— Vous vous souvenez de la mort de la princesse Diana ?

J'ai regardé Katy. Elle aussi. Tous les deux, on a fait oui de la tête.

— Vous vous souvenez comment le monde entier l'a pleurée ?

Elle nous dévisageait. Nous avons acquiescé à nouveau.

— Pour la plupart des gens, le chagrin, le deuil, ce n'était qu'une lubie, qui leur a duré quelques jours, peut-être une semaine ou deux. Puis...

Elle a claqué dans ses doigts tel un magicien, ses yeux-soucoupes plus ronds que jamais.

— ... fini, terminé. Comme si elle n'avait pas existé.

Elle nous a regardés, guettant des signes d'approbation. J'ai réprimé une grimace.

— Mais pour certains d'entre nous, Diana, la princesse de Galles, eh bien, c'était un vrai ange. Trop bonne pour ce bas monde, peut-être. Jamais nous ne l'oublierons. Nous entretenons la flamme.

Elle s'est tamponné l'œil. J'avais sur le bout de la langue une remarque caustique que j'ai ravalée.

— S'il vous plaît, a-t-elle dit. Asseyez-vous. Voulez-vous une tasse de thé ?

Katy et moi avons décliné poliment.

— Un petit gâteau, alors ?

Elle a sorti une assiette de cookies représentant – aïe ! – le profil de Diana. La couronne était en sucre glace. Nous nous sommes défilés – on n'était pas vraiment d'humeur à grignoter la tête de la princesse défunte. J'ai décidé d'aller droit au but.

— Madame Baker, vous vous rappelez Julie, la sœur de Katy ?

— Évidemment.

Elle a reposé l'assiette de cookies.

— Je me souviens de chacune des filles. Frank, mon mari – il enseignait l'anglais ici –, est mort en 1969. Nous n'avions pas d'enfants. J'avais perdu tous mes proches. Cette maison, ces étudiantes, pendant vingt-six ans elles ont été toute ma vie.

— Je vois.

— Et Julie, ma foi, le soir tard, quand je suis dans mon lit, c'est son visage que je revois, plus que les autres. Pas seulement parce qu'elle était quelqu'un de très attachant – et elle l'était, croyez-moi –, mais à cause de ce qui lui est arrivé.

— Vous voulez dire sa mort ?

C'était idiot comme question, mais j'étais encore novice en la matière. Je voulais juste la faire parler.

— Oui.

Rose Baker a pris la main de Katy.

— Quelle tragédie ! Je suis tellement triste pour vous.

— Merci, a dit Katy.

Tragédie, certes, ai-je pensé peu charitablement, mais où donc était l'image de Julie – ou du mari de Rose Baker, de sa famille – dans cette orgie de deuil royal ?

— Madame Baker, vous souvenez-vous d'une autre étudiante nommée Sheila Rogers ?

L'air pincé, elle a répondu brièvement :

— Oui. Oui, tout à fait.

À en juger par sa réaction, elle n'avait pas entendu parler du meurtre. J'ai décidé de ne rien dire. Pas tout de suite. À l'évidence, elle avait un problème avec Sheila, et je voulais savoir lequel. Si je lui apprenais maintenant que Sheila était morte, elle risquait d'enrober ses réponses. Mais avant que je ne continue, Mme Baker a levé la main.

— Je peux vous poser une question ?

— Bien sûr.

— Pourquoi me demandez-vous ça aujourd'hui ?

Elle a regardé Katy.

— C'est arrivé il y a si longtemps.

Katy a pris le relais :

— J'essaie de découvrir la vérité.

— La vérité sur quoi ?

— Ma sœur avait beaucoup changé pendant son séjour ici.

Rose Baker a fermé les yeux.

— Vous n'avez pas besoin de savoir ça, mon petit.

— Si, a affirmé Katy.

Sa voix vibrait d'un désespoir à souffler une fenêtre.

— S'il vous plaît. Il faut qu'on sache.

Rose Baker a gardé les yeux clos encore une ou deux secondes. Puis elle a hoché la tête et les a rouverts. Joignant les mains, elle les a posées sur ses genoux.

— Quel âge avez-vous ?

— Dix-huit ans.

— À peu près l'âge de Julie quand elle est arrivée ici.

Rose Baker a souri.

— Vous lui ressemblez.

— C'est ce qu'on me dit.

— Et c'est un compliment : Julie illuminait une pièce de sa présence. À bien des égards, elle me rappelle Diana. Elles étaient belles toutes les deux. Elles étaient toutes deux à part – presque divines.

Souriante, elle a levé l'index.

— Et aussi incontrôlables l'une que l'autre. D'un entêtement redoutable. Julie était une gentille fille. Généreuse, éveillée. Très brillante dans ses études.

— Et pourtant, ai-je fait remarquer, elle n'est pas allée jusqu'au bout.

— C'est vrai.

— Pourquoi ?

Elle s'est tournée vers moi.

— La princesse Diana a essayé d'être ferme. Mais nul ne peut maîtriser le vent du destin. Il souffle où il veut.

— Je ne vous suis pas très bien, a dit Katy.

Une horloge Lady Di a sonné l'heure, pâle imitation du carillon de Big Ben. Rose Baker a attendu qu'elle s'arrête.

— L'université, vous savez, ça change les gens. On se retrouve seul pour la première fois, loin des siens…

Elle s'est tue, l'air vague, et j'ai cru que j'allais devoir l'aiguillonner.

— Non, je m'exprime mal. Julie allait bien au début, mais peu à peu elle s'est repliée sur elle-même.

273

Elle s'est coupée de nous. Elle manquait les cours. Elle a rompu avec son petit ami. Ça, c'est fréquent, mais surtout en première année. Elle, elle a attendu la troisième année pour le faire. Je croyais, moi, qu'elle l'aimait vraiment.

J'ai dégluti, retenant ma respiration.

— Tout à l'heure, a dit Rose Baker, vous m'avez parlé de Sheila Rogers.

— Oui, a acquiescé Katy.

— Elle a eu une mauvaise influence.

— Comment ça ?

— Quand Sheila est arrivée chez nous cette même année…

Un doigt sous le menton, Rose a penché la tête comme si elle venait juste d'avoir une idée.

— … ma foi, c'était peut-être le vent du destin. Comme ces paparazzi qui ont forcé la limousine de Diana à accélérer. Ou cet horrible chauffeur, Henri Paul. Savez-vous que son taux d'alcoolémie était trois fois supérieur à la limite autorisée ?

— Sheila et Julie sont devenues amies ? ai-je hasardé.

— Oui.

— Elles ont partagé la même chambre, n'est-ce pas ?

— Pendant quelque temps, oui.

Ses yeux se sont embués.

— Je ne veux pas verser dans le mélodrame, mais avec Sheila Rogers, le mal est entré à Chi Gamma. J'aurais dû la faire mettre à la porte. Je m'en rends compte aujourd'hui. Mais je n'avais aucune preuve, à l'époque.

— Qu'est-ce qu'elle a fait ?

Rose Baker a secoué la tête.

J'ai repensé à cette troisième année de fac. Julie était venue me voir à Amherst ; de son côté, elle m'avait dissuadé de lui rendre visite à Haverton, ce qui était un peu étrange. Je me suis rappelé notre dernier rendez-vous. Plutôt que de rester sur le campus, elle avait organisé une escapade dans un bed and breakfast, à Mystic. Sur le coup, j'avais trouvé l'idée romantique. Maintenant, je me posais des questions.

Trois semaines plus tard, elle me téléphonait pour annoncer qu'elle voulait rompre. Avec le recul, je me suis souvenu qu'elle m'avait paru à la fois bizarre et léthargique ce fameux week-end. Nous n'avions passé qu'une seule nuit à Mystic, et même pendant qu'on faisait l'amour j'avais senti qu'elle était loin. Elle avait mis ça sur le compte des études, elle se disait surmenée. Et moi, si j'avais tout gobé, c'était parce que, au fond, je l'avais bien voulu.

À présent, l'un dans l'autre, la situation me semblait très claire. Sheila était arrivée ici tout droit de la rue, à peine sortie de la drogue et des griffes de Louis Castman. Cette vie-là ne s'oublie pas facilement. À mon avis, un peu de cette déchéance lui était resté collé à la peau. Il ne faut pas grand-chose pour empoisonner un puits. Sheila débarque en troisième année, et voilà Julie qui commence à dérailler.

Ça tombait sous le sens.

J'ai essayé une autre tactique.

— Sheila Rogers a-t-elle eu son diplôme ?

— Non, elle a abandonné en cours de route, elle aussi.

— En même temps que Julie ?

— Je ne suis même pas certaine qu'elles aient abandonné officiellement. Julie a simplement cessé d'aller en cours à la fin de l'année. Elle traînait dans sa chambre. Elle dormait jusqu'à midi. Quand je l'ai convoquée...

Sa voix s'est brisée.

— ... elle a déménagé.

— Pour aller où ?

— Elle a pris un appartement à l'extérieur du campus. Avec Sheila.

— Alors, à quel moment exactement Sheila Rogers a-t-elle arrêté la fac ?

Rose Baker a fait mine de réfléchir. Je dis ça parce que visiblement elle connaissait la réponse, mais elle faisait durer le suspense.

— Sheila est partie après la mort de Julie, me semble-t-il.

— Combien de temps après ?

Elle gardait les yeux baissés.

— Je ne me souviens pas de l'avoir revue après le meurtre.

J'ai regardé Katy. Elle aussi avait les yeux rivés au plancher. Rose Baker a porté une main tremblante à sa bouche.

— Savez-vous où Sheila est allée ensuite ?

— Non. Elle était partie. Le reste ne m'intéressait pas.

Elle évitait de nous regarder, et ça m'a troublé.

— Madame Baker ?

Elle m'évitait toujours.

— Madame Baker, que s'est-il passé d'autre ?

— Pourquoi êtes-vous ici ? a-t-elle demandé.

— On vous l'a dit. Nous voulons savoir...

— Oui, mais pourquoi maintenant ?

J'ai échangé un coup d'œil avec Katy. Elle a hoché la tête.

— Hier, Sheila Rogers a été retrouvée morte. Assassinée.

J'ai cru que Rose Baker ne m'avait pas entendu. Elle continuait à fixer une Diana en velours noir, une reproduction effrayante et grotesque. Diana avait les dents bleues et un teint qui semblait tout devoir à un mauvais autobronzant. J'ai repensé à l'absence de photos de famille ou de ses anciennes étudiantes et à ma propre façon de courir après des ombres pour occulter la douleur – peut-être que tout ça faisait partie d'un seul et même processus.

— Madame Baker ?

— Elle a été étranglée, comme les autres ?

— Non.

Je me suis interrompu. J'ai regardé Katy. Elle avait entendu elle aussi.

— Vous avez dit « les autres » ?

— Oui.

— Quels autres ?

— Julie a été étranglée, a-t-elle répondu.

— C'est vrai.

Ses épaules se sont affaissées. Ses rides paraissaient plus marquées, de véritables sillons creusés dans la chair. Notre visite avait libéré les démons qu'elle avait enfouis dans des cartons, ou peut-être cachés sous la panoplie de Lady Di.

— Vous n'êtes pas au courant pour Laura Emerson, n'est-ce pas ?

Katy et moi nous sommes regardés à nouveau.

— Non, ai-je fait.

Les yeux de Rose Baker s'étaient remis à errer sur les murs.

— Vous êtes sûrs que vous ne voulez pas une tasse de thé ?

— S'il vous plaît, madame Baker, qui est Laura Emerson ?

Se levant, elle a clopiné jusqu'à la cheminée. Délicatement, ses doigts ont effleuré un buste en céramique de la princesse.

— Une autre étudiante de notre maison. Laura faisait partie de la promotion qui suivait juste celle de Julie.

— Et que lui est-il arrivé ?

Rose Baker a repéré une saleté sur le buste en céramique, qu'elle a grattée du bout de l'ongle.

— Laura a été découverte non loin de chez elle dans le Dakota du Nord huit mois avant Julie. Étranglée elle aussi.

— A-t-on retrouvé l'assassin ?

— Non, jamais.

J'ai essayé de digérer cette nouvelle information, de la répertorier pour saisir la signification de l'ensemble.

— Madame Baker, est-ce que la police vous a interrogée après le meurtre de Julie ?

— La police, non.

— Qui, alors ?

— Deux hommes du FBI.

— Vous vous rappelez leurs noms ?

— Non.

— Ils vous ont parlé de Laura Emerson ?

— Non. Mais je leur ai dit quand même.

— Vous avez dit quoi ?

— Qu'une autre jeune fille avait été étranglée.

— Et comment ont-ils réagi ?

— Ils m'ont conseillé de garder ça pour moi. Comme quoi, le fait de le divulguer pouvait compromettre leur enquête.

Trop vite, ai-je pensé. Ça allait beaucoup trop vite pour moi. Je n'arrivais plus à gérer. Trois jeunes femmes étaient mortes. Trois étudiantes appartenant à la même maison. Ce n'était pas un hasard. Et ça voulait dire que le meurtre de Julie n'avait rien d'un crime isolé, ainsi que le FBI l'avait fait croire… à nous et au reste du monde.

Le pire, c'est que le FBI était au courant. Et qu'ils nous avaient menti pendant toutes ces années.

Restait à savoir pourquoi.

34

JE FUMAIS LITTÉRALEMENT. J'étais prêt à foncer chez Pistillo. J'allais faire irruption dans son bureau, l'attraper par la peau du cou et exiger des explications. Oui, mais dans la vie réelle, les choses ne se passent pas comme ça. La Route 95 était pleine de chicanes, en raison de nombreux travaux. La voie express qui traversait le Bronx était complètement bouchée. Dans Harlem River Drive, on avançait à une allure d'escargot. Je zigzaguais entre les voitures, la main sur le Klaxon, ce qui, à New York, ne change guère de l'ordinaire.

Katy s'est servie de son téléphone mobile pour appeler Ronnie, un ami à elle qui était un crack en informatique. Ronnie a cherché Laura Emerson sur Internet, confirmant en gros ce que nous savions déjà. Elle avait été étranglée huit mois avant Julie. Son corps avait été retrouvé dans un motel à Fessenden, dans le Dakota du Nord. Le meurtre avait été largement couvert par la presse locale, avant de tomber aux oubliettes. Il n'y avait aucune mention d'agression sexuelle.

J'ai donné un brusque coup de volant à droite et, après avoir grillé un feu rouge, j'ai été me garer dans le parking Kinney près de Federal Plaza. Nous nous sommes hâtés vers le bâtiment. J'avais la tête haute et des fourmis dans les jambes, mais hélas ! il y avait un contrôle de sécurité. On a dû passer sous un portail électronique. Mes clés ont déclenché la sonnerie. J'ai vidé mes poches. Le coup suivant, ç'a été ma ceinture. Le vigile a promené sur ma personne une baguette semblable à un vibromasseur. Nous pouvions entrer.

Arrivé devant le bureau de Pistillo, j'ai pris ma voix la plus autoritaire pour réclamer un entretien. Nullement impressionnée, la secrétaire m'a souri avec la sincérité d'une épouse d'homme politique et, affable, nous a priés de nous asseoir. Katy m'a regardé et a haussé les épaules. J'ai refusé de prendre un siège. Je faisais les cent pas comme un lion en cage, mais ma fureur commençait à retomber.

Un quart d'heure plus tard, la secrétaire nous a annoncé que le directeur adjoint Joseph Pistillo allait nous recevoir. Elle a ouvert la porte. Je me suis rué dans le bureau.

Pistillo était déjà debout et sur le qui-vive. D'un geste, il a désigné Katy.

— Qui est-ce ?

— Katy Miller.

Il a eu l'air stupéfait.

— Que faites-vous avec lui ? a-t-il demandé à Katy.

Je n'avais pas l'intention de me laisser distraire.

— Pourquoi n'avez-vous jamais dit un mot sur Laura Emerson ?

Il s'est tourné vers moi.

— Qui ça ?

— Ne m'insultez pas, Pistillo.

Il a attendu une fraction de seconde avant de parler.

— Et si on s'asseyait, tous ?

— Répondez à ma question.

Il s'est posé sur son fauteuil sans me quitter des yeux. La surface de son bureau avait un aspect luisant et collant. Une odeur citronnée de dépoussiérant flottait dans l'air. Un sac de sport était rangé dans un coin de la pièce, à droite.

— Vous n'êtes pas en position d'exiger quoi que ce soit.

— Laura Emerson a été étranglée huit mois avant Julie.

— Et alors ?

— Elles appartenaient au même club d'étudiantes.

Pistillo a joint le bout de ses doigts. Au jeu de la patience, il se révélait plus fort que moi.

— Vous allez me dire que vous n'étiez pas au courant ? ai-je demandé.

— Si, j'étais au courant.

— Mais vous ne voyez pas le rapport ?

— C'est exact.

Il me répondait sans broncher. Ça, c'était une question d'entraînement.

— Vous n'êtes pas sérieux, quand même !

Son regard a fait le tour de la pièce. Il n'y avait pas grand-chose à voir. Une photo du président Bush, le drapeau américain et quelques diplômes. C'était à peu près tout.

— Nous avons examiné l'affaire, à l'époque. La presse locale s'y est intéressée aussi. Il y a sans doute eu des articles, je ne me souviens plus trop. Mais pour finir, personne n'a pu établir de véritable lien.

— Vous plaisantez, j'espère.

— Laura Emerson a été étranglée dans un autre État, à un autre moment. Il n'y avait aucune trace de viol ni d'agression sexuelle. Elle a été trouvée dans un motel. Julie…

Il s'est tourné vers Katy.

— ... votre sœur a été découverte chez elle.

— Et le fait qu'elles appartenaient à la même maison ?

— Une coïncidence.

— Vous mentez.

Il n'a pas apprécié. Son visage s'est empourpré légèrement.

— Attention, a-t-il riposté, pointant un doigt épais dans ma direction, ici on ne vous demande pas votre avis.

— Vous êtes en train de nous dire que vous n'avez vu aucun lien entre ces meurtres ?

— Tout à fait.

— Et aujourd'hui, Pistillo ?

— Quoi, aujourd'hui ?

Je recommençais à bouillir.

— Sheila Rogers a fait partie du même club d'étudiantes. Là aussi, c'est une coïncidence ?

Ça lui a coupé le sifflet. Il s'est renversé dans son fauteuil, cherchant à prendre de la distance. Était-ce parce qu'il ne le savait pas ou parce qu'il ne s'attendait pas que je le découvre ?

— Je ne vais pas m'entretenir avec vous d'une enquête en cours.

— Vous le saviez, ai-je dit lentement. Et vous saviez que mon frère était innocent.

Il a secoué la tête, ce qui ne voulait pas dire grand-chose.

— Je ne savais... ou plutôt, je ne sais rien de tel.

Je ne l'ai pas cru. Il mentait depuis le début. J'en avais l'intime conviction. Il s'est raidi comme pour affronter un nouvel éclat. Or, à ma surprise, ma voix s'est subitement radoucie.

— Vous vous rendez compte de ce que vous avez fait ? ai-je demandé en chuchotant presque. Les conséquences pour notre famille. Mon père, ma mère… ?

— Ceci ne vous concerne pas, Will.

— Un peu, que ça me concerne, bordel !

— S'il vous plaît. Tous les deux, restez en dehors de ça.

Je l'ai toisé.

— Non.

— C'est pour vous que je dis ça. Vous n'allez pas me croire, mais j'essaie de vous protéger.

— De quoi ?

Il n'a pas répondu.

— De quoi ? ai-je répété.

Il a frappé les bras de son fauteuil et s'est levé.

— Cette conversation est terminée.

— Qu'est-ce que vous lui voulez, à mon frère, Pistillo ?

— Je ne ferai pas d'autres commentaires sur une enquête en cours.

Il s'est dirigé vers la porte. J'ai tenté de lui barrer le passage. Il m'a lancé son regard le plus noir avant de me contourner.

— Ne vous mêlez pas de mon enquête ou je vous ferai arrêter pour obstruction.

— Pourquoi cherchez-vous à le piéger ?

Pistillo a pivoté, quelque chose avait changé dans son attitude. Il avait redressé les épaules. Ou peut-être était-ce cette lueur fugace dans ses yeux.

— Vous voulez jouer au jeu de la vérité, Will ?

Je n'ai pas aimé ce changement de ton. Tout à coup, je n'étais plus très sûr de moi.

— Oui.

— Dans ce cas, a-t-il dit lentement, commençons par vous.

— Qu'est-ce que j'ai ?

— Vous avez toujours été convaincu de l'innocence de votre frère, a-t-il poursuivi, plus belliqueux à présent. Comment ça se fait ?

— Parce que je le connais.

— Ah oui ? Vous étiez proches comment, Ken et vous, vers la fin ?

— On a toujours été proches.

— Vous le voyiez souvent, hein ?

Je me suis dandiné d'un pied sur l'autre.

— On n'est pas obligé de voir quelqu'un tout le temps pour être proche de lui.

— Allons bon. Dites-nous donc, Will : qui, d'après vous, a tué Julie Miller ?

— Je ne sais pas.

— Eh bien, examinons les faits tels que vous vous les représentez.

Pistillo s'est approché. Subitement, ce n'était plus moi qui menais le jeu. Il avait repris du poil de la bête, sans que je sache pourquoi. Il s'est planté devant moi, tout près, commençant à envahir mon espace.

— Votre cher frère, celui dont vous étiez si proche, a couché avec votre ancienne petite amie le soir du meurtre. C'est bien ça votre hypothèse, Will ?

J'ai dû me trémousser involontairement.

— Oui.

— Votre ex-copine avec votre frère.

Il a claqué de la langue en signe de réprobation.

— Vous avez dû être fou de rage.

— Qu'est-ce que vous me chantez, là ?

— La vérité, Will. On veut la vérité, non ? Eh bien, jouons cartes sur table.

Il m'observait calmement, sans ciller.

— Votre frère rentre à la maison pour la première fois depuis, mettons, deux ans. Et que fait-il ? Il traverse la rue pour aller coucher avec la fille que vous aimiez.

— Nous avions rompu.

Même moi, j'ai entendu l'incertitude plaintive dans ma voix.

Il a eu un rictus.

— Mais oui, ça finit toujours mal, ces choses-là, hein ? Du coup, elle était libre comme l'air – surtout pour le frère chéri.

Pistillo ne me quittait pas des yeux.

— Vous prétendez avoir vu quelqu'un ce soir-là. Un mystérieux inconnu qui traînait du côté de chez les Miller.

— C'est vrai.

— Dans quelle mesure l'avez-vous vu ?

— Que voulez-vous dire par là ? ai-je demandé.

Mais je le savais déjà.

— Vous avez affirmé avoir aperçu quelqu'un devant chez les Miller, n'est-ce pas ?

— Oui.

Souriant, Pistillo a écarté les mains.

— Seulement, vous ne nous avez jamais expliqué ce que *vous* faisiez là-bas, Will.

Il avait pris un ton nonchalant, presque chantant.

— Oui, vous, Will. Devant chez les Miller. Seul. Tard le soir. Avec votre frère et votre ex ensemble à l'intérieur…

Katy s'est tournée vers moi.

— J'étais sorti faire un tour, ai-je répondu rapidement.

Pistillo, qui arpentait la pièce, a poussé son avantage.

— Mais oui, c'est ça, voyons un peu si on a bien compris. Votre frère est en train de faire l'amour avec la fille que vous aimez toujours. Vous passez par là.

Plus tard, on la retrouve morte. On trouve aussi du sang de votre frère sur les lieux. Et vous, Will, vous *savez* que votre frère n'est pas coupable.

Il s'est arrêté et m'a souri à nouveau.

— Si vous étiez à la place de l'enquêteur, qui soupçonneriez-vous ?

Un énorme bloc de pierre m'écrasait la poitrine. J'étais incapable de parler.

— Si vous suggérez…

— Je vous suggère de rentrer chez vous, a tranché Pistillo. C'est tout. Rentrez chez vous tous les deux et, bon sang de bois, restez en dehors de cette histoire !

35

PISTILLO A PROPOSÉ À KATY de la faire raccompagner chez elle. Elle a décliné, disant qu'elle préférait être chez moi. Ça ne lui a pas plu, mais que pouvait-il y faire ?

Nous sommes revenus à l'appartement en silence. Là, je lui ai montré mon impressionnante collection de menus à emporter. Elle a choisi chinois. Je suis descendu chercher la commande. Nous avons étalé les boîtes blanches sur la table. J'ai pris ma place habituelle. Katy s'est installée à la place de Sheila. En un éclair, j'ai revu nos repas chinois avec Sheila – les cheveux attachés derrière, tout juste sortie de la douche, sentant bon, drapée dans le peignoir éponge, les taches de rousseur sur sa poitrine...

C'est bizarre, les détails dont on se souvient.

La douleur a déferlé sur moi telle une lame de fond. Dès que j'arrêtais de bouger, elle venait me frapper de plein fouet. Ça use, la douleur. Si on n'y prend pas garde, ça vous pompe jusqu'à l'épuisement.

J'ai mis un peu de riz sauté dans mon assiette et j'y ai rajouté une cuillerée de sauce au homard.

— Tu es sûre de vouloir rester dormir ici ce soir ?

Katy a hoché la tête.

— Je te laisserai la chambre.

— Je préfère le canapé.

— Sûr ?

— Absolument.

Nous avons fait mine de manger.

— Je n'ai pas tué Julie, ai-je dit.

— Je sais.

On a continué à jouer avec le contenu de nos assiettes.

— Qu'est-ce que tu faisais là-bas ce soir-là ? a-t-elle demandé.

J'ai essayé de sourire.

— Tu ne crois pas à mon histoire de promenade nocturne ?

— Non.

J'ai reposé les baguettes comme si je craignais de les casser. Comment l'expliquer à la sœur de la femme que j'avais aimée jadis, assise à la place de la femme que j'avais failli épouser ? Assassinées toutes deux. Et toutes deux liées à moi. J'ai levé les yeux.

— Je pense que dans ma tête je n'avais pas encore complètement rompu avec Julie.

— Tu voulais la voir ?

— Oui.

— Et ?

— J'ai sonné à la porte… Personne n'a répondu.

Les yeux fixés sur son assiette, Katy a réfléchi un moment. Puis a lancé, d'un ton qui se voulait désinvolte :

— Tu avais choisi un drôle de moment.

J'ai repris les baguettes.

— Will ?

Je gardais la tête baissée.

— Tu savais, toi, pourquoi ton frère était là ?

J'étais occupé à déplacer la nourriture dans mon assiette. Elle me regardait. J'ai entendu le voisin ouvrir et refermer sa porte. Dehors, on a klaxonné. Quelqu'un dans la rue a crié, dans une langue qui ressemblait à du russe.

— Tu savais, a constaté Katy. Tu savais que Ken était chez nous. Avec Julie.

— Je n'ai pas tué ta sœur.

— Qu'est-ce qui s'est passé, Will ?

J'ai croisé les bras. Me renversant sur ma chaise, j'ai fermé les yeux et penché la tête en arrière. Je n'avais pas envie de retourner là-bas, mais avais-je le choix ? Katy avait le droit de savoir.

— Ç'a été un week-end très bizarre. Ma rupture avec Julie remontait à plus d'un an. Je ne l'avais pas revue depuis. J'essayais de la croiser pendant les vacances scolaires, mais apparemment elle n'était jamais là.

— Elle est restée très longtemps sans rentrer à la maison.

J'ai hoché la tête.

— Ken, c'est pareil. C'est ça qui était bizarre : voilà que soudain on se retrouvait tous les trois à Livingston. Au même moment. Je ne me souviens même plus de la dernière fois où ça nous était arrivé. Ken aussi était bizarre. Il passait son temps à regarder par la fenêtre. Il refusait de sortir. Il manigançait quelque chose, c'était clair, mais je ne savais pas quoi. Enfin, bref, il m'a demandé si j'étais toujours accro à Julie. Je lui ai dit que non. Qu'elle et moi, c'était de l'histoire ancienne.

— Tu lui as menti.

— C'était comme…

Je me suis creusé la cervelle pour essayer de lui expliquer.

— Mon frère était comme un dieu pour moi. Il était fort, courageux et…

J'ai secoué la tête. Non, ce n'était pas ça.

— Quand j'avais seize ans, nos parents nous ont emmenés en Espagne. Sur la Costa del Sol. Là-bas, c'était la fête non stop. Ken et moi, on était constamment fourrés dans une discothèque à côté de notre hôtel. Le quatrième soir, il y a un gars qui m'a bousculé sur la piste de danse. Je l'ai regardé. Il a ri. Je me suis remis à danser. Puis un autre gars m'a bousculé. J'ai essayé de l'ignorer, lui aussi. Du coup, le premier, il s'est précipité sur moi et m'a carrément poussé.

Je me suis interrompu, clignant des yeux comme pour chasser une poussière.

— Tu sais ce que j'ai fait ?

Elle a secoué la tête.

— J'ai hurlé pour appeler Ken à la rescousse. Je ne me suis pas relevé. Je n'ai pas repoussé l'autre mec. J'ai appelé mon grand frère et je suis allé me planquer.

— Tu as eu peur.

— Comme toujours.

— C'est naturel.

— Je ne crois pas.

— Et il est venu ? a-t-elle demandé.

— Bien sûr.

— Et ?

— Il y a eu une bagarre. Ils étaient tout un groupe de Scandinaves. Ken s'est fait démolir.

— Et toi ?

— Je n'ai pas donné un seul coup. J'étais derrière, je tentais de les raisonner.

Le rouge de la honte m'est monté aux joues. Mon frère, qui avait connu plus que son lot de bagarres, avait raison. Les coups, ça fait mal pendant quelque temps. Mais la honte d'avoir été lâche, ça ne s'en va pas.

— Ken s'est cassé le bras dans l'échauffourée. Son bras droit. C'était un joueur de tennis hors pair. Il était classé au niveau national. Stanford était prêt à le prendre. Après, son service n'a plus jamais été le même. Et pour finir, il n'est pas allé à l'université.

— Tu n'y es pour rien.

Faux, Katy, archifaux.

— Vois-tu, Ken a toujours pris ma défense. Évidemment, il nous arrivait de nous battre entre frères. Il me vannait impitoyablement. Mais il se serait dressé face à un train de marchandises pour me protéger. Et moi, je n'ai jamais eu le courage de lui rendre la pareille.

Katy a posé sa main sous son menton.

— Quoi ? ai-je dit.

— Rien. C'est curieux, voilà tout.

— Qu'est-ce qui est curieux ?

— Que ton frère ait été suffisamment insensible pour coucher avec Julie.

— Ce n'était pas sa faute. Il m'avait demandé si c'était fini. Je lui ai dit que oui.

— Tu lui as donné le feu vert.

— Oui.

— Et ensuite, tu l'as suivi.

— Tu ne comprends pas…

— Si, a répondu Katy. On a tous fait des choses de ce style.

36

J'AVAIS SOMBRÉ DANS UN SOMMEIL si profond que je ne l'ai pas entendu venir.

J'avais sorti des draps propres et des couvertures pour Katy et, après m'être assuré qu'elle était bien installée sur le canapé, j'ai pris une douche et essayé de lire. Les mots dansaient devant mes yeux. Je revenais sans cesse en arrière pour relire, encore et encore, le même paragraphe. Je me suis branché sur Internet. J'ai fait quelques pompes, des abdos, des étirements que Carrex m'avait montrés. Aucune envie de me coucher. Je ne voulais pas m'arrêter, de peur que la douleur me surprenne à nouveau.

J'ai résisté vaillamment, mais finalement le sommeil a réussi à me terrasser. J'étais en train de tomber dans un gouffre sans fond quand j'ai senti qu'on me tirait par la main et j'ai entendu un déclic. Toujours endormi, j'ai voulu ramener ma main près de moi ; elle n'a pas bougé.

Un objet métallique m'entamait le poignet.

Mes yeux papillotaient quand il m'a sauté dessus. Il a atterri sur ma poitrine, vidant l'air de mes poumons. J'ai pantelé tandis que l'intrus s'asseyait sur moi à califourchon. Ses genoux bloquaient mes épaules. Avant même que je songe à me débattre, mon agresseur a saisi ma main libre et l'a levée au-dessus de ma tête. Cette fois, je n'ai pas entendu le déclic, mais j'ai senti le contact du métal froid sur ma peau.

Mes deux mains étaient menottées aux barreaux du lit.

Mon sang s'est glacé. L'espace d'un éclair, j'ai simplement déconnecté, comme ça m'était toujours arrivé au cours des altercations physiques. J'ai ouvert la bouche, pour crier ou du moins dire quelque chose. L'autre m'a soulevé par les cheveux et, sans un instant d'hésitation, a arraché un bout de ruban isolant pour me couvrir la bouche. Là-dessus, pour faire bonne mesure, il s'est mis à enrouler le ruban autour de ma tête – dix ou peut-être quinze fois –, comme s'il voulait me transformer en momie.

Impossible de parler ou de crier. Respirer était un supplice : j'étais obligé d'inspirer par mon nez, qui était cassé, et ça faisait un mal de chien. Les menottes et le poids de mon corps exerçaient une traction douloureuse sur mes épaules. J'ai lutté, ce qui était parfaitement vain. J'ai essayé de ruer pour me débarrasser de lui. Peine perdue. J'aurais voulu lui demander ce qu'il cherchait, ce qu'il avait l'intention de faire, maintenant que j'étais à sa merci.

C'est à cet instant que j'ai pensé à Katy, seule dans l'autre pièce.

La chambre étant plongée dans le noir, mon agresseur n'était guère plus qu'une ombre. Il portait une espèce de masque, assez foncé, je n'en distinguais pas davantage. J'ai reniflé à travers la douleur.

Quand il a eu fini de me bâillonner, il a hésité juste une fraction de seconde avant de sauter du lit. Sous mon regard horrifié, il est allé vers la porte pour passer dans la pièce d'à côté. Et il a fermé derrière lui.

Les yeux exorbités, j'ai essayé de hurler, mais isolant étouffait tous les sons. J'ai rué comme un cheval sauvage. J'ai donné des coups de pied. En vain.

Alors je me suis arrêté et j'ai tendu l'oreille. Pendant un moment, il n'y a rien eu. Rien que le silence.

Puis Katy a crié.

Oh, nom de Dieu ! Je me suis remis à ruer. Le cri avait été bref, coupé au milieu, comme si on avait pressé un interrupteur. J'ai été saisi de panique. Une panique folle, aveugle. J'ai tiré avec force sur les menottes. J'ai remué la tête. Rien.

Katy a poussé un autre cri.

Plus faible, celui-là – une plainte d'animal blessé. Personne n'entendait, et même si quelqu'un l'entendait nul ne réagirait. Pas à New York. Pas en pleine nuit. D'ailleurs, à supposer qu'un tiers veuille intervenir ou qu'il appelle la police, il serait de toute façon trop tard.

Alors j'ai pété un plomb.

Ma raison a comme volé en éclats. Je suis devenu fou. Je me suis débattu, pris d'une sorte de crise de convulsions. Mon nez me faisait horriblement mal. Mais j'avais beau me démener, ça ne changeait rien.

Oh, mon Dieu. Bon, d'accord, calme-toi. Tranquille. Réfléchis une seconde.

J'ai tourné la tête vers la menotte droite. Elle n'avait pas l'air si serrée que ça. Il y avait du jeu là-dedans. Peut-être qu'en y allant tout doucement j'arriverais à dégager la main. Voilà, c'est ça, calme-toi. Essaie de replier ta main, de la faire passer au travers.

J'ai essayé. J'ai essayé de plier la main. J'ai arrondi la paume en pressant le pouce contre le petit doigt. Et j'ai tiré, lentement d'abord, puis plus fort. Rien à faire. La peau s'est plissée à l'intérieur de l'anneau

métallique, avant de se déchirer. Ça m'était égal. J
continué à tirer.

Échec complet.

À côté, tout était redevenu silencieux.

J'ai dressé l'oreille, guettant le moindre bruit. Rien.
Je n'entendais rien. Je me suis enroulé sur moi-
même pour tenter de me soulever du lit. Et, qui sait,
de soulever le lit en même temps. Juste deux ou trois
centimètres. Peut-être qu'il casserait en retombant. J'ai
poussé sur mes pieds. Le lit, en effet, s'est déplacé de
quelques centimètres. Mais c'était tout.

J'étais pris au piège.

Katy a hurlé une nouvelle fois. Et, d'une voix
affolée, elle a appelé :

— John…

Avant qu'on ne la fasse taire.

John. Elle avait dit « John ».

Asselta ?

Le Spectre…

Oh, bon Dieu, non ! J'ai distingué des sons étouffés,
des voix. Un gémissement peut-être. Comme amorti
par un oreiller. Mon cœur battait follement dans ma
poitrine. La peur m'assaillait de partout. J'ai remué
la tête de gauche à droite, cherchant une solution,
n'importe laquelle.

Le téléphone.

Est-ce que… ? Mes jambes étaient libres. Si
j'arrivais à attraper le téléphone avec les pieds, à le
faire tomber dans ma main, de là je pourrais peut-être
composer le 911 ou bien le 0. J'ai contracté mes abdo-
minaux et, levant les jambes, je les ai basculées sur
la droite. Mais comme j'étais encore passablement
hystérique, j'ai perdu le contrôle de mon corps et, en
tentant de retrouver l'équilibre, j'ai heurté le téléphone
du pied.

Le combiné a dégringolé par terre.

Merde.

Et maintenant ? J'ai senti que je décrochais, que je lâchais totalement prise. J'ai pensé à ces animaux pris au piège qui se tranchent un membre pour pouvoir s'échapper. Je me suis débattu avec frénésie. Épuisé, j'étais sur le point d'abandonner quand je me suis rappelé quelque chose que Carrex m'avait appris.

La charrue.

C'était le nom de la posture. En hindi : Halāsana. Allongé sur le dos, on lève les jambes et on les ramène derrière la tête. Normalement, les orteils doivent toucher le sol. J'ignorais si je pouvais aller jusque-là, mais ça n'avait pas d'importance. J'ai rentré l'estomac et, de toutes mes forces, projeté mes jambes en arrière. Mes pieds ont heurté le mur avec un bruit mat. Le menton dans la poitrine, j'avais encore plus de mal à respirer.

J'ai poussé sur le mur avec les jambes. Ç'a déclenché une montée d'adrénaline. Le lit s'est écarté du mur. J'ai poussé à nouveau. Cette fois, j'avais suffisamment de place. Bon, très bien. Le plus dur était à venir. Si les menottes étaient trop serrées, si elles empêchaient mes poignets de tourner, soit je n'allais pas y arriver, soit j'allais me déboîter les épaules. Mais tant pis.

Silence, un silence de mort dans l'autre pièce.

J'ai abaissé les jambes. En fait, j'entamais un saut périlleux arrière. Le poids de mes jambes m'a donné de l'élan et – coup de chance – mes poignets ont tourné dans les menottes. Mes pieds ont atterri lourdement. Et j'ai suivi, m'écorchant les cuisses et le ventre sur la tête du lit.

J'étais debout, debout derrière le lit.

Mes mains étaient toujours menottées. Ma bouc.
bâillonnée. Mais j'étais debout. Nouvelle pouss.
d'adrénaline.

Bon, et après ?

Pas le temps. J'ai plié les genoux. L'épaule contre la tête du lit, j'ai propulsé celui-ci vers la porte comme je l'aurais fait d'un traîneau. Mes jambes effectuaient un mouvement de piston. Je n'ai pas eu un instant d'hésitation. Je n'ai pas ralenti.

Le lit s'est écrasé contre la porte.

La collision a été brutale. J'en ai ressenti le contre-coup à l'épaule, aux bras, dans la colonne. Quelque chose a claqué, et une douleur aiguë a irradié dans l'articulation. J'ai reculé et cogné une deuxième fois contre la porte. Puis une troisième. Le ruban isolant a fait que j'ai été le seul à entendre mon hurlement. La troisième fois, j'ai tiré d'un coup sec sur les deux menottes au moment précis où le lit entrait en contact avec le mur.

Les barreaux ont cédé.

J'étais libre.

J'ai repoussé le lit de la porte. J'ai essayé de retirer le ruban, mais c'était trop long. J'ai ouvert la porte et je me suis élancé dans l'obscurité.

Katy était par terre.

Les yeux fermés. Molle comme une poupée de chiffon. Assis à califourchon sur sa poitrine, l'homme avait les mains sur sa gorge.

Il était en train de l'étrangler.

Sans réfléchir, je me suis jeté tête la première sur lui. J'ai eu l'impression que ça me prenait un temps fou, comme si j'évoluais dans du sirop. Il m'a vu arriver, ce qui lui a permis de se préparer, mais ça l'a aussi obligé à lâcher prise. Se retournant, il m'a fait face. De lui, je distinguais seulement une silhouette noire. Il m'a saisi par les épaules et, m'enfonçant un pied dans l'estomac, il s'est servi de mon propre élan pour rouler en arrière.

J'ai voltigé à travers la pièce. Mes bras battaient l'air. Mais une fois de plus, j'ai eu de la chance. Enfin, c'est ce que j'ai cru. J'ai atterri sur le fauteuil de bureau. Il a vacillé un instant puis s'est renversé sous mon poids. Ma tête a heurté la petite table avant de rebondir sur le sol.

Luttant contre l'étourdissement, j'ai tenté de me remettre à genoux. Mais quand j'ai voulu me relever pour un nouvel assaut, mon sang n'a fait qu'un tour.

L'agresseur en noir était debout lui aussi. Il avait un couteau à la main. Et il se dirigeait vers Katy.

Le temps a paru se figer. La suite n'a dû prendre qu'une ou deux secondes, mais dans mon esprit tout se passait dans un autre espace-temps. C'est ça, la relativité. Certains moments s'envolent, d'autres durent indéfiniment.

J'étais trop loin de lui. J'en étais conscient, même assommé, même après m'être cogné la tête sur la table…

La table.

Où j'avais posé le pistolet de Carrex.

Avais-je le temps de l'attraper et de tirer ? Mes yeux ne quittaient pas Katy et son agresseur. Non, je n'aurais pas le temps. C'était clair.

L'homme s'est penché vers Katy et l'a empoignée par les cheveux.

Avant de m'emparer de l'arme, j'ai trituré le ruban autour de ma bouche. Il s'est desserré suffisamment pour que je puisse crier :

— Pas un geste ou je tire !

Il a tourné la tête dans l'obscurité. Je rampais par terre comme un membre de commando. Voyant que je n'étais pas armé, il a entrepris d'achever ce qu'il avait commencé. Ma main a trouvé le pistolet. Pas le temps de viser. J'ai pressé la détente.

L'homme a été surpris par le bruit.

J'en ai profité pour me retourner et tirer à nouveau. Il a fait une culbute en arrière comme un gymnaste. On le distinguait toujours à peine : une ombre, pas plus. J'ai pointé le canon sur la forme noire sans cesser de tirer. Combien y avait-il de balles là-dedans ? Combien en avais-je utilisé ?

Il a reculé brusquement. Était-il touché ?

L'homme a bondi vers la porte. Je lui ai hurlé de s'arrêter. Il ne l'a pas fait. J'ai pensé lui tirer dans le dos, mais quelque chose, un reste d'humanité peut-être, m'en a empêché. Il était déjà dehors. Et j'avais d'autres soucis, infiniment plus graves.

J'ai regardé Katy : elle ne bougeait pas.

37

UN AUTRE OFFICIER DE POLICE – le cinquième, d'après mes calculs – est venu prendre ma déposition.

— Je veux d'abord savoir comment elle va, ai-je déclaré.

Le médecin avait cessé de s'occuper de moi. Au cinéma, le médecin défend toujours son patient. Il dit au flic qu'il ne peut pas l'interroger là, tout de suite, que le patient a besoin de repos. Mon interne au service des urgences, un Pakistanais, je pense, n'a pas eu ce genre de scrupules. Au moment où il m'a remis l'épaule, ils commençaient à me cuisiner. Il a versé de l'iode sur mes plaies aux poignets, il m'a tripoté le nez puis il a sorti une scie à métaux – ce que faisait une scie à métaux dans un hôpital, j'aimais mieux ne pas le savoir – et a découpé les menottes pendant que je me faisais cuisiner. J'étais toujours en boxer-short et veste de pyjama. À l'hôpital, on avait glissé mes pieds nus dans des chaussons en papier.

— Répondez à ma question, a ordonné le flic.

Ça durait depuis deux heures déjà. L'adrénaline était retombée, et tous mes os me faisaient mal. J'avais eu ma dose.

— Allez, c'est bon, j'avoue, ai-je dit. Pour commencer, je me suis mis les menottes. Ensuite j'ai cassé quelques meubles, j'ai tiré dans les murs, je l'ai

à moitié étranglée dans mon propre appartement, e
finalement j'ai appelé la police. J'avoue tout.

— Ç'aurait très bien pu se passer comme ça, a
observé l'homme.

Il était grand, avec une moustache lustrée qui me
faisait penser à une enseigne de barbier. Il m'avait
donné son nom, mais j'avais cessé de m'y intéresser
trois flics plus tôt.

— Je vous demande pardon ?

— Une ruse peut-être.

— Je me suis déboîté l'épaule, coupé les poignets
et j'ai cassé mon lit pour détourner les soupçons ?

Il a haussé les sourcils avec cet air désabusé propre
à tous ses semblables.

— J'ai eu un gars, une fois, il s'est coupé la bite
pour qu'on ne sache pas qu'il avait tué sa nana. Soi-
disant qu'ils avaient été agressés par une bande de
Noirs. En fait, il avait l'intention de se faire juste une
petite entaille, mais pour finir il l'a sectionnée de bout
en bout.

— Super, comme histoire.

— Ça pourrait être le cas ici.

— Mon pénis va bien, je vous remercie.

— Vous parlez d'un individu qui serait entré par
effraction… Les voisins ont entendu les coups de feu.

— Oui.

Il m'a toisé d'un œil sceptique.

— Comment se fait-il alors qu'aucun de vos
voisins ne l'ait vu sortir ?

— Parce que – je sais, ça peut paraître insensé – il
était deux heures du matin.

J'étais toujours assis sur la table d'examen, les
jambes pendant dans le vide. Elles commençaient à
s'ankyloser à partir des genoux. J'ai sauté à terre.

— Et vous allez où comme ça ? s'est enquis le flic.

— Voir Katy.

— Ça m'étonnerait.

Sa moustache a tressailli.

— Ses parents sont auprès d'elle.

Il me scrutait pour voir ma réaction. J'ai essayé de ne rien laisser transparaître.

— Son père ne vous porte pas dans son cœur.

— Je me demande bien pourquoi.

— Il pense que c'est vous qui avez fait ça.

— Dans quel but ?

— Vous voulez parler du mobile ?

— Non, je veux parler du but, de l'intention. Croyez-vous que j'aie tenté de la tuer ?

Il a croisé les bras.

— Ça me semble plausible.

— Alors, pourquoi vous aurais-je appelés pendant qu'elle était encore en vie ? C'est la ruse que j'ai employée, n'est-ce pas ? Pourquoi ne l'ai-je pas achevée ?

— Étrangler quelqu'un n'est pas si facile. Vous avez peut-être cru qu'elle était morte.

— Vous vous rendez compte, bien sûr, à quel point ç'a l'air idiot ?

Derrière lui, la porte s'est ouverte, et Pistillo est entré. Son regard était noir comme la nuit. Fermant les yeux, je me suis massé l'arête du nez avec le pouce et l'index. Il était flanqué d'un flic, l'un de ceux qui m'avaient interrogé tantôt. Le flic a fait signe à son collègue moustachu. Lequel, apparemment agacé par cette intrusion, l'a suivi dehors. Je me suis retrouvé seul avec Pistillo.

D'abord, il n'a rien dit. Il a fait le tour de la pièce, examinant le bocal avec des boules de coton, les abaisse-langue, la poubelle pour déchets dangereux. Normalement, une salle d'hôpital sent l'antiseptique ;

celle-ci puait l'eau de toilette, du genre qu'utilisent l[...]
stewards dans les avions. J'ignorais si ça venait d'u[...]
toubib ou d'un des flics, mais j'ai vu Pistillo froncer l[...]
nez de dégoût. Moi, je m'y étais déjà habitué.

— Racontez-moi ce qui s'est passé, a-t-il déclaré.

— Vos amis de la police, ils ne vous ont pas mis au
courant ?

— Je leur ai dit que je voulais l'entendre de votre
bouche. Avant qu'ils ne vous collent au trou.

— Je veux savoir comment va Katy.

Il a soupesé ma requête une seconde ou deux.

— Elle aura mal au cou et aux cordes vocales, mais
autrement ça va bien.

J'ai fermé les yeux, donnant libre cours à mon
soulagement.

— Je vous écoute, a repris Pistillo.

Je lui ai fait le récit des événements. Il n'a pas pipé
jusqu'à ce que j'en arrive au moment où Katy avait
crié : « John ! »

— Ce John, vous savez qui c'est ?

— Peut-être.

— Dites-moi.

— Un type que j'ai connu quand j'étais gamin. Il
s'appelle John Asselta.

Pistillo tirait une drôle de tête.

— Pourquoi, vous le connaissez ?

Il n'a pas relevé ma question.

— Qu'est-ce qui vous fait croire qu'il s'agissait
d'Asselta ?

— C'est lui qui m'a cassé le nez.

Je lui ai raconté ma rencontre avec le Spectre. Ça
n'a pas eu l'air de le réjouir.

— Asselta cherchait votre frère ?

— C'est ce qu'il a dit.

Son visage s'est empourpré.

— Pourquoi diable ne m'en avez-vous pas parlé
.us tôt ?

— Tiens, c'est vrai ça. Vous qui êtes un ami,
quelqu'un à qui je peux faire entièrement confiance.

Il ne décolérait pas.

— Que savez-vous au sujet de John Asselta ?

— On a grandi dans le même patelin. Nous l'appelions le Spectre.

— De tous les tarés les plus dangereux…

S'interrompant, Pistillo a secoué la tête.

— Ça ne pouvait pas être lui.

— Et pourquoi donc ?

— Parce que vous êtes tous les deux en vie.

Silence.

— Il tue comme il respire.

— Alors pourquoi n'est-il pas en prison ?

— Ne soyez pas naïf. Il est très doué dans son
genre.

— Doué pour tuer ?

— Oui. Il vit à l'étranger, personne ne sait où exactement. Il a travaillé pour des escadrons de la mort en
Amérique centrale. Il a aidé des dictateurs en Afrique.
Non, si Asselta avait voulu l'éliminer, nous serions en
train d'attacher une étiquette à son gros orteil.

— Peut-être qu'elle parlait d'un autre John, ai-je
avancé. Ou peut-être que j'ai mal entendu.

— Possible.

Il a réfléchi un instant.

— Une chose m'échappe… Si le Spectre ou
n'importe qui d'autre avait voulu tuer Katy Miller,
pourquoi ne l'a-t-il pas fait ? Pourquoi a-t-il pris la
peine de vous menotter ?

Moi aussi, ça m'avait intrigué, mais j'avais mon
idée là-dessus.

— C'était peut-être un coup monté.

Il a froncé les sourcils.

— Comment ça ?

— L'assassin me menotte au lit. Il étouffe Katy Puis…

J'ai senti un picotement dans ma nuque.

— … il s'arrange pour faire croire que c'est moi qui l'ai tuée.

Je l'ai regardé. Il fronçait les sourcils de plus belle.

— Vous n'allez pas dire « comme mon frère », hein ?

— Si, ai-je répondu. Si, justement.

— C'est de la foutaise.

— Réfléchissez, Pistillo. Il y a un truc que vous autres n'avez jamais su expliquer : pourquoi a-t-on trouvé le sang de mon frère sur le lieu du crime ?

— Julie Miller avait résisté.

— Allons, allons. Il y avait beaucoup trop de sang pour ça.

Je me suis rapproché de lui.

— Il y a onze ans, Ken est tombé dans un traquenard, et aujourd'hui on a sûrement voulu que l'histoire se répète.

Il s'est esclaffé.

— On nage en plein mélo, là. Je vais vous dire une chose : votre tour de passe-passe à la Houdini avec les menottes n'a pas vraiment convaincu les flics. Ils pensent que vous avez essayé de la tuer.

— Et vous, vous pensez quoi ?

— Le père de Katy est là. Remonté à bloc.

— Ce n'est pas surprenant.

— Tout de même, il y a de quoi se poser des questions.

— Vous savez bien que ce n'est pas moi, Pistillo. Et malgré votre numéro d'hier, vous savez que je n'ai pas tué Julie.

— Je vous avais averti de ne pas vous en mêler.

— Et moi, j'ai choisi de ne pas tenir compte de votre avertissement.

Pistillo a longuement soupiré avant de hocher la tête.

— Eh oui, dur à cuire. Alors voici ce qui va se passer maintenant.

Il s'est avancé et a tenté de m'obliger à baisser les yeux. Je n'ai pas cillé.

— On va vous mettre en prison.

J'ai poussé un soupir.

— Je crois avoir déjà dépassé mon quota de menaces quotidien.

— Ce n'est pas une menace, Will. Vous serez expédié en prison cette nuit même.

— Très bien. Je veux un avocat.

Il a consulté sa montre.

— Il est un peu tard pour ça. Vous passerez la nuit en garde à vue. Demain vous serez présenté au juge. Les chefs d'accusation seront : tentative de meurtre et agression caractérisée. Le procureur invoquera le risque de fuite – il y a eu un précédent : votre frère – et demandera au juge de vous refuser la mise en liberté sous caution. À mon avis, le juge suivra sa requête.

J'ai ouvert la bouche pour parler, mais il a levé la main.

— Économisez votre salive car – et ça ne va pas vous plaire – je me fiche que vous soyez coupable ou non. Je réunirai suffisamment de preuves pour vous faire condamner. Si je n'en trouve pas, je les inventerai. Allez-y, vous pouvez rapporter cette petite conversation à votre avocat. Je nierai tout. Vous êtes soupçonné de meurtre et d'avoir aidé votre assassin de frère en cavale depuis onze ans. Je suis l'un des représentants les plus éminents des forces de l'ordre dans ce pays. D'après vous, qui croira-t-on ?

Je l'ai regardé fixement.

— Pourquoi faites-vous ça ?

— Je vous avais dit de ne pas vous en mêler.

— Qu'auriez-vous fait à ma place ? Si ç'avait été votre frère ?

— Là n'est pas la question. Vous ne m'avez pas écouté. Maintenant, votre compagne est morte et Katy Miller a été sauvée de justesse.

— Je ne leur ai pas fait de mal, ni à l'une ni à l'autre.

— Si, vous leur avez fait du mal. C'est vous qui êtes la cause de ce qui leur est arrivé. Si vous m'aviez écouté, elles n'en seraient pas là à l'heure qu'il est.

Ses paroles m'ont atteint, mais je n'ai pas renoncé.

— Et vous-même, Pistillo ? Vous avez enterré l'affaire Laura Emerson...

— On n'est pas là pour compter les points. Vous irez en prison dès cette nuit. Et soyez certain que je vous ferai condamner.

Il s'est dirigé vers la porte.

— Pistillo ?

Lorsqu'il s'est retourné, j'ai dit :

— Que recherchez-vous au juste ?

Il est revenu sur ses pas et s'est penché si près que ses lèvres ont presque frôlé mon oreille.

— Demandez à votre frère, a-t-il chuchoté.

Et il est parti.

38

J'AI PASSÉ LA NUIT EN GARDE À VUE au poste de police de la 35e Rue. La cellule empestait l'urine, le vomi et cette âcre odeur de vodka que dégagent les ivrognes en transpirant. Mais c'était toujours mieux que l'eau de toilette de steward. J'avais deux compagnons d'infortune : un travesti qui n'arrêtait pas de pleurer et ne savait pas très bien s'il devait s'asseoir ou rester debout au moment d'utiliser les toilettes métalliques, un Noir qui a dormi tout le temps. Je n'ai pas d'histoires glauques à raconter sur ma détention ; je n'ai été ni battu, ni volé, ni violé. La nuit a été extrêmement calme.

Mon unique coup de fil a été pour Carrex. Je l'ai réveillé. Quand il a appris ce qui m'était arrivé, il a dit :

— Merde alors.

Puis il a promis de me trouver un bon avocat et d'essayer de se renseigner sur l'état de Katy.

— Au fait, les caméras de surveillance de chez QuickGo…, a-t-il déclaré.

— Oui, quoi ?

— Ç'a marché, ton idée. On pourra visionner les cassettes demain.

— À condition qu'on me laisse sortir d'ici.

— Évidemment.

Et il a ajouté :

— Ça serait vraiment nul, mec, si on refusait de te libérer sous caution.

Le matin, les flics m'ont escorté jusqu'au 100, Center Street. Là, l'administration pénitentiaire a pris le relais. J'ai été placé dans une cellule située au sous-sol. Si vous ne croyez plus que l'Amérique est un melting-pot, vous devriez passer un moment avec l'échantillonnage d'(in)humanité qui peuple ces mini-Nations unies. J'ai entendu une dizaine d'idiomes différents. Et vu des nuances de peau susceptibles d'inspirer les fabricants de couleurs. Ainsi que des casquettes de base-ball, des turbans, et même un fez. Tout le monde parlait en même temps. Et quand j'arrivais à les comprendre – d'ailleurs, même quand je ne comprenais pas –, chacun clamait son innocence.

Carrex était là lorsque j'ai comparu devant le juge. Ainsi que ma nouvelle avocate, une dénommée Hester Crimstein. Je la connaissais grâce à une affaire célèbre, mais je ne me rappelais plus laquelle. Elle s'est présentée à moi et ne m'a plus accordé le moindre regard. Se retournant, elle a fixé le jeune substitut du procureur comme s'il était un sanglier blessé et elle, une panthère affligée d'une crise d'hémorroïdes aiguë.

— Nous réclamons la mise en détention de M. Klein, a déclaré le jeune substitut. En raison d'un sérieux risque de fuite.

— Pourquoi cela ? a demandé le juge qui semblait exsuder l'ennui par tous les pores.

— Son frère, soupçonné de meurtre, est en fuite depuis onze ans. Qui plus est, Votre Honneur, la victime de son frère était la sœur de sa victime.

Le juge s'est réveillé d'un coup.

— Redites-moi ça.

— L'inculpé, M. Klein, est accusé d'avoir tenté d'assassiner une certaine Katherine Miller. Or, le frère de M. Klein, Kenneth, est soupçonné d'avoir tué Julie Miller, la sœur aînée de la victime.

Le juge, qui était en train de se frotter le visage, s'est arrêté net.

— Ah oui, ça y est, je me souviens de cette affaire.

Le substitut a souri comme s'il venait de recevoir une médaille.

Le juge s'est tourné vers Hester Crimstein.

— Maître Crimstein ?

— Votre Honneur, nous estimons que tous les chefs d'inculpation contre M. Klein devraient être levés sur-le-champ.

Le juge s'est frotté le visage de plus belle.

— Vous m'en voyez abasourdi, maître Crimstein.

— Nous considérons en outre que M. Klein devrait être libéré sous caution personnelle. Mon client n'a pas de casier judiciaire. Il travaille auprès des plus démunis. Il est bien intégré dans la société. Quant à la comparaison grotesque avec son frère, c'est de la culpabilité par association sous sa pire forme.

— Vous ne pensez pas qu'on ait des raisons valables de s'inquiéter, maître Crimstein ?

— Absolument pas, Votre Honneur. La sœur de mon client vient de se faire faire une permanente. Cela signifie-t-il qu'il va suivre son exemple ?

Il y a eu des rires.

Le jeune substitut a avalé bruyamment sa salive.

— Votre Honneur, nonobstant la ridicule analogie faite par mon éminente consœur…

— Qu'est-ce qu'elle a de ridicule ? l'a coupé Crimstein.

— Le fait est que M. Klein dispose de moyens suffisants pour prendre la fuite.

— C'est absurde. Il n'a pas plus de moyens qu
autre. La raison de cette assertion, c'est qu'on pen
que son frère aurait fui… ce qui n'est même pas sûr. .
est peut-être mort. Quoi qu'il en soit, Votre Honneur,
le substitut du procureur a omis de mentionner un
élément essentiel.

Et Hester Crimstein a souri au jeune homme.

— Monsieur Thompson ? s'est enquis le juge.

Thompson, le jeune substitut, gardait la tête baissée.

Hester Crimstein a attendu encore un peu avant de
plonger.

— La victime de ce crime odieux, Katherine
Miller, a affirmé ce matin que M. Klein était innocent.

Le juge n'a pas aimé.

— Monsieur Thompson ?

— Ce n'est pas exactement ça, Votre Honneur.

— Pas exactement ?

— Mlle Miller a dit qu'elle n'avait pas vu son
agresseur. Il faisait noir. L'homme portait un masque.

— Et, a fini Hester Crimstein à sa place, elle a
ajouté que ce n'était pas mon client.

— Elle a dit qu'elle ne *croyait* pas qu'il s'agissait
de M. Klein, lui a rétorqué Thompson. Cependant,
Votre Honneur, elle est dans un état de faiblesse et de
confusion. Comme elle n'a pas vu l'agresseur, elle ne
pouvait pas l'exclure complètement…

— Nous ne sommes pas là pour juger ce dossier,
l'a interrompu le juge. Votre demande de détention
préventive est rejetée. La caution est fixée à trente
mille dollars.

Le juge a abattu son marteau. J'étais libre.

39

JE VOULAIS ALLER À L'HÔPITAL VOIR KATY. Mais Carrex
m'a convaincu que ce n'était pas une bonne idée : son
père était là-bas. Il refusait de quitter son chevet. Il
avait engagé un vigile armé pour monter la garde
devant sa porte. Je comprenais. M. Miller n'avait pas
réussi à sauver une de ses filles. Il ne pouvait se
permettre que ça recommence.

J'ai téléphoné à l'hôpital avec le portable de Carrex,
mais la standardiste m'a dit qu'ils ne passaient aucune
communication. Alors j'ai appelé le fleuriste du coin
et lui ai fait envoyer un bouquet avec mes vœux de
prompt rétablissement. Ç'avait l'air simpliste et cucul
– Katy manque de se faire étrangler sous mon toit,
et moi je lui envoie une corbeille de fleurs, un
nounours et un mini-ballon monté sur une baguette –,
mais c'était le seul moyen que j'avais trouvé pour lui
faire savoir que je pensais à elle.

Carrex conduisait sa propre voiture, une Cadillac de
Ville 1968, un coupé bleu roi aussi discret que le serait
notre ami Raquel/Roscoe dans une réunion des Filles
de la Révolution américaine. Le Lincoln Tunnel était
bouché, comme d'habitude. Quand j'étais môme, on
l'empruntait avec notre break familial à peu près un
dimanche sur deux. On allait au cirque Barnum, au
Radio City Hall pour voir un spectacle de music-hall

qui nous captivait les dix premières minutes. Pu...
faisait la queue au kiosque de Times Square p...
acheter des places de théâtre à moitié prix ou on fe...
letait des livres chez Barnes & Noble (je crois qu'...
n'avaient qu'une seule librairie à l'époque).

Mon père maugréait contre la circulation, le station-
nement et la « crasse » générale, mais ma mère adorait
New York. Elle rêvait de théâtre, d'art, de bruit et
d'effervescence. Sunny avait réussi à se couler dans le
moule de la vie de banlieue, mais parfois, quand je
la voyais regarder par la vitre du break, je m'étais
demandé si elle n'aurait pas été plus heureuse sans
nous.

— Bien joué, a dit Carrex.

— Quoi ?

— T'être souvenu que Sonay était une fervente
adepte du yoga Carrex.

— Alors, comment ç'a marché ?

— J'ai appelé Sonay et lui ai exposé notre
problème. Elle m'a dit que QuickGo appartenait à
deux frères, Ian et Noah Muller. Elle les a contactés
et...

Il a haussé les épaules.

J'ai secoué la tête.

— Toi, tu m'épates.

— N'est-ce pas ?

Les bureaux de QuickGo étaient situés dans un
entrepôt au cœur des marais, dans la partie nord du
New Jersey. Ces terres marécageuses dégagent une
odeur, faible mais incontestable. Une odeur qui n'a
rien de naturel, mélange de fumée, de produits
chimiques et de fosse septique à ciel ouvert. C'est
l'odeur qui nous a accueillis quand on est descendus
de voiture devant chez QuickGo.

— T'as pété ? a demandé Carrex.

Je l'ai regardé.

— Allez, c'était juste pour détendre l'atmosphère.

Nous avons pénétré dans l'entrepôt. Les frères Muller valaient près de cent millions de dollars chacun. Pourtant, ils partageaient un petit bureau au centre d'un local aux allures de hangar. Les tables, qui semblaient provenir de la liquidation d'une école élémentaire, étaient placées l'une contre l'autre. Les chaises en bois verni dataient de l'ère préergonomique. Il n'y avait là ni ordinateur, ni Fax, ni photocopieuse, rien que les tables, de hauts fichiers métalliques et deux téléphones. Les murs étaient vitrés : les frères aimaient voir les palettes de marchandises et les chariots élévateurs. Ça ne les dérangeait pas qu'on les voie aussi.

Les Muller se ressemblaient et étaient habillés pareil. Ils portaient des pantalons de cette couleur que mon père appelait « anthracite » et des chemises blanches sur un maillot de corps. Les chemises déboutonnées laissaient entrevoir des poils gris et drus comme de la paille de fer. À la vue de Carrex, ils se sont levés en souriant de toutes leurs dents.

— Vous devez être le gourou de Mlle Sonay, a dit l'un d'eux. Le yogi Carrex.

Carrex a hoché la tête avec l'air serein d'un sage.

Tous deux se sont précipités pour lui serrer la main. J'ai presque cru qu'ils allaient se mettre à genoux.

— On les a reçues cette nuit, les cassettes, a déclaré le plus grand des frères, guettant clairement son approbation.

Carrex a daigné le gratifier d'un autre hochement de tête. Ils nous ont escortés à travers le local au sol en ciment. On entendait les bip-bip des véhicules qui reculaient. Des portes s'ouvraient, et on chargeait les camions. Les frères saluaient chacun des employés, et les employés leur répondaient.

Nous sommes entrés dans une pièce sans fenêtres avec une machine à café sur le comptoir. Un téléviseur avec une antenne portative et un magnétoscope trônaient sur un chariot métallique. Le grand a allumé la télé. Il n'y avait pas d'image, c'était complètement brouillé. Il a glissé une cassette dans le magnétoscope.

— Cette cassette couvre un laps de temps de douze heures. Vous dites que le gars était dans le magasin aux environs de trois heures ?

— C'est ce qu'on nous a signalé, a répondu Carrex.

— Je l'ai réglée sur deux heures quarante-cinq. Ça va assez vite, puisque la caméra capte une image toutes les trois secondes seulement. Oh, et l'avance rapide ne marche pas, désolé. Nous n'avons pas de télécommande non plus. Vous n'aurez qu'à appuyer sur le bouton quand vous serez prêts. Vous avez sans doute besoin d'être tranquilles, alors on vous laisse. Prenez votre temps.

— On sera peut-être obligés de garder la cassette, a annoncé Carrex.

— Pas de problème. On peut faire des copies.

— Merci.

L'un des frères lui a encore serré la main. L'autre – je n'invente rien – s'est incliné. Puis ils sont sortis. Je me suis approché du magnétoscope et j'ai appuyé sur « Play ». Les parasites ont disparu de l'écran. Le son également. J'ai tripoté le bouton du volume ; bien sûr, ça n'a rien donné.

Les images étaient en noir et blanc. Il y avait une horloge au bas de l'écran. La caméra était braquée sur la caisse, tenue par une jeune femme aux longs cheveux blonds. Ses gestes saccadés, par séquences de trois secondes, m'ont filé le tournis.

— On va le reconnaître comment, cet Owen Enfield ? a demandé Carrex.

— Théoriquement, on cherche un type âgé d'une quarantaine d'années aux cheveux en brosse.

En regardant, je me suis rendu compte que la tâche serait peut-être plus facile que je ne l'aurais cru au début. Les clients étaient tous âgés et habillés style club de golf. Stonepointe était-elle essentiellement conçue pour les retraités ? Je me suis promis de poser la question à Yvonne Sterno.

À 3:08:15, nous l'avons repéré. Son dos du moins. Il portait un short et une chemise à manches courtes. On ne voyait pas son visage, mais il avait les cheveux coupés en brosse. Passant devant la caisse, il s'est engouffré dans l'allée. Nous avons attendu. À 3:09:24, notre Owen Enfield potentiel a tourné à l'angle, se dirigeant vers la caissière blonde, un litre de lait et une miche de pain dans les bras. J'avais la main sur le bouton « Pause » pour pouvoir arrêter la cassette et regarder de plus près.

Mais ce n'était pas la peine.

La barbe à la Van Dyck avait de quoi surprendre. Les cheveux gris en brosse aussi. Si j'étais tombé par hasard sur cette cassette ou si j'avais croisé ce type dans une rue animée, je ne l'aurais peut-être pas remarqué. Mais ce n'était pas le cas. J'étais concentré. Et j'ai compris tout de suite. J'ai néanmoins appuyé sur le bouton de pause : 3:09:51.

Aucun doute possible. J'étais là, immobile, ne sachant s'il fallait pleurer ou me réjouir. Je me suis tourné vers Carrex. Ses yeux étaient fixés sur moi et non sur l'écran. J'ai hoché la tête, confirmant ses soupçons.

Owen Enfield était mon frère Ken.

40

L'INTERPHONE S'EST MIS À BOURDONNER.

— Monsieur McGuane ?

Le réceptionniste faisait partie du service de sécurité.

— Oui.

— Joshua Ford et Raymond Cromwell sont là.

Joshua Ford était l'un des principaux associés chez Stanford, Cummings et Ford, un cabinet qui employait plus de trois cents avocats. Raymond Cromwell devait être un sous-fifre quelconque, payé en heures sup. Philip McGuane les a observés tous les deux sur son moniteur. Ford était une force de la nature, un mètre quatre-vingt-douze, cent dix kilos. Il passait pour un coriace, un dur, un teigneux : fidèle à cette réputation, il travaillait bruyamment des mandibules, et aurait mastiqué de la même façon un cigare ou une jambe humaine. Cromwell, par contraste, était jeune, doux, manucuré et lisse.

McGuane a regardé le Spectre. Ce dernier lui a souri, et à nouveau il a senti une bouffée d'air froid. Il s'est redemandé s'il avait eu raison de mêler Asselta à tout ceci. Il s'était décidé à la dernière minute. Après tout, le Spectre était concerné lui aussi.

Et puis, il était très fort dans sa partie.

Sans quitter des yeux ce sourire à vous donner le frisson, McGuane a dit :

— S'il vous plaît, faites monter M. Ford seul. Veillez à ce que M. Cromwell soit confortablement installé dans la salle d'attente.

— Bien, monsieur.

McGuane avait réfléchi à la manière dont il allait s'y prendre. Il n'aimait pas la violence pour la violence, mais il n'y rechignait pas non plus. La fin ne justifie-t-elle pas les moyens ?

Le Spectre s'est rapproché de la porte.

Souvent, il empruntait des chemins que d'autres considéraient comme tabous. Ainsi, on n'était pas censé tuer un agent fédéral, un magistrat ou un flic. McGuane, lui, ne s'était pas gêné pour éliminer les trois. On ne s'attaquait pas, pour citer un autre exemple, à des personnages en vue qui risquaient de créer des problèmes ou d'attirer l'attention.

Ça non plus, il ne s'en était pas privé.

Quand Joshua Ford a ouvert la porte, le Spectre tenait déjà la barre de fer à la main. De la longueur d'une batte de base-ball, elle était dotée d'un puissant ressort qui lui conférait une détente foudroyante. Un coup sur la tête vous broyait le crâne comme une coquille d'œuf.

Joshua Ford avait la démarche chaloupée des nantis. Il a souri à McGuane.

— Monsieur McGuane.

McGuane lui a rendu son sourire.

— Monsieur Ford.

Sentant une présence à sa droite, Ford s'est tourné vers le Spectre, le bras tendu pour la poignée de main d'usage. Mais le Spectre regardait ailleurs. Il visait le tibia. Le coup est parti. Ford a poussé un cri et s'est effondré comme une marionnette dont on aurait coupé les fils. Le Spectre l'a frappé à nouveau, cette fois à l'épaule droite. Ford n'a plus senti son bras. Le Spectre a abattu la barre sur la cage thoracique. Quelque chose a craqué. Ford a tenté de se rouler en boule.

De l'autre côté de la pièce, McGuane a demandé :

— Où est-il ?

Joshua Ford a dégluti et croassé :

— Qui ?

Grosse erreur ! L'arme lui a cinglé la cheville, lui arrachant des hurlements. McGuane a jeté un coup d'œil sur l'écran de surveillance. Cromwell était confortablement calé dans son fauteuil dans la salle d'attente. Il n'entendrait rien. Ni lui ni personne.

Le Spectre a frappé encore, au même endroit. Il y a eu un bruit, du genre pneu de camion qui roule sur une bouteille de bière. Ford a levé la main pour demander grâce.

Au fil des ans, McGuane avait appris qu'il valait mieux frapper avant de poser des questions. Face à une menace, la plupart des gens cherchent à noyer le poisson. C'est encore plus valable pour ceux qui maîtrisent le verbe. Ils se réfugient dans les faux-fuyants, les demi-vérités, les mensonges plausibles. Les paroles leur servent d'échappatoire.

Il faut leur ôter cette illusion.

La douleur et la peur qui accompagnent une agression brutale ont un effet dévastateur sur l'esprit. Votre capacité de raisonner – votre intelligence, ou, si vous préférez, l'individu évolué que vous êtes – s'efface, s'écroule. Reste le Néandertalien, le moi primitif qui veut seulement échapper à la souffrance.

Le Spectre a regardé McGuane. Celui-ci a hoché la tête. Le Spectre a reculé pour lui faire de la place.

— Il s'est arrêté à Vegas, a expliqué McGuane. Ç'a été sa grande erreur. Il a consulté un médecin là-bas. Nous avons contrôlé les cabines téléphoniques des environs pour relever les coups de téléphone longue distance passés une heure avant et une heure après sa venue. Un seul appel était digne d'intérêt. Un appel pour vous, monsieur Ford. Il vous a téléphoné. Pour en avoir le cœur net, j'ai fait surveiller votre bureau. Le FBI vous a rendu visite hier. Vous voyez, tout concorde. Ken avait besoin d'un avocat. Quelqu'un de solide, d'indépendant, qui ne soit lié à moi en aucune façon. Ç'a été vous.

— Mais…, a dit Joshua Ford.

McGuane a levé la main pour le faire taire. Sans un mot de plus, Ford a refermé la bouche. McGuane s'est écarté et a regardé le Spectre.

— John.

Le Spectre s'est avancé et, sans hésiter, a cogné Ford au-dessus du coude. Le coude a plié, formant un angle bizarre. Ford a perdu le peu de couleur qui lui restait.

— Si vous niez ou si vous feignez de ne pas savoir de quoi je parle, a précisé McGuane, mon ami va cesser de vous tapoter amoureusement et il va vous faire mal. Vous comprenez ?

Ford a mis quelques secondes à réagir. Quand finalement il a levé les yeux, McGuane a été surpris par l'expression tranquille de son regard. L'avocat les a dévisagés l'un après l'autre.

— Allez au diable ! a-t-il craché.

Le Spectre a scruté McGuane. Haussant un sourcil, il a souri et dit :

— Courageux.

— John…

Mais le Spectre l'a ignoré. La barre de fer a atteint le visage. Avec un bruit mouillé, la tête est retombée sur le côté. Le sang a jailli. Ford s'est affaissé vers l'arrière et n'a plus bougé. Le Spectre s'est positionné pour frapper un nouveau coup au genou.

— Il est toujours conscient ? a demandé McGuane.

Le Spectre a marqué une pause.

— Conscient, a-t-il déclaré en se baissant, mais sa respiration est sporadique.

Il s'est redressé.

— Encore un coup, et M. Ford pourrait bien aller au dodo.

McGuane a réfléchi un instant.

— Monsieur Ford ?

Ford a ouvert les yeux.

— Où est-il ?

Cette fois, Ford a secoué la tête.

McGuane s'est approché du moniteur. Il l'a fait pivoter de manière que l'avocat puisse voir l'écran. Assis jambes croisées, Cromwell était en train de boire un café.

Le Spectre a pointé le doigt sur le jeune homme.

— Jolies chaussures. Des Allen-Edmonds, hein ?

Ford a tenté de s'asseoir. Il a poussé sur ses mains avant de retomber.

— Quel âge a-t-il ? a poursuivi McGuane.

Ford n'a pas répondu.

Le Spectre a levé la barre.

— Il vous a posé une question.

— Vingt-neuf ans.

— Marié ?

Ford a hoché la tête.

— Des enfants ?

— Deux garçons.

McGuane a examiné l'écran.

— Tu as raison, John. Jolies chaussures.

Il s'est tourné vers Ford.

— Dites-moi où est Ken, ou il meurt.

Le Spectre a reposé soigneusement la barre. De sa poche, il a sorti la baguette de strangulation des thugs : un manche en acajou dont la surface octogonale comportait des stries profondes, pour faciliter la prise en main, et une cordelette en cuir tressé fixée aux deux extrémités.

— Il n'a rien à voir là-dedans, a articulé Ford.

— Écoutez-moi bien, a repris McGuane, car je ne le redirai pas deux fois.

Ford attendait.

— Nous ne bluffons jamais.

Le Spectre a souri. Les yeux rivés sur Ford, McGuane a laissé passer une fraction de seconde avant de presser le bouton de l'interphone. Le réceptionniste a répondu.

— Oui, monsieur McGuane.

— Amenez-moi M. Cromwell.

— Bien, monsieur.

Ils ont tous deux surveillé l'écran tandis qu'un agent de sécurité costaud faisait signe à Cromwell. Ce dernier a décroisé les jambes, posé son café et, se levant, a rajusté son veston. Il a suivi l'homme hors de la pièce. Ford s'est tourné vers McGuane. Leurs regards se sont rencontrés.

— Vous êtes un sot, a dit McGuane.

Serrant le manche en bois, le Spectre attendait.

L'agent de sécurité a ouvert la porte. Raymond Cromwell est entré, un sourire aux lèvres. Mais, à la vue du sang et de son patron recroquevillé par terre, son visage s'est affaissé, comme en proie à un soudain relâchement musculaire.

— Qu'est-ce qui… ?

Le Spectre s'est placé derrière lui et lui a asséné un coup dans les jambes. Avec un cri, Cromwell est tombé à genoux. Les gestes du Spectre étaient précis, gracieux, comme dans une macabre parodie de ballet.

La corde a glissé par-dessus la tête du jeune homme. Une fois qu'il l'a eue autour du cou, le Spectre a tiré d'un coup sec tout en lui enfonçant un genou dans la colonne. La corde s'est tendue contre la peau. Le Spectre a tourné le manche, coupant l'arrivée du sang au cerveau. Les yeux exorbités, Cromwell a essayé d'agripper la corde. Le Spectre tenait bon.

— Arrêtez ! a crié Ford. Je parlerai !

Il n'y a pas eu de réponse.

Le Spectre fixait sa victime. Le teint de Cromwell avait viré au violet.

— J'ai dit...

Ford a jeté un regard rapide vers McGuane qui attendait, l'air désinvolte et les bras croisés. Seuls les affreux gargouillis de Cromwell troublaient le silence.

Ford a murmuré :

— S'il vous plaît.

Mais McGuane a secoué la tête, se contentant de répéter :

— Nous ne bluffons jamais.

Le Spectre a tourné le manche une nouvelle fois sans relâcher la pression.

41

IL FALLAIT QUE JE PRÉVIENNE MON PÈRE, pour la cassette.
Carrex m'a déposé à un arrêt de bus. Je ne savais absolument pas quoi faire de ce que je venais de voir. Quelque part sur l'autoroute, entre les zones industrielles délabrées, mon cerveau s'était mis sur pilote automatique. C'était la seule solution pour continuer d'avancer.

Ken était réellement en vie.

J'en avais eu la preuve. Il vivait au Nouveau-Mexique sous le nom d'Owen Enfield. Dans un sens, j'exultais. Il y avait donc une chance de rédemption, une chance qu'on soit réunis, mon frère et moi, une chance – osais-je seulement y penser ? – que tout finisse par rentrer dans l'ordre.

Puis j'ai pensé à Sheila.

Ses empreintes digitales avaient été trouvées dans la maison de mon frère, avec les deux cadavres. Quel était le rôle de Sheila dans tout cela ? Je ne voyais absolument pas – ou peut-être que je me voilais la face. Elle m'avait trahi. Mon esprit, quand il fonctionnait, me dépeignait des scénarios de trahison sous une forme ou une autre, mais si je me laissais aller, si je m'abandonnais simplement aux souvenirs – sa façon de replier ses jambes sur le canapé, de ramener ses cheveux en arrière comme si elle se tenait sous une cascade, de porter mes sweats trop grands pour elle les soirs d'automne, de fredonner à mon oreille en dansant, de me faire fondre d'un seul regard, rien que d'imaginer que tout ça n'avait été que mensonge…

Pilote automatique.

Il fallait que je tire un trait sur cette histoire. Mon frère et ma compagne m'avaient quitté tous deux sans crier gare, sans même un au revoir, mais jamais je ne pourrais tourner la page tant que je ne saurais pas la vérité. Carrex m'avait prévenu d'entrée de jeu : la vérité n'allait pas forcément me plaire, mais, tout compte fait, c'était peut-être un passage obligé. Et si c'était à mon tour de jouer les héros ? De sauver Ken, et non l'inverse ?

Aujourd'hui, dernier jour de notre deuil officiel, mon père n'était pas à la maison. Tante Selma, qui se trouvait dans la cuisine, m'a dit qu'il était sorti faire un tour. Tante Selma portait un tablier. Je me suis demandé où elle l'avait dégoté. Nous, on n'en avait pas, j'en étais certain. L'avait-elle apporté de chez elle ? Selma, on l'imaginait toujours en tablier, même quand elle n'en portait pas, si vous voyez ce que je veux dire. Je l'ai regardée nettoyer l'évier. Selma la discrète, la sœur effacée de Sunny. Pour moi, elle faisait partie des meubles. Oncle Murray et elle n'avaient pas d'enfants. J'ignorais pourquoi, même si j'avais entendu mes parents parler un jour d'un bébé mort-né. J'étais là et je la regardais, comme pour la première fois ; je regardais un autre être humain qui, jour après jour, s'acharnait à bien faire.

— Merci, lui ai-je dit.

Selma a souri.

J'aurais voulu ajouter que je l'aimais et l'appréciais, que depuis le départ de maman j'avais envie qu'on soit plus proches, que maman, c'est ce qu'elle aurait souhaité. Mais je n'ai pas pu. Du coup, je l'ai prise dans mes bras. Déconcertée par ce brusque élan d'affection, Selma s'est raidie avant de se détendre.

— Ça va aller, m'a-t-elle assuré.

Je connaissais le trajet favori de mon père quand il partait en promenade. J'ai traversé Coddington Terrace, évitant soigneusement la maison des Miller, comme papa devait le faire aussi. J'ai coupé par les jardins des Jarat et des Arnay et j'ai pris le sentier qui conduisait au stade des Juniors. La pelouse était vide, la saison terminée, et mon père était assis seul en haut des gradins métalliques. Il avait été entraîneur et il adorait ça. Je l'ai revu en T-shirt blanc à manches vertes, sa casquette verte vissée sur le crâne. Son visage rayonnait durant ces soirées de printemps, surtout quand Ken jouait. Il avait partagé ses fonctions avec ses deux meilleurs potes, M. Bertillo et M. Horowitz, tous deux emportés par une crise cardiaque avant la soixantaine, et j'ai su, en m'asseyant à côté de lui, qu'il entendait encore le bruit des applaudissements, les éternelles blagues de vestiaire, qu'il sentait encore l'odeur de la terre.

Il m'a regardé et m'a souri. Puis il a aperçu les bleus, et ses yeux se sont arrondis.

— Mais qu'est-ce qui t'est arrivé ?

— Tout va bien, ai-je dit.

— Tu t'es battu ?

— Ça va, je t'assure. Il faut que je te parle.

Il se taisait. Je me demandais comment j'allais aborder la chose, mais papa a pris les devants.

— Montre-moi.

Je l'ai regardé à mon tour.

— Ta sœur a téléphoné ce matin. Elle m'a raconté, pour la photo.

Je l'ai sortie de ma poche, et il l'a prise dans la paume de sa main comme si c'était un petit animal qu'il craignait d'écraser.

— Mon Dieu.

Ses yeux s'étaient mis à briller.

— Tu ne savais pas ?

— Non.

Il a examiné la photo.

— Ta mère n'a jamais rien dit avant... enfin, bon.

Une ombre a traversé son regard. Sa femme, sa moitié, lui avait caché ça, il en avait gros sur le cœur.

— Ce n'est pas tout, ai-je ajouté.

Il s'est tourné vers moi.

— Ken vit au Nouveau-Mexique.

Je lui ai résumé la situation en deux mots. Papa a écouté posément, calmement, comme s'il avait repris pied.

Quand j'ai eu fini, il m'a demandé :

— Et depuis combien de temps habite-t-il là-bas ?

— Quelques mois. Pourquoi ?

— Ta mère m'avait dit qu'il allait revenir. Une fois qu'il aurait prouvé son innocence.

Nous nous sommes tus. Mon esprit vagabondait : mettons que, onze ans plus tôt, Ken soit tombé dans un piège. Et qu'il soit effectivement revenu pour prouver son innocence. Mais pourquoi maintenant ? De toute façon, ça s'était retourné contre lui. Quelqu'un avait su.

Qui ?

La réponse semblait évidente : la personne qui avait assassiné Julie. Cette personne, homme ou femme, chercherait forcément à le réduire au silence. Et après ? Il y avait encore pas mal de pièces manquantes.

— Papa ?

— Oui.

— Tu te doutais, toi, que Ken était en vie ?

Il a pris son temps avant de parler.

— Le croire mort était plus simple.

— Tu ne réponds pas à ma question.

Son regard errait sur le stade.

— Ken t'aimait beaucoup, Will.

Je n'ai pas relevé.

— Mais il n'y avait pas que du bon en lui.

— Je le sais.

Il a attendu que l'idée fasse son chemin.

— Au moment de la mort de Julie, Ken avait déjà des ennuis.

— Comment ça ?

— Il était rentré à la maison pour se cacher.

— De quoi ?

— Je ne sais pas.

J'ai réfléchi à ses paroles. Je me suis rappelé à nouveau que Ken n'avait pas remis les pieds chez nous depuis deux bonnes années et qu'il m'avait paru agité, même quand il m'avait interrogé à propos de Julie. Mais j'ignorais complètement ce que tout cela signifiait.

— Tu te souviens de Phil McGuane ? a demandé papa.

J'ai acquiescé. Le vieux copain de lycée de Ken, le « chef de classe » qu'on disait reconverti dans le trafic de drogue.

— Il paraît qu'il s'est installé dans l'ancienne maison des Bonano.

Les Bonano, une vieille famille de mafieux, avaient habité la plus grosse propriété de Livingston, celle avec le grand portail en fer forgé et deux lions en pierre de part et d'autre de l'allée. D'après la rumeur, il y avait des cadavres enterrés dans le parc, la clôture était électrifiée, et si un gamin tentait de s'introduire à l'intérieur, on lui tirait dans la tête. Je doute que ces histoires aient eu un quelconque fondement. Toujours est-il que la police avait fini par arrêter le grand-père Bonano quand il avait quatre-vingt-onze ans.

— Et alors, qu'est-ce qu'il a ? ai-je dit.

— Ken était lié à McGuane.

— De quelle façon ?

— Je l'ignore.

J'ai soudain pensé au Spectre.

— Et John Asselta, il était aussi dans le coup ?

Mon père s'est raidi. La peur se lisait dans ses yeux.

— Pourquoi tu me demandes ça ?

— Ils étaient tous les trois très amis au lycée…

Puis j'ai décidé de me jeter à l'eau :

— Je l'ai revu récemment.

— Asselta ?

— Oui.

Sa voix était très douce.

— Il est revenu ?

J'ai hoché la tête.

Papa a fermé les yeux.

— Qu'est-ce qu'il y a ?

— Il est dangereux, a dit mon père.

— Je sais.

Il a pointé un doigt sur mon visage.

— C'est lui qui a fait ça ?

Bonne question.

— En partie, du moins.

— En partie ?

— C'est une longue histoire, papa.

Il a de nouveau fermé les yeux. Quand il les a rouverts, il a posé les mains sur ses cuisses et s'est levé.

— Viens, on rentre.

J'avais encore d'autres questions, mais je sentais que ce n'était pas le moment. Je l'ai suivi. Papa a eu du mal à descendre les marches branlantes. Je lui ai tendu la main. Il n'a pas voulu la prendre. Une fois en bas, sur le gravier, nous nous sommes tournés vers le sentier. Là, souriant d'un air patient, les mains dans les poches, se tenait le Spectre.

Un instant, j'ai cru que mon imagination me jouait des tours, que la simple mention de son nom avait fait surgir cette vision d'horreur. Cependant, quand j'ai entendu l'exclamation étouffée de mon père, puis cette voix...

— Voyez-moi ça, que c'est touchant ! a dit le Spectre.

Mon père s'est placé devant moi, comme pour me protéger.

— Qu'est-ce que tu veux ? a-t-il crié.

Le Spectre s'est contenté de rigoler.

Nous étions cloués au sol. Il a contemplé le ciel et, fermant les yeux, a aspiré une grande bouffée d'air.

— Ah, les Juniors !

Il a dévisagé mon père.

— Vous vous rappelez la fois où mon paternel s'est pointé à un match, monsieur Klein ?

Mon père a serré les dents.

— Ç'a été un grand moment, Will. Un classique du genre. Mon cher papa était tellement bourré qu'il a pissé juste à côté du snack. Tu imagines ? J'ai cru que Mme Tansmore allait avoir une attaque.

Il a ri de bon cœur, d'un rire qui m'a égratigné.

— C'était le bon vieux temps, hein ?

— Qu'est-ce que tu veux ? a répété mon père.

Mais le Spectre était lancé.

— Dites, monsieur Klein, vous vous souvenez quand vous avez entraîné l'équipe pour la finale des championnats du New Jersey ?

— Oui, je m'en souviens.

— Ken et moi, on était en primaire, je crois.

Cette fois, mon père est resté muet.

— Oh, attendez ! s'est exclamé le Spectre.

Son sourire s'est évanoui.

— J'avais oublié. J'ai manqué cette année-là. Et l'année suivante aussi. J'étais en prison, vous savez bien.

— Tu n'as jamais été en prison, a rectifié mon père.

— C'est vrai, vous avez tout à fait raison, monsieur Klein. J'ai été…

Avec ses doigts osseux, le Spectre a esquissé des guillemets dans l'air.

— … hospitalisé. Tu sais ce que ça veut dire, mon petit Willie ? On enferme un gosse avec les pires tarés de cette malheureuse planète, tout ça pour le rendre meilleur. Au début, j'ai partagé la chambre avec un certain Timmy, un pyromane. À treize ans, il avait tué ses parents en incendiant la maison. Un soir, il a piqué une boîte d'allumettes au surveillant qui était ivre et il a mis le feu à mon lit. Je me suis retrouvé trois semaines à l'infirmerie. Et j'ai failli m'immoler par le feu moi-même pour ne pas y retourner.

Une voiture est passée sur la route. J'ai aperçu un petit garçon perché dans le siège auto à l'arrière. Il n'y avait pas de vent. Pas une feuille ne bougeait dans les arbres.

— C'était il y a bien longtemps, a murmuré mon père doucement.

Le Spectre a plissé les yeux comme s'il accordait une attention toute particulière aux paroles de papa. Pour finir, il a hoché la tête.

— Oui, là encore vous avez raison, monsieur Klein. De toute façon, on ne peut pas dire que chez moi, c'était le bonheur. Que pouvais-je attendre de la vie ? Quand on y pense, ce qui m'est arrivé était presque une bénédiction : j'ai pu me faire soigner plutôt que de vivre avec un père qui me tapait dessus.

J'ai réalisé alors qu'il parlait de l'assassinat de Daniel Skinner, la petite brute qui s'était fait poignarder d'un coup de couteau. Mais ce qui m'a frappé, ce qui m'a donné à réfléchir, c'était à quel point son histoire ressemblait à celles de nos pensionnaires de Covenant House – maltraitance, délinquance juvénile, certaines formes de psychoses. J'ai essayé de considérer le Spectre comme un de mes gamins, mais ça n'a pas marché. Car ce n'était plus un gamin. J'ignore à quel moment ils franchissent le pas, à quel âge, de mômes qui ont besoin d'aide, ils deviennent des dégénérés bons à enfermer. Et même s'il y a une justice là-dedans.

— Et tu sais quoi, mon petit Willie ?

Le Spectre a tenté de capter mon regard, mais mon père s'est penché en avant afin de faire barrage. J'ai posé la main sur son épaule pour lui signifier que je pouvais me débrouiller tout seul.

— Non, quoi ? ai-je demandé.

— Tu te rappelles, j'ai été...

Il a redessiné des guillemets avec ses doigts.

— ... hospitalisé une autre fois ?

— Oui.

— J'étais en terminale. Toi, tu étais en seconde.

— Je m'en souviens.

— Une seule personne est venue me voir pendant tout le temps que j'ai passé là-bas. Tu sais qui c'était ?

J'ai hoché la tête. Julie.

— C'est drôle, tu ne trouves pas ?

— C'est toi qui l'as tuée ?

— Il n'y a qu'un coupable ici.

Mon père s'est à nouveau placé entre nous.

— Ça suffit ! a-t-il déclaré.

J'ai fait un pas de côté.

— De quoi tu parles ?

— Mais de toi, mon petit Willie. Je parle de toi.

J'étais désarçonné.

— Comment ?

— Ça suffit, a répété mon père.

— Tu étais censé te battre pour elle, a poursuivi le Spectre. Tu étais censé la protéger.

Même venant de ce détraqué, ces paroles m'ont transpercé comme un pic à glace.

— Qu'est-ce que tu fais ici ? a demandé mon père impérieusement.

— En vérité, monsieur Klein, je n'en sais trop rien.

— Laisse ma famille tranquille. S'il te faut quelqu'un, prends-moi.

— Non, monsieur, je n'ai pas besoin de vous.

Il a dévisagé mon père, et j'ai senti mon estomac se nouer.

— Je crois que je vous préfère comme ça.

Avec un petit signe de la main, le Spectre s'est enfoncé dans le bosquet. Nous l'avons regardé disparaître, se fondre dans la végétation, conformément à son surnom. Nous sommes restés là encore une minute ou deux. J'entendais la respiration saccadée de mon père, le sifflement aigu qui s'échappait de sa poitrine comme du fond d'une grotte.

— Papa ?

Mais il se dirigeait déjà vers le sentier.

— Allez, viens, Will, on rentre à la maison.

42

MON PÈRE N'A PAS VOULU PARLER. De retour à la maison, il est monté dans sa chambre – la chambre qu'il avait partagée avec maman pendant près de quarante ans –, et il a fermé la porte. J'avais trop de pain sur la planche… J'ai essayé de mettre de l'ordre dans mes idées, mais mon cerveau a menacé de disjoncter. Et il me manquait toujours certaines pièces du puzzle.

Sheila.

Une personne pourrait peut-être m'aider à élucider le mystère qu'avait été la femme de ma vie. Du coup, j'ai fait mes adieux et je suis retourné en ville. J'ai pris le métro, direction le Bronx. Le jour commençait à baisser, et le quartier était malfamé, mais pour une fois j'ai oublié d'avoir peur.

Avant même que j'aie frappé, la porte s'est entrouverte, retenue par une chaîne. Tanya a dit :

— Il dort.

— C'est vous que je veux voir.

— Je n'ai rien à vous dire.

— Je vous ai vue à la cérémonie.

— Allez-vous-en.

— S'il vous plaît, l'ai-je priée. C'est important.

En soupirant, elle a enlevé la chaîne. Je me suis faufilé à l'intérieur. Au fond de la pièce, la lampe

moribonde laissait filtrer une faible lueur. En contem
plant ce lieu désolé, je me suis demandé si Tanya
n'était pas prisonnière ici, au même titre que Louis
Castman. Je lui ai fait face. Elle a eu un mouvement
de recul, comme si mon regard risquait de l'échauder.

— Combien de temps comptez-vous le garder ici ?

— Je ne fais aucun projet, a-t-elle rétorqué.

Elle ne m'a pas offert de m'asseoir. Nous étions là,
debout, l'un en face de l'autre. Les bras croisés, elle
attendait.

— Pourquoi êtes-vous venue à la cérémonie ?

— Pour honorer sa mémoire.

— Vous avez connu Sheila ?

— Oui.

— Vous étiez amies ?

Il se peut que Tanya ait souri. Elle était tellement
défigurée, tellement couturée de partout que je n'en
aurais pas juré.

— Sûrement pas.

— Alors pourquoi êtes-vous venue ?

Elle a penché la tête sur le côté.

— Vous voulez que je vous dise un truc bizarre ?

Ne sachant quoi répondre, j'ai opté pour un hochement de tête.

— C'était la première fois depuis seize mois que je
sortais d'ici.

Perplexe, j'ai hasardé :

— Content que vous l'ayez fait.

Elle m'a considéré d'un air sceptique. Dans le
silence de la pièce, on entendait seulement sa respiration. Je ne sais pas quel était son problème, si c'était
lié ou non aux violences qu'elle avait subies, mais on
aurait cru que sa gorge était une paille étroite avec
quelques gouttes de liquide coincées dedans.

— S'il vous plaît, ai-je insisté, dites-moi pourquoi vous étiez là.

— Je viens de vous l'expliquer. Pour honorer sa mémoire…

Elle a marqué une pause.

— … et parce que je croyais pouvoir me rendre utile.

— Utile ?

Elle a regardé la porte de la chambre de Louis Castman. J'ai suivi son regard.

— Il m'a raconté pourquoi vous étiez passé. Et j'ai pensé que j'avais peut-être d'autres informations à vous donner.

— Qu'a-t-il dit ?

— Que vous étiez amoureux de Sheila.

Tanya s'est rapprochée de la lampe. Il était difficile de ne pas détourner les yeux. Elle a fini par s'asseoir et m'a invité d'un geste à faire de même.

— C'est vrai, ça ?

— Oui.

— C'est vous qui l'avez tuée ?

Sa question m'a pris au dépourvu.

— Non.

Elle ne semblait pas convaincue.

— Je ne comprends pas, ai-je repris. Vous étiez venue proposer votre aide ?

— Oui.

— Alors pourquoi vous êtes-vous sauvée ?

— Vous ne voyez pas ?

J'ai secoué la tête.

Elle a posé ses mains sur ses genoux et s'est balancée d'avant en arrière.

— Tanya… ?

— J'ai entendu votre nom.

— Pardon ?

— Vous m'avez demandé pourquoi je me suis sauvée.

Le balancement a cessé.

— C'est parce que j'ai entendu votre nom.

— Je ne comprends pas.

Elle a jeté un autre coup d'œil en direction de la porte.

— Louis ne savait pas qui vous étiez. Moi non plus… jusqu'à ce que j'entende votre nom à la cérémonie, quand Carrex a fait son discours. Vous êtes Will Klein.

— Oui.

— Et…

Elle parlait si doucement à présent que j'ai dû me pencher vers elle.

— … vous êtes le frère de Ken.

Silence.

— Vous avez connu mon frère ?

— Je l'ai rencontré, oui. Il y a longtemps.

— Comment ?

— Par Sheila.

Elle s'est redressée et m'a regardé. C'est étrange, on dit que les yeux sont les fenêtres de l'âme. Ça n'a pas de sens. Tanya avait des yeux normaux. Sans la moindre cicatrice ni aucune trace de bataille perdue, sans aucun stigmate de son histoire ou de ses tourments passés.

— Louis vous a parlé du gangster qui s'était lié avec Sheila ?

— Oui.

— C'était votre frère.

Voyant qu'elle avait quelque chose à ajouter, j'ai ravalé mes protestations.

— Cette vie ne lui convenait pas, à Sheila. Elle était trop ambitieuse. Ils se sont trouvés, Ken et elle. Il

338

l'a fait rentrer dans une université rupine du Connecticut, mais c'était surtout pour vendre de la drogue. Ici, on voit des gars qui s'étripent pour un bout de trottoir. Mais une école pour gosses de riches, si on arrive à contrôler le truc, c'est la fortune assurée.

— Vous voulez dire que mon frère a organisé tout ça ?

Elle s'est remise à se balancer.

— C'est sérieux, vous n'étiez pas au courant ?

— Non.

— Je croyais…

Elle s'est tue.

— Quoi ?

Elle a fait non de la tête.

— Je ne sais pas vraiment ce que je croyais.

— S'il vous plaît.

— Rien, c'est bizarre. D'abord Sheila est avec votre frère. Maintenant elle réapparaît avec vous. Et vous faites comme si vous tombiez des nues.

Une fois de plus, il m'a été impossible de répondre.

— Et qu'est-il arrivé à Sheila ?

— Ça, vous le savez mieux que moi.

— Non, je veux dire là-bas, à l'université.

— Je ne l'ai plus revue après qu'elle est partie d'ici. J'ai reçu deux ou trois coups de fil, c'est tout. Puis elle n'a plus donné signe de vie. Ken, il n'était pas fréquentable. Mais vous et Carrex, vous aviez l'air gentils. Comme si elle avait fini par se ranger. Seulement, quand j'ai entendu votre nom…

Elle a haussé les épaules.

— Carly, ce prénom-là vous dit quelque chose ? ai-je demandé.

— Non. Ça devrait ?

— Saviez-vous que Sheila avait une fille ?

Ç'a redéclenché le balancement.

— Oh, mon Dieu, a dit Tanya d'une voix peinée.

— Vous le saviez ?

Elle a secoué la tête avec force.

— Non.

— Connaissez-vous un certain Philip McGuane ?

Sans cesser de secouer la tête, elle a répondu :

— Non.

— Et John Asselta ? Ou Julie Miller ?

— Non, a-t-elle répété rapidement. Je ne connais pas ces personnes.

Se levant, elle m'a tourné le dos.

— J'espérais qu'elle s'en était sortie.

— Elle s'en est sortie, ai-je confirmé. Pour un temps.

J'ai vu ses épaules s'affaisser. Sa respiration semblait encore plus laborieuse.

— Elle ne méritait pas de finir comme ça.

Tanya s'est dirigée vers la porte. Je n'ai pas bougé. J'ai regardé du côté de la chambre de Louis Castman, me disant de nouveau qu'il y avait deux prisonniers dans cet appartement. Tanya s'est arrêtée. J'ai senti ses yeux sur moi. Je me suis tourné vers elle.

— Il y a des cliniques, ai-je commencé. Carrex connaît du monde. Nous pouvons vous aider.

— Non, merci.

— Vous ne pouvez pas vivre éternellement de vengeance.

Elle s'est efforcée de sourire.

— Vous croyez que c'est ça la raison ?

Elle a désigné son visage mutilé.

— Je le garde ici pour ça ?

Sa question m'a décontenancé.

— Il vous a raconté comment il avait recruté Sheila ?

J'ai hoché la tête.

— Il tire toute la couverture à lui. Il parle de ses nues, de son baratin. Mais la plupart des filles, même elles qui débarquent de leur autocar, elles ne suivraient pas un homme seul. La différence, c'est que Louis avait une associée. Une femme qui l'aidait à conclure l'affaire. Qui rassurait les filles par sa présence.

Elle attendait, ses yeux étaient secs. J'ai été pris d'un tremblement qui s'est bientôt propagé à travers tout mon corps. Tanya m'a ouvert la porte. Et je suis parti pour ne plus jamais revenir.

43

MA BOÎTE VOCALE CONTENAIT DEUX MESSAGES. Le premier était de la mère de Sheila, Edna Rogers. Le ton était guindé, impersonnel. L'enterrement aurait lieu deux jours plus tard, dans une chapelle de Mason, Idaho. Mme Rogers me donnait l'heure, l'adresse et les indications à partir de Boise. J'ai sauvegardé le message.

Le second était d'Yvonne Sterno. Elle me demandait de la rappeler de toute urgence. Sa voix vibrait d'une excitation à peine contenue. Ça m'a mis mal à l'aise. Avait-elle découvert la véritable identité d'Owen Enfield, et, si oui, était-ce une bonne ou une mauvaise chose ?

Yvonne a décroché dès la première sonnerie.

— Quoi de neuf ? ai-je attaqué.

— Je tiens un gros morceau, là, Will.

— Je vous écoute.

— On aurait dû y penser plus tôt.

— De quoi s'agit-il ?

— Prenez tous les éléments et mettez-les bout à bout. Un type avec un pseudonyme. L'omniprésence du FBI. Le secret absolu. Le petit patelin bien tranquille. Vous me suivez ?

— Pas vraiment, non.

— La clé, c'est Cripco. Comme je l'ai déjà dit, 'est une société bidon. Je me suis donc informée auprès de plusieurs sources. En fait, ils ne font pas trop d'efforts pour se dissimuler. La couverture n'est pas bien épaisse. Ils doivent se dire : Si quelqu'un repère le bonhomme, soit il le reconnaît, soit il ne le reconnaît pas. Il n'ira pas fouiller pour savoir qui il est et d'où il vient.

— Yvonne ?

— Quoi ?

— Je ne comprends pas un mot de ce que vous racontez.

— Cripco, la société qui a loué la maison et la voiture, dépend du bureau du juge fédéral.

Une fois de plus j'ai été pris de vertige. Et un soudain rayon d'espoir a percé le brouillard.

— Attendez une minute. Vous êtes en train de me dire qu'Owen Enfield est un agent secret ?

— Non, je ne le crois pas. Qui surveillerait-il à Stonepointe, voyons… quelqu'un qui triche au gin-rummy ?

— C'est quoi alors ?

— Le bureau du juge fédéral – et non le FBI – gère le programme de protection des témoins.

Le brouillard s'épaississait.

— Donc, Owen Enfield…

— Le gouvernement le cachait ici, oui. On lui a donné une nouvelle identité. Le problème, comme je viens de le dire, c'est qu'ils ne se préoccupent pas trop du contexte. Ma source au journal m'a parlé d'un dealer noir de Baltimore qu'on avait planqué dans une banlieue ultra-blanche de Chicago. Le bide total. Ce n'était pas le cas ici. À mon avis, Owen Enfield n'avait rien d'un type recommandable. Comme la plupart des gens couverts par la protection des témoins. Pour une raison ou une autre, il a tué ces deux gars et il a pris la fuite. Le FBI n'a pas envie que ça s'ébruite. C'est tout de même un peu gênant, non – le gouvernement conclut un marché avec quelqu'un qui se révèle être un assassin en cavale ? Ça fait désordre, si vous voyez ce que je veux dire.

Je n'ai pas répondu.

— Will ?

— Oui.

Il y a eu une pause.

— Vous me cachez quelque chose, n'est-ce pas ?

Je réfléchissais à l'attitude à adopter.

— Allons, a-t-elle insisté, n'oubliez pas : c'est donnant-donnant.

J'ignore ce que je lui aurais dit – pouvais-je lui avouer que mon frère et Owen Enfield ne faisaient qu'un ? – mais on ne m'a pas laissé le temps de me décider. J'ai entendu un déclic, et on a été coupés.

Au même moment, on a frappé énergiquement à la porte.

— Police fédérale ! Ouvrez.

J'ai reconnu la voix : Claudia Fisher. J'ai tiré la porte et failli être piétiné. Fisher a fait irruption dans l'appartement, l'arme au poing. Elle m'a ordonné de lever les mains. Son partenaire, Darryl Wilcox, l'accompagnait. Tous deux avaient la mine pâle, fatiguée, peut-être même effrayée.

— Quoi encore ? ai-je protesté.

— Les mains en l'air !

J'ai obtempéré. Elle a sorti les menottes puis, se ravisant, a ajouté d'une voix radoucie :

— Vous allez venir sans faire d'histoires ?

J'ai hoché la tête.

— Alors on y va.

44

JE N'AI PAS CHERCHÉ À DISCUTER. Je n'ai même pas demandé où on allait. Pistillo m'avait prévenu. Il avait été jusqu'à m'arrêter pour un crime que je n'avais pas commis. Et pourtant je n'avais pas capitulé. D'où me venait ce courage subit ? Sans doute du fait que je n'avais plus rien à perdre. Sheila et ma mère étaient mortes. J'avais tiré un trait sur mon frère. C'est peut-être ça, le courage – en arriver à un stade où l'on se fiche de tout comme de l'an quarante.

Nous nous sommes garés dans une rue pavillonnaire à Fair Lawn, New Jersey. Partout, le même décor : pelouses soignées, parterres surchargés de fleurs, mobilier de jardin rouillé, tuyaux serpentant dans l'herbe, fixés aux arroseurs qui vacillaient dans l'air immobile. On s'est approchés d'une maison guère différente des autres. Fisher a poussé la porte, qui n'était pas fermée à clé. Ils m'ont escorté dans une pièce avec un canapé rose et un meuble de télé. Les photos de deux garçons ornaient le dessus du meuble. Elles étaient disposées dans l'ordre chronologique, d'abord deux nourrissons. Sur la dernière photo, les garçons, devenus adolescents, faisaient des bisous sur les joues d'une femme qui devait être leur mère.

Une porte battante donnait sur la cuisine. Pistillo était assis à une table en formica, devant un thé glacé.

La femme de la photo se tenait près de l'évier. Fisher et Wilcox se sont éclipsés. Je suis resté debout.

— Vous avez placé un mouchard dans mon téléphone.

Pistillo a secoué la tête.

— Le mouchard nous informe simplement de la provenance des appels. Nous avons mis votre ligne sur écoute. Et, pour qu'il n'y ait pas de malentendu, nous avons agi sur commission rogatoire.

— Qu'est-ce que vous me voulez ?

— Ce que je veux depuis onze ans, a-t-il riposté. Votre frère.

La femme a ouvert le robinet pour rincer un verre dans l'évier. D'autres photos, toujours avec elle, certaines avec Pistillo et quelques jeunes, mais surtout avec les deux mêmes garçons, étaient fixées par des magnets au réfrigérateur. C'étaient des clichés plus récents, pris sur le vif – à la plage, dans le jardin, des choses comme ça.

Pistillo a dit :

— Maria ?

La femme a fermé l'eau et s'est tournée vers lui.

— Maria, je te présente Will Klein. Will, Maria.

La femme – je supposais que c'était Mme Pistillo – s'est séché les mains sur un torchon. Sa poignée de main était ferme.

— Enchantée, a-t-elle dit d'un ton un peu trop formel.

J'ai marmonné dans ma barbe en hochant la tête et, sur un signe de Pistillo, me suis posé sur une chaise métallique avec un rembourrage en skaï.

— Vous voulez boire quelque chose, monsieur Klein ? a demandé Maria.

— Non, merci.

Pistillo a levé son verre de thé glacé.

— C'est de la dynamite, ça. Vous devriez goûter.

Maria s'attardait dans la cuisine. J'ai fini par accepter un thé glacé, histoire d'accélérer les choses. Elle a pris son temps pour remplir le verre et le placer devant moi. Je l'ai remerciée en m'efforçant d'esquisser un sourire. Elle a essayé de sourire aussi, mais encore plus faiblement que moi.

— Je serai dans la pièce d'à côté, Joe, a-t-elle dit.

— Merci, Maria.

Elle a poussé la porte battante.

— C'est ma sœur, a-t-il déclaré, les yeux sur la porte qu'elle venait de franchir.

Il a indiqué les photos sur le réfrigérateur.

— Et là, ce sont ses deux fils. Vic a dix-huit ans déjà. Jack en a seize.

— Mmm.

J'ai joint les mains sur la table.

— Vous avez écouté mes conversations téléphoniques.

— Oui.

— Vous savez donc que je n'ai pas la moindre idée de l'endroit où se trouve mon frère.

Il a bu une gorgée de thé glacé.

— En effet.

Il contemplait toujours le frigo ; d'un geste de la tête, il m'a intimé de faire de même.

— À votre avis, qu'est-ce qui manque sur ces photos ?

— Je ne suis pas vraiment d'humeur à jouer aux devinettes, Pistillo.

— Moi non plus. Pourtant, regardez bien. Qu'est-ce qui manque ?

Je n'ai pas pris la peine de regarder car je le savais déjà.

— Le père.

Il a claqué dans ses doigts et m'a désigné comme un animateur de jeu télévisé.

— Du premier coup, a-t-il dit. Impressionnant.

— De quoi s'agit-il, bon sang ?

— Ma sœur a perdu son mari il y a douze ans. Les garçons… eh bien, faites le calcul vous-même. Ils avaient quatre et six ans. Maria a dû les élever seule. J'ai été là dans la mesure du possible, mais un oncle, ce n'est pas un père. Il s'appelait Victor Dober. Ce nom-là vous dit quelque chose ?

— Non.

— Vic a été assassiné. Exécuté de deux balles dans la tête.

Pistillo a vidé son verre avant d'ajouter :

— Votre frère était là.

Mon cœur a bondi dans ma poitrine. Pistillo s'est levé sans attendre ma réaction.

— Je sais que ma vessie ne va pas aimer, mais je me ressers. Vous voulez un autre verre, Will, tant que je suis debout ?

Je luttais pour surmonter le choc.

— Que signifie exactement : mon frère était là ?

Mais cette fois Pistillo n'était pas pressé. Il a ouvert le freezer, sorti un bac à glaçons, l'a retourné dans l'évier. Les glaçons ont rebondi sur la porcelaine. Il en a repêché quelques-uns à la main pour les mettre dans son verre.

— Avant de commencer, je veux que vous me fassiez une promesse.

— Laquelle ?

— Ça concerne Katy Miller.

— Eh bien ?

— Ce n'est qu'une gamine.

— Je sais.

— La situation est dangereuse. Pas besoin d'être un génie pour s'en rendre compte. Je ne veux pas qu'il lui arrive malheur.

— Moi non plus.

— Alors nous sommes d'accord là-dessus. Promettez-moi, Will. Promettez-moi de ne plus la mêler à ça.

En l'examinant, j'ai bien vu que cette question n'était pas négociable.

— OK, ai-je acquiescé. Elle est hors jeu.

Il a scruté mon visage pour voir si je ne mentais pas, mais sur ce point-là je lui donnais raison. Katy avait déjà payé très cher, et si jamais ça se reproduisait, je n'étais pas certain de pouvoir l'assumer.

— Parlez-moi de mon frère, ai-je demandé.

Ayant fini de se verser son thé, il s'est rassis sur sa chaise et a fixé la table avant de lever les yeux sur moi.

— On lit dans la presse les comptes rendus de descentes de police. On voit aux infos des papys tourner dans une cour de prison, et on s'imagine que l'époque de la mafia est révolue. Que les flics ont gagné.

La gorge soudain sèche et râpeuse comme du papier de verre, j'ai avalé une grande goulée de mon propre thé. Trop sucré.

— Vous connaissez un peu Darwin ? m'a demandé Pistillo.

J'ai cru sa question rhétorique, mais visiblement il attendait une réponse.

— La survie du plus fort et tout ça ?

— Pas du plus fort. C'est l'interprétation moderne, et elle est erronée. Le postulat de Darwin était que ceux qui survivent ne sont pas les plus forts mais les plus adaptables. Vous saisissez la nuance ?

J'ai hoché la tête.

— Eh bien, les plus malins dans le milieu, ils se sont adaptés. Ils ont installé leur business hors de Manhattan. Par exemple, ils ont vendu de la drogue dans des zones urbaines où il y avait moins de compétition. Pour commencer, ils ont arrosé les villes du New Jersey. Prenez Camden. Trois de ses cinq derniers maires ont terminé derrière les barreaux. Atlantic City : on n'y traverse pas la rue sans verser un dessous-de-table. Newark, avec toutes ces histoires de rénovation à la con. Qui dit rénovation dit argent. Et qui dit argent dit corruption et pots-de-vin.

J'ai remué sur ma chaise.

— À quoi voulez-vous en venir, Pistillo ?

— Mais à ceci, espèce de crétin.

Son visage a viré au cramoisi. Il a réussi à garder son calme, mais au prix d'un gros effort.

— Mon beau-frère – le père de ces garçons – a essayé de débarrasser les rues de cette racaille. Il avait infiltré le milieu. Quelqu'un l'a su. Lui et son coéquipier ont été liquidés.

— Et vous pensez que mon frère y a été mêlé ?

— J'en suis même sûr.

— Vous avez des preuves ?

— Mieux, a-t-il rétorqué avec un sourire, votre frère a avoué.

J'ai eu un mouvement de recul comme s'il avait voulu me frapper. Calme-toi, me suis-je raisonné. Il est capable de raconter n'importe quoi. N'avait-il pas tenté de me faire condamner à tort pas plus tard que la veille ?

— N'allons pas plus vite que la musique, Will, et que les choses soient claires. Nous ne pensons pas que votre frère ait tué qui que ce soit.

Nouvelle gifle.

— Mais vous venez juste de dire…

Il a levé la main.

— Vous voulez bien m'écouter jusqu'au bout ?

Il avait besoin de temps. Si le ton de sa voix était étonnamment neutre, posé même, on sentait la rage affleurer. Je me suis demandé si le couvercle tiendrait encore longtemps avant que la marmite explose.

— Votre frère travaillait pour Philip McGuane. Vous savez qui c'est, je suppose.

Je n'ai rien laissé paraître.

— Continuez.

— McGuane est plus dangereux que votre copain Asselta, essentiellement parce qu'il est plus futé. La BLCO le considère comme l'un des plus gros caïds de la côte Est.

— La BLCO ?

— Brigade de lutte contre le crime organisé. Très jeune, McGuane a eu la révélation. En parlant d'adaptation, ce type-là serait le survivant ultime. Je n'entrerai pas dans les détails concernant le crime organisé à l'heure actuelle : les nouveaux Russes, la Triade et autres Chinois, les Italiens du Vieux Continent. McGuane a toujours eu une longueur d'avance sur ses concurrents. À vingt-trois ans, il était déjà chef de gang. Il fait dans le traditionnel – drogue, prostitution, prêt à usure –, mais sa spécialité, c'est la corruption et le trafic de drogue dans des zones de moindre compétitivité, loin de la mégalopole.

J'ai repensé à ma conversation avec Tanya, à Sheila envoyée à Haverton pour dealer.

— McGuane a tué mon beau-frère et son coéquipier, un gars nommé Curtis Angler. Votre frère était de la partie. Nous l'avons arrêté, mais sur des charges mineures.

— Quand ?

— Six mois avant le meurtre de Julie Miller.

— Comment se fait-il que je n'en aie jama[?]
entendu parler ?

— Parce que Ken ne vous l'a pas dit. Et parce que
nous ne voulions pas votre frère. Nous voulions
McGuane. Du coup, nous l'avons retourné.

— « Retourné » ?

— Nous lui avons promis l'immunité en échange
de sa coopération.

— Vous lui avez demandé de témoigner contre
McGuane ?

— Plus que ça. McGuane était prudent. Nous
n'avions pas de quoi l'épingler pour assassinat. On
avait besoin d'un informateur. Nous avons donc
renvoyé Ken sur le terrain avec un micro caché.

— Ken travaillait pour vous comme agent secret ?
Le regard de Pistillo s'est durci.

— N'idéalisez pas trop la chose, a-t-il riposté,
cinglant. Votre voyou de frère ne faisait pas partie des
forces de l'ordre. C'était un malfrat qui essayait de
sauver sa peau, point.

J'ai hoché la tête, me disant une fois de plus que
tout ceci était sans doute du pipeau.

— Continuez.

Pistillo a attrapé un cookie sur le comptoir et l'a
mâché lentement, l'arrosant d'une gorgée de thé glacé.

— Nous ne savons pas exactement ce qui s'est
passé. Ce que je vous dis là, c'est une simple hypothèse de travail.

— OK.

— McGuane l'a su. Comprenez-moi bien :
McGuane est une ordure sanguinaire. Pour lui, tuer est
une option comme une autre, rien de plus. Ça ne lui
fait ni chaud ni froid.

À présent, je voyais mieux où il voulait en venir.

— S'il a découvert que Ken s'était transformé en
...c...

— ... votre frère était cuit, a achevé Pistillo à ma
...ace. Ken était conscient du danger. Nous l'avions à
.'œil, mais un soir il a tout simplement mis les voiles.

— Parce que McGuane l'avait démasqué ?

— Nous pensons, oui. Il a atterri chez vous. Nous
ne savons pas pourquoi. Il devait s'y croire en sécurité,
parce que McGuane ne l'aurait pas soupçonné d'être
capable de mettre sa famille en péril.

— Et ensuite ?

— Maintenant vous devez avoir compris
qu'Asselta lui aussi travaillait pour McGuane.

— Puisque vous le dites.

Il n'a pas relevé.

— Asselta avait beaucoup à perdre de son côté.
Vous avez cité Laura Emerson, l'autre étudiante qui a
été assassinée. D'après votre frère, c'est Asselta qui
l'a tuée. Étranglée, sa méthode d'exécution préférée.
Laura aurait découvert le trafic de drogue à Haverton
et elle était déterminée à le dénoncer.

J'ai esquissé une moue.

— Et ils l'ont tuée pour cette raison ?

— Eh oui, ils l'ont tuée pour ça. Que croyez-vous
qu'ils allaient faire, lui payer une glace ? Ce sont des
monstres, Will. Mettez-vous bien ça dans la caboche.

J'ai revu Phil McGuane quand il venait chez nous
jouer au Monopoly. C'était toujours lui qui gagnait. Il
était calme et observateur, genre « eau qui dort » et
le reste. Il était chef de classe, je crois. Il m'impres-
sionnait. Le Spectre était un psychotique avéré. On le
savait capable de tout. Mais McGuane ?

— D'une manière ou d'une autre, ils ont appris où
Ken se cachait. Peut-être Asselta a-t-il suivi Julie
depuis l'université jusqu'à chez elle... Bref, il a

353

rattrapé votre frère chez les Miller. Nous pensons q̶
a tenté de les tuer tous les deux. Vous dites que v̶
avez vu quelqu'un ce soir-là. Nous vous croyon̶
Nous croyons également que l'homme que vous ave̶
aperçu était Asselta. On a relevé ses empreintes sur
les lieux. Ken a été blessé – d'où le sang – mais il a
réussi à s'échapper. Asselta s'est retrouvé avec le
corps de Julie Miller sur les bras. Quelle était la solution la plus naturelle ? Faire porter le chapeau à Ken.
C'était le meilleur moyen de le discréditer, voire de
l'obliger à disparaître.

Pistillo s'est tu et a repris un cookie. Il évitait de me
regarder. Peut-être qu'il me menait en bateau, mais ses
propos avaient des accents de vérité. J'ai essayé de me
calmer, de digérer ce que je venais d'entendre. Je ne le
quittais pas des yeux. Lui fixait son cookie. Cette fois,
c'était à moi de contenir ma rage.

— Alors, pendant tout ce temps…

J'ai dégluti et recommencé.

— … pendant tout ce temps, vous avez su que Ken
n'avait pas tué Julie.

— Pas du tout.

— Mais vous venez de dire…

— Une hypothèse, Will. Ce n'est qu'une hypothèse. Il existe autant de chances pour que ce soit lui.

— Vous n'y croyez pas…

— Ne me dites pas ce que je dois croire.

— Mais pour quelle raison l'aurait-il tuée ?

— Votre frère était un sale type. Ne vous faites pas
d'illusions là-dessus.

— Ce n'est pas un mobile.

J'ai secoué la tête.

— Pourquoi ? Si vous saviez que ce n'était pas
Ken, pourquoi avoir toujours soutenu le contraire ?

354

Pistillo a choisi de garder le silence : pas grave.

explication, soudain, m'a paru évidente. Il n'y avait qu'à regarder les photos sur le frigo.

— Parce que vous vouliez le récupérer coûte que coûte, ai-je déclaré, répondant à ma propre question. Ken était le seul à pouvoir vous donner McGuane. S'il s'était caché en tant que témoin à charge, personne n'en aurait eu cure. Mais un assassin au centre d'un fait divers sordide, alors là tout le monde en parlerait, et la couverture médiatique lui rendrait la tâche plus difficile.

Pistillo continuait à examiner ses mains.

— J'ai raison, hein ?

Lentement, il a levé les yeux sur moi.

— Votre frère avait conclu un accord avec nous, a-t-il dit froidement. En prenant la fuite, il a rompu ses engagements.

— Et ça justifiait le mensonge ?

— Ça justifiait le recours à tous les moyens possibles permettant de le retrouver.

Je tremblais littéralement.

— Et tant pis pour sa famille ?

— Je n'y suis pour rien.

— Vous vous rendez compte de ce que vous nous avez fait ?

— Vous savez quoi, Will ? Je m'en contrefiche. Vous pensez avoir souffert ? Regardez ma sœur. Regardez ses enfants.

— En voulant aider votre famille, vous avez sacrifié la mienne.

Pistillo a fini par craquer. Son verre a valdingué par terre, se brisant en mille morceaux. J'ai reçu des éclaboussures de thé.

— Comment osez-vous comparer ce qui n'est pas comparable ?

La porte s'est ouverte et Claudia Fisher a passé tête à l'intérieur pour voir quel était ce vacarme. Il l'. rassurée d'un geste de la main. Elle a attendu une fraction de seconde avant de se retirer.

Pistillo s'est rassis, pantelant.

— Qu'est-il arrivé ensuite ? ai-je demandé.

Il m'a regardé.

— Vous n'avez pas deviné ?

— Non.

— Ç'a été un coup de chance, en fait : un de nos agents était en vacances à Stockholm. Un hasard extraordinaire.

— De quoi parlez-vous ?

— Notre agent, il a repéré votre frère dans la rue.

J'ai battu des cils.

— Attendez une minute. C'était quand ?

Pistillo s'est livré à un rapide calcul mental.

— Il y a quatre mois.

Je ne comprenais toujours pas.

— Et Ken s'est échappé ?

— Ah non. L'agent n'a pris aucun risque. Il l'a alpagué sur-le-champ.

Joignant les mains, Pistillo s'est penché vers moi.

— Nous l'avons capturé, a-t-il dit en chuchotant presque. Nous avons capturé votre frère et nous l'avons ramené ici.

PHILIP MCGUANE A VERSÉ LE COGNAC.

Le corps du jeune Cromwell avait été enlevé. Étalé comme une peau d'ours, Joshua Ford était vivant, et même conscient, mais il ne bougeait pas.

McGuane a tendu un verre ballon au Spectre. Les deux hommes se sont assis. McGuane a bu une grande gorgée. Berçant le verre entre ses mains, le Spectre a souri.

— Quoi ? a demandé McGuane.

— Excellent, ton cognac.

Le Spectre a contemplé l'alcool.

— J'étais en train de penser à nous, quand on traînait dans les bois et qu'on buvait la bière la moins chère qu'on pouvait trouver. Tu te souviens, Philip ?

— Schlitz et Old Milwaukee, s'est rappelé McGuane.

— Ouais.

— Ken était copain avec le marchand de vin. Il ne lui demandait jamais ses papiers.

— Le bon temps, a dit le Spectre.

— Ça...

McGuane a levé son verre.

— ... c'est mieux.

— Tu crois ?

Le Spectre a pris une gorgée. Fermant les yeux, avalé.

— Tu connais cette théorie selon laquelle chaque choix que tu fais divise le monde en univers parallèles ?

— Oui.

— Je me demande souvent s'il en existe où nous sommes différents – ou si, à l'inverse, nous étions destinés à être ce que nous sommes, quoi qu'il arrive.

McGuane a ricané.

— Tu ne serais pas en train de te ramollir, John ?

— Ça m'étonnerait. Mais dans les moments de sincérité, je ne peux pas m'empêcher de m'interroger. Fallait-il que les choses soient ce qu'elles sont ?

— Tu aimes faire souffrir, John.

— C'est vrai.

— Tu as toujours aimé ça.

Le Spectre a réfléchi.

— Non, pas toujours. Mais naturellement, la grande question est de savoir pourquoi.

— Pourquoi tu aimes faire souffrir les autres ?

— Pas uniquement faire souffrir. Je prends plaisir à donner la mort. J'ai choisi la strangulation parce que c'est la manière la plus atroce de mourir. Pas la balle rapide. Pas le coup de couteau soudain. Tu te cramponnes littéralement à ton dernier souffle. Tu sens qu'on te prive de l'oxygène vital. Je fais ça, moi : je les regarde lutter pour un souffle qui ne vient pas.

— Toi alors !

McGuane a reposé son verre.

— Tu dois mettre une sacrée ambiance dans les soirées, John.

— Je pense bien.

De nouveau sérieux, le Spectre a repris :

— Mais pourquoi j'en tire cette jouissance, Philip ?
Que m'est-il arrivé, qu'en est-il de mon sens moral,
pour qu'ôter la vie à mes semblables me procure une
telle satisfaction ?

— Tu ne vas pas mettre ça sur le compte de ton
papa, hein, John ?

— Non, ce serait trop facile.

Posant lui aussi son verre, il s'est tourné vers
McGuane.

— Tu m'aurais tué, Philip ? Si je n'avais pas
neutralisé les deux hommes au cimetière, est-ce que tu
m'aurais tué ?

McGuane a opté pour la vérité.

— Je ne sais pas, a-t-il répliqué. C'est possible.

— Et tu es mon meilleur ami, a constaté le Spectre.

— Et toi probablement le mien.

Le Spectre a souri.

— On formait une drôle d'équipe, hein, Philip ?

McGuane n'a pas répondu.

— J'ai connu Ken quand j'avais quatre ans, a poursuivi le Spectre. Tous les gamins du quartier avaient
interdiction de traîner devant chez nous. Les Asselta
n'étaient pas fréquentables – tu connais la chanson.

— Oui, s'est souvenu McGuane.

— Mais Ken, ça l'attirait, au contraire. Il adorait
explorer la maison. Je me rappelle quand on a trouvé
le pistolet de mon paternel. On avait six ans, je crois.
Ce sentiment de puissance. Ça nous fascinait. On
s'amusait à terroriser Richard Werner... tu ne l'as pas
connu, il a déménagé quand nous étions au CE1. Une
fois, nous l'avons kidnappé et ligoté. Il a pleuré et
s'est pissé dessus.

— Et tu as aimé ça.

Le Spectre a hoché lentement la tête.

— Peut-être.

— J'ai une question, a dit McGuane.

— Je t'écoute.

— Puisque ton père avait un pistolet, pourquo
t'es-tu servi d'un couteau de cuisine contre Daniel
Skinner ?

Le Spectre a secoué la tête.

— Je n'ai pas envie d'en parler…

— Tu n'as jamais envie.

— Exact.

— Pourquoi ?

Il n'a pas répondu directement.

— Quand le paternel a su qu'on jouait avec son
flingue, il m'a battu comme plâtre.

— Ça lui arrivait souvent.

— Oui.

— Tu n'as jamais cherché à te venger ?

— De mon père ? Non, il était trop pitoyable pour
qu'on le haïsse. Le départ de ma mère l'a définitivement mis au tapis. Il croyait toujours qu'elle allait
revenir. Il s'y préparait même. Lorsqu'il buvait, il
s'asseyait seul sur le canapé et il lui parlait, il riait
avec elle. Puis il éclatait en sanglots. Elle a brisé sa
vie. J'ai torturé des hommes, Philip. J'en ai vu qui
imploraient la mort. Mais je pense n'avoir rien vu de
plus pitoyable que mon père en train de pleurer ma
mère.

Par terre, Joshua Ford a gémi sourdement. Personne
ne lui a prêté attention.

— Où est-il maintenant ? a demandé McGuane.

— À Cheyenne, dans le Wyoming. Il ne boit plus,
il s'est trouvé une gentille femme. Et il a versé dans le
fanatisme religieux. Il a troqué l'alcool contre la reli-
gion – une drogue contre une autre.

— Tu lui parles, des fois ?

Le Spectre s'exprimait d'une voix douce.

— Non.

Ils ont bu en silence.

— Et toi, Philip ? Tu n'étais pas pauvre. Tu n'étais pas maltraité. Tes parents ne t'ont pas pourri la vie.

— C'était juste des parents, a acquiescé McGuane.

— Je sais que ton oncle appartenait au milieu. Il t'a entraîné là-dedans. Mais tu aurais pu vivre normalement. Pourquoi ne l'as-tu pas fait ?

McGuane s'est esclaffé.

— Quoi ?

— Nous sommes plus différents qu'il n'y paraît.

— Comment ça ?

— Toi, tu as des remords. Tu es bon dans ce que tu fais, tu en tires du plaisir. Et tu te considères comme quelqu'un de mauvais.

McGuane s'est redressé brusquement.

— Mon Dieu.

— Quoi ?

— Tu es plus dangereux que je ne l'aurais cru, John.

— Pourquoi ça ?

— Ce n'est pas à cause de Ken que tu es revenu, a dit McGuane.

Et, baissant le ton :

— C'est à cause de la petite fille, n'est-ce pas ?

Sans répondre, le Spectre a avalé une gorgée de cognac.

— Ces choix et ces univers parallèles dont tu parlais, a continué McGuane. Tu penses que si Ken était mort ce soir-là, tout aurait été différent.

— Ç'aurait été en effet un univers parallèle.

— Mais pas forcément meilleur, a rétorqué McGuane.

Puis il a ajouté :

— Et maintenant ?

— On va avoir besoin de Will. Il est le seul à pouvoir faire sortir Ken de sa tanière.

— Il ne lèvera pas le petit doigt pour nous aider.

Le Spectre a froncé les sourcils.

— Ce n'est pas à toi qu'il faut expliquer comment ça marche.

— Son père ? a suggéré McGuane.

— Non.

— Sa sœur ?

— Elle est trop loin.

— Mais tu as bien une idée ?

— Réfléchis ! a ordonné le Spectre.

McGuane a obéi. Et, une fois qu'il a eu compris, son visage s'est fendu d'un large sourire.

— Katy Miller !

46

LES YEUX FIXÉS SUR MOI, Pistillo guettait ma réaction face à cette stupéfiante révélation. Mais je me suis vite ressaisi. Peut-être que je commençais enfin à y voir clair.

— Vous avez capturé mon frère ?

— Oui.

— Et vous l'avez rapatrié aux États-Unis ?

— Oui.

— Comment se fait-il que les journaux n'en aient pas parlé ?

— On a agi avec discrétion.

— À cause de McGuane ?

— En grande partie, oui.

— Et pour le reste ?

Il a secoué la tête.

— Vous vouliez toujours la peau de McGuane, ai-je constaté.

— Oui.

— Et mon frère pouvait vous le livrer.

— Il pouvait nous être utile, oui.

— Donc, vous avez conclu un autre marché avec lui.

— Disons qu'on a renouvelé notre contrat.

L'histoire s'éclaircissait peu à peu.

— Vous lui avez accordé un statut de témoin placé sous protection gouvernementale.

Pistillo a hoché la tête.

— Au départ, nous l'avons assigné à résidence dans un hôtel. Mais les informations qu'il détenait n'étaient plus vraiment d'actualité. Il était toujours notre témoin clé, mais il nous fallait plus de temps. On ne pouvait pas le garder éternellement à l'hôtel ; d'ailleurs, il ne voulait plus y rester. Ken a fait appel à un avocat de renom, et nous sommes parvenus à un accord. Nous lui avons trouvé un logement au Nouveau-Mexique. Il devait se présenter quotidiennement à l'un de nos agents. On l'appellerait comme témoin quand on aurait besoin de lui. Le moindre faux pas, et toutes les charges qui pesaient sur lui, y compris le meurtre de Julie Miller, pourraient être rétablies.

— Et qu'est-ce qui s'est passé ?

— McGuane a tout découvert.

— Comment ?

— Mystère… Une fuite, probablement… McGuane a donc dépêché deux de ses sbires pour liquider votre frère.

— Les deux hommes morts dans la maison.

— Oui.

— Qui les a tués ?

— Nous pensons que c'est votre frère. Ils l'ont sous-estimé. Il les a tués et il a repris le large.

— Et vous voulez le récupérer une fois de plus.

Son regard s'est posé sur les photos du frigo.

— Oui.

— Mais je ne sais pas où il est.

— On l'a bien compris. Écoutez, on a sans doute loupé notre coup. Mais il faut que Ken revienne. Nous le protégerons – surveillance vingt-quatre heures sur vingt-quatre, maison sécurisée, tout ce qu'il voudra. Ça, c'est la carotte. Le bâton, c'est que son séjour en prison sera fonction de sa coopération.

— Qu'attendez-vous de moi ?

— Il finira bien par vous contacter.

— Comment pouvez-vous en être aussi sûr ?

Il a contemplé mon verre en soupirant.

— Comment pouvez-vous en être aussi sûr ? ai-je répété.

— Parce que, a dit Pistillo, Ken vous a déjà appelé.

Un bloc de glace s'est formé dans ma poitrine.

— Il y a eu deux appels passés d'une cabine téléphonique proche de la maison de votre frère à Albuquerque. Le premier, une semaine avant le meurtre des deux hommes de main. Le second, tout de suite après.

J'aurais dû être choqué, mais je ne l'étais pas. Petit à petit, le tableau prenait forme sous mes yeux, sauf qu'il n'était guère reluisant.

— Vous n'étiez pas au courant de ces coups de fil, hein, Will ?

J'ai dégluti. Qui, en dehors de moi, aurait pu répondre au téléphone si Ken avait réellement appelé ?

Sheila.

— Non, ai-je dit. Non, je n'étais pas au courant.

Il n'a pas eu l'air surpris.

— Ça, nous ne le savions pas quand nous vous avons approché pour la première fois. En toute logique, c'est vous qui étiez censé répondre au téléphone.

Je l'ai regardé.

— Et Sheila Rogers, quel est son rôle là-dedans ?

— Ses empreintes ont été trouvées sur les lieux du crime.

— Oui.

— Eh bien, laissez-moi vous poser une question, Will. Nous savions que votre frère vous avait appelé. Nous savions que votre compagne s'était rendue chez Ken au Nouveau-Mexique. Qu'auriez-vous déduit à notre place ?

— Que j'étais dans le coup.

— Absolument. Nous avons cru que vous aidiez votre frère et que Sheila vous servait en quelque sorte d'intermédiaire. Puis, quand Ken s'est enfui, nous vous avons soupçonnés tous les deux de connaître sa planque.

— Maintenant vous savez ce qu'il en est.

— Tout à fait.

— Alors, que soupçonnez-vous aujourd'hui ?

— La même chose que vous, Will.

Sa voix était douce et – nom de Dieu ! – empreinte de pitié.

— Que Sheila Rogers s'est servie de vous. Qu'elle travaillait pour McGuane. Que c'est elle qui l'a informé du retour de Ken. Et quand ça a mal tourné, McGuane l'a éliminée.

Sheila. Sa trahison me glaçait jusqu'aux os. Il fallait être aveugle, ou d'une naïveté crasse, pour continuer à croire qu'elle avait vu en moi autre chose que le dindon de la farce.

— Je voulais vous raconter tout ça, Will, parce que j'avais peur que vous ne commettiez une bêtise.

— Comme parler à la presse ?

— Oui… et parce que je veux que vous compreniez. Votre frère a deux solutions : soit McGuane et Asselta le retrouvent pour le tuer, soit nous le retrouvons pour le protéger.

— J'avoue que vous venez d'en fournir une preuve éclatante.

— C'est tout de même sa meilleure chance, a-t-il ~~ecté~~. Et ne pensez pas que McGuane se conten-~~ra~~ de votre frère. Cette agression contre Katy Miller, ~~c~~royez-vous sincèrement qu'elle soit le fruit du ~~h~~asard ? Pour le bien de tous, nous avons besoin de votre coopération.

Je me suis tu. Je n'avais pas confiance en lui. Pistillo m'avait clairement fait comprendre qu'il ne reculerait devant rien pour avoir McGuane. Il sacrifierait mon frère. Il m'avait jeté en prison. Et par-dessus tout il avait détruit ma famille. J'ai songé à ma sœur réfugiée à Seattle. J'ai songé à ma mère, au sourire de Sunny, et là j'ai vraiment su que l'homme assis en face de moi, celui-là même qui se posait en sauveur de mon frère, l'avait effacé à jamais. Il avait tué ma mère – personne ne réussirait à me convaincre que son cancer n'était pas lié à ce qu'elle avait vécu –, et à présent il réclamait mon aide.

Dans quelle mesure me disait-il la vérité ? Et j'ai décidé de mentir à mon tour.

— D'accord, ai-je acquiescé, je vous aiderai.

— Parfait. Je veillerai à ce que toutes les charges contre vous soient levées sur-le-champ.

Je ne l'ai pas remercié.

— On va vous raccompagner chez vous, si vous voulez.

J'allais refuser, mais j'ai préféré ne pas déterrer la hache de guerre. S'il avait envie de jouer au plus malin, eh bien, je pourrais m'y essayer aussi. J'ai donc accepté. Une fois que j'ai été debout, il a observé :

— On enterre bientôt Sheila, à ce qu'on m'a dit.

— Oui.

— Maintenant qu'il n'y a plus de charges contre vous, vous êtes libre de voyager.

Je me taisais.

— Vous irez ? m'a-t-il demandé.

Cette fois, j'ai répondu franchement.

— Je ne sais pas.

47

COMME JE N'ALLAIS PAS RESTER à la maison à attendre je ne sais quoi, le lendemain je suis allé travailler. Je croyais n'être pas bon à grand-chose, or curieusement ça n'a pas été le cas. Bien sûr, je continuais à penser à mon frère, à Sheila et au sort de sa fille, Carly. J'ai appelé Katy à l'hôpital, mais le standard faisait toujours barrage. Carrex avait chargé une agence de détectives privés de retrouver le nom de Donna White sur les listes de passagers des compagnies aériennes : jusqu'à présent les recherches n'avaient rien donné.

Ce soir-là, je me suis porté volontaire pour prendre la camionnette. Carrex s'est joint à moi et ensemble nous nous sommes engouffrés dans la nuit. Les enfants de la rue étaient auréolés d'une lueur bleutée. Un adulte qui pousse un caddie ou qui dort sous un carton, qui fait la manche avec un gobelet en plastique, on voit tout de suite que c'est un SDF. Le problème avec les ados, fugueurs, drogués, prostitués ou cinglés, c'est qu'ils se fondent davantage dans le paysage. On ne peut jamais savoir s'ils sont à la rue ou simplement en train de musarder dehors.

La musique beuglait dans nos oreilles sur un lancinant rythme latino. Carrex m'a tendu un paquet de cartes téléphoniques à distribuer. Nous nous sommes engagés dans l'Avenue A, connue pour son trafic

d'héroïne, et nous avons entamé les travau
d'approche habituels. On a parlé, cajolé, écouté. J'a
vu des visages émaciés. Je les ai vus se gratter comme
si la peau leur démangeait. J'ai vu des traces de
piqûres et des veines rabougries.

À quatre heures du matin, on était de retour dans
la camionnette. Depuis notre départ, on avait à peine
échangé quelques mots, Carrex et moi. Il a regardé par
la vitre. Les enfants étaient toujours là. Plus nombreux
encore, comme régurgités par les briques.

— On devrait aller à l'enterrement, a dit Carrex.

J'ai été incapable de proférer un son.

— Tu la revois, des fois ? a-t-il demandé. Son
visage quand elle travaillait avec ces mômes ?

Ça m'arrivait, oui. Et je comprenais ce qu'il voulait
dire par là.

— Ça ne se simule pas, Will.

— J'aimerais le croire.

— Comment tu te sentais, avec Sheila ?

— J'étais l'homme le plus heureux du monde.

Il a hoché la tête.

— Ça ne se simule pas non plus.

— Alors comment tu expliques la suite ?

— Je ne l'explique pas.

Il a enclenché la vitesse et démarré.

— Mais on raisonne trop avec la tête, là. Il faudrait
peut-être penser un peu au cœur.

J'ai froncé les sourcils.

— L'idée est bonne, Carrex, même si je ne suis pas
sûr qu'elle ait un sens.

— Disons-le autrement : on va aller rendre
hommage à la Sheila qu'on a connue.

— Même si ce n'était qu'un leurre ?

— Même. Et puis on apprendra peut-être quelque
chose. On saura mieux ce qui s'est passé ici.

— Ce n'est pas toi qui as dit qu'on risquerait de pas aimer ce qu'on allait trouver ?

— Tiens, c'est vrai, oui.

Il a remué les sourcils.

— Nom de Dieu, ce que je suis bon !

J'ai souri.

— Nous lui devons ça, Will. Nous le devons à sa mémoire.

Il n'avait pas tort. Ça revenait à tourner la page. Je voulais des réponses. Et si personne ne m'en fournissait à l'enterrement, il se pouvait que l'enterrement même, le fait de mettre ma fausse bien-aimée en terre, contribue au processus de guérison. J'étais sceptique, mais prêt à tout essayer.

— Il faut aussi penser à Carly.

Carrex a pointé le doigt sur la vitre.

— Sauver des gosses, c'est pour ça qu'on est là, non ?

Je me suis tourné vers lui.

— En parlant de gosses…

J'ai attendu. Je ne voyais pas ses yeux – même la nuit, il portait souvent des lunettes noires – mais sa main s'est crispée sur le volant.

— Carrex ?

Il a rétorqué sur un ton pincé :

— On parle de toi et de Sheila, pour le moment.

— C'est du passé. Quoi qu'on découvre, il ne changera pas.

— Concentrons-nous sur une seule chose à la fois, d'accord ?

— Non, pas d'accord. Tu sais, l'amitié est une rue à double sens.

Il a secoué la tête et nous nous sommes tus. Je fixais son visage grêlé et mal rasé. Le tatouage avait l'air plus foncé. Carrex se mordillait la lèvre inférieure.

Au bout d'un moment, il a fini par rompre le silence.

— Je ne l'ai jamais dit à Wanda.

— Que tu avais un enfant ?

— Un fils, a-t-il répondu doucement.

— Où est-il en ce moment ?

Il a ôté une main du volant pour se gratter la joue. J'ai remarqué qu'elle tremblait.

— Il n'avait pas six ans qu'il était déjà six pieds sous terre.

J'ai fermé les yeux.

— Il s'appelait Michael. Je ne voulais pas entendre parler de lui. Je ne l'ai vu que deux fois. Je l'ai laissé seul avec sa mère, une junkie de dix-sept ans à qui tu n'aurais pas confié un chien à garder. Quand il avait trois ans, elle s'est défoncée et a encastré sa voiture sous un semi-remorque. Ils sont morts tous les deux. Je ne sais toujours pas s'il s'agit d'un suicide ou non.

— Je suis vraiment désolé, ai-je murmuré faiblement.

— Michael aurait vingt et un ans aujourd'hui.

J'ai cherché quoi dire, en vain. Mais je me suis lancé quand même.

— C'était il y a longtemps. Tu n'étais qu'un gamin.

— Pas la peine de me chercher des excuses, Will.

— Je ne cherche pas d'excuses, je voudrais juste…

J'ignorais totalement comment j'allais formuler ça.

— Si j'avais un enfant, je te demanderais d'être son parrain. Et son tuteur, si jamais il m'arrivait quelque chose. Je ne le ferais pas par amitié ou par loyauté. Je le ferais par pur égoïsme. Pour le bien de mon gosse.

— Certaines choses ne peuvent pas être pardonnées.

— Ce n'est pas toi qui l'as tué, Carrex.

— Mais oui, bien sûr, je n'ai strictement rien à me reprocher.

Nous nous sommes arrêtés au feu rouge. Il a mis la radio. C'était la pub : on vantait les mérites d'un régime miracle. Carrex a éteint et, se penchant en avant, a posé les avant-bras sur le volant.

— Les mômes qu'on voit par ici, j'essaie de les secourir. Je me dis que si j'en sauve suffisamment, ça va peut-être changer les choses pour d'autres Michael. J'arriverai peut-être à les sauver, eux.

Les lunettes de soleil ont été enlevées. La voix s'est durcie.

— Mais ce que je sais – ce que j'ai toujours su –, c'est que, quoi que je fasse, moi, je ne mérite pas d'être sauvé.

J'ai fait non de la tête. Je m'efforçais de trouver des paroles de réconfort, un truc pour le rassurer, pour détendre l'atmosphère. Mais tout ce qui me venait à l'esprit était banal, rebattu. Comme la plupart des drames, celui-ci expliquait beaucoup de choses sur la vie de Carrex, mais rien sur l'homme lui-même.

Pour finir, j'ai simplement dit :

— Tu as tort.

Il a remis ses lunettes, le regard fixé sur la route. Je l'ai senti qui se refermait. Mais je n'ai pas désarmé.

— Tu parles d'aller à l'enterrement parce qu'on doit bien ça à Sheila. Et que fais-tu de Wanda ?

— Will ?

— Ouais.

— Je ne crois pas que j'ai envie de poursuivre cette discussion.

48

LE VOL MATINAL À DESTINATION DE BOISE s'est déroulé sans accroc. On a décollé de La Guardia, un aéroport qui pourrait certes être plus pourri encore, mais non sans une sérieuse intervention divine. J'ai occupé comme d'habitude un siège en classe économique, derrière une minuscule vieille dame qui s'obstinait à incliner son dossier en arrière. L'étude approfondie de ses cheveux gris et de son crâne blême − sa tête reposait pratiquement sur mes genoux − m'a permis de passer le temps.

Assis à ma droite, Carrex lisait un article que lui avait consacré le *Yoga Journal.* Par moments, il hochait la tête.

— Eh oui, c'est vrai, je suis comme ça.

Juste pour m'énerver. C'est pour cette raison qu'il était mon meilleur ami.

J'ai réussi à m'abstraire jusqu'à la vue du panneau : BIENVENUE À MASON, IDAHO. Carrex avait loué une Buick Skylark. On s'est perdus à deux reprises. Même ici, dans la prétendue cambrousse, les zones d'activité commerciale prédominaient. Avec les mêmes enseignes que partout ailleurs − la monotonie dans l'unité.

La chapelle était petite, blanche, sans aucun signe distinctif. J'ai repéré Edna Rogers, un peu à l'écart, en ain de fumer une cigarette. Carrex s'est arrêté. J'ai senti mon estomac se nouer. L'herbe était brûlée par le soleil. Edna Rogers a regardé dans notre direction. Les yeux sur moi, elle a exhalé un long nuage de fumée.

Je me suis dirigé vers elle, Carrex sur mes talons. J'avais l'impression d'être vide, loin d'ici. L'enterrement de Sheila. Nous étions là pour enterrer Sheila. J'avais un mal fou à me concentrer sur cette idée.

Le regard sec et dur, Edna Rogers continuait à tirer sur sa cigarette.

— Je ne savais pas si vous viendriez, m'a-t-elle dit.

— Je suis là.

— Avez-vous du nouveau concernant Carly ?

— Non, ai-je répondu, ce qui n'était pas entièrement vrai. Et vous ?

Elle a secoué la tête.

— La police ne se donne pas beaucoup de peine pour chercher. Ils disent qu'il n'y a aucune trace prouvant que Sheila ait eu un enfant. À mon avis, ils ne croient même pas à son existence.

La suite a été un fondu enchaîné d'images en accéléré. Carrex nous a interrompus pour présenter ses condoléances. D'autres hommes se sont approchés. Ils étaient presque tous en complet et travaillaient avec le père de Sheila dans une usine qui fabriquait des dispositifs d'ouverture de portes de garage. Ça m'a frappé, mais sur le coup je n'aurais su dire pourquoi. J'ai serré quantité de mains en oubliant les noms au fur et à mesure. M. Rogers, un grand et bel homme, m'a salué d'une accolade avant de rejoindre ses collègues de travail. Sheila avait aussi un frère et une sœur plus jeunes, l'un et l'autre maussades et hébétés.

On est tous restés dehors, comme si on avait peur de commencer la cérémonie. Les gens se rassemblaient par petits groupes. Les plus jeunes se sont massés autour du frère et de la sœur de Sheila. Son père et les complets s'étaient regroupés en demi-cercle. Les femmes attendaient près de la porte.

Comme à l'accoutumée, Carrex attirait les regards. Il avait gardé son jean poussiéreux, mais avec un blazer bleu et une cravate grise. Il aurait bien mis un costume, a-t-il dit avec un sourire, seulement Sheila ne l'aurait pas reconnu.

Finalement, l'assistance s'est peu à peu engouffrée dans la chapelle. J'étais surpris par le nombre, mais bien sûr ils étaient tous là pour la famille, pas pour Sheila. Ça faisait trop longtemps qu'elle était partie. Se glissant à côté de moi, Edna Rogers m'a pris le bras. Elle m'a regardé et s'est vaillamment efforcée de sourire. Moi, je n'arrivais toujours pas à la cerner.

Nous étions les derniers à entrer. Autour de nous, les gens murmuraient à quel point ils trouvaient Sheila « bien », combien elle avait l'air « vivante ». Ce genre de commentaires me donnait la chair de poule. Je ne suis pas croyant mais ce qui me plaît dans le judaïsme, c'est la manière dont on traite nos morts – à savoir qu'on les met en terre vite fait. On n'a pas de cercueils ouverts.

Je n'aime pas les cercueils ouverts.

Je n'aime pas ça pour des raisons évidentes. Contempler un cadavre embaumé, joliment habillé et maquillé, tel un personnage du musée de cire ou, pis, tellement « vivant » qu'on s'attend presque qu'il respire ou se dresse sur son séant, franchement, il y a de quoi flipper. Et puis, quelle image cela laisse-t-il aux proches ? Avais-je envie de revoir éternellement Sheila couchée, les yeux clos, dans cette boîte capi-tonnée – pourquoi les cercueils sont-ils toujours capi-tonnés ? Tandis que je prenais place dans la file avec Edna Rogers – il y avait bel et bien une file d'attente

ur admirer cette œuvre d'art –, ces pensées me
ngeaient, me tiraient vers le bas.

Hélas ! il n'existait aucun moyen de faire machine
arrière. Edna serrait mon bras avec un peu trop de
force. Alors qu'on se rapprochait, ses genoux ont
fléchi. Je l'ai soutenue. Elle m'a souri, cette fois avec
une authentique douceur.

— Je l'aimais, a-t-elle murmuré. Une mère ne peut
cesser d'aimer son enfant.

N'osant pas parler, j'ai acquiescé. On a fait un pas
de plus, ce n'était guère différent de l'embarquement
à bord de ce satané avion. « Les parents et amis de
la défunte à partir du vingt-cinquième rang et au-delà
peuvent maintenant voir le corps. »

Carrex se tenait derrière nous, le dernier de la file.
J'avais les yeux baissés, mais malgré moi un espoir
insensé cognait de nouveau à la porte de mon cœur. Je
regarderais dans le cercueil et il serait vide, ou bien
ce ne serait pas Sheila. Voilà peut-être à quoi ça sert
qu'un cercueil soit ouvert. À marquer la fin. On voit,
on accepte. J'étais auprès de ma mère au moment de
sa mort. J'avais recueilli son dernier souffle. Cependant j'avais été tenté de jeter un œil dans son cercueil,
au cas où Dieu aurait changé d'avis.

Évidemment, ça ne risquait pas de se produire.

Quoique.

Quand Edna Rogers et moi sommes arrivés devant
le cercueil, je me suis forcé à regarder. Et le sol s'est
dérobé sous mes pieds. Je me suis senti tomber dans
un gouffre.

— Ils ont fait du beau travail, vous ne trouvez pas ?
a chuchoté Mme Rogers.

Agrippant mon bras, elle s'est mise à pleurer. Mais
moi, j'étais ailleurs. Loin, très loin d'elle. Je fixais le
cercueil. Et la vérité s'est fait jour dans mon esprit.

Sheila Rogers était bien morte, aucun doute ⏐ dessus.

Mais la femme que j'aimais, la femme qui ava⏐ partagé ma vie et que je voulais épouser n'était pas⏐ Sheila Rogers.

49

JE NE ME SUIS PAS ÉVANOUI, MAIS PRESQUE.

La pièce s'était mise à tourner. Les murs tantôt s'éloignaient, tantôt se refermaient sur moi. J'ai chancelé et failli atterrir dans le cercueil avec Sheila Rogers – une femme que je voyais pour la première fois, mais que je ne connaissais déjà que trop. Une main m'a rattrapé par l'avant-bras. Carrex. Je l'ai regardé. Pâle, les traits crispés, il m'a adressé un imperceptible hochement de tête.

Il ne s'agissait donc pas d'un mirage ni du fruit de mon imagination. Carrex avait vu aussi.

Nous avons assisté à la cérémonie. Que pouvions-nous faire d'autre ? Incapable de détacher les yeux de ce cadavre inconnu, je tremblais de tout mon corps, mais personne ne m'a prêté attention. C'était un enterrement, après tout.

Une fois le cercueil mis en terre, Edna Rogers nous a invités chez elle... Nous nous sommes excusés, prétextant des horaires de vol trop serrés. Nous avons regagné la voiture de location. Carrex a démarré. Puis, après qu'on a eu perdu le cimetière de vue, il s'est arrêté sur le bas-côté et a attendu que je me calme.

— Voyons si on est bien sur la même longueur d'onde, a commencé Carrex.

J'ai acquiescé, presque apaisé maintenant. J'ava
peine à me contenir, mais ce coup-ci, c'éta
l'euphorie. Je ne comprenais pas ce qui était en jeu
la vision générale de la situation m'échappait, je me
focalisais sur les petits détails, les broutilles. Je me
concentrais sur un seul arbre à la fois car je n'avais pas
la force d'embrasser du regard la forêt entière.

— Tout ce qu'on a appris sur Sheila, a-t-il poursuivi, sa fugue, ses années de tapin, le trafic de drogue,
son amitié avec ton ex, ses empreintes dans la maison
de ton frère – tout ça...

— ... se rapporte à une étrangère.

— Donc, notre Sheila, enfin, la demoiselle qu'on
pensait être Sheila...

— ... n'a rien fait de tout ça.

Carrex a examiné la situation.

— La classe, a-t-il énoncé.

J'ai esquissé un sourire.

— Tu l'as dit, bouffi.

Dans l'avion, Carrex a déclaré :

— Si notre Sheila n'est pas morte, c'est qu'elle est
vivante.

Je l'ai regardé.

— Je te signale, a-t-il souligné, que les gens paient
très cher pour entendre de telles paroles de sagesse.

— Je suis sacrément veinard d'en profiter gra-
tuitement !

— Qu'est-ce qu'on fait maintenant ?

J'ai croisé les bras.

— Donna White.

— Le faux nom qu'elle a acheté chez les
Goldberg ?

— Oui. Tes gars ont contrôlé uniquement les
compagnies aériennes ?

a hoché la tête.

— On essayait de savoir comment elle s'était ~~~~due dans l'Ouest.

— Tu peux demander à l'agence d'élargir leur ~~~echerche ?

— Sûrement.

L'hôtesse de l'air nous a servi notre « collation ». Mon cerveau continuait à carburer. Le vol me faisait beaucoup de bien. Il me laissait le temps de réfléchir. Je ne voulais pas que l'espoir vienne obscurcir mon raisonnement. Trop tôt. Il restait encore trop de zones d'ombre.

— Ça explique un tas de choses, ai-je commenté.

— Lesquelles ?

— Son goût du secret, le fait qu'elle évitait d'être photographiée. Le peu d'affaires qu'elle possédait. Son refus de parler du passé.

Carrex a opiné.

— Une fois, Sheila…

Je me suis interrompu car ce n'était probablement pas son vrai nom.

— … dans un moment d'inattention, elle a mentionné avoir grandi dans une ferme. Or, le père de la vraie Sheila Rogers fabriquait ces systèmes d'ouverture de portes de garage. Et l'idée d'appeler ses parents la tétanisait – tout simplement parce que ce n'étaient pas ses parents. Moi, j'avais mis tout ça sur le compte de la maltraitance.

— Et c'était peut-être juste parce qu'elle se cachait.

— Absolument.

— Alors la vraie Sheila Rogers, a dit Carrex en levant les yeux, celle qu'on vient d'enterrer, j'entends, elle était avec ton frère ?

— Apparemment, oui.

— Et ses empreintes digitales ont été trouvées le lieu du meurtre.

— Oui.

— Et ta Sheila ?

J'ai haussé les épaules.

— OK, a admis Carrex. Considérons que la femme qui se cachait avec Ken au Nouveau-Mexique, celle décrite par les voisins, était la défunte Sheila Rogers.

— Oui.

— Et il y avait une petite fille avec eux.

Silence.

Il m'a regardé.

— Tu arrives à la même conclusion que moi ?

J'ai hoché la tête.

— La petite, c'était Carly. Et Ken pourrait bien être son père.

Calé dans mon siège, j'ai fermé les yeux. Carrex a déballé sa collation et, après en avoir inspecté le contenu, a lâché un juron.

— Will ?

— Ouais.

— La femme que tu aimais. Qui c'est ? Tu as une idée ?

Sans ouvrir les yeux, j'ai répondu :

— Pas la moindre.

50

CARREX EST RENTRÉ CHEZ LUI. En promettant d'appeler dès qu'il y aurait du nouveau sur la dénommée Donna White. Mort de fatigue, je me suis traîné jusqu'à la maison. Arrivé devant ma porte, j'ai mis la clé dans la serrure. Une main m'a effleuré l'épaule. J'ai fait un bond.

— Relax.

C'était Katy Miller.

Elle avait la voix rauque et portait une minerve. Son visage était enflé, ses yeux injectés de sang. À l'endroit où la minerve s'arrêtait sous le menton, on apercevait des hématomes jaunes et violets.

— Ça va ? ai-je demandé.

Elle a acquiescé.

Je l'ai prise dans mes bras, prudemment, de peur de lui faire mal.

— Je ne vais pas casser, m'a-t-elle rassuré.

— Quand es-tu sortie ?

— Il y a quelques heures. Je ne peux pas rester. Si mon père savait où je suis...

J'ai levé la main.

— N'ajoute rien.

Nous avons poussé la porte. Elle a grimacé de douleur en entrant. On s'est dirigés vers le canapé. Je lui ai demandé si elle avait faim ou soif. Elle a dit non.

— Tu es sûre que tu ne serais pas mieux à l'hôpital ?

— On m'a assuré que ça allait, mais que j'avais besoin de repos.

— Et comment as-tu fait pour fausser compagnie à ton père ?

Elle s'est efforcée de sourire.

— Je suis têtue.

— Je vois.

— Et j'ai menti.

— Sans aucun doute.

Elle a détourné les yeux – juste les yeux, elle était incapable de bouger la tête – et ils se sont remplis de larmes.

— Merci, Will.

— Je ne peux pas m'empêcher de me sentir responsable.

— Tu déconnes.

J'ai changé de position sur le canapé.

— Pendant l'agression, tu as hurlé « John ». Enfin, c'est ce que j'ai cru entendre.

— La police m'en a parlé.

— Tu ne t'en souviens pas ?

— Non.

— Et de quoi te souviens-tu ?

Ses yeux ont débordé.

— Des mains sur ma gorge. J'étais en train de dormir. Quelqu'un m'a serré le cou, je me rappelle avoir étouffé.

Sa voix s'est brisée.

— Tu sais qui est John Asselta ? ai-je questionné.

— Ouais, un copain de Julie.

— Ce n'est pas de lui que tu parlais, par hasard ?

— Quand j'ai crié « John », tu veux dire ?

Elle a réfléchi.

Franchement, je ne sais pas, Will. Pourquoi ?

— Je pense…

Je me suis souvenu de la promesse faite à Pistillo : plus la mêler à ça.

— Je pense qu'il pourrait être impliqué dans le meurtre de Julie.

Elle a encaissé le coup sans ciller.

— Quand tu dis « impliqué »…

— C'est tout ce que je peux dire pour le moment.

— Tu parles comme un flic.

— Ç'a été une drôle de semaine.

— Alors raconte-moi ce que tu as appris.

— Tu es curieuse, mais à ta place j'écouterais les médecins.

Elle m'a regardé fixement.

— Ça signifie quoi, au juste ?

— Il faut que tu te reposes.

— Tu cherches à m'écarter ?

— Oui.

— Tu as peur qu'il m'arrive autre chose ?

— Exactement.

Ses yeux lançaient des éclairs.

— Je suis capable de m'occuper de moi-même.

— Je n'en doute pas. Mais là, nous sommes en terrain dangereux.

— Et on était où, jusqu'à présent ?

Touché.

— Écoute, je te demande de me faire confiance.

— Will ?

— Oui.

— Tu ne te débarrasseras pas de moi aussi facilement.

— Je ne veux pas me débarrasser de toi, ai-je répondu. Je veux te protéger.

— Tu ne peux pas, a-t-elle chuchoté. Et tu le sais.

385

J'ai gardé le silence.

Katy s'est rapprochée de moi.

— Je dois aller jusqu'au bout. Si quelqu'un pe[ut] comprendre, c'est bien toi.

— Je le comprends.

— Et alors ?

— J'ai promis de ne rien dire.

— Promis à qui ?

— Fais-moi confiance, d'accord ?

Elle s'est levée.

— Pas d'accord.

— J'essaie seulement…

— Si moi, je te demandais de dégager, tu m'écouterais ?

J'ai baissé les yeux.

— Je ne peux rien dire.

Katy s'est dirigée vers la porte.

— Attends une seconde.

— Je n'ai pas le temps, a-t-elle rétorqué brièvement. Mon père va se demander où je suis passée.

Je me suis levé aussi.

— Appelle-moi, d'accord ?

Je lui ai donné mon numéro de portable. Le sien, je l'avais déjà en mémoire.

En sortant, elle a claqué la porte.

Katy Miller s'est retrouvée dans la rue. Son cou lui faisait atrocement mal. Elle savait qu'elle tirait trop sur la ficelle, mais comment faire autrement ? Elle fulminait. Will avait-il été récupéré à son tour ? Elle n'aurait pas cru cela possible, mais peut-être qu'il ne valait pas mieux que les autres. Ou peut-être que si. Et qu'il pensait sincèrement la protéger.

À partir de maintenant, elle devrait redoubler de prudence.

Sa gorge était sèche. Elle mourait de soif, mais déglutir lui était un supplice. Elle espérait que tout serait bientôt terminé. Quoi qu'il en soit, elle irait jusqu'au bout. Elle ne baisserait pas les bras tant que l'assassin de Julie n'aurait pas été puni d'une manière ou d'une autre.

Elle est descendue jusqu'à la 18e Rue avant de bifurquer vers l'ouest. Le quartier des abattoirs était calme – une accalmie entre l'effervescence de la journée et l'activité interlope d'après minuit. Cependant, de nuit comme de jour, il régnait dans cette rue une odeur de viande pourrie. Humaine ou animale, Katy n'aurait su le dire.

La panique était de retour.

Elle s'est arrêtée pour essayer de reprendre ses esprits. Ces mains sur sa gorge. Il avait joué avec elle, serrant et desserrant son emprise jusqu'à ce qu'elle cesse de respirer.

Exactement comme Julie.

Occupée à revivre ce cauchemar, elle ne l'a pas entendu approcher. Quand il l'a empoignée par le coude, elle a fait volte-face.

— Qu'est-ce qui… ?

Le Spectre ne l'a pas lâchée.

— Tu m'as appelé, il paraît, a-t-il susurré.

Puis, souriant, il a ajouté :

— Eh bien, me voici.

51

JE RESTAIS PLANTÉ SUR LE CANAPÉ. Katy avait toutes les
raisons d'être furieuse. Mais sa colère ne me trou-
blait pas outre mesure, elle était largement préférable
à un autre enterrement. Je me suis frotté les yeux, j'ai
allongé les jambes. J'ai dû m'endormir car, lorsque le
téléphone a sonné, j'ai constaté à ma grande surprise
que le matin était déjà là. J'ai vérifié l'identité de mon
correspondant. C'était Carrex. À tâtons, j'ai attrapé le
combiné et l'ai collé contre mon oreille.

— Salut, ai-je dit.

Il n'a pas perdu de temps en politesses.

— Je crois qu'on a retrouvé notre Sheila.

Une demi-heure plus tard, je pénétrais dans le hall
de l'hôtel Regina.

Il était situé à quelque quinze cents mètres de mon
immeuble. On la cherchait à l'autre bout du pays, et
Sheila – comment voulez-vous que je l'appelle ? –
vivait à deux pas de chez moi !

L'agence de détectives de Carrex n'avait pas eu trop
de mal à la localiser, surtout qu'après la mort de son
homonyme elle avait baissé la garde. Elle avait déposé
de l'argent à la First National Bank et demandé une
carte Visa. On ne peut plus vivre dans cette ville sans
une carte de crédit. Les jours où l'on débarquait dans

an motel sous un faux nom en alignant des liasses de billets sont bel et bien révolus. La Visa avait été utilisée la veille pour retirer du liquide dans un distributeur ATM d'Union Square. À partir de là, il avait suffi de faire le tour des hôtels situés dans le secteur. On appelait et on demandait à parler à Donna White. Jusqu'au moment où l'on vous répondait :

— Ne quittez pas, s'il vous plaît.

À présent, en traversant le hall du Regina, mon cœur battait la chamade. Elle était en vie. Je n'arrivais pas à le croire – je n'osais pas le croire – tant que je ne l'avais pas vue de mes propres yeux.

Je t'aimerai toujours.

C'était ce qu'elle avait écrit. *Toujours.*

Je me suis approché de la réception. J'avais expliqué à Carrex que je préférais y aller seul. Il comprenait. La réceptionniste, une blonde au sourire hésitant, était au téléphone. Souriant de toutes ses dents, elle a désigné l'appareil pour signifier qu'elle aurait bientôt fini. J'ai haussé les épaules et, faussement décontracté, me suis appuyé au comptoir.

Une minute plus tard, elle a raccroché et s'est tournée vers moi.

— Puis-je vous renseigner ?

— Oui.

Ma voix m'a paru artificielle, trop modulée, comme si j'animais une émission de variétés sur une station de radio FM.

— Je voudrais voir Donna White, pourriez-vous me donner le numéro de sa chambre ?

— Désolée, monsieur. Nous ne donnons pas le numéro de chambre de nos clients.

J'ai failli me frapper le front. Étais-je bête !

— Mais oui, bien sûr, mille excuses. Je vais appeler d'abord. Vous avez un téléphone intérieur ?

Elle m'a indiqué trois téléphones blancs sans touches à ma droite. J'ai décroché et écouté la sonnerie. Une opératrice m'a répondu. Je lui ai demandé de me passer la chambre de Donna White. Elle m'a dit :

— À votre service.

Et j'ai entendu le téléphone sonner.

Mon cœur m'est remonté dans la gorge.

Deux sonneries. Trois. À la sixième, j'ai été transféré sur la boîte vocale de l'hôtel. Un disque enregistré m'a annoncé que mon correspondant n'était pas disponible et m'a proposé de laisser un message. J'ai raccroché.

Et maintenant ?

Ma foi, il n'y avait plus qu'à attendre. J'ai acheté un journal et me suis installé dans un coin d'où je pouvais surveiller la porte d'entrée. Je tenais le journal à la hauteur de mon visage, comme dans un film d'espionnage, me sentant parfaitement ridicule. J'avais les tripes nouées. Je ne m'étais jamais considéré comme un candidat à l'ulcère, mais ces derniers jours j'avais ressenti des brûlures dans la région de l'estomac.

J'ai essayé de lire le journal – en pure perte, j'étais incapable de me concentrer. La réceptionniste blonde se tournait de temps à autre dans ma direction. Lorsque nos regards se croisaient, elle me souriait d'un air condescendant. Elle m'avait à l'œil. À moins que ça ne soit de la parano de ma part. Je lisais simplement le journal dans le hall. Rien qui puisse éveiller des soupçons.

Une heure s'est écoulée sans incident. Mon portable a sonné.

— Alors, tu l'as vue ? a demandé Carrex.

— Elle n'est pas dans sa chambre. En tout cas, elle
ne répond pas au téléphone.

— Tu es où, là ?

— Je surveille le hall.

Il a émis un son indistinct.

— Quoi ?

— Tu surveilles le hall, c'est ce que tu viens de
dire ?

— Lâche-moi les baskets, tu veux ?

— Et si on engageait deux gars de l'agence à ta
place, hein ? Ils nous avertiront dès qu'elle sera là.

J'ai réfléchi à sa proposition.

— Non, pas tout de suite.

Juste à ce moment-là, je l'ai vue rentrer.

J'en ai eu le souffle coupé. Mon Dieu, c'était vraiment elle. Ma Sheila. Vivante. Le téléphone a failli me
tomber des mains.

— Will ?

— Il faut que j'y aille.

— Elle est là ?

— Je te rappelle.

J'ai éteint le portable. Ma Sheila – je ne savais
toujours pas comment l'appeler autrement – avait
changé de coiffure. Elle avait raccourci ses cheveux
qu'elle portait maintenant avec une frange, le tout teint
en noir de jais. Mais l'effet... En la voyant, j'avais eu
l'impression de recevoir un coup de poing en pleine
poitrine.

Je me suis soulevé de mon siège, à moitié étourdi.
Elle marchait vite, la tête haute, du pas énergique et
déterminé que je connaissais bien. Les portes de
l'ascenseur étaient ouvertes ; je me suis alors rendu
compte que je n'arriverais peut-être pas à temps.

Elle s'est engouffrée dans la cabine. J'ai traversé le
hall rapidement, mais sans courir. Je ne voulais pas me

donner en spectacle. Au vu de tout ce qui s'était passé – et de sa soudaine décision de disparaître –, je ne pouvais décemment pas hurler son nom et piquer un sprint.

Mes semelles claquaient sur le marbre. L'écho résonnait, sonore, à mes oreilles. Trop tard. J'ai vu les portes se refermer.

Zut.

J'ai appuyé sur le bouton d'appel. Aussitôt, les portes de l'autre ascenseur se sont ouvertes. J'allais me précipiter à l'intérieur, quand je me suis arrêté net. Minute ! À quoi bon foncer ? Je ne savais même pas à quel étage elle allait. J'ai scruté les voyants lumineux au-dessus de l'ascenseur de ma Sheila. Cinquième, sixième étage.

Était-elle seule dans la cabine ?

Il me semblait bien que oui.

L'ascenseur a stoppé au huitième.

Parfait. Je suis entré dans l'autre ascenseur et j'ai pressé le bouton du huitième en espérant la rattraper avant qu'elle regagne sa chambre. Les portes ont commencé à se fermer. Je me suis adossé à la paroi du fond. Mais, à la dernière seconde, une main a bloqué la fermeture. Les portes se sont rouvertes bruyamment. Un homme en sueur, vêtu d'un costume gris, a pénétré dans la cabine avec un hochement de tête à mon adresse. Il a appuyé sur le dixième étage. Les portes ont fini par se refermer, et l'ascenseur s'est mis en marche.

— Fait chaud, m'a-t-il dit.

— Oui.

Il a poussé un soupir.

— Il est bien, cet hôtel, vous ne trouvez pas ?

Un touriste, ai-je pensé. Un New-Yorkais, ça fixait les numéros des étages qui défilaient et ça ne vous adressait jamais la parole.

J'ai acquiescé et, dès l'ouverture des portes, me suis rué dehors. Le couloir était long. J'ai regardé sur ma gauche. Rien. J'ai regardé sur ma droite, et là j'ai entendu une porte se fermer. Tel un chien de chasse, je me suis élancé, le nez au vent, en direction du bruit.

En remontant la piste, j'ai déduit que ça venait soit de la chambre 912, soit de la 914. J'ai contemplé une porte, puis l'autre. Et j'ai repensé à un épisode de *Batman* où Catwoman annonce au héros qu'une des portes mène à elle et que derrière l'autre il trouvera un tigre. Batman s'était planté. Mais bon, je n'étais pas Batman.

J'ai frappé au 912 et au 914 et, posté entre les deux, j'ai attendu.

Rien.

J'ai frappé à nouveau, plus fort cette fois. Ç'a bougé derrière la porte 912. Je me suis rapproché. J'ai rajusté le col de ma chemise. En percevant le bruit d'une chaîne, j'ai pris une grande inspiration. La porte s'est ouverte.

L'homme, un gros costaud en tricot de corps et boxer-short rayé, ne cachait pas son exaspération.

— Oui ? a-t-il aboyé.

— Excusez-moi. Je cherche Donna White.

Il a posé ses poings sur ses hanches.

— J'ai l'air d'être Donna White, moi ?

Des sons étranges émanaient de la chambre de ce client mal embouché. J'ai tendu l'oreille. Des gémissements. Des gémissements de plaisir factice. L'homme a soutenu mon regard sans ciller, mais visiblement ça l'a contrarié. J'ai reculé. Une cassette, me suis-je dit. Il était en train de mater un film porno. *Porno interruptus*.

— Euh, désolé.

Il a claqué la porte.

OK, exit la chambre 912. Du moins je l'espérais. C'était insensé. J'ai levé la main pour frapper au 914.

— Puis-je vous aider ?

Je me suis retourné et, au bout du couloir, j'ai aperçu un crâne rasé surmontant un cou de taureau et un blazer bleu orné d'un logo. Il bombait le torse. Agent de sécurité et fier de l'être.

— Ça va, je vous remercie.

Il a froncé les sourcils.

— Vous êtes un client de l'hôtel ?

— Oui.

— Quel est votre numéro de chambre ?

— Je n'ai pas de numéro de chambre.

— Mais vous venez de dire…

J'ai tambouriné à la porte. Le crâne rasé a pressé le pas. J'ai cru qu'il allait se jeter sur moi, mais au dernier moment il a ralenti.

— Veuillez me suivre, s'il vous plaît.

J'ai frappé de nouveau. Pas de réponse. Le crâne rasé a posé sa main sur mon bras. Je me suis dégagé et j'ai cogné à la porte en criant :

— Je sais que tu n'es pas Sheila.

Ça l'a désarçonné. Marquant une pause, nous avons tous deux contemplé la porte. Personne n'est venu ouvrir. L'agent de sécurité m'a repris le bras, mais avec plus de douceur cette fois. Je n'ai pas opposé de résistance. Il m'a reconduit en bas, jusqu'à la sortie.

Je me suis retrouvé sur le trottoir. Le crâne rasé a bombé le torse et croisé les bras.

Et maintenant ?

Autre axiome new-yorkais : ne jamais rester planté sur le trottoir. L'important est de circuler. Les piétons pressés ne s'attendent pas à rencontrer un obstacle sur leur chemin. Au mieux, ils le contourneront, mais ils ne s'arrêteront pas.

Réfugié devant une vitrine, j'ai sorti mon portable et composé le numéro de l'hôtel. On m'a passé la chambre de Donna White mais ça ne répondait toujours pas. Alors j'ai laissé un simple message : m'efforçant de ne pas prendre un ton trop suppliant, je lui ai demandé de me rappeler.

Y avait-il une autre issue quelque part ? M'avait-elle repéré derrière ses lunettes noires ? Voilà qui aurait expliqué sa hâte à gagner l'ascenseur. Et si le coup du huitième étage avait été une feinte pour mieux me semer ?

J'étais là, à scruter la foule des passants, quand soudain je l'ai vue.

Mon cœur a cessé de battre.

Elle se tenait devant l'entrée de l'hôtel et me regardait. Pétrifié, j'ai juste réussi à porter ma main à ma bouche pour étouffer un cri. Elle s'est dirigée vers moi, les larmes aux yeux. J'ai secoué la tête. L'instant d'après, elle me serrait dans ses bras.

— Tout va bien, a-t-elle chuchoté.

J'ai fermé les yeux et nous sommes restés longtemps enlacés. Sans parler. Sans bouger. Seuls au monde.

52

— MON VRAI NOM EST NORA SPRING.

Nous étions installés au sous-sol d'un café Starbucks sur Park Avenue, tout près de la sortie de secours. Nous étions les seuls clients dans la salle. Elle gardait un œil sur l'escalier, au cas où j'aurais été suivi. Comme tous les Starbucks, celui-ci était décoré dans les tons ocre, avec volutes surréalistes et grandes photos d'hommes basanés, la mine un peu trop réjouie, en train de récolter du café.

Les fauteuils surdimensionnés étaient violets et moelleux à souhait. Nous les avons rapprochés. Nous nous tenions par la main. J'étais perplexe, bien sûr. Je voulais des explications. Toutefois, par-delà les contingences, je me sentais planer. J'étais heureux. La femme que j'aimais m'était revenue. Et rien de ce qu'elle allait me révéler ne pourrait assombrir ma joie.

Elle sirotait son café glacé.

— Je te demande pardon.

Je lui ai pressé la main.

— De m'être enfuie. De t'avoir laissé croire…

Elle s'est interrompue.

— Je n'ose même pas imaginer ce que tu as dû penser.

Elle a cherché mon regard.

— Je ne voulais pas te faire souffrir.

— Ce n'est pas grave.

— Comment as-tu su que je n'étais pas Sheila ?

— À son enterrement, j'ai vu le corps.

— J'avais l'intention de tout te raconter. Surtout quand j'ai appris son assassinat.

— Et pourquoi tu ne l'as pas fait ?

— Ken m'a dit que ça te mettrait en danger de mort.

Le nom de mon frère m'a causé un choc. Nora s'est détournée. Ma main est remontée jusqu'à son épaule, que la tension avait contractée. Je lui ai pétri doucement les muscles, retrouvant des gestes qui nous étaient familiers. Les yeux fermés, elle se laissait faire. Pendant un long moment, on s'est tus. C'est moi qui ai rompu le silence.

— Depuis combien de temps connais-tu mon frère ?

— Presque quatre ans.

J'ai hoché la tête pour l'encourager à poursuivre, mais elle continuait à regarder ailleurs. Lui prenant le menton, j'ai tourné son visage vers moi et déposé un baiser sur ses lèvres.

— Je t'aime tant, a-t-elle dit.

La bouffée de joie qui m'a alors envahi a failli me soulever de mon fauteuil.

— Moi aussi, je t'aime.

— J'ai peur, Will.

— Je veillerai sur toi.

Elle a plongé son regard dans le mien.

— Je t'ai menti. Tout le temps qu'on a été ensemble.

— Je sais.

— Tu crois qu'on peut survivre à ça ?

— Je t'ai déjà perdue une fois, il est hors de question que je te perde de nouveau.

— Tu es sûr ?

— Je t'aimerai toujours.

Elle a étudié mon visage – à la recherche de je ne sais quoi.

— Je suis mariée, Will.

Je me suis efforcé de ne pas broncher mais ce n'était pas facile. Ses paroles m'enveloppaient, s'enroulaient autour de moi à la manière d'un boa constrictor. J'ai failli retirer ma main.

— Raconte.

— Il y a cinq ans, j'ai quitté mon mari. Cray était…

Elle a fermé les yeux.

— … excessivement violent. Je n'ai pas envie d'entrer dans les détails. C'est sans intérêt. Nous habitions une ville nommée Cramden, pas très loin de Kansas City. Un jour, après que Cray m'a envoyée à l'hôpital, je me suis enfuie. Tu n'as pas besoin d'en savoir plus, OK ?

J'ai hoché la tête.

— Je n'ai pas de famille. J'avais des amis, mais je n'ai pas voulu qu'ils y soient mêlés. Cray est un malade. Il refusait de me laisser partir. Il m'a menacée…

Sa voix s'est brisée.

— … mais peu importe. Toujours est-il que je ne pouvais pas faire courir de risques à de tierces personnes. J'ai trouvé un foyer d'accueil pour femmes battues. Je leur ai dit que je désirais refaire ma vie ailleurs. Mais j'avais peur de Cray. Il est dans la police municipale, vois-tu. Tu n'as pas idée… À force de vivre dans la terreur, tu finis par croire que celui qui l'exerce est omnipotent. C'est impossible à expliquer.

Je me suis penché plus près. Connaissant les effets de la maltraitance, je comprenais.

— Les gens du foyer m'ont aidée à m'expatrier en Europe. J'ai vécu à Stockholm, c'était dur. J'ai travaillé comme serveuse. Je me sentais très seule. J'avais envie de rentrer, mais j'avais toujours aussi peur de mon mari. Au bout de six mois, j'ai cru que j'allais devenir folle. Dans mes cauchemars, Cray me retrouvait et...

Ne sachant pas quoi faire, j'ai tenté de rapprocher mon fauteuil du sien. Les accoudoirs se touchaient déjà, mais je pense qu'elle a apprécié le geste.

— Finalement, j'ai rencontré une femme. Une Américaine qui habitait dans le coin. Au début, on y est allées sur la pointe des pieds, mais elle avait un je-ne-sais-quoi... peut-être parce qu'on était en cavale toutes les deux et qu'on crevait de solitude, même si elle avait son mari et sa fille. Ils se cachaient également. Dans un premier temps, je n'ai pas su pourquoi.

— Cette femme... c'était Sheila Rogers ?

— Oui.

— Et le mari...

J'ai dégluti.

— ... c'était mon frère.

Elle a acquiescé.

— Ils ont une fille qui s'appelle Carly.

Les choses commençaient à prendre tournure.

— Sheila et moi sommes devenues très proches. Ken, lui, a mis du temps à me faire confiance, mais à la fin des liens se sont tissés. Je me suis installée chez eux pour m'occuper de Carly. Ta nièce est une pure merveille, Will. Jolie, intelligente et, sans donner dans le pathos, elle a un charisme fou.

Ma nièce. Ken avait une fille. J'avais une nièce que je n'avais jamais vue.

— Ton frère parlait constamment de toi, Will. Il lui arrivait de mentionner ta mère, ton père ou même

Melissa, mais il ne jurait que par toi. Il suivait ta carrière. Il savait tout de tes activités à Covenant House. Il était là depuis, quoi, sept ans ? Lui aussi devait se sentir bien seul. Du coup, une fois que la glace a été rompue entre nous, il m'a beaucoup parlé. Et tu étais son principal sujet de conversation.

J'ai cillé et contemplé la table. Les serviettes marron de Starbucks. Avec une espèce de poème stupide sur l'arôme et ses promesses. Faites en papier recyclé. Et marron, parce que c'était naturel.

— Ça va ? m'a-t-elle demandé.

— Très bien.

J'ai levé les yeux.

— Et que s'est-il passé ensuite ?

— J'ai contacté une amie qui habitait Cramden. Elle m'a appris que Cray avait engagé un détective privé ; il savait que je me trouvais dans la région de Stockholm. J'ai paniqué, mais en même temps j'étais mûre pour repartir. Comme je te l'ai dit, j'ai vécu dans le Missouri. J'ai pensé qu'à New York je serais peut-être en sécurité. Seulement, il me fallait une autre identité. Au cas où Cray poursuivrait ses recherches. Sheila était dans la même galère. Ses faux papiers, c'était du bidon, un simple changement de nom. C'est là qu'on a eu une idée.

J'ai hoché la tête. J'avais déjà deviné.

— Vous avez échangé vos identités.

— Tout à fait. Elle est devenue Nora Spring, et moi Sheila Rogers. Comme ça, si jamais mon mari venait me chercher, il tomberait sur elle. Et si les gens qui les recherchaient trouvaient Sheila Rogers, ma foi, ça leur compliquerait un peu plus les choses.

D'accord, mais il restait encore des points d'interrogation.

— Tu as donc débarqué à New York.

— Oui.

— Et…

Là, j'avoue que j'avais un peu plus de mal à piger.

— … nous nous sommes rencontrés.

Nora a souri.

— Tu te poses des questions, hein ?

— Oui, quand même.

— Ce serait une sacrée coïncidence que je sois venue proposer mes services précisément au centre où tu travailles.

— Ça me paraît peu probable, ai-je opiné.

— Tu as raison. Il ne s'agissait pas d'une coïncidence.

Elle s'est redressée avec un soupir.

— Je ne sais pas trop comment te l'expliquer, Will.

Sa main dans la mienne, j'ai attendu.

— Comprends-moi bien, j'ai été très seule à l'étranger. Je n'avais que ton frère, Sheila, et bien sûr Carly. À force d'entendre ton frère délirer sur toi, j'ai fini par croire que tu étais différent de tous les hommes que j'avais connus. Pour tout t'avouer, je pense que j'étais à moitié amoureuse de toi avant même qu'on fasse connaissance. J'ai donc décidé qu'en arrivant à New York, j'irais te voir pour savoir à quoi tu ressemblais réellement. Et, si tout se passait bien, te révéler éventuellement que Ken était vivant et qu'il était innocent, même s'il m'avait souvent avertie du danger d'une telle démarche. Je n'avais pas de plan, rien. Simplement, un beau jour, je me suis présentée à Covenant House et, appelle ça le destin ou ce que tu voudras, à l'instant même où je t'ai vu, j'ai su que je t'aimerais toute ma vie.

J'étais effrayé, confus et souriant.

— Quoi ? a-t-elle dit.

— Je t'aime.

Elle a posé sa tête sur mon épaule. Nous nous sommes tus. Ce n'était pas fini. Mais chaque chose en son temps. Pour le moment, chacun de nous savourait le silence et la présence de l'autre. Enfin, Nora a repris :

— Il y a quelques semaines, j'étais à l'hôpital, près de ta mère. Elle souffrait tellement, Will. Elle m'a dit qu'elle n'en pouvait plus. Elle voulait mourir. Elle était trop mal... enfin, pas besoin de te faire un dessin.

J'ai acquiescé.

— J'aimais ta mère. Tu le sais, je pense.

— Je le sais, oui.

— Je ne pouvais pas rester là à me taire. J'ai donc rompu la promesse faite à ton frère. J'avais envie qu'elle sache la vérité avant de mourir. Elle le méritait. Je voulais qu'elle sache que son fils était en vie, qu'il l'aimait et qu'il n'avait fait de mal à personne.

— Tu lui as parlé de Ken ?

— Oui. Mais même dans son état de torpeur, elle s'est montrée sceptique. À mon avis, il lui fallait des preuves.

Je me suis figé. Je comprenais à présent. Ce qui avait tout déclenché. L'incursion dans la chambre de mes parents après l'enterrement. La photo cachée derrière le cadre.

— Du coup, tu lui as donné la photo de Ken.

Nora a hoché la tête.

— Elle ne l'a pas revu. Sauf en photo.

— C'est exact.

Voilà qui expliquait pourquoi nous n'en avions rien su.

— Mais tu lui as bien dit qu'il allait revenir ?

— Oui.

— Tu as menti ?

Elle a réfléchi un instant.

— Je me suis sans doute un peu trop avancée, mais ce n'était pas vraiment un mensonge. Sheila m'a contactée quand il a été arrêté. Ken s'est toujours montré prévoyant. Il avait pris des tas de dispositions pour Sheila et Carly. Après son arrestation, elles se sont enfuies. La police n'a jamais appris leur existence. Sheila est restée en Europe jusqu'à ce que Ken considère qu'il n'y avait plus de danger. Alors elle est rentrée en catimini.

— Et elle t'a appelée à son arrivée ?

— Oui.

Tout concordait.

— D'une cabine téléphonique au Nouveau-Mexique ?

— Oui.

Ce devait être le premier coup de fil dont m'avait parlé Pistillo – du Nouveau-Mexique à mon domicile.

— Et après ?

— Les choses ont dégénéré. J'ai reçu un appel de Ken. Il était dans tous ses états. Quelqu'un les avait retrouvés. Lui et Carly étaient sortis quand deux hommes ont fait irruption chez eux. Ils ont torturé Sheila pour savoir où il était. Ken est revenu avant qu'ils partent. Il les a abattus tous les deux, mais Sheila était grièvement blessée. Il m'a dit de fuir. La police allait relever les empreintes digitales. McGuane et ses sbires sauraient également que Sheila Rogers avait été avec lui.

— Et c'est elle que tout le monde chercherait.

— Oui.

— Or tu étais Sheila désormais. Donc tu devais disparaître.

— Je voulais t'en parler… mais Ken a été catégorique. Ton ignorance était un gage de sécurité. Et puis il y avait Carly. Ces gens-là ont torturé et tué sa mère. Je n'aurais pas supporté qu'il arrive quelque chose à Carly.

— Quel âge a-t-elle maintenant ?

— Elle va avoir douze ans.

— Elle est donc née avant le départ de Ken ?

— Elle avait six mois, il me semble.

Encore un point douloureux. Ken avait un enfant et il ne m'en avait jamais parlé. J'ai demandé :

— Pourquoi avait-il caché son existence ?

— Aucune idée.

Jusqu'à présent, j'avais réussi à suivre la logique des événements, mais là je ne voyais pas comment Carly s'inscrivait dans le tableau. Six mois avant la disparition de Ken. À peu près au moment où le FBI l'avait retourné. Ceci expliquait-il cela ? Ken craignait-il que ses actes ne mettent son bébé en danger ? Oui, ça tombait sous le sens.

Mais il manquait toujours quelque chose.

J'allais poser une nouvelle question pour tenter de combler les lacunes quand mon portable a sonné. Carrex, sans doute. J'ai jeté un œil sur le numéro qui s'affichait. Non, ce n'était pas Carrex. Mais je l'ai reconnu sans difficulté. Katy Miller. J'ai pressé le bouton et collé le téléphone à mon oreille.

— Katy ?

— Ooooh non, désolé, il y a erreur. Faites un autre essai.

Mon sang s'est glacé. Nom de Dieu… Le Spectre ! J'ai fermé les yeux.

— Si jamais tu touches à un seul de ses cheveux…

— Allons, allons, Will, m'a-t-il interrompu. Les menaces en l'air, c'est pas digne de toi.

— Qu'est-ce que tu veux ?

— Il faut qu'on cause, mon petit vieux.

— Où est-elle ?

— Qui ça ? Ah, tu veux dire Katy ? Elle est là, pourquoi ?

— Je veux lui parler.

— Tu ne me crois pas, Will ? Ça me fait beaucoup de peine.

— Je veux lui parler, ai-je répété.

— Pour t'assurer qu'elle est toujours en vie ?

— Quelque chose comme ça.

— Et que dirais-tu de ça, hein ? a-t-il roucoulé de sa voix la plus mielleuse. Je peux la faire crier. Ça t'irait ?

J'ai fermé les yeux derechef.

— Je ne t'entends pas, Will.

— Non.

— Tu es sûr ? Ce ne serait pas un problème. Un cri bien perçant, genre qui te déchire les oreilles. Qu'en penses-tu ?

— S'il te plaît, ne lui fais pas de mal, ai-je répondu. Elle n'a rien à voir avec toute cette histoire.

— Où es-tu ?

— Park Avenue.

— Sois un peu plus précis.

Je lui ai donné un endroit, deux rues plus loin.

— Je t'envoie une voiture d'ici cinq minutes. Tu vas monter dedans. Tu as compris ?

— Oui.

— Autre chose, Will.

— Quoi ?

— N'appelle personne. Ne le dis à personne. Katy Miller a déjà mal au cou depuis la dernière fois. Tu n'imagines pas à quel point c'est tentant de le vérifier.

Il s'est tu un instant, avant de chuchoter :

— Tu me suis toujours, vieux voisin ?

— Oui.

— Tiens bon, alors. Il n'y en a plus pour longtemps.

53

CLAUDIA FISHER A FAIT IRRUPTION dans le bureau de Joseph Pistillo.

Qui a levé la tête.

— Que se passe-t-il ?

— Raymond Cromwell n'est pas venu au rapport.

Cromwell était l'agent secret qu'ils avaient adjoint à Joshua Ford, l'avocat de Ken Klein.

— Je croyais qu'il avait un micro sur lui ?

— Ils avaient rendez-vous chez McGuane. Il ne pouvait pas y aller avec un micro.

— Et personne ne l'a revu depuis ?

Fisher a secoué la tête.

— Ni lui ni Ford. Ils se sont volatilisés tous les deux.

— Bon Dieu !

— Qu'avez-vous l'intention de faire ?

Pistillo était déjà debout.

— Sonnez le rappel. On va effectuer une descente dans les bureaux de McGuane.

Abandonner Nora – je m'étais déjà habitué à ce prénom – me fendait le cœur, mais y avait-il une autre solution ? L'idée de savoir Katy seule avec ce psychopathe sadique me rongeait encore plus. Je me suis rappelé ma sensation d'impuissance quand, menotté au lit, j'avais entendu le Spectre l'agresser. J'ai fermé les yeux pour chasser cette vision.

Nora a bien essayé de me retenir, mais elle a compris. Je n'avais pas le choix. Il fallait que j'y aille. Notre dernier baiser a été presque trop tendre. Quand je me suis écarté, elle avait à nouveau les larmes aux yeux.

— Reviens-moi vite, a-t-elle dit.

La voiture était une Ford noire aux vitres teintées. Il n'y avait qu'une seule personne à l'intérieur : le chauffeur. Je ne l'ai pas reconnu. Il m'a donné un masque, de ceux qu'on distribue dans les avions, et m'a dit de le mettre et de m'allonger sur la banquette arrière. Je me suis exécuté. La voiture a redémarré. J'en ai profité pour réfléchir. J'avais appris beaucoup, mais pas tout. Sur un point, le Spectre avait raison : j'étais sûr que le dénouement était proche.

Bon. Onze ans plus tôt, donc, Ken avait trempé dans les activités illégales de ses vieux copains, McGuane et le Spectre. Il n'y avait pas à tergiverser – mon frère avait mal tourné. Il avait beau être mon héros, Melissa l'avait dit : il était porté sur la violence. Je pouvais toujours appeler ça le goût du risque, c'était une simple question de vocabulaire.

À un moment donné, Ken a été arrêté et il a accepté de balancer McGuane. Mais ce dernier l'a su. Ken s'est réfugié à la maison, je ne comprenais pas très bien pourquoi. Ni ce que Julie Miller venait faire là-dedans. Elle n'avait pas remis les pieds chez elle depuis plus d'un an. Était-ce une coïncidence ? Avait-elle suivi Ken parce qu'il était son amant ou son pourvoyeur de drogue ? Et le Spectre la surveillait-il, sachant qu'elle finirait par le conduire à Ken ?

Bref, il les a trouvés tous les deux, et dans une posture délicate qui plus est. Bien que blessé, Ken a réussi à s'échapper ; Julie, elle, n'a pas eu cette chance. Histoire de lui mettre la pression, le Spectre s'est débrouillé pour faire porter le chapeau à Ken. Mon frère, aux abois, a pris sous le bras sa compagne, Sheila Rogers, et leur petite Carly. Et tous les trois ont disparu dans la nature.

Ma vue, même à travers le masque, s'est obscurcie. À en juger par le bruit chuintant, nous nous étions engagés dans un tunnel. Ça pouvait être Midtown, mais j'avais l'impression qu'il s'agissait de Lincoln, direction New Jersey...

Les années ont passé. Ken et Sheila étaient toujours ensemble. Carly a grandi. Puis un jour, Ken a été capturé. Et rapatrié aux États-Unis, convaincu sans doute qu'on allait le pendre pour le meurtre de Julie. Mais Pistillo avait une autre idée derrière la tête. Il voulait le cerveau de l'opération. McGuane. Et, à cet égard, Ken pouvait encore lui être utile.

Ils ont conclu un accord. Ken s'est installé au Nouveau-Mexique. Sheila et Carly ont quitté la Suède pour le rejoindre. C'était oublier que McGuane était un adversaire puissant : il a envoyé deux de ses hommes, qui ont torturé Sheila pour savoir où était mon frère. Ken les a surpris et, après les avoir abattus, a chargé sa femme blessée et sa fille dans la voiture, direction le large. Il a également prévenu Nora que la police et McGuane allaient lui tomber sur le paletot. Du coup, elle a été obligée de se cacher aussi.

Voilà à peu près où j'en étais de toute l'histoire.

La Ford s'est arrêtée. J'ai entendu le chauffeur couper le moteur. Et j'ai décidé que j'en avais assez de rester passif. Si je voulais avoir une chance de survivre, il fallait que je me montre plus combatif. J'ai enlevé le masque et consulté ma montre. Nous avions roulé pendant une bonne heure. Je me suis assis.

Nous nous trouvions en pleine forêt. La terre était tapissée d'aiguilles de pin. Il y avait là comme une espèce de mirador, une construction légère en aluminium juchée sur une plate-forme à trois mètres du sol. On aurait dit une cabane à outils, un édifice purement fonctionnel. Et plus ou moins à l'abandon. Les coins et la porte étaient mangés par la rouille.

Le chauffeur s'est retourné.

— Descendez.

Les yeux rivés sur la cabane, j'ai obéi. La porte s'est ouverte, et le Spectre est apparu. Il était entièrement vêtu de noir, comme pour une soirée poésie au Village. Il m'a adressé un signe de la main.

— Salut, Will.

— Où est-elle ?

— Qui ça ?

— Ne commence pas à m'emmerder.

Le Spectre a croisé les bras.

— C'est qu'on est un brave petit soldat, dis !

— Où est-elle ?

— Tu veux parler de Katy Miller ?

— Tu sais bien que oui.

Il avait une sorte de corde à la main. Un lasso peut-être. Je me suis figé.

— Elle ressemble tellement à sa sœur, tu ne trouves pas ? Comment aurais-je pu résister ? Ce cou, j'entends. Ce beau cou de cygne. Déjà tuméfié…

Je me suis efforcé de raffermir ma voix.

— Où est-elle ?

Il a cillé.

— Elle est morte, Will.

Mon cœur s'est arrêté de battre.

— J'en avais assez d'attendre, alors…

Il s'est mis à rire. Son rire a déchiré le silence, ricochant entre les arbres. J'étais comme statufié. Il a pointé le doigt et crié :

— Je t'ai eu ! Je plaisante, mon petit Willie. Il faut bien s'amuser un peu. Katy se porte comme un charme.

Il m'a fait signe d'approcher.

— Viens et tu verras par toi-même.

Le cœur fermement logé dans le gosier, je me suis hâté vers la plate-forme. J'ai escaladé l'échelle rouillée. Le Spectre riait toujours. J'ai poussé la porte de la cabane.

Katy était bien là.

Le rire du Spectre continuait de résonner à mes oreilles. Je me suis précipité vers elle. Malgré les mèches qui lui tombaient sur le visage, elle avait les yeux ouverts. Ses mains étaient ligotées derrière la chaise, mais autrement, à part ses hématomes au cou qui avaient viré au jaune, elle n'avait rien.

Je me suis penché et j'ai repoussé ses cheveux en arrière.

— Ça va ?

— Oui.

Je commençais à bouillir.

— Il ne t'a pas fait mal ?

— Non.

Sa voix a tremblé.

— Qu'est-ce qu'il nous veut ?

— Je vais vous le dire.

Le Spectre est rentré, laissant la porte ouverte. Le sol de la cabane était jonché de bouteilles de bière brisées. Un vieux fichier métallique occupait un coin de la pièce. Un ordinateur portable. Trois chaises pliantes en métal, dont une occupée par Katy. Le Spectre a pris la deuxième et, d'un geste, m'a invité à m'asseoir à sa gauche. Je suis resté debout. Il a poussé un soupir et s'est relevé.

— J'ai besoin de ton aide, Will.

Il s'est tourné vers Katy.

— Et j'ai pensé que la présence de Mlle Miller...

Il m'a gratifié de son sourire glaçant.

— ... qu'elle serait susceptible de te stimuler.

J'ai redressé les épaules.

— Si tu lui fais du mal, si jamais tu lèves le petit doigt...

Le Spectre n'a pas bronché. Simplement, sa main a jailli, et le coup m'a atteint sous le menton. Un son étranglé s'est échappé de mes lèvres. J'ai eu l'impression d'avaler ma propre gorge. Pendant que je chancelais, il s'est baissé sans hâte et m'a décoché un uppercut au rein. Je suis tombé à genoux, quasi paralysé par la violence de l'impact.

Il m'a regardé de haut.

— Tes fanfaronnades commencent à me taper sur les nerfs, mon petit Willie.

J'ai cru que j'allais vomir.

— On a besoin d'entrer en contact avec ton frère, a-t-il poursuivi. C'est pour ça que tu es là.

J'ai levé les yeux.

— Je ne sais pas où il se trouve.

Le Spectre est allé se poster derrière la chaise de Katy. Avec douceur, il a posé les mains sur ses épaules. Elle a grimacé. Du bout des doigts, il a caressé les hématomes sur son cou.

— Je dis la vérité, ai-je ajouté.

— Ah ! mais je te crois.

— Qu'est-ce que tu veux alors ?

— Je sais comment joindre Ken.

— Quoi ? ai-je dit, déconcerté.

— Tu as déjà vu un de ces vieux films où le fugitif laisse des messages par le biais des petites annonces ?

— Oui, je crois.

Il a souri, visiblement satisfait de ma réponse.

— Ken utilise la même méthode, mais en plus sophistiqué. Il passe par un forum sur Internet. Plus précisément, il expédie et reçoit du courrier sur quelque chose qui s'appelle rec.music.elvis. Comme son nom l'indique, c'est un groupe de discussion pour les fans d'Elvis. Ainsi, par exemple, si son avocat veut le joindre, il laisse un message, la date et l'heure avec un nom de code. Et Ken sait aussitôt à quel moment envoyer un message IRC audit avocat.

— Un message IRC ?

— Conversation en temps réel. Tu dois connaître. C'est comme un forum privé pour chater. Impossible à repérer.

— Comment tu sais tout ça ? ai-je demandé.

Il a souri de nouveau, resserrant imperceptiblement les mains sur le cou de Katy.

— Collecte de renseignements. C'est ma spécialité.

Il a lâché Katy, et je me suis rendu compte que je retenais mon souffle. De sa poche, il a sorti son espèce de lasso.

— Et pourquoi as-tu besoin de moi ?

— Ton frère a refusé de rencontrer son avocat. À mon avis, il a soupçonné un piège. Du coup, on lui a fixé un autre rendez-vous sur Internet. Peut-être arriveras-tu à le convaincre de venir...

— Et si je n'y arrive pas ?

Il a brandi la corde. Celle-ci était fixée à un manche en bois.

— Sais-tu ce que c'est ?

Je n'ai pas répondu.

— C'est un lasso du Pendjab, a-t-il annoncé comme s'il s'apprêtait à faire une conférence. Employé par les thugs. On les appelait les assassins silencieux. Certains pensent qu'ils ont été exterminés au XIXᵉ siècle. D'autres… eh bien, d'autres n'en sont pas aussi sûrs.

Ses yeux se sont posés sur Katy, son arme primitive en l'air.

— Faut-il que je continue, Will ?

J'ai secoué la tête.

— Il saura que c'est un guet-apens.

— À toi de le persuader du contraire. Si tu échoues…

Il s'est redressé en souriant.

— … ma foi, l'avantage c'est que tu verras en direct comment Julie a souffert il y a toutes ces années.

J'ai senti le sang refluer de mes extrémités.

— Tu vas le tuer.

— Oh, pas forcément.

À l'évidence, il mentait, mais son expression était effroyablement sincère.

— Ton frère a fait des cassettes et recueilli des informations compromettantes. Mais il n'a encore rien montré au FBI. C'est plutôt bon signe. Ça prouve qu'il est prêt à coopérer et qu'il est resté le Ken qu'on connaît et qu'on aime. Et puis…

Il s'est interrompu, songeur.

— … il a quelque chose que je veux récupérer.

— Qu'est-ce que c'est ?

Le Spectre a fait non de la tête.

— Voilà le marché : s'il nous donne tout et promet de disparaître à nouveau, on n'en parlera plus.

Mensonge. Il allait tuer Ken. Et nous avec. Sans l'ombre d'un doute.

— Et si je ne te crois pas ?

Il a fait glisser le lasso autour du cou de Katy. Elle a poussé un petit cri. Souriant, le Spectre m'a fixé droit dans les yeux.

— Est-ce si important que ça ?

J'ai dégluti.

— Peut-être pas.

— Peut-être ?

— Je ferai ce que tu me demandes.

Il a abandonné le lasso sur le cou de Katy, tel un collier macabre.

— N'y touche pas, m'a-t-il dit. Nous avons une heure devant nous. Profites-en pour bien regarder son cou, Will. Je te laisse imaginer le reste.

54

MCGUANE AVAIT ÉTÉ PRIS DE COURT.

Sous ses yeux, le FBI a fait irruption dans le bâtiment. Il n'avait pas prévu cela. Oui, Joshua Ford était un personnage connu. Oui, sa disparition allait provoquer des haussements de sourcils, même s'ils l'avaient obligé à appeler sa femme et à lui dire qu'il avait dû s'absenter pour des « raisons ultraconfidentielles ». Mais une réaction de cette ampleur-là ? Ça semblait disproportionné.

Peu importe. McGuane était prêt à parer à toutes les éventualités. Le sang avait été nettoyé avec un nouveau produit à base d'eau oxygénée, si bien que même un examen à la lumière bleue ne révélerait rien. Cheveux et fibres avaient également été enlevés, et même s'il en était resté, où était le mal ? Il n'allait pas nier avoir reçu Ford et Cromwell dans son bureau. Il se ferait un plaisir de le reconnaître. Ils étaient venus et repartis : il pouvait en fournir la preuve. Les gens de la sécurité avaient déjà remplacé la vraie cassette de surveillance par la cassette digitalisée montrant Ford et Cromwell en train de quitter les lieux de leur propre gré.

McGuane a pressé la touche qui effaçait et reformatait automatiquement ses fichiers informatiques. Ils ne trouveraient rien. Ses données étaient sauvegardées via

Internet. Toutes les heures, l'ordinateur expédiait un e-mail sur un compte secret. Les fichiers étaient ainsi stockés en toute tranquillité dans le cyberespace. McGuane était le seul à connaître l'adresse. Et il pouvait récupérer les copies des fichiers quand bon lui semblait.

Se levant, il a rajusté sa cravate au moment où Pistillo se ruait dans le bureau avec Claudia Fisher et deux autres agents sur ses talons. Pistillo a pointé son arme sur McGuane.

Lequel a écarté les bras. Ne jamais montrer qu'on a peur.

— Quelle agréable surprise.

— Où sont-ils ? a crié Pistillo.

— Qui ?

— Joshua Ford et l'agent Raymond Cromwell.

McGuane n'a pas cillé. La voilà, l'explication.

— Vous dites que M. Cromwell est un agent fédéral ?

— Parfaitement, a aboyé Pistillo. Alors, où est-il ?

— Dans ce cas, je désire porter plainte.

— Quoi ?

— L'agent Cromwell s'est présenté ici en tant qu'avocat, a expliqué McGuane posément. Je me suis fié à sa parole. Je me suis entretenu avec lui sous le sceau du secret professionnel. Or, j'apprends que c'était un agent du FBI. Je veux m'assurer que rien de ce que j'ai dit ne pourra se retourner contre moi.

Pistillo était devenu tout rouge.

— Où est-il, McGuane ?

— Je n'en ai pas la moindre idée. Il est parti avec M. Ford.

— Quel était l'objet de votre rendez-vous ?

McGuane a souri.

— Allons, Pistillo. Notre entretien est protégé par le secret professionnel, vous le savez bien.

Pistillo avait très envie d'appuyer sur la détente. Il a pointé le canon de l'arme sur le visage de McGuane, qui est demeuré imperturbable. Il a baissé le bras.

— Fouillez les lieux ! a-t-il rugi. Emballez et étiquetez tout. Placez-le en état d'arrestation.

McGuane s'est laissé menotter. Il ne leur parlerait pas de la cassette de surveillance. Qu'ils la trouvent donc tout seuls. Ç'aurait infiniment plus d'impact. Cependant, tandis que les agents le traînaient dehors, il a compris que ça sentait le roussi. Manquer de culot ne lui faisait pas peur – une fois de plus, il n'en était pas à son premier agent fédéral –, non, il se demandait s'il n'avait pas oublié quelque chose, s'il n'avait pas fini par commettre l'erreur fatale qui allait tout lui coûter.

55

LE SPECTRE A QUITTÉ LA CABANE, nous laissant seuls, Katy et moi. Assis sur ma chaise, je ne pouvais détacher les yeux du lasso autour de son cou. Il avait produit l'effet escompté. J'étais prêt à coopérer. Je ne voulais pas prendre le risque de voir cette corde se resserrer sur le cou de la gamine effrayée.

Katy m'a regardé.

— Il va nous tuer.

Ce n'était même pas une question. Plutôt une évidence. Néanmoins, j'ai nié. Je lui ai promis de la sortir de là, mais je doute d'avoir calmé ses angoisses. Pas étonnant. Ma gorge allait mieux, mais mon rein me faisait toujours aussi mal. Mon regard errait à travers la pièce.

Réfléchis, Will. Réfléchis vite.

Je savais ce qui nous attendait. Le Spectre se servirait de moi pour donner rendez-vous à Ken. En se montrant, mon frère signerait notre arrêt de mort. Il fallait que j'essaie de le prévenir. Notre seul espoir était qu'il flaire le piège et qu'il les surprenne. Mais je devais envisager toutes les solutions possibles, trouver une autre issue, quitte à me sacrifier pour sauver Katy. Il y aurait bien une faiblesse, une brèche quelque part. Pour l'exploiter, je me devais de rester sur le qui-vive.

Katy a chuchoté :

— Je sais où on est.

— Où ?

— À la réserve d'eau de South Orange. On venait souvent boire ici. Ce n'est pas très loin de Hobart Gap Road.

— Combien ?

— Un kilomètre et demi, peut-être.

— Tu connais le chemin ? Si on arrive à s'échapper, tu serais capable de nous y conduire ?

— Je pense que oui.

Bon. C'était déjà quelque chose. J'ai vu, par la porte, le chauffeur adossé à la voiture. Les mains derrière le dos, le Spectre se balançait sur ses talons. Il contemplait le ciel, comme s'il était en train d'observer des oiseaux. Le chauffeur a allumé une cigarette. Le Spectre n'a pas bougé.

Rapidement, j'ai scruté le plancher et trouvé ce que je cherchais : un gros tesson de bouteille. J'ai risqué un autre regard dehors. Les deux hommes ne semblaient pas nous prêter attention. Alors je me suis glissé derrière la chaise de Katy.

— Qu'est-ce que tu fais ? a-t-elle soufflé.

— Je vais te libérer.

— Tu es fou ? S'il te voit...

— Il faut bien qu'on tente quelque chose.

— Mais...

Elle a marqué une pause.

— Même en admettant que tu me libères, qu'est-ce qui va se passer ensuite ?

— Je l'ignore, mais sois prête. Il y aura bien une chance de fuir, à un moment ou à un autre. Il faudra en profiter.

J'ai entrepris de scier la corde avec mon bout de verre. Elle s'est effilochée. Ça n'allait pas assez vite.

420

ai accéléré l'allure. La corde a commencé à céder, rin par brin.

J'en étais à la moitié quand j'ai senti la plateforme vibrer. Je me suis arrêté. Quelqu'un montait. Katy a gémi. J'ai bondi et atterri sur mon siège juste au moment où le Spectre entrait dans la cabane.

— Tu m'as l'air bien essoufflé, mon petit Willie.

J'ai planqué le morceau de verre derrière mon dos, manquant m'asseoir dessus. Le Spectre a froncé les sourcils. Mon cœur battait à se rompre. Puis il s'est tourné vers Katy, qui a soutenu bravement son regard. Drôlement courageuse, la petite. Soudain, j'ai été pris de panique.

La corde effrangée était bien en vue.

Le Spectre a plissé les yeux.

— Bon, alors on y va ? ai-je lancé.

La manœuvre de diversion a fonctionné. Il a pivoté vers moi. Katy a bougé les mains de façon à mieux cacher la corde. Évidemment, s'il y regardait de plus près... Mais le Spectre a attendu une fraction de seconde avant d'aller chercher l'ordinateur. L'espace d'un battement de cils, il m'a tourné le dos.

Maintenant, me suis-je dit.

J'allais lui sauter dessus et lui planter le tesson dans le cou à la manière d'un surin. J'ai évalué la distance en une seconde. Étais-je trop loin ? Sans doute. Et le chauffeur ? Était-il armé ? Trouverais-je le courage... ?

Le Spectre a fait volte-face. Le moment – à supposer qu'il y en ait eu un – était passé.

L'ordinateur était déjà allumé. Le Spectre a pianoté sur le clavier. Il s'est connecté à distance, et un texte s'est affiché. Il m'a souri.

— L'heure est venue de parler à Ken.

Mon estomac s'est noué. Il a pressé la touc
« Retour ». Sur l'écran, j'ai vu ce qu'il avait tapé :

IL Y A QUELQU'UN ?

On a attendu. La réponse est arrivée peu après.

OUI.

Le Spectre a eu un sourire.

— Ah, Ken !

Il a tapé à nouveau.

C'EST WILL. JE SUIS AVEC FORD.

Il y a eu une longue pause.

LE NOM DE LA PREMIÈRE FILLE QUE TU AS EMBRASSÉE ?

Le Spectre m'a fixé des yeux.

— Comme je le prévoyais, il veut s'assurer que c'est réellement toi.

Je n'ai rien dit, mais mon esprit était en ébullition.

— Je sais ce que tu penses. Tu veux l'avertir en lui donnant une réponse approximative.

S'approchant de Katy, il a empoigné le manche du lasso. Il a tiré légèrement. La corde s'est tendue contre son cou.

— Écoute-moi, Will. Tu vas te lever. Tu vas aller à l'ordinateur et taper la bonne réponse. Je continuerai à serrer la corde. Si jamais tu essaies de ruser… – ou même si je te soupçonne de vouloir ruser… –, j'arrêterai seulement quand elle sera morte. Tu as compris ?

J'ai hoché la tête.

Il a resserré le lasso. Katy a émis un petit bruit.

— Vas-y, m'a-t-il dit.

Je me suis hâté d'obéir. La peur me paralysait le cerveau. Il avait raison. J'avais cherché un mensonge plausible pour avertir Ken. Mais je ne pouvais plus me le permettre. J'ai posé les doigts sur les touches et tapé :

CINDI SHAPIRO.

Le Spectre a souri.

– C'est vrai ? Dis donc, c'était un sacré canon,
l. Je suis impressionné.

Il a relâché la pression. Katy a exhalé son souffle. Il
a rejoint devant l'ordinateur. J'ai jeté un coup d'œil
ur ma chaise. Avec le tesson de bouteille bien en vue.
Je me suis empressé de me rasseoir, et nous avons
attendu la réponse.

RENTRE CHEZ TOI, WILL.

Le Spectre s'est frotté le visage.

— Intéressant comme réaction.

Il a réfléchi un instant.

— Et ça s'est passé où ?

— Quoi ?

— Toi et Cindi Shapiro. Chez elle ? chez toi ? Où ?

— À la bar-mitsvah d'Eric Frankel.

— Ken le sait, ça ?

— Oui.

Souriant, le Spectre a tapé :

TU M'AS TESTÉ. À TON TOUR MAINTENANT. OÙ AI-JE
EMBRASSÉ CINDI ?

Une autre longue pause. Moi aussi, j'étais au bord
de mon siège. C'était malin, de la part du Spectre,
d'avoir retourné la situation. Mais surtout, nous ne
savions pas si nous avions réellement affaire à Ken. Sa
réponse serait décisive.

Trente secondes se sont ainsi écoulées. Puis :

RENTRE CHEZ TOI, WILL.

Le Spectre a tapé :

JE VEUX ÊTRE SÛR QUE C'EST TOI.

Une pause plus longue encore. Et finalement :

LA BAR-MITSVAH DE FRANKEL. RENTRE CHEZ TOI À
PRÉSENT.

J'ai eu un coup au cœur. Ken...

Je me suis tourné vers Katy. Nos regards se sont
croisés. Pendant ce temps, le Spectre a tapé :

IL FAUT QU'ON SE VOIE.

La réponse est tombée immédiatement :

PAS QUESTION.

S'IL TE PLAÎT. C'EST IMPORTANT.

RENTRE CHEZ TOI, WILL. TROP DANGEREUX.

OÙ ES-TU ?

COMMENT ES-TU ARRIVÉ À FORD ?

— Hmm, a dit le Spectre.

Et, après un instant de réflexion, il a tapé :

PISTILLO.

Nouvelle pause.

J'AI SU POUR MAMAN. Ç'A ÉTÉ TRÈS DUR ?

Le Spectre n'a pas pris la peine de me consulter.

OUI.

COMMENT VA PAPA ?

PAS BIEN. ON VEUT TE VOIR.

Pause.

PAS QUESTION.

ON PEUT T'AIDER.

VAUT MIEUX GARDER SES DISTANCES.

Le Spectre m'a regardé.

— On fait appel à son vice préféré ?

Je n'avais pas la moindre idée de ce dont il parlait.
Je l'ai vu taper :

ON PEUT TE TROUVER DE L'ARGENT. TU EN AS BESOIN ?

*ÇA VA VENIR. ON PEUT FAIRE ÇA PAR MANDAT
INTERNATIONAL.*

Comme s'il lisait dans mes pensées, le Spectre a
tapé :

IL FAUT VRAIMENT QUE JE TE RENCONTRE. S'IL TE PLAÎT.

JE T'AIME, WILL. RENTRE CHEZ TOI.

Une fois de plus, comme s'il était dans ma tête, le
Spectre a tapé :

ATTENDS.

JE VAIS ME DÉCONNECTER, FRANGIN. T'INQUIÈTE PAS.

e Spectre a repris sa respiration.

— Ça ne marche pas, a-t-il dit à haute voix.

Et il a tapé rapidement :

DÉCONNECTE-TOI, KEN, ET TON FRÈRE MEURT.

Une pause. Puis :

QUI EST-CE ?

Le Spectre a souri.

DEVINE. INDICE : NOTRE AMI CASPER.

Pas de pause cette fois-ci.

LAISSE-LE TRANQUILLE, JOHN.

ÇA M'ÉTONNERAIT.

IL N'A RIEN À VOIR LÀ-DEDANS.

NE PERDS PAS TON TEMPS À ESSAYER DE M'ATTENDRIR. TU TE POINTES, TU ME DONNES CE QUE JE VEUX, JE NE LE TUE PAS.

LAISSE-LE PARTIR D'ABORD. ENSUITE JE TE DONNERAI CE QUE TU VEUX.

Le Spectre a ri. Les touches cliquetaient.

ALLONS, KEN, LA COUR. TU TE SOUVIENS DE LA COUR, N'EST-CE PAS ? JE TE DONNE TROIS HEURES POUR ÊTRE LÀ-BAS.

IMPOSSIBLE. JE NE SUIS MÊME PAS SUR LA CÔTE EST.

— Foutaises ! a marmonné le Spectre.

Et il a tapé frénétiquement :

ALORS GROUILLE-TOI. TROIS HEURES. SI TU N'ES PAS LÀ, JE COUPE UN DOIGT. PUIS UN AUTRE, TOUTES LES DEMI-HEURES. APRÈS JE PASSERAI AUX ORTEILS. ET ENSUITE J'IMPROVISERAI. LA COUR, KEN. TROIS HEURES.

Le Spectre a coupé la communication et refermé l'ordinateur d'un coup sec.

— Ma foi, a-t-il dit avec un sourire, ç'a plutôt bien fonctionné, non ?

56

NORA A APPELÉ CARREX SUR SON PORTABLE. En deux mots, elle lui a expliqué les raisons de sa disparition. Il a écouté sans l'interrompre, tout en roulant pour la rejoindre. Ils se sont retrouvés devant le bâtiment de Metropolitan Life dans Park Avenue.

Elle est montée dans la camionnette et lui a sauté au cou. C'était bon d'être de retour.

— On ne peut pas avertir la police, a-t-il prévenu.

Elle a approuvé.

— Will a été catégorique là-dessus.

— Alors qu'est-ce qu'on fait, nom de Dieu ?

— Je ne sais pas. Mais j'ai peur, Carrex. Le frère de Will m'a parlé de ces gens-là. Ils vont le tuer, c'est sûr.

Carrex a ruminé l'information.

— Comment vous vous y prenez pour communiquer, Ken et toi ?

— Par l'intermédiaire d'un forum sur Internet.

— On va lui envoyer un message. Peut-être qu'il aura une idée, lui.

Le Spectre gardait ses distances. Le temps passait. Je continuais à guetter l'éventuelle ouverture, prêt à risquer le tout pour le tout. La main sur le tesson de bouteille, j'étudiais son cou. Je répétais mentalement les gestes. J'essayais d'anticiper sur sa technique de défense et sur la meilleure façon d'y parer. Où étaient ses artères ? Quel serait l'endroit le plus vulnérable et comment faire pour l'atteindre ?

Katy avait l'air de tenir le coup. J'ai repensé à ma conversation avec Pistillo. Il avait eu raison. Tout ceci était ma faute. Lorsqu'elle m'avait proposé son aide, j'aurais dû refuser tout net. Même si je comprenais sa démarche – et je la comprenais mieux que personne –, ça ne m'empêchait pas de me sentir coupable.

Il fallait trouver un moyen de la sauver.

Je me suis tourné vers le Spectre. Il m'a toisé. Je n'ai pas cillé.

— Laisse-la partir.

Il a feint de bâiller.

— Sa sœur a été gentille avec toi.

— Et alors ?

— Tu n'as aucune raison de lui faire du mal.

Le Spectre a levé les paumes et, en bâillant de nouveau, m'a répondu :

— Il faut une raison ?

Katy a fermé les yeux. Je me suis tu. Ça ne servait à rien de discuter, sinon à aggraver les choses. J'ai consulté ma montre. Encore deux heures à tirer. La « cour », un lieu où les fumeurs de hasch se réunissaient après une journée de rigolade au collège, ne devait guère se trouver à plus de cinq kilomètres de là. Je savais pourquoi le Spectre l'avait choisi. C'était facile à surveiller et passablement isolé, surtout durant les mois d'été. Une fois là-bas, on avait peu de chances de s'en sortir vivant.

Le portable du Spectre a sonné. À le voir, on aurait dit qu'il n'avait jamais entendu ce son-là. Il a semblé presque décontenancé. Je me suis raidi, même si je n'osais pas attraper mon bout de verre. Pas encore. Je me tenais prêt.

— J'écoute.

J'ai scruté son visage incolore. Son expression restait calme, mais manifestement il se passait quelque chose. Il a cillé à deux ou trois reprises. Puis il a regardé sa montre. Pendant deux bonnes minutes, il n'a pas soufflé mot. À la fin, il a juste dit :

— J'arrive.

Il s'est approché de moi et m'a glissé à l'oreille :

— Si tu bouges de cette chaise, c'est toi qui me supplieras de la tuer. Compris ?

J'ai hoché la tête.

Le Spectre est sorti en fermant la porte derrière lui. Il faisait sombre dans la cabane. Le jour commençait à baisser ; des rais de lumière filtraient à travers le feuillage. Comme il n'y avait pas de fenêtres sur la façade, je ne pouvais savoir ce qu'ils fabriquaient dehors.

— Qu'est-ce qui se passe ? a murmuré Katy.

Un doigt sur mes lèvres, j'ai tendu l'oreille. Un bruit de moteur. Une voiture qui démarre. J'ai repensé à son avertissement. Ne quitte pas ton siège… Le Spectre, on n'avait pas envie de lui désobéir ; d'un autre côté, il allait nous tuer de toute façon. Plié en deux, je me suis laissé tomber de la chaise. Le mouvement n'était pas très fluide, plutôt saccadé même.

Pivotant vers Katy, mes yeux ont rencontré les siens, et je lui ai fait signe de se taire.

Lentement, j'ai rampé. Je me serais bien mis à plat ventre, s'il n'y avait pas eu tous ces éclats de verre. J'avançais avec précaution, pour éviter de me couper.

Arrivé à la porte, j'ai posé la tête sur le plancher et risqué un regard par la fente entre le battant et le sol. La voiture s'éloignait. J'ai cherché un meilleur point de vue, mais ce n'était pas facile. Je me suis assis et j'ai collé l'œil à l'interstice latéral. On y voyait encore moins. Je me suis soulevé, et là, je l'ai aperçu.

Le chauffeur.

Mais où était le Spectre ?

Je me suis livré à un bref calcul mental. Deux hommes, une voiture. La voiture s'en va. Bien que je n'aie jamais été fort en maths, ça signifiait qu'il ne restait qu'un seul homme. Je me suis tourné vers Katy.

— Il est parti, ai-je chuchoté.

— Quoi ?

— Le chauffeur est toujours là. Le Spectre a pris la voiture.

Je suis revenu chercher le morceau de verre sur ma chaise. Marchant le plus doucement possible, j'ai contourné Katy et me suis remis à scier la corde.

— Qu'est-ce qu'on va faire ?

— Tu connais le chemin. On va filer d'ici.

— Il fera bientôt nuit.

— C'est pourquoi il ne faut pas qu'on tarde.

— Mais l'autre, a-t-elle objecté. Il est peut-être armé.

— C'est probable, mais quoi, tu préfères attendre le retour du Spectre ?

— Comment sais-tu qu'il ne va pas se repointer tout de suite ?

— Je ne le sais pas.

La corde s'est coupée en deux : Katy était libre. Pendant qu'elle se frottait les poignets, j'ai dit :

— Tu es avec moi ?

Elle m'a considéré comme probablement je devais regarder Ken autrefois : avec crainte, espoir et confiance. Je me suis efforcé de prendre un air courageux, mais franchement je n'ai pas le physique de l'emploi. Elle a répondu :

— Oui.

Il y avait une fenêtre au fond de la cabane. Mon plan consistait à l'ouvrir, à descendre et à s'enfoncer dans les bois en faisant le moins de bruit possible ; mais si jamais il nous entendait, on prendrait nos jambes à notre cou. J'espérais que le chauffeur n'avait pas d'arme, ou alors qu'il n'avait pas ordre de tirer. Ils se doutaient bien que Ken allait se méfier. Donc ils étaient obligés de nous garder en vie – enfin, moi, en tout cas – pour qu'il morde à l'hameçon.

Ou peut-être pas.

La fenêtre était bloquée. J'ai tiré et poussé sur le châssis – en vain. La peinture devait dater d'un million d'années. Aucun moyen de l'ouvrir.

— Et maintenant ? a demandé Katy.

On était faits comme des rats. J'ai repensé à ce que le Spectre m'avait dit, que je n'avais pas su protéger Julie. Ça ne se reproduirait pas – pas avec Katy.

— Il n'y a qu'une sortie ici.

J'ai regardé la porte.

— Il va nous voir.

— Pas forcément.

J'ai jeté un œil par l'interstice. Les ombres s'allongeaient, sous les derniers rayons du couchant. Le chauffeur s'était perché sur une souche ; on distinguait le bout rougeoyant de sa cigarette dans la pénombre.

Il nous tournait pratiquement le dos.

J'ai glissé le tesson de bouteille dans ma poche et fait signe à Katy de se baisser. La porte a grincé en s'ouvrant. J'ai suspendu mon geste. Le chauffeur ne regardait toujours pas. C'était un risque à prendre. J'ai poussé légèrement, juste de quoi nous faufiler dans l'ouverture.

Katy m'a interrogé du regard. J'ai hoché la tête. Elle s'est glissée dehors. Je me suis baissé et j'ai suivi.

Nous nous sommes couchés sur la plate-forme. J'ai efermé la porte.

Il continuait à nous tourner le dos.

Bon, maintenant il s'agissait de descendre. Pas par l'échelle, elle était trop exposée. En silence, j'ai intimé à Katy de faire comme moi. Nous avons rampé à plat ventre vers un côté de la cabane. La plate-forme était en aluminium. Ça nous a facilité la tâche. Et évité les échardes.

Nous avons atteint le bord de la cabane. Mais, en la contournant, j'ai perçu un bruit semblable à un gémissement. Suivi d'une chute. Je me suis figé. Une poutre de soutènement venait de céder. La construction tout entière a oscillé.

— Mais que diable… ? s'est exclamé le chauffeur.

Nous nous sommes recroquevillés derrière le mur de la cabane. J'ai attiré Katy contre moi. Il ne pouvait pas nous voir. Cependant, il avait entendu le bruit.

— Qu'est-ce que vous trafiquez là-dedans, tous les deux ?

Nous retenions notre souffle. Les feuilles ont crissé sous ses pas. J'ai pris une profonde inspiration. Il s'est remis à hurler :

— Qu'est-ce que vous… ?

— Rien ! ai-je crié, ma bouche tout contre la paroi pour étouffer le son de ma voix, comme si elle venait de l'intérieur. Cette putain de baraque n'arrête pas de tanguer.

Silence.

Katy, blottie contre moi, grelottait. Je lui ai tapoté le dos. Ça va aller. Les pas s'étaient arrêtés. D'un signe je lui ai indiqué l'arrière de la cabane. Elle a hésité, mais pas bien longtemps.

Cette fois-ci, mon plan était de descendre le long du poteau. Katy passerait la première. S'il l'entendait, ce qui risquait de se produire, eh bien, j'avais plus ou moins prévu ma riposte.

J'ai montré le chemin à Kate. Elle s'est résolument cramponnée au poteau et s'y est accrochée, tel un pompier, prête à se laisser glisser. La plate-forme a bougé de nouveau. Le gémissement s'est répété. Désemparé, j'ai vu une vis se détacher.

— Nom de…

Le chauffeur se dirigeait vers nous. Toujours suspendue au poteau, Katy m'a regardé.

— Saute et cours ! ai-je lancé.

Elle a lâché le poteau et atterri sur le sol – ce n'était pas très haut.

— Cours ! ai-je répété.

Et le chauffeur a hurlé :

— Ne bougez pas ou je tire.

— Cours, Katy !

J'ai basculé mes jambes par-dessus le rebord. Ma chute a été plus lourde. J'avais lu quelque part qu'il fallait atterrir les genoux pliés, puis se laisser rouler. C'est ce que j'ai fait. Jusqu'à un arbre. En me relevant, j'ai vu l'homme arriver sur nous. Une quinzaine de mètres nous séparaient. Il écumait de rage.

— Arrêtez-vous ou vous êtes morts.

Seulement, il avait les mains vides.

— Cours ! ai-je crié encore à Katy.

— Mais…

— Je te suis. Allez, vas-y !

Elle savait que je mentais. Ça faisait partie de mon plan. Maintenant, mon boulot était de retenir notre adversaire – suffisamment longtemps pour qu'elle puisse s'échapper. Elle a hésité, répugnant à m'abandonner.

Il était presque sur nous.

— Tu pourras donner l'alerte, ai-je insisté. Fonce !

Elle a fini par obéir, bondissant par-dessus les racines et les hautes herbes. J'ai plongé la main dans ma poche quand l'homme s'est jeté sur moi. Assommé, j'ai quand même réussi à nouer mes bras autour de lui. Nous avons roulé, enlacés, sur le sol.

Il s'est débattu, mais je tenais bon. Chaque seconde comptait pour permettre à Katy de prendre de l'avance.

C'est alors qu'il m'a mis un coup de boule.

Il s'est reculé, et avec la tête m'a frappé en plein visage. J'ai vu trente-six chandelles. Mes yeux se sont remplis de larmes. J'ai lâché prise. Il s'est remis debout pour m'assener un coup de pied dans les côtes.

Mais je m'y étais préparé.

Je l'ai laissé venir et j'ai saisi son pied avec une main. De l'autre, je lui ai planté mon tesson de bouteille dans le gras du mollet. Il a poussé un cri perçant. L'écho a fait fuir les oiseaux. Je l'ai frappé une nouvelle fois, au jarret. Et j'ai senti une giclée de sang tiède.

Il est tombé, gigotant comme un poisson au bout d'un hameçon.

J'ai levé la main avec le bout de verre quand il a dit :

— Allez, partez.

Je l'ai regardé. Sa jambe hors d'usage l'immobilisait. Il ne pouvait plus rien contre nous. Et je n'étais pas un tueur. Du moins, pas encore. Inutile de perdre du temps alors que le Spectre pouvait revenir d'un moment à l'autre.

Je me suis élancé dans le bois.

Quand je me suis retourné, l'homme essayait de ramper sur l'herbe. J'ai repris ma course. Soudain, j'ai entendu la voix de Katy :

— Par ici, Will !

Nous avons couru le reste du chemin. Les branches nous fouettaient le visage. Nous trébuchions sur les racines. Katy ne s'était pas trompée : un quart d'heure plus tard, nous avons quitté le bois pour émerger dans Hobart Gap Road.

Lorsque Will et Katy sont sortis du bois, le Spectre était là.

Il les a observés de loin. Puis il a souri et est remonté dans sa voiture. Il est retourné dans la clairière pour nettoyer. Il y avait du sang. Il ne s'y attendait pas. Will Klein continuait à le surprendre et à l'impressionner – absolument.

Tant mieux.

Une fois qu'il a eu terminé, le Spectre a longé South Livingston Avenue. Aucun signe de Will ou de Katy. Parfait. Il s'est arrêté devant la boîte à lettres de Northfield Avenue. Après un instant d'hésitation, il a glissé le paquet dans l'ouverture.

Une bonne chose de faite.

Il a suivi Northfield Avenue jusqu'à la Route 280. Il n'y en avait plus pour longtemps, à présent. Le Spectre pensait à la façon dont tout avait commencé et dont cela devait finir. Il pensait à McGuane, à Will et à Katy, à Julie et à Ken.

Mais, surtout, il pensait à la promesse qu'il s'était faite et à la véritable raison de son retour.

57

LES CINQ JOURS SUIVANTS ONT ÉTÉ PLUTÔT MOU-
VEMENTÉS.

Naturellement, Katy et moi avons alerté la police.
Nous les avons conduits sur le lieu de notre détention.
Il n'y avait personne. La cabane était vide. Une fouille
a permis de découvrir des traces de sang là où j'avais
tailladé le chauffeur avec mon morceau de verre. Il
n'y avait cependant ni cheveux ni empreintes. Aucun
indice. Cela ne m'a pas vraiment étonné. Mais au
fond, était-ce si important ?

Philip McGuane a été arrêté pour le meurtre d'un
agent fédéral nommé Raymond Cromwell et d'un
avocat de renom, Joshua Ford. Sur ce coup-là, il n'a
pas bénéficié d'une mise en liberté sous caution.
Quand j'ai revu Pistillo, il avait l'air satisfait d'un
homme ayant enfin conquis son propre Everest, trouvé
son Graal, vaincu le plus coriace de ses démons
personnels, vous imaginez le genre.

— Ça craque de partout, m'a-t-il annoncé sans
cacher sa jubilation. On a réussi à épingler McGuane
pour meurtre. Tout l'édifice est sur le point de
s'effondrer.

J'ai demandé comment ils avaient fait pour le
coincer. Pistillo, pour une fois, était trop heureux de se
confier.

— McGuane a fabriqué une cassette de surveillance bidon montrant notre agent en train de quitter son bureau. C'était censé lui servir d'alibi, et franchement il n'y avait rien à y redire. Ce n'est pas sorcier, avec la technologie numérique – enfin, c'est ce que m'a dit le gars du labo.

— Qu'est-ce qui s'est passé, alors ?

Pistillo a souri.

— On a reçu une autre cassette par la poste. Envoyée de Livingston, New Jersey – libre à vous de le croire ou non. La vraie cassette. On y voit deux individus traînant le corps dans un ascenseur privé. Les deux hommes ont déjà reconnu les faits. Il y avait un mot également, nous indiquant où chercher les cadavres. Et, pour couronner le tout, le paquet contenait les cassettes et les informations recueillies dans le temps par votre frère.

J'ai essayé de trouver une explication à tout ceci, mais sans grand succès.

— Vous savez qui l'a envoyé ?

— Non, a répondu Pistillo que la question ne semblait pas intéresser outre mesure.

— Et que faites-vous de John Asselta ?

— Nous avons un mandat d'arrêt contre lui.

— Ça fait longtemps que vous vous en contentez.

Il a haussé les épaules.

— Que voulez-vous qu'on fasse d'autre ?

— Il a tué Julie Miller.

— Sur commande. Asselta n'était qu'un exécuteur des basses œuvres.

Piètre consolation.

— Vous ne croyez pas pouvoir l'arrêter, n'est-ce pas ?

— Écoutez, Will, je serais ravi de coffrer Asselta, mais je vais être honnête avec vous : ce sera difficile.

Il a déjà quitté le pays. On nous a signalé sa présence outre-Atlantique. Il va trouver du travail auprès de quelque dictateur qui le protégera. Et puis, en fin de compte – et c'est important de se le rappeler –, Asselta n'est qu'une marionnette. Moi, il me faut ceux qui tirent les ficelles.

Je n'étais pas d'accord mais je n'ai pas cherché à polémiquer. J'ai demandé ce qu'il en était de Ken. Pistillo n'a pas répondu immédiatement.

— Vous et Katy Miller ne nous avez pas tout raconté, hein ?

J'ai légèrement remué sur mon siège. Nous leur avions parlé de l'enlèvement, mais pas de notre communication avec Ken. Ça, on l'avait gardé pour nous.

— Mais si, ai-je affirmé.

Pistillo m'a regardé dans les yeux avant de hausser à nouveau les épaules.

— À la vérité, j'ignore si nous avons encore besoin de Ken. En tout cas, il ne risque plus rien, Will.

Il s'est penché en avant.

— Je sais que vous n'êtes pas en contact avec lui...

J'ai bien vu à son expression que cette fois il n'en croyait rien.

— ... mais si jamais vous arrivez à le joindre, dites-lui de sortir de son trou. Sa sécurité est assurée à cent pour cent. Et par ailleurs, c'est vrai, nous pourrions recourir à ses services pour vérifier ces vieilles pièces à conviction.

Je vous l'avais dit, cinq journées bien remplies.

Outre ma rencontre avec Pistillo, j'ai passé du temps avec Nora. On a évoqué son existence d'autrefois, mais pas beaucoup. Son visage s'assombrissait : la peur de son ex-mari continuait à la hanter. Évidemment, ça me révoltait. Il allait falloir qu'on s'occupe de ce Cray Spring de Cramden. Comment ? mystère. Mais il n'était pas question que Nora passe le reste de sa vie dans la peur.

Elle m'a parlé de mon frère, de l'argent qu'il avait mis de côté en Suisse, des interminables randonnées qu'il faisait afin de trouver une paix qui le fuyait. Elle m'a aussi parlé de Sheila Rogers, mais surtout de ma nièce Carly. Là, son regard s'illuminait. Carly adorait faire la roue et dévaler les collines les yeux fermés. Elle dévorait les livres. Son rire était infiniment contagieux. Le plus dur pour Nora, ç'avait été d'abandonner l'enfant (c'était le verbe qu'elle avait employé, même si je le jugeais un peu trop radical).

Je n'avais pas revu Katy. Elle était partie – sans me dire où, et je n'avais pas insisté – mais elle téléphonait presque chaque jour. Elle connaissait la vérité maintenant, sauf qu'à mon avis ça ne changeait pas grand-chose. Tant que le Spectre serait en liberté, il serait impossible de tourner la page. Tant que le Spectre serait en liberté, on ne pourrait s'empêcher d'avoir peur de notre ombre.

Katy et moi n'avions pas mentionné notre échange avec Ken afin que je puisse continuer à communiquer avec lui. On s'est finalement arrangés pour passer par un autre forum. J'ai dit à Ken de ne pas craindre la mort en espérant qu'il saisirait l'allusion à sa chanson préférée, toujours la même, de Blue Oyster Cult. Nous avons déniché un site consacré à ce vieux groupe de heavy metal. Il n'y avait pas beaucoup d'espace pour converser, mais nous avons réussi à nous fixer quelques rendez-vous pour échanger des messages.

Ken restait prudent, mais lui aussi avait envie d'en finir. Et je pense que nous devions lui manquer.

Bref, cela a nécessité quelques préparatifs, à l'issue desquels Ken et moi avons décidé d'une rencontre.

Lorsque j'avais douze ans et Ken quatorze, nous étions partis en colonie de vacances dans le Massachusetts. Ça s'appelait Camp Millstone et, d'après le dépliant, ça se trouvait du côté de Cape Cod, auquel cas Cape Cod couvrait approximativement la moitié de l'État. On avait adoré notre séjour là-bas. On jouait au basket, au softball, on mangeait des cochonneries et ces bonbons qui répondaient au nom alléchant de « jus de punaise ». Nos moniteurs étaient à la fois drôles et sadiques. Sachant ce que je sais aujourd'hui, jamais je n'enverrais mes gosses en colonie de vacances. Jamais de la vie. Mais moi, j'avais adoré.

Ne cherchez pas à comprendre.

Quatre ans plus tôt, j'avais emmené Carrex visiter le site. Comme Camp Millstone était en liquidation judiciaire, Carrex a racheté la propriété pour la transformer en une espèce d'ashram de luxe. Il s'est fait construire une ferme au milieu de l'ancien terrain de foot. Comme il n'y avait qu'un chemin pour y accéder, aucun visiteur ne pouvait passer inaperçu.

Nous avons décidé que c'était le lieu idéal pour les retrouvailles.

Melissa est venue par avion de Seattle. Paranos comme nous l'étions, nous l'avons fait atterrir à Philadelphie. Elle, mon père et moi nous sommes donné rendez-vous dans un restoroute. À partir de là, nous avons voyagé ensemble. Personne n'était au courant, à part Nora, Katy et Carrex qui devaient nous rejoindre le lendemain. Mais cette soirée, la première, était exclusivement réservée à la famille.

Il y avait, bien sûr, des travaux sur la Route 95, et le trajet a duré cinq longues et pénibles heures. Quand je me suis enfin garé devant le corps de ferme rouge avec son faux silo, je n'ai vu aucune autre voiture. Normal, nous étions censés arriver les premiers.

Pendant un instant, nous sommes simplement restés là, immobiles. Puis, sortant de ma torpeur, je me suis dirigé vers la maison. Papa et Melissa m'ont emboîté le pas. Tous les trois, nous pensions à maman. Elle aurait dû se trouver parmi nous, elle aurait dû avoir cette chance de revoir son fils vivant. Voilà qui aurait fait refleurir le fameux sourire de Sunny. Cette photo donnée par Nora lui avait été d'un immense réconfort. Je lui en serais reconnaissant jusqu'à la fin de mes jours.

Ken devait venir seul. Carly était quelque part, en sécurité. Je ne savais pas où. Il prenait un risque en se rendant à cette réunion, et il était bien naturel qu'il ne veuille pas mettre sa fille en danger.

On a fait les cent pas dans la maison. Personne n'avait soif. Il y avait un rouet dans un coin. Le tic-tac de l'horloge semblait assourdissant dans le silence de la pièce. Papa a fini par s'asseoir. S'approchant de moi, Melissa a chuchoté :

— Pourquoi n'a-t-on pas l'impression que la fin du cauchemar est proche ?

Je ne voulais même pas y penser.

Cinq minutes plus tard, un bruit de voiture.

Nous nous sommes précipités vers la fenêtre. J'ai repoussé le rideau. Malgré le crépuscule, on y voyait parfaitement clair. La voiture était une Honda Accord grise, un modèle passe-partout. Mon cœur a bondi dans ma poitrine. J'avais envie de me ruer dehors, mais je n'ai pas bougé.

Pendant quelques secondes – égrenées par cette fichue horloge – il ne s'est rien passé. Puis la portière côté conducteur s'est ouverte. J'ai agrippé le rideau tellement fort que j'ai failli l'arracher. On a vu un pied se poser par terre. Un homme est descendu.

C'était Ken.

Il m'a souri… ah, ce sourire insouciant, désinvolte que je connaissais si bien. Je n'attendais que ça. Avec un hurlement de joie, j'ai foncé vers la porte. Je l'ai ouverte à la volée, mais Ken accourait déjà. Il s'est jeté sur moi. Et les années se sont effacées. D'un coup. Nous avons roulé sur le tapis. J'ai gloussé comme si j'avais sept ans. Il riait aussi.

Un merveilleux branle-bas s'en est suivi. Papa est arrivé en courant. Puis Melissa. Je revois la scène comme une série de flashes confus. Ken qui serre papa dans ses bras. Papa qui l'attrape par le cou et l'embrasse sur la tête, les yeux fermés, le visage baigné de larmes. Ken qui fait tournoyer Melissa dans l'air. Melissa qui pleure, qui palpe son frère pour s'assurer que c'est réellement lui.

Onze années.

J'ignore combien de temps ç'a duré, ce magnifique, ce joyeux tohu-bohu. À un moment, on s'est suffisamment calmés pour s'asseoir sur le canapé. Ken me gardait près de lui. À plusieurs reprises, il m'a coincé la tête sous son bras pour me distribuer des pichenettes. Je n'aurais jamais cru éprouver un tel bonheur à recevoir des coups.

— Tu as affronté le Spectre et tu t'en es sorti, m'a dit Ken, ma tête sous son aisselle. À mon avis, tu n'as plus besoin de moi pour couvrir tes arrières.

Me dégageant, j'ai répondu d'un ton implorant :

— Tu sais bien que si.

La nuit est tombée. Nous sommes tous allés dehors. L'air nocturne m'a paru délicieusement pur. Ken et moi marchions devant. Papa et Melissa, qui avaient dû sentir notre désir de nous isoler, suivaient, à une dizaine de mètres. Ken me tenait enlacé par les épaules. Je me suis rappelé le jour où ici, en colo, j'avais fait une grosse faute technique. Mon dortoir avait perdu le match à cause de ça. Mes copains s'en sont pris à moi. Il n'y avait pas de quoi en faire un fromage, pourtant. Un truc pareil pouvait arriver à n'importe qui. Ce jour-là, Ken m'avait emmené faire un tour. Son bras passé autour de mes épaules.

Comme aujourd'hui.

Il a entrepris de me raconter toute l'histoire. Ça correspondait en gros à ce que je savais déjà. Il avait trempé dans une sale affaire. Il avait conclu un marché avec le FBI. McGuane et Asselta l'avaient découvert.

Il a éludé les raisons pour lesquelles il était rentré à la maison ce soir-là, et surtout pourquoi il était allé chez Julie. Mais moi, je voulais en avoir le cœur net. Il y avait déjà eu trop de mensonges comme ça. Je lui ai donc demandé sans ambages :

— Pourquoi vous êtes revenus à Livingston, Julie et toi ?

Ken a sorti un paquet de cigarettes.

— Tu fumes maintenant ?

— Oui, mais j'ai l'intention d'arrêter.

Il m'a regardé.

— On a pensé que c'était pratique pour se retrouver.

Je me suis souvenu de ce que m'avait dit Katy. Julie non plus n'était pas rentrée chez elle pendant plus d'un an. J'ai attendu qu'il continue. Mais il fixait sa cigarette sans l'allumer.

— Pardonne-moi, a-t-il dit.

— Ne t'inquiète pas pour ça.

— Je savais que tu étais toujours accroché, Will. Mais, à l'époque, je me droguais. J'étais une loque. Ou peut-être que je m'en fichais. Peut-être que c'était juste de l'égoïsme, qui sait.

— Peu importe, ai-je dit.

Et je le pensais.

— Mais je ne comprends toujours pas. Qu'est-ce que Julie venait faire là-dedans ?

— Elle m'aidait.

— Elle t'aidait en quoi ?

Ken a allumé la cigarette. Ses traits étaient marqués, il avait des rides, pourtant il était presque plus beau qu'avant. Ses yeux étaient clairs et transparents comme de la glace.

— Sheila et elle partageaient un appartement près de Haverton. Elles étaient amies.

Il a secoué la tête.

— Julie est devenue accro. C'est ma faute. Quand Sheila est arrivée à Haverton, je les ai présentées l'une à l'autre. Julie est rentrée dans le business. Elle a commencé à travailler pour McGuane, elle aussi.

Je m'en étais douté.

— Elle vendait de la drogue ?

Il a acquiescé.

— Mais quand j'ai été pris, quand j'ai accepté de marcher droit, il me fallait quelqu'un – un ami, un complice – pour m'aider à faire tomber McGuane. Au début, nous étions morts de trouille, mais peu à peu on a vu ça comme un moyen de s'en sortir. Une sorte de rédemption, tu comprends ?

— J'essaie.

— Moi, ils me surveillaient de près. Pas Julie. Ils n'avaient aucune raison de la soupçonner. Du coup, elle m'a permis de subtiliser des documents compromettants. Quand je faisais des cassettes, je les lui fourguais. C'est pour ça qu'on s'est retrouvés ce soir-là. Nous avions réuni suffisamment de matière. On allait remettre ça au FBI et en finir une bonne fois pour toutes.

— Je ne saisis pas bien. Pourquoi avoir tout gardé ? Pourquoi n'avez-vous pas transmis les informations au fur et à mesure ?

Ken a souri.

— Tu as rencontré Pistillo ?

J'ai hoché la tête.

— Comprends-moi bien, Will. Je ne prétends pas que tous les flics sont corrompus. Mais il y en a qui le sont. C'est bien un flic qui a informé McGuane de ma présence au Nouveau-Mexique. Pire que ça, certains, comme Pistillo, sont terriblement ambitieux. Il me fallait une monnaie d'échange. Je voulais bien négocier, mais à mes conditions.

Le raisonnement me semblait logique.

— Seulement, le Spectre vous a retrouvés.

— Oui.

— Comment ?

Nous étions arrivés devant un poteau. Ken a posé son pied dessus. Je me suis retourné. Papa et Melissa étaient loin derrière.

— Je n'en sais rien, Will. Julie et moi, on avait très peur. Mais chez nous, à la maison, on se croyait à l'abri. On était au sous-sol, sur le canapé, on a commencé à s'embrasser...

Il évitait de me regarder.

— Et ?

— Soudain, j'ai senti une corde autour de mon cou.

Ken a aspiré une profonde bouffée.

— J'étais au-dessus d'elle, et le Spectre a débarqué en catimini. J'ai manqué d'air. Je commençais à étouffer. John a tiré sur la corde. J'ai pensé que mon cou allait se briser. Je ne sais plus très bien ce qui s'est passé ensuite. Julie l'a frappé, je crois. C'est comme ça que je me suis dégagé. Il l'a assommée d'un coup de poing. J'ai reculé. Alors le Spectre a sorti son flingue et il a tiré. La première balle m'a touché à l'épaule.

Il a fermé les yeux.

— Je me suis enfui. Que Dieu me pardonne, j'ai filé, purement et simplement.

Nous baignions dans le silence de la nuit. Même le chant des insectes nous parvenait en sourdine. Ken a encore tiré sur sa cigarette. Je devinais ses pensées. Il avait fui. Et Julie était morte.

— Il était armé, ai-je dit. Ce n'est pas ta faute.

Mais il n'avait pas l'air convaincu.

— La suite des événements, tu la connais déjà. Je suis retourné chez Sheila. On a embarqué Carly. J'avais mis de l'argent de côté pendant que je travaillais pour McGuane. Et on a levé le camp, persuadés d'avoir McGuane et Asselta sur les talons. Quelques jours plus tard, en lisant les journaux, j'ai enfin compris que je n'avais pas seulement McGuane à mes trousses, mais le monde entier.

J'ai posé alors la question qui m'obsédait depuis le début :

— Pourquoi ne m'as-tu jamais parlé de Carly ?

Il a eu un brusque mouvement de recul, comme s'il venait de recevoir un crochet du droit.

— Ken ?

Il refusait toujours de croiser mon regard.

— On ne peut pas parler de ça une autre fois, Will ?

— J'aimerais bien savoir, moi.

— Bon. Ce n'est pas un secret d'État.

Il avait une drôle de voix. Je sentais qu'il avait retrouvé son assurance, mais il y avait quelque chose... comme une fausse note, peut-être.

— J'étais en mauvaise posture. Le FBI m'avait chopé peu de temps avant sa naissance. J'avais trop peur pour elle. Personne n'était au courant de son existence. Personne. Je la voyais souvent mais je n'habitais pas avec elle. Carly vivait avec sa mère et Julie. Je ne voulais pas qu'elle soit liée à moi de quelque façon que ce soit. Tu comprends ?

— Oui, bien sûr.

Il a souri.

— Quoi ?

— Rien, j'étais en train de penser à la colo.

J'ai souri également.

— On était bien ici.

J'ai hoché la tête.

— Ken ?

— Oui ?

— Comment as-tu fait pour te cacher pendant tout ce temps ?

Il a ri doucement. Puis il a murmuré :

— Carly.

— Carly t'a aidé à te cacher ?

— Le fait que personne n'était au courant. Je crois que ça m'a sauvé la vie.

— Comment ça ?

— Tout le monde recherchait un individu isolé en cavale. Or, quoi de mieux pour passer inaperçu – notamment aux yeux de toutes les polices – que de voyager en couple, avec un enfant ?

Une fois de plus, l'explication m'a paru logique.

— Le FBI a eu de la chance. Je n'ai pas été assez prudent. Parfois, je me dis que je devais chercher à me faire arrêter. Vivre comme ça, dans la peur permanente, sans jamais pouvoir s'arrêter… c'est usant à la longue. Et vous me manquiez, Will. Toi surtout. Il se peut bien que j'aie baissé la garde. Ou que j'aie eu envie d'en finir.

— On t'a donc extradé ?

— Oui.

— Et tu as conclu un autre marché.

— J'étais sûr qu'ils allaient me coller le meurtre de Julie sur le dos. Mais quand j'ai revu Pistillo, son seul et unique objectif était McGuane, encore et toujours. Julie, c'était presque accessoire. Et comme ils savaient que ce n'était pas moi...

Il a haussé les épaules.

Puis Ken m'a parlé du Nouveau-Mexique, de ses tentatives pour dissuader Sheila de venir le rejoindre aussi vite. Sa voix s'était radoucie.

— Mais elle n'a pas voulu m'écouter.

Après l'agression, il avait réussi à trouver un médecin discret à Las Vegas. Mais il était trop tard : Sheila Rogers, sa compagne depuis douze ans, était morte le lendemain. Ne sachant pas quoi faire, il avait déposé le corps sur le bas-côté d'une route.

Papa et Melissa s'étaient rapprochés, hésitants. Il y a eu un court silence.

— Et ensuite ? ai-je demandé tout bas.

— J'ai déposé Carly chez une amie de Sheila. Une cousine, plus exactement, chez qui j'étais sûr qu'elle serait en sécurité. Puis j'ai repris la route, direction la côte Est.

C'est quand il a prononcé cette dernière phrase... que j'ai senti qu'il y avait anguille sous roche.

Ça ne vous arrive jamais ? Vous écoutez, vous acquiescez, tout vous paraît clair et logique, quand soudain vous relevez un petit détail, insignifiant à première vue, presque sans intérêt – et vous prenez conscience avec angoisse qu'on vous a mené en bateau.

— On a enterré maman un mardi, ai-je dit.

— Quoi ?

— On a enterré maman un mardi.

— Exact.

— Tu étais bien à Las Vegas ce jour-là ?

Il a réfléchi un instant.

— Oui.

J'ai repassé la chronologie des événements dans ma tête.

— Il y a une chose qui m'échappe.

— Laquelle ?

— L'après-midi de l'enterrement…

J'ai attendu qu'il me regarde en face.

— … tu étais dans l'autre cimetière avec Katy Miller.

Son expression a changé imperceptiblement.

— Qu'est-ce que tu racontes ?

— Katy t'a vu au cimetière. Sous un arbre, près de la tombe de Julie. Tu lui as dit que tu étais innocent. Et que tu étais revenu pour mettre la main sur l'assassin, le véritable assassin. Comment est-ce possible, puisque tu te trouvais à l'autre bout du pays ?

Mon frère n'a pas répondu. Mon cœur s'est serré alors, avant même qu'une nouvelle voix ne vienne chavirer mon univers.

— J'ai menti.

Nous nous sommes tous retournés. Katy Miller a émergé de derrière un arbre. Je l'ai regardée sans rien dire. Elle s'est approchée de nous.

À la main, elle tenait un pistolet.

Pointé sur la poitrine de Ken. J'ai ouvert la bouche. Melissa a étouffé une exclamation. Mon père a crié :

— Non !

Mais tout cela semblait venir de très loin. Les yeux fixés sur moi, Katy tentait de me faire passer un message que j'étais incapable de saisir.

J'ai secoué la tête.

— Je n'avais que six ans, a-t-elle dit. Qu'est-ce que . vaut, le témoignage d'une gamine, hein ? J'ai vu on frère, ce soir-là. Et j'ai vu John Asselta. J'ai pu les :onfondre, diraient les flics. C'était facile pour Pistillo et ses agents d'accommoder mon récit à leur sauce. Ils voulaient McGuane. Pour eux, ma sœur n'était qu'une énième junkie de banlieue.

— De quoi tu parles ? me suis-je exclamé.

Ses yeux ont pivoté vers Ken.

— J'étais là ce fameux soir, Will. Cachée derrière la vieille malle de mon père. J'ai tout vu.

Elle m'a regardé à nouveau. Je crois que je n'ai jamais croisé un regard aussi limpide.

— Ce n'est pas John Asselta qui a tué ma sœur. C'est Ken.

Mes bases commençaient à osciller. Je me suis tourné vers Melissa. Elle était livide. Mon père, lui, baissait la tête.

— Tu nous as vus faire l'amour, a dit Ken.

— Non.

La voix de Katy était étonnamment posée.

— Tu l'as tuée, Ken. Tu l'as étranglée pour qu'on accuse le Spectre… comme tu as étranglé Laura Emerson parce qu'elle menaçait de dénoncer le trafic de drogue à Haverton.

J'ai fait un pas en avant. Katy s'est tournée vers moi. Je me suis arrêté.

— Quand McGuane n'a pas réussi à liquider Ken au Nouveau-Mexique, j'ai eu un coup de fil de John Asselta.

Elle s'exprimait comme si elle avait répété ce discours une centaine de fois – je soupçonnais d'ailleurs que c'était le cas.

— Il m'a dit que ton frère avait été capturé en Suède. Au début, je ne l'ai pas cru. Pourquoi, si c'était

vrai, ne nous avait-on pas avertis ? Il m'a expliqu[é]
alors que le FBI avait besoin de Ken pour faire tombe[r]
McGuane. J'étais en état de choc. Après toutes ce[s]
années, ils allaient tranquillement laisser partir
l'assassin de Julie ? Hors de question. Pas avec tout ce
que nous avions souffert. Asselta a dû le sentir, c'est
pour ça qu'il m'a contactée.

Je continuais à secouer la tête, mais elle n'a pas
désarmé.

— Mon boulot était de rester dans les parages car
si Ken décidait de joindre quelqu'un, on a pensé que
ce serait toi. L'histoire du cimetière, je l'ai inventée
pour que tu me croies.

J'ai enfin retrouvé l'usage de ma voix.

— Mais tu as été agressée. Dans mon appartement.

— Oui.

— Tu as même crié le nom d'Asselta.

— Réfléchis, Will.

Elle avait l'air si calme, si sûre d'elle.

— Réfléchir à quoi ?

— Pourquoi as-tu été menotté à ton lit, hein ?

— Parce qu'il voulait me faire porter le chapeau,
comme il avait fait...

C'est Katy, cette fois, qui a secoué la tête. De son
arme, elle a désigné Ken.

— Il t'a menotté pour ne pas te faire du mal.

J'ai ouvert la bouche, mais aucun son n'en est sorti.

— C'était moi qu'il voulait, moi seule. Mais
d'abord, il fallait qu'il sache ce que je t'avais dit. Oui,
j'ai appelé John. Pas parce que je pensais que c'était
lui, derrière ce masque. Je l'appelais à l'aide. Et tu
m'as sauvé la vie, Will. Il m'aurait tuée.

Lentement, mon regard a glissé vers mon frère.

— Elle ment, a-t-il déclaré. Pourquoi aurais-je tué
Julie, alors qu'elle m'aidait ?

— C'est presque vrai, a répliqué Katy. Il a raison : Julie a vu dans son arrestation une chance de rédemption, comme il vient de le dire. Et elle était d'accord pour lui donner un coup de main. Mais ton frère a poussé le bouchon un peu trop loin.

— Comment ça ?

— Ken savait qu'il devait aussi se débarrasser d'Asselta. En lui mettant sur le dos, par exemple, le meurtre de Laura Emerson. Il pensait que Julie n'y verrait que du feu. Mais il se trompait. Tu te souviens à quel point John et Julie étaient proches ?

J'ai hoché faiblement la tête.

— Il y avait un véritable lien entre eux. Je ne prétends pas l'expliquer. À mon avis, eux-mêmes en auraient été incapables. Mais Julie avait de l'affection pour lui. J'imagine qu'elle devait être la seule... Elle était prête à balancer McGuane. Sans aucun problème. Mais elle n'aurait jamais fait de mal à John Asselta.

Je n'avais plus la force de parler.

— C'est n'importe quoi, a grogné Ken. Will ?

Je ne l'ai pas regardé.

Katy a repris :

— Quand Julie a su ce que Ken avait l'intention de faire, elle a appelé John pour le prévenir. Ken est venu chez nous chercher les documents et les cassettes. Elle a essayé de le retenir. Ils ont fait l'amour. Puis il a demandé à récupérer les pièces à conviction. Julie a refusé de les lui donner. Fou de rage, il a exigé de savoir où elle les avait cachées. Quand il a compris ce qui se passait, il a craqué et l'a étranglée. Le Spectre est arrivé avec quelques secondes de retard. Il a tiré sur Ken qui s'enfuyait. Il l'aurait sûrement poursuivi, mais quand il a vu Julie morte, par terre, il s'est littéralement écroulé. Il a pris sa tête dans ses mains et a poussé un hurlement de bête comme je n'en ai jamais entendu de ma vie. On avait l'impression que quelque chose s'était cassé en lui et que c'était irréparable.

Katy a franchi la distance qui nous séparait. Elle avait capté mon regard et ne le lâchait plus.

— Ken n'a pas pris la fuite parce qu'il avait peur de McGuane. Il s'est enfui parce qu'il avait tué Julie.

J'étais en train de tomber dans un puits sans fond, me raccrochant à tout ce que j'avais sous la main.

— Mais le Spectre, ai-je bredouillé, il nous a enlevés...

— J'étais dans le coup. Il nous a laissés nous échapper. Ce qu'on n'avait pas réalisé, c'est que tu te prendrais à ce point au jeu. Le chauffeur était là juste pour faire plus crédible. On ne s'attendait pas à ce que tu le réduises en bouillie.

— Mais pourquoi ?

— Parce que le Spectre avait compris.

— Compris quoi ?

Elle a fait un nouveau geste en direction de Ken.

— Que ton frère ne se montrerait pas simplement pour te sauver la vie. Jamais il ne s'exposerait à un risque pareil. Qu'il fallait quelque chose comme ça...

Elle a levé sa main libre.

— ... pour qu'il accepte de te rencontrer.

Je me suis remis à secouer la tête.

— On avait posté un homme dans la cour ce soir-là. Juste au cas où. Personne ne s'est manifesté.

J'ai reculé en titubant. J'ai regardé Melissa. J'ai regardé mon père. Et j'ai compris que tout était vrai. Chaque mot qu'elle avait prononcé était vrai.

Ken avait tué Julie.

— Je n'ai rien contre toi, m'a dit Katy. Mais ma famille a besoin que justice soit faite. Le FBI l'avait libéré. Je n'avais pas le choix. Je ne pouvais pas le laisser partir après ce qu'il avait fait à ma sœur.

Mon père est sorti de son silence.

— Et que comptes-tu faire, Katy ? Lui tirer dessus ?

— Oui.

Et ç'a été à nouveau le tohu-bohu, infernal cette fois.

Papa a plongé sur Katy. Elle a tiré. Il a chancelé mais lui a arraché l'arme des mains. Puis il s'est effondré en se tenant la jambe.

Mais la diversion avait suffi.

Quand j'ai levé les yeux, Ken avait dégainé son propre pistolet. Son regard de glace était braqué sur Katy. Il allait l'abattre. Sans la moindre hésitation. Il ne lui restait plus qu'à viser et à presser la détente.

J'ai bondi sur lui. J'ai frappé son bras à l'instant même où il tirait. Le coup a été dévié. Nous avons roulé à terre, et ça n'avait plus rien de joyeux. Il m'a planté son coude dans l'estomac, me coupant la respiration. Il s'est relevé et a pointé de nouveau l'arme sur Katy.

— Non ! ai-je crié.

— Il le faut.

Je l'ai empoigné. Nous avons lutté. J'ai crié à Katy de partir. Ken a rapidement pris le dessus. Il m'a plaqué au sol. Nos regards se sont croisés.

— Elle est le dernier maillon, a-t-il expliqué.

— Je ne te laisserai pas la tuer.

Ken a appuyé le canon du pistolet sur mon front. Nos visages n'étaient distants que de quelques centimètres. J'ai entendu Melissa hurler. Je lui ai dit de s'écarter. Du coin de l'œil, je l'ai vue saisir son portable et composer un numéro.

— Vas-y, ai-je lancé. Tire.

— Tu crois que je ne vais pas le faire ?

— Tu es mon frère.

— Et alors ? Tu n'as pas entendu ce qu'a dit Katy ? Ne vois-tu pas ce dont je suis capable… le nombre de gens à qui j'ai menti et fait du mal ?

— Pas à moi, ai-je répondu doucement.

Le pistolet toujours collé sur mon front, Ken s'est mis à rire.

— Qu'est-ce que tu dis ?

— Pas à moi.

Ken a rejeté la tête en arrière. Il riait de plus belle, et ce rire m'a glacé le sang.

— Pas à toi ?

Il a rapproché ses lèvres de mon oreille.

— Toi, a-t-il chuchoté, je t'ai menti et je t'ai fait du mal plus qu'à n'importe qui.

Ses paroles m'ont fait l'effet d'autant de pavés lancés en pleine figure. Je l'ai regardé. Son visage s'est crispé, j'étais sûr qu'il allait tirer. Fermant les yeux, j'ai attendu. Il y a eu des cris et du remue-ménage, mais tout semblait venir de très loin. Ce que j'ai entendu – le seul bruit que j'ai réellement perçu –, c'était Ken qui pleurait. J'ai rouvert les yeux. Et le monde a cessé d'exister. Il n'y avait plus que nous deux.

Je ne saurais expliquer ce qui s'est passé. C'était peut-être ma position, sur le dos, totalement sans défense, et lui, mon frère – mais plus mon sauveur cette fois-ci –, m'écrasant de tout son poids. Ou alors le fait de me voir aussi vulnérable a éveillé son vieil instinct de protection. Peut-être, je n'en sais rien. Toujours est-il que, quand nos yeux se sont rencontrés, ses traits ont commencé à se décomposer.

J'ai senti qu'il desserrait son emprise, mais il gardait toujours le canon du pistolet braqué sur ma tête.

— Promets-moi une chose, Will.

— Laquelle ?

— C'est à propos de Carly.

— Ta fille ?

Le visage en larmes, Ken a fermé les yeux.

— Elle aime Nora. Je veux que vous vous occupiez d'elle. Qu'elle grandisse chez toi. Promets-le-moi.

— Mais qu'est-ce qui… ?

— S'il te plaît.

Sa voix vibrait de désespoir.

— S'il te plaît, promets-le.

— C'est bon, je te le promets.

— Promets-moi aussi de ne jamais l'emmener me voir.

— Quoi ?

Les larmes ruisselaient sur son visage, nous mouillant tous les deux.

— Promets, bon sang ! Tu ne lui parleras pas de moi. Tu l'élèveras comme si elle était ta fille. Tu ne la laisseras pas me rendre visite en prison. Promets-moi, Will. Promets-le-moi ou je tire.

— Donne-moi ton arme d'abord, et tu auras ma promesse.

Ken m'a regardé. Il a glissé le pistolet dans ma main. Puis il m'a embrassé avec force. J'ai noué mes bras autour de lui. Je l'ai serré, l'assassin, tout contre moi. Il a pleuré dans ma poitrine comme un petit enfant. Ç'a duré un long moment, jusqu'à ce qu'on entende les sirènes.

J'ai tenté de le repousser.

— Va-t'en, ai-je murmuré, suppliant. S'il te plaît. Sauve-toi.

Ken n'a pas bronché. Peut-être qu'il en avait ass[...]
de fuir. Peut-être qu'il essayait de se sortir du gouffre[...]
Peut-être qu'il avait juste besoin de tendresse. Il es[...]
resté dans mes bras, accroché à moi jusqu'à la dernière
seconde.

58

Quatre jours plus tard

L'AVION DE CARLY ÉTAIT À L'HEURE.

Carrex nous a accompagnés à l'aéroport. Lui, Nora et moi nous sommes dirigés ensemble vers le Terminal C de l'aérogare de Newark. Nora marchait devant. Elle qui connaissait l'enfant était anxieuse et impatiente de la revoir. Moi, j'étais surtout angoissé.

— On a parlé, Wanda et moi, a déclaré Carrex.

Je l'ai dévisagé.

— Je lui ai tout dit.

— Et ?

Il s'est arrêté et a haussé les épaules.

— Apparemment, toi et moi allons être pères plus tôt que prévu.

Je l'ai étreint, profondément heureux pour eux deux. Ma propre situation me paraissait plus incertaine. J'étais sur le point de me charger de l'éducation d'une petite inconnue de douze ans. J'allais faire de mon mieux, mais, quoi qu'en dise Carrex, jamais je ne pourrais remplacer son père. J'avais fini par accepter bien des choses concernant Ken, y compris le fait qu'il passerait sans doute le reste de sa vie en prison, mais son refus de revoir sa fille continuait à me tarauder. Sans doute tenait-il à la protéger et croire qu'elle serait mieux sans lui…

Si j'en étais réduit aux suppositions, c'est parce qu'une fois en détention Ken n'a plus voulu me voir non plus. Je ne sais pas pourquoi, mais les mots qu'il m'avait chuchotés – *Toi, je t'ai menti et je t'ai fait du mal plus qu'à n'importe qui* – me poursuivaient, instillant inexorablement leur venin dans mon cerveau.

Carrex est resté dehors. Nora et moi nous sommes précipités à l'intérieur. Elle portait la bague de fiançailles. Nous étions en avance, bien sûr. Nora a mis son sac dans l'appareil à rayons X. Le détecteur à métaux s'est déclenché, mais ce n'était qu'à cause de ma montre. Nous nous sommes hâtés vers la porte d'arrivée, même si l'avion ne devait se poser que d'ici quinze minutes.

On s'est assis et, main dans la main, on a attendu. Melissa avait décidé de rester quelque temps à la maison. Pour veiller sur la convalescence de papa. Yvonne Sterno, comme promis, a eu l'exclusivité de notre histoire. J'ignore l'effet que ça aura sur sa carrière. Je n'avais pas encore contacté Edna Rogers. Mais j'allais bientôt le faire.

Le directeur adjoint Joe Pistillo venait d'annoncer qu'il prendrait sa retraite à la fin de l'année. Je comprenais maintenant son insistance à tenir Katy Miller en dehors de toute l'affaire – ce n'était pas uniquement pour son bien, mais en raison de ce qu'elle avait vu. Je ne sais pas trop si Pistillo doutait sincèrement du témoignage d'une gamine de six ans, ou si la vision du visage ravagé de sa propre sœur l'avait poussé à déformer les propos de Katy pour mieux parvenir à ses fins. Le FBI avait mis l'ancienne déposition de Katy sous le boisseau, officiellement pour protéger la petite fille. Moi j'avais ma propre idée là-dessus.

Naturellement, j'avais été terrassé d'apprendre la vérité sur mon frère, et cependant – ça va vous paraître bizarre – d'une certaine façon je me sentais rassuré. La vérité la plus hideuse valait finalement mieux que le plus joli des mensonges. Mon univers était plus sombre à présent, mais il avait retrouvé ses fondations.

Nora s'est penchée vers moi.

— Ça va, toi ?

— J'ai peur.

— Je t'aime, m'a-t-elle soufflé. Et Carly t'aimera aussi.

Nous avons scruté le tableau des arrivées. Il s'est mis à clignoter. On a annoncé au micro que le vol 672 Continental Airlines venait d'atterrir. Le vol de Carly. Je me suis tourné vers Nora. Elle a souri et pressé ma main.

Mon regard a fait le tour de la salle, avec ses passagers en attente, des hommes en complet-veston, des femmes occupées à bavarder, des familles partant en vacances, les retardataires, les frustrés, les fatigués. Je regardais distraitement les visages, quand soudain je l'ai vu qui me fixait. Mon sang n'a fait qu'un tour.

Le Spectre.

Un frisson m'a parcouru.

— Qu'est-ce que tu as ? s'est enquise Nora.

— Rien.

Le Spectre m'a fait signe d'approcher. Je me suis levé, comme en transe.

— Où tu vas ?

— Je reviens tout de suite.

— Mais elle va sortir.

— Il faut que j'aille aux toilettes.

J'ai effleuré les cheveux de Nora d'un rapide baiser. Elle avait l'air inquiète. Elle a jeté un coup d'œil à travers la salle, mais le Spectre avait déjà disparu.

Moi, je n'étais pas dupe. Le fuir était inutile. Où que j'aille, il me trouverait.

Il fallait que je l'affronte.

Je me suis dirigé vers l'endroit où je l'avais aperçu. J'avais les jambes en coton, mais j'ai continué quand même. En passant devant une longue rangée de cabines téléphoniques hors d'usage, j'ai entendu sa voix :

— Will ?

Je me suis retourné. D'un geste, il m'a indiqué un siège à côté de lui. Je me suis assis. Tous deux, nous faisions face à la baie vitrée plutôt que de nous regarder. La vitre amplifiait les rayons du soleil. La chaleur était suffocante. J'ai plissé les yeux. Il a fait de même.

— Je ne suis pas revenu à cause de ton frère, a dit le Spectre. Je suis revenu à cause de Carly.

Ses paroles m'ont littéralement pétrifié.

— Tu ne l'auras pas.

Il a souri.

— Tu n'as pas compris.

— Alors explique-moi.

Le Spectre s'est incliné vers moi.

— Toi, tu voudrais bien classer les gens dans des cases. Les méchants d'un côté, les gentils de l'autre. Mais ça ne marche pas, hein ? Ce n'est jamais aussi simple. L'amour, par exemple, conduit à la haine. À mon avis, c'est ça qui a tout déclenché. L'amour primitif.

— Je ne vois pas de quoi tu parles.

— De ton père. Il aimait trop Ken. Je cherche le germe, Will. Et c'est là que je le trouve. Dans l'amour de ton père.

— Je ne vois toujours pas de quoi tu parles.

Ce que je vais te dire là, je ne l'ai dit qu'à une personne avant toi. Tu comprends ?

D'un geste, je l'ai invité à poursuivre.

— Il te faut te reporter à l'époque où Ken et moi ons à l'école primaire. Vois-tu, ce n'est pas moi qui poignardé Daniel Skinner. C'est Ken. Mais ton père l'aimait tellement qu'il l'a couvert. Il a acheté mon paternel. Il lui a offert cinq mille dollars. Libre à toi de ne pas me croire… ton père pensait presque faire une bonne action. Mon paternel, il me tapait tout le temps. Beaucoup de gens estimaient que je devais être placé dans une famille d'accueil. Dans l'esprit de ton père, j'allais soit m'en tirer pour cause de légitime défense, soit me faire soigner et manger correctement trois fois par jour.

Muet de stupeur, j'ai repensé à notre rencontre, là-bas, au stade des Juniors. À l'affolement de mon père, à son silence glacial à notre retour à la maison, à la réponse qu'il avait faite à Asselta : « S'il te faut quelqu'un, prends-moi. » Là encore, tout semblait s'enchaîner avec une logique implacable.

— Je n'ai raconté ça qu'à une personne. Tu as une idée ?

Une autre pièce du puzzle se mettait en place.

— Julie, ai-je répondu.

Il a hoché la tête. Voilà qui expliquait ce lien étrange entre eux.

— Alors pourquoi es-tu ici ? ai-je demandé. Pour te venger sur la fille de Ken ?

— Non, a-t-il répondu avec un petit rire. Ça ne va pas être facile à expliquer, Will, mais peut-être que la science pourra m'aider.

Il m'a tendu une chemise cartonnée. Je l'ai contemplée.

— Ouvre-la.

J'ai obéi.

— C'est le rapport d'autopsie de Sheila Rog[...] récemment décédée.

J'ai froncé les sourcils. Je n'ai pas voulu connaî[...] ses sources, savoir comment il l'avait obtenu.

— Qu'est-ce que ça vient faire là ?

— Regarde.

Le Spectre a pointé un doigt osseux sur un paragraphe du milieu.

— Tu vois, là, en bas ? Pas de cicatrices pubiennes dues à des ruptures du périoste. Aucune strie pâle au niveau de la poitrine et de la paroi abdominale n'est mentionnée. En soi, ça n'a rien d'extraordinaire. Sauf si on s'y intéresse tout particulièrement.

— Si on s'intéresse à quoi ?

Il a refermé la chemise.

— Aux traces d'un éventuel accouchement.

Devant ma mine perplexe, il a ajouté :

— En d'autres termes, Sheila Rogers ne peut pas avoir été la mère de Carly.

J'ai ouvert la bouche pour parler quand il m'a donné une seconde chemise. Avec un nom inscrit dessus.

Julie Miller.

Un froid polaire a envahi mes membres. Le Spectre a déplié la chemise et, désignant un passage, s'est mis à lire :

— « Cicatrices pubiennes, stries pâles, changements dans la structure microscopique des tissus des seins et de l'utérus... » Et le traumatisme était récent. Tiens, tu vois ? La cicatrice de l'épisiotomie était encore bien nette.

Je regardais fixement les mots.

— Julie n'était pas rentrée chez elle juste pour rencontrer Ken. Elle était en train de se remettre d'une mauvaise passe. Elle était en train de se retrouver, al. Et elle voulait te dire la vérité.

— Quelle vérité ?

Mais il a secoué la tête et continué :

— Elle te l'aurait dit plus tôt, mais elle n'était pas sûre de ta réaction. Vu que tu n'avais presque pas bronché quand elle a rompu... c'est de ça que je parlais quand j'ai dit que tu étais censé te battre pour elle. Or tu l'as laissée partir sans lever le petit doigt.

Il a planté ses yeux dans les miens.

— Julie a eu un bébé six mois avant sa mort. Elle et l'enfant, une petite fille, ont habité dans cet appartement avec Sheila Rogers. Je pense que Julie aurait fini par te le dire, mais ton frère en a décidé autrement. Sheila aimait l'enfant, elle aussi. Après le meurtre de Julie, elle a voulu la garder. Et Ken, eh bien, il a vite compris les avantages d'un bébé pour un homme recherché par toutes les polices. Leur présence à ses côtés valait mieux que n'importe quel déguisement.

Les paroles de Ken résonnaient à mes oreilles.

— Tu comprends ce que je te dis là, Will ?

Toi, je t'ai menti et je t'ai fait du mal plus qu'à n'importe qui.

La voix du Spectre a percé le brouillard.

— Tu n'es pas un père de substitution. Tu es le vrai père de Carly.

Je crois que je ne respirais plus. Je fixais le vide. Anéanti. Mon frère. Mon frère m'avait volé mon enfant.

Le Spectre s'est levé.

— Je ne suis pas revenu pour me venger ni même pour rendre la justice. Il se trouve que Julie est morte pour me sauver et que je n'ai pas été là quand elle a

eu besoin de moi. Alors je me suis promis de sau...
son enfant. Ça m'a pris onze ans.

Chancelant, je me suis remis debout. Nous restio...
l'un à côté de l'autre. L'avion avait commencé ...
dégorger son flot de passagers. Le Spectre a gliss...
quelque chose dans ma poche. Un bout de papier. Je
n'y ai pas prêté attention.

— J'ai envoyé la cassette de surveillance à Pistillo
pour que McGuane ne vous crée pas d'ennuis. J'avais
retrouvé les documents que Julie avait cachés ; depuis
ce soir-là, ils étaient en ma possession. Nora et toi
n'avez plus rien à craindre désormais. Je me suis
occupé de tout.

Les passagers continuaient à débarquer. Immobile,
je regardais et écoutais.

— N'oublie pas que Katy est la tante de Carly, que
les Miller sont ses grands-parents. Ils doivent faire
partie de sa vie. Tu m'entends ?

J'ai hoché la tête, et c'est là que Carly a franchi
la porte. Le souffle m'a manqué. La petite semblait
avoir une telle présence. Comme... comme sa mère.
Elle a regardé autour d'elle et quand elle a eu repéré
Nora son visage s'est épanoui dans un sourire lumineux. Mon cœur s'est brisé. Ce sourire. Ce sourire,
voyez-vous, était celui de ma mère. C'était le sourire
de Sunny, tel un écho du passé, un signe que quelque
chose de ma mère – et de Julie – avait survécu envers
et contre tout.

J'ai ravalé un sanglot et senti une main dans mon
dos.

— Vas-y, a chuchoté le Spectre, me poussant
doucement vers ma fille.

Je me suis retourné, mais John Asselta avait déjà
disparu. Alors je me suis frayé un passage vers la
femme que j'aimais et vers mon enfant.

Épilogue

Ce soir-là, après avoir embrassé et couché Carly, j'ai trouvé le morceau de papier que le Spectre avait fourré dans ma poche. C'était juste le début d'une coupure de presse.

KANSAS CITY HERALD

Un homme découvert mort dans sa voiture

Cramden, Missouri. Cray Spring, un officier de la police municipale de Cramden, a été retrouvé étranglé dans sa voiture, apparemment victime d'un vol. Son portefeuille, semble-t-il, avait disparu. Son véhicule aurait été retrouvé sur un parking derrière un bar. Le chef de la police Evan Kraft déclare qu'il n'y a pas de suspects pour le moment et qu'une enquête est en cours.

Remerciements

L'auteur souhaite remercier les personnes suivantes pour leurs conseils d'experts : Jim White, directeur administratif de la Covenant House de Newark ; Anne Armstrong-Coben, médecin-chef de la Covenant House de Newark ; Frank Gilliam, responsable de l'équipe sur le terrain de la Covenant House d'Atlantic City ; Mary Ann Daly, responsable de programmes d'aide sociale de la Covenant House d'Atlantic City ; Kim Sutton, directrice du centre d'hébergement de la Covenant House d'Atlantic City ; Steven Miller, chef des urgences de l'hôpital pédiatrique presbytérien de New York ; Douglas P. Lyle, docteur en médecine ; Linda Fairstein, substitut du procureur de Manhattan ; Gene Riehl, ancien agent du FBI ; Jeffrey Bedford, du FBI. Toutes et tous ont fourni à l'auteur des renseignements précieux qu'il s'est empressé de remanier à sa convenance.

Les Covenant House sont une institution bien réelle, même si j'ai pris de grandes libertés en la matière. J'ai inventé beaucoup de choses – c'est pour cela que mon livre s'appelle un roman – tout en essayant de préserver l'esprit et l'âme de cette importante organisation caritative. Ceux qui veulent l'aider ou en savoir davantage peuvent le faire sur www.covenanthouse.org.

L'auteur remercie également son équipe de choc : Irwyn Applebaum, Nita Taublib, Danielle Perez, Barb Burg, Susan Corcoran, Cynthia Lasky, Betsy Hulsebosch, Jon Wood, Joel Gotler, Maggie Griffin, Lisa Erbach Vance et Aaron Priest. Vous comptez tous beaucoup pour moi.

Une fois encore, ceci est une œuvre de fiction.

"Message d'outre-tombe"

HARLAN COBEN
Ne le dis à personne...

POCKET

(Pocket n°11688)

Huit ans après le meurtre de sa femme, David reçoit un mail anonyme que seule celle qu'il aimait aurait pu lui envoyer. Quelques jours plus tard, le visage d'Elisabeth apparaît sur son écran, filmé en temps réel. David n'a d'autre choix que de se rendre au rendez-vous fixé par son mystérieux correspondant... fou d'espoir à l'idée que sa femme puisse être encore en vie !

Il y a toujours un Pocket à découvrir

Seul contre tous

(Pocket n° 12484)

Deux coups de feu, puis le trou noir… Lorsque le chirurgien Marc Seidman sort du coma après avoir été victime d'une agression, c'est pour plonger dans une réalité cauchemardesque : sa femme est morte assassinée, et leur fille de six mois, Tara, a été enlevée. Manipulé par les ravisseurs, soupçonné par la police et traqué par un couple de tueurs à gages, Marc bascule dans l'horreur absolue : pour sauver sa fille, il devra d'abord sauver sa peau.

Il y a toujours un Pocket à découvrir

Dans les coulisses
de la gloire

**HARLAN
COBEN**

Rupture de contrat

POCKET

Thriller

(Pocket n° 12176)

Myron Bolitar est un
ancien membre du FBI
reconverti en agent sportif.
Quand Christian Steele,
débutant à la carrière
prometteuse, découvre
dans une revue porno
une photo de sa petite
amie – considérée
comme morte dix-huit
mois plus tôt –, il mène
l'enquête pour défendre
les intérêts de son protégé.
Plongeant dans les
dessous du monde
sportif et les milieux
interlopes de l'industrie
du X, Myron n'est pas
au bout de ses surprises...

Il y a toujours un Pocket à découvrir

"Trop belle pour vivre"

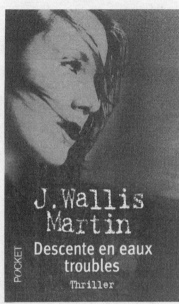

(Pocket n°11934)

Disparue il y a de cela vingt ans, Helena Warner est retrouvée morte au fond d'un lac. L'inspecteur Bill Driver, en charge du dossier, reprend l'enquête et décide d'interroger trois amis de la victime, qui avaient paru suspects lors des premières investigations : Richard Wachmann, sculpteur amateur de corps féminin, Joan Pool, jalouse de la beauté d'Helena, et Ian Gillmore, petit ami mystérieusement absent le soir du meurtre. Comme le dit le proverbe, il n'est pire eau que l'eau qui dort…

Il y a toujours un Pocket à découvrir

"Passion fatale"

(Pocket n°11586)

Zoé, jeune institutrice séduisante, vient d'arriver à Londres et cherche à se débarrasser de l'appartement qu'elle a acheté sur un coup de tête peu de temps auparavant. *Jennifer*, bourgeoise sophistiquée, se consacre à la rénovation de la maison qu'elle vient juste d'acquérir. *Nadia*, animatrice pour enfant, sort d'une relation douloureuse et veut remettre de l'ordre dans son logement. Trois femmes, apparemment différentes, mais qui ont pour point commun l'amour que leur porte un serial killer au baiser empoisonné…

Il y a toujours un Pocket à découvrir

Impression réalisée sur Presse Offset par

BRODARD & TAUPIN

GROUPE CPI

32853 – La Flèche (Sarthe), le 30-12-2005
Dépôt légal : avril 2004
Suite du premier tirage : janvier 2006

POCKET – 12, avenue d'Italie - 75627 Paris cedex 13
Tél. : 01.44.16.05.00

Imprimé en France